文心探秘

WENXIN TANMI

郭久麟 著

本研究得到四川外国语大学中文系学科专业建设经费资助，谨致谢忱。

——郭久麟

四川大学出版社

责任编辑:蒋姗姗
责任校对:马　佳
封面设计:墨创文化
责任印制:王　炜

图书在版编目(CIP)数据

文心探秘 / 郭久麟著. —成都：四川大学出版社，
2017.12（2023.9 重印）
ISBN 978－7－5690－1530－0

Ⅰ.①文…　Ⅱ.①郭…　Ⅲ.①文学研究－文集
Ⅳ.①I0-53

中国版本图书馆 CIP 数据核字（2017）第 322005 号

书名	文心探秘

著　者	郭久麟
出　版	四川大学出版社
地　址	成都市一环路南一段 24 号 (610065)
发　行	四川大学出版社
书　号	ISBN 978－7－5690－1530－0
印　刷	永清县晔盛亚胶印有限公司
成品尺寸	148 mm×210 mm
印　张	11.5
字　数	342 千字
版　次	2017 年 12 月第 1 版
印　次	2023 年 9 月第 2 次印刷
定　价	80.00 元

◆读者邮购本书,请与本社发行科联系。
　电话:(028)85408408/(028)85401670/
　(028)85408023　邮政编码:610065
◆本社图书如有印装质量问题,请
　寄回出版社调换。
◆网址:http://press.scu.edu.cn

序

　　久麟的《文心探秘》涵盖作品评论、创作漫谈、佳作鉴赏和学术论文四大板块，积五十余年文学探索的执着与厚重，为文学界奉献出又一硕果。对文学青年来说，《文心探秘》可以帮助其选择或辨明文学路径，直至登堂窥奥；对作家圈子来说，《文心探秘》可以激励创作与评论，见贤思齐，功莫大焉。

　　细读这部书稿之后，笔者对郭久麟有三点由衷的佩服。

　　第一，佩服久麟始终不渝的高远志向。

　　五十年前，久麟就立志要当作家。他曾在一首明志的诗歌中庄严宣告：

　　面对给小草的一片颂歌，

　　我要大声地宣告：

　　我要作擎天的大树，

　　不愿作萎靡的小草。

　　……

　　　　——《我要作擎天的大树》

　　也许，当年有人笑他太狂妄，然而燕雀安知鸿鹄之志哉。久麟后来集作家、学者、教授于一身，以事实表明他绝非志大才疏之辈。他从大学毕业开始文学创作，出版了十余部诗集、散文集、传记文学和理论著作，还创作拍摄了几部电视剧。2003 年，久麟自四川外语学院退休，他当即写了一首《六十述怀》："倏忽花甲心不甘，雄心再振六十年。豪情更比朝霞艳，攀上人生至高点。"这表明他不服老，矢志不渝。此后十年他在西南大学育才学院执教，主编了六部教材，同时在传记文学的创作与研究方面陆续推出了十余部著作。他在《题七十生日》诗中说："六十不稀罕，七十正当年。写诗又作文，再把宏图展。"诗言志，这些年来久麟完全实现了自己的志向，登上了文学创作的高峰。

第二，佩服久麟终身拼搏的勤奋精神。

久麟创作与研究硕果累累，不勤奋，行吗？2015年久麟结束了育才学院的聘期，按理说，他功成名就，退下来该轻轻松松享享福了，但是久麟却奋力拼搏，驰骋文苑，宝刀不老。2014年，郭久麟出版了几易其稿的42万字的《雁翼传》。2015年1月，他又出版了构思多年的长篇历史小说《风流帝王》。2016年4月，郭久麟同时出版了两部长篇传记，共约100万字：一部是应西南大学邀请，于2015年深入采访、精心撰写的48万字的《袁隆平传》；另一部大作是《梁上泉评传》。更令人振奋的是，久麟的《袁隆平传》和《梁上泉评传》在重庆读书界和微信海选中，双双入选十佳——"2016年渝版十大图书"。所以，笔者称久麟为文坛达人，称他这种老来红、老来旺、老来佳作不断的现象为"郭久麟现象"。

第三，佩服久麟古道热肠的豪侠气概。

笔者与久麟结识数十年，作者与编辑的文友关系二十年，又同校执教十年，所以深深了解久麟。久麟并非一部写作机器，而是一位爱憎鲜明、有个性、有血性的诗人与作家。

1979年，久麟应邀撰写《罗世文传》，在采访中他得知罗世文烈士的妻子王一苇在"文化大革命"中因所谓"历史问题"而被迫害自尽的不幸遭遇后，悲愤交并，于是四处奔走，历尽艰辛。经过两个寒暑假的调查采访，终于寻得能证明王一苇清白的证据与证人。久麟因此上访中组部，还多次直接向四川省委宣传部副部长陈文和四川省委顾问委员会主任任白戈反映，最终使王一苇沉冤昭雪、恢复党籍，并将其写入传记和电视剧中。同时，久麟还经过艰辛采访和反复确证，掌握了被历史风尘掩盖数十年的女烈士张露萍惊心动魄的革命事迹。他怀着追求历史真相的精神，冒着风险，将真相披露出来，并积极配合组织上为张露萍恢复名誉做了大量工作，协助党组织将她和一批同志追认为烈士。当今之世，有几人能像久麟这样为追寻历史的真相而呕心沥血、踏破铁鞋，为非亲非故的蒙冤受屈者奔走呼号、尽心尽力呢？

1978 年 5 月，思想大解放的浪潮开始席卷中华大地。著名诗人郭小川的佳作《望星空》仍被视为另类，久麟毅然决然写出《为〈望星空〉一辨》（《长春》杂志在 1979 发表）。他指出对《望星空》的批判"有些片面、主观和武断"，充分肯定"《望星空》是一首革命浪漫主义的好诗"。很快，当事者向郭小川道歉并重新写了正面评价《望星空》的文章。

在《雁翼传》中，久麟详尽描述了雁翼在"文化大革命"中的遭遇，久麟的血性值得我们点赞。大概笔者是最早尊称久麟为郭大侠的，他现在的微信名就叫郭大侠。

毋庸讳言，久麟《文心探秘》的个别篇章个别地方，也有不足之处。按理说，作序的惯例是"见好就收"而不该"挑刺"的，但见"刺"而不"挑"，留待他人"挑"，就愧为久麟的诤友了。所以，笔者在此愿提出来与久麟兄商榷。

一是《评韩石山的〈徐志摩传〉》中，开篇简介了韩石山之后，笔锋一转马上就说"《李健吾传》是韩石山的第一部传记作品，也可以说是一部发愤之作"云云，这 600 多字如果转移到文尾，显然好些。因为文章主题是《评韩石山的〈徐志摩传〉》，不是评《李健吾传》，加之这 600 多字是以引文为主，读者肯定要咀嚼一番，就会造成"喧宾夺主"的印象，至少冲淡了评论文章的主题。

二是《评张俊彪的长篇小说〈曼陀罗〉》中，久麟称赞《曼陀罗》"是新时期的《红楼梦》"，而且"是新中国的《神曲》"，这显然是过誉了。俊彪先生创作的勤奋、杰出，笔者深为折服。他将但丁的魔幻化表述与传统的春秋笔法相融合，运用于《曼陀罗》中，非常成功。说"《曼陀罗》带着浓重《红楼梦》和《神曲》的色彩"是准确的，但《曼陀罗》离真正的经典巨著还有一些距离。笔者认为：中国文艺复兴时期到来之际，才是出现中国的《神曲》和当代的《红楼梦》之时。

最后，笔者将最近吟成的一首小诗用来结尾，并以此与久麟兄及文朋诗友共勉：

文脉千古在，文运促国昌。

作家当冲刺，赤心筑华章！

庆　豹

重庆人文科技学院副教授

重庆市巴渝文化研究会秘书长、研究员

《南岸作家》副主编

2017 年元月 7 日起草于合川凤凰山下六艺庄

2017 年元月 15 日改定于重庆市郊南山寓次

目　录

第一辑　作品评论

评石楠的艺术家传记……………………………………………（ 3 ）

评万伯翱、马思猛的《孟小冬：氍毹上的尘梦》…………（ 11 ）

评韩石山的《徐志摩传》…………………………………（ 19 ）

评梅志《胡风传》…………………………………………（ 27 ）

不忘初心的红军作家

　　——评《汪大漠传》…………………………………（ 33 ）

揭开谜团　铭记英雄

　　——评何建明《爆炸现场》…………………………（ 38 ）

论毛泽东诗词在诗歌史上的地位和影响………………（ 44 ）

为《望星空》一辩…………………………………………（ 49 ）

郭小川、贺敬之诗歌艺术论……………………………（ 52 ）

海外游子故国情

　　——读旅美华侨刘荒田的诗集《北美洲的天空》………（ 64 ）

气势磅礴的政治抒情诗

　　——评唐德亮的政治抒情长诗《惊蛰雷》…………（ 67 ）

论李白绝句…………………………………………………（ 72 ）

杜甫三峡诗歌研究的新收获

　　——评鲜于煌新著《诗圣杜甫三峡诗新论》………（ 81 ）

精品佳作《大宅门》………………………………………（ 84 ）

一代英杰情亦深……………………………………………（ 86 ）

大气磅礴的英雄史诗

    ——电视连续剧《奠基者》观后 ·················（88）

一个伟大的人格与一座英雄的城市 ···············（90）

人性善的灿烂光芒

    ——评张艺谋《金陵十三钗》 ···············（94）

评许大立的影视文学创作 ·····················（97）

重庆方言电视剧的新收获

    ——看二十集方言电视喜剧《奇人安世敏》 ·······（102）

办好重庆的"电视火锅"

    ——对于重庆电视方言剧的思考 ·············（104）

评张俊彪的长篇小说《曼陀罗》 ···············（106）

通讯与散文嫁接绽开的新花

    ——读汪大波的《绿叶集》《新果集》有感 ·······（116）

心贴百姓，书写历史

    ——序汪大波《凡人小事录》 ···············（119）

生命的价值在于追求

    ——吴鹏里《求索文集》序言 ···············（121）

胆识、才识与学识

    ——读唐德亮《文学的烛照》 ···············（126）

第二辑　学术论文

应该给予传记文学独立的文学文体地位 ···········（131）

文学作品体裁七分法 ·······················（137）

中国传记文学发展概论 ·····················（144）

论中国西部传记文学的发展与走向 ···············（162）

中国二十世纪诗歌创作流派演变论 ···············（170）

文学创作灵感的激发模式 ·····················（184）

论文学创作灵感的触发和捕捉 ·················（190）

论文学创作灵感诱发的心理势态 ···············（205）

第三辑　创作漫谈

我的传记文学创作与研究…………………………………（221）

《罗世文传》后记 …………………………………………（237）

《少年罗世文》后记 ………………………………………（239）

《雁翼传》题记 ……………………………………………（241）

《雁翼传》后记 ……………………………………………（246）

《从牛圈娃到名作家——张俊彪传》自序

　　——致张俊彪……………………………………………（252）

我写《柯岩传》……………………………………………（256）

《梁上泉评传》后记 ………………………………………（260）

《袁隆平传》后记 …………………………………………（264）

在《袁隆平传》首发式上的发言…………………………（276）

《传记文学写作论》后记 …………………………………（278）

《传记文学写作与鉴赏》后记 ……………………………（281）

《中国二十世纪传记文学史》后记 ………………………（286）

《锦江恋歌》后记 …………………………………………（291）

《探秘女儿国》后记 ………………………………………（293）

《风流帝王》自序 …………………………………………（297）

《散文知识与写作》后记 …………………………………（302）

《论贺敬之的诗》后记 ……………………………………（303）

《文学创作灵感论》后记 …………………………………（305）

我编《修身养性新增广》…………………………………（308）

《沉默的情怀》创作札记 …………………………………（310）

写作教学与写作实践………………………………………（312）

《用生命耕耘文学——聚焦郭久麟》后记 ………………（317）

第四辑　佳作鉴赏

泰戈尔《两亩地》鉴赏……………………………………（323）

艾青《礁石》鉴赏 …………………………………………（325）

卞之琳《断章》鉴赏 ………………………………………（326）

何其芳《听歌》鉴赏 ………………………………………（328）

覃子豪《追求》鉴赏 ………………………………………（329）

牛汉《夜》鉴赏 ……………………………………………（331）

余光中《当我死时》鉴赏 …………………………………（333）

李瑛《黄河落日》鉴赏 ……………………………………（335）

雷抒雁《蚕》鉴赏 …………………………………………（336）

巴金《怀念胡风》鉴赏 ……………………………………（338）

范曾《何期执手成长别》鉴赏 ……………………………（340）

黄河浪《故乡的榕树》鉴赏 ………………………………（342）

赵丽宏《小鸟，你飞向何方》鉴赏 ………………………（344）

贾平凹《祭父》鉴赏 ………………………………………（346）

王蒙《春之声》鉴赏 ………………………………………（348）

谈歌《桥》鉴赏 ……………………………………………（350）

后　记 ………………………………………………………（352）

WENXIN
TANMI

第一辑
作品评论
ZUOPIN PINGLUN

评石楠的艺术家传记

　　石楠（1938—），出生在逃难的路上。她16岁才上小学，初中毕业后当工人，1978年调图书馆工作，刻苦自学，成为安徽作协副主席，著名传记文学作家。主要传记文学作品有：长篇传记小说《画魂·潘玉良传》《寒柳·柳如是传》《美神·刘苇传》《从尼姑庵走上红地毯》《一代名优舒绣文》《回望人生路·亚明的艺术之旅》《刘海粟传》《百年风流：刘海粟大师的友情和爱情》《陈圆圆·红颜恨》《海魄·杨光素传》《张恨水传》《另类才女苏雪林》，长篇自传体小说《不想说的故事》，等等。

　　石楠是当代著名的传记文学作家。她的传记文学都标上了传记小说的名称。实际上，却并非都是小说，里面有不少作品是真正的传记文学作品。她自己在《石楠文集·总序》中说：

　　　　我的绝大部分作品都是人物传记，我把它们称作传记小说。顾名思义，这种文体是以真人真事为依据的小说，这是传记，又是小说。既是小说，就允许合并、虚构人物、腾挪细节、合理想象和艺术加工。在我的这些作品中，离当今时代远的，像《画魂·潘玉良传》《寒柳·柳如是传》《陈圆圆·红颜恨》，虚构的成分较多，真实的只是人物的主要经历，细节几乎全部是艺术想象和虚构的，小说的成分占主导。而刘海粟、张恨水、亚明、梁谷音、舒绣文、杨光素、刘苇、苏雪林等的传记小说，人物的生平经历绝对真实，只有极少部分细节是来自合理的想象和艺术加工。这些想象和艺术加工，又都来自历史和生活的真实，但不是生活的再现，是为了让人物立体活过来，还给他有血有肉有灵的本来个性。评论家把我这种文体称谓"石楠体"。

　　这里,我们把石楠的这些传记文学都看成是传记文学。因为,她书中所写的主要经历都是真实的,而且是在经过艰苦地采访、认真地调查,与传主本人深入交谈(如写杨光素传,她就不仅到杨曾经生活和工作过的地方走访她的同学和同事,还专程去法国同传主同吃同住一个月,真正了解了杨光素),即如她所说的虚构较多的历史人物,也要经过大量采访调查,然后写作。比如潘玉良,她尽可能地重访她所到过的地方,"去研读那里的史志、游记、民俗,以至名胜古迹、城市建筑,里昂的丝织业、巴黎的艺术、罗马的颓垣残柱,哪怕文中只提及一笔,都得围绕着它去翻阅大量资料"。写柳如是,也是费尽了几年时间,遍历太湖平原,追踪柳如是当前漂泊的足迹,掌握了大量素材,认真钻研历史,并以科学的、现代的意识去观照历史,在历史真实的基础上,根据传主的经历和性格,辅以再造想象,补充丰富的细节,把传主活灵活现地表现出来。在写作中,亦绝不随意编写,而是苦心经营,数易其稿,方才罢笔。所以,它不等同于历史小说,而是比较真实的文学传记。

　　石楠传记的首要特点是为苦难者立传,为历尽艰辛、饱受苦难,熬过常人难以忍受的艰难困苦走上成功道路的女艺术家立传,当然也写了少数男性艺术家(如刘海粟)和作家(如张恨水)。她笔下的艺术家大多是通过艰苦的奋斗,从逆境中成长起来的。作者由此表现出传主顽强抗争和奋斗的精神,以及独立的人格和个性的尊严。例如,她的成名作(也是她的处女作)《画魂》写一个被卖到妓院的、生活在社会最底层的穷女子,能够在好心人的帮助下,经过刻苦学习,顽强奋斗,成为高等学府的教授;又为了人格的尊严和艺术的追求,只身到巴黎,成长为世界艺术之都巴黎的知名画家。她的人生成长和升华的过程,浸透着奋斗的血泪。石楠通过她表达了自己的心声和传记的主题:世界没有征服不了的困难,人的命运可以通过抗争来改变!命运之神只能败北在有志者的追求中!人生只能在求索中闪烁光辉。

　　石楠传记的第二个特点是精心刻画了众多传主丰满生动的人物形

象，揭示了鲜明积极的时代主题。

石楠写出了一颗颗被历史风尘染垢蒙污的珍珠和明星，一批批自强不息、追求事业、献身艺术的杰出人才，一个个有着伤时之痛、忧国之情、爱国之心的女性。比如柳如是，石楠在搜集了大量史料并认真研究历史的基础上，从人物的真实经历和性格出发，倾注满腔热情，展示柳如是的各个侧面和多种风采：她时而是深闺中的丽质佳人，时而是谈诗说文的江南才女，时而是剑拔弩张、气冲斗牛的侠女，时而又是挥剑斩妖、血祭英烈的壮士。传记为我们展示了一代名妓美艳无比、技压群芳、高雅卓绝、刚柔相济、忠肝义胆的光彩形象。作者以她的审美理想，为我们塑造了集外美与内修为一身，集大胆追求个性解放的叛逆女性和才艳盖世、爱国报国的巾帼豪侠于一体的女侠、诗人、名士、爱国志士的完美形象。

《海魄·杨光素传》描绘了杨光素在 52 岁那年断然放弃大学讲台，只身去到举目无亲、语言不通、人地两生的油画故乡法国研究油画艺术，历尽劫难，终于获得成功的故事。作者热情表彰了杨光素敢为自己钟爱的油画艺术，决然放弃一般人视为生命和依靠的职位和待遇，去靠一支画笔生存发展的大无畏的勇气和毅力，突出了鲜明的积极向上的主题。

石楠传记的第三个特点是历史的真实性与高度的艺术性相结合。

前面谈到，石楠的传记作品不同于一般的历史小说，她是在众多历史人物中选择好传主后，对其进行广泛采访调查与深入探究，掌握了人物的人生经历、性格和生活的社会时代的广阔及细腻的环境特点之后，再进行创作，非常重视人物历史的真实性。同时，她又不同于历史家写史，而是运用了可以调动的各种艺术手段（包括适度的想象和细节的虚构），还运用了小说描写人物的方法，倾注了强烈的感情，多方塑造传主形象。

石楠在传记文学的审美艺术上，取得了极大的成功，其作品具有很高的艺术价值，深受读者欢迎。在艺术表现上，一是注意情节的生动曲折和起伏跌宕，重视悬念的设置和破译。比如写柳如是，作者一开始就渲染她与宋徵舆、陈子龙和钱谦益的曲折缠绵的爱情故事，表现她名妓侠女的独特个性和放达性格。而后则通过她上前线慰劳将士、慷慨资助复明义军、不惜投河死谏丈夫，以及火烧绛云楼、血溅荣木楼、杀死奸贼而后自尽等丰富情节，描绘出她忧国爱国、胸怀大志、坚贞不屈、舍生取义的崇高品节。再如《画魂·潘玉良传》，通过"孤儿—妓女—小妾—艺术的追求者—中国最高学府的教授—世界艺坛出名的艺术家"的复杂、跌宕、坎坷的经历和一系列矛盾斗争和冲突，构成纷纭复杂的情节，表现了潘玉良流光烁彩、楚楚感人的形象。

二是感情真挚，想象丰饶。冰心曾为石楠题词："真实的情感是一切创作的力量和灵魂。"石楠的确是这样！她在写作中总是投入了自己的全部情感，把自己的心血和激情融注在传主身上，与她们同呼吸、共命运、共魂魄。石楠还发挥丰富的想象，让心灵进入传主的心灵世界，用传主的言行，来刻画传主的性格。比如，在《画魂·潘玉良传》中，潘玉良在巴黎得知南京沦陷的消息后，作者写道：

她整日无语地坐在塑架前，心中不断翻滚着波澜。祖国在受难，同胞们拿起武器在战斗，在牺牲。而她，一个中国艺术家，就这样默默地做个流亡者？她摇了摇头，只为了怕人戳她的内伤，就放弃一个中国人的责任，这是可耻的。她有彩笔、塑刀，拿起它们来呐喊，为同胞们助威，要让世人知道，中国没有亡，世界无处没有中国人在奋斗。中国的艺术要屹立于世界艺术之林。她想到这里，突然就像魔鬼依附了她，很快就绑扎好了一个支架，固定在塑架上，抓起塑泥，往架上砸去……

朝阳从窗口进来了，电灯的光暗下去，她一手拿木笔，一手抓着泥，修饰着，后退着观看效果，又走近去，最后在像座上用木笔刻上"生当作人杰，死亦为鬼雄"十个字。

这尊不大的雕塑草坯是她一个昼夜在悲愤中完成的作品。这在她来说，是从未有过的速度，她自己也觉得不可想象。在这过程中，她忘了自己的存在，不知自己身居何方。她没有注意到满身泥水，也没有感到满脸泥斑。她心中只有一首诗，一个民族精魂的呼号。她的手抓的不是泥土，是自己的血和肉，她面前站立的是一个伟大民族的魂灵。她刻完最后一个字，将木笔一扔，就觉得累得不行，瘫软在坐椅上。

这种强烈的感情和丰富的想象使她的作品生动传神而扣人心弦。

三是文辞优美。石楠的语言清丽雅致，笔端常带感情，善于描写人物，善于把叙述、描写与议论、抒情结合起来，创造出情景交融、抒情写意的动人意境。试看刘海粟与夏伊乔在海滨一段：

> 伊乔起初试着在画，画着画着她站起来了，悄悄地走到他的身后，可她立即就被他笔下的磅礴气势，和强烈的色彩吸引了也震撼了，她的心弦不由也发出了微微的战栗，她目不转睛地看着他的手在上下飞舞，渐渐地也忘了自己。她的心完全让那油彩征服了！爱在这瞬间萌发了，她突发奇想，我若是他手里的那支笔该多好！

> 他的画笔一放，她不禁失声地惊呼起来："太美了！太美了！"竟像个小姑娘一样使劲拍手，激动得泪流满面。

> 海粟这才转过头。金红的夕照，正沐浴着眼前的南国女郎。她的裙裾微微荡起，她的秀美长发笼上了一抹金红的光，她那雕像般端庄美丽的面庞，由于激动，更显得艳美无比。他蓦地萌生了一种遐想，莫非维纳斯复活了？莫非蒙娜丽莎来到了面前？他被她的美震撼了，战栗了，他的心神突然恍惚了，他像观摩大师们杰作那般望着她，欣赏着她，他朦胧地判别着是画？还是……

> "先生！"伊乔被他那痴迷恍惚的目光看得不好意思了，她的心儿像小兔般蹦蹦直跳，她轻轻地唤了他一声。

> 这一声，有如静夜莺鸣，犹似酣睡中被凉水浇醒了一般，海粟猛然打了个愣怔，意识到自己此举有失师长的尊严，但他还是不想隐瞒自己对她美的惊美。他说："夏小姐，你真美！特别在这夕照中，我想把你此刻辉煌生命的光耀，用油彩永远留下来，

不知你可乐意为我作一次夕阳中的模特儿?"

伊乔欣喜地说:"能给先生当一次模特儿,我感到非常快乐和荣幸,您画吧!"

"夕阳一晃就过去了,我得抢在它溜走之前。"他麻利地换上一块画布,"你站着别动,对,就这样!"他一手握画笔,一手拿调色板,凝望着她,激动地说:"夏小姐,谢谢你。你让我发现了夕阳的无比魅力和辉煌。"

石楠传记创作成功的原因,首先是她选材、选择传主的成功。她总是选择与自己的人生经历阅历、感情心灵相接近、有共鸣和共同爱好、见解的人物作传。这是她传记成功的重要原因。其次是她在写作中善于把自己的人生阅历、生命情感和真切感受都融合在作品之中,倾注在人物描写之中,因而笔端带着浓烈情感。

石楠有过悲苦的生命历程。她出生在逃难的路上。她是母亲的第五个女儿,前头四个姐姐都因为家穷被父母丢弃了。她之所以幸免于难,是因为她的祖母坚持要留下她,以便引来弟弟。中华人民共和国成立前夕,祖父在兵荒马乱中一下买下二十多亩便宜田,兴奋过度,脑溢血死了。结果是给父亲买了一顶地主帽子。她在中华人民共和国成立后备受歧视,长成十六岁的大姑娘,才在乡里小学老师的帮助下,走进校门,插进五年级。初中毕业就因父亲患病母亲失业而去安庆市当学徒。贫苦的生活和社会的冷漠和歧视,没有泯灭她的求知欲,她刻苦自学,上函授,读夜大,直到 1978 年调到了安庆市图书馆,当了古籍管理员,这才开始萌生为巾帼才女立传的念头。

石楠常说:"苦难是我的财富和老师。"同时,苦难也成为石楠选择和融进创作对象的途径和缘由。正是潘玉良的悲苦身世,激起了石楠心灵的强烈共鸣。潘玉良奋斗的血泪,似乎涌进了石楠的心房,使她不能自已,决定写她。

她写《海魄·杨光素传》,也是因为了解到杨光素的勇气和无畏。石楠在《石楠文集·总序》中说:

早在 1995 年，我从报刊上读到一篇有关杨光素的报道，说她在 52 岁那年断然放弃大学讲台，只身到举目无亲、语言不通、人地两生的油画故乡法国研究油画艺术。历尽劫难后，终于获得成功，她的油画艺术受到了西方艺评家和同行的赞赏和高度评价，称之为"精美的华宴"。这篇文章让我无法平静。就我的阅历，到外国留学，是中青年的专利，过了知天命之年的人，特别是女人，一般都希望过安稳的生活，就我个人而言，绝没有勇气这样去做。她却敢为自己钟爱的油画艺术，决然放弃一般人视为生命和依靠的职位和待遇，去靠一支画笔生存发展，这需要怎样的无畏和勇气哟！就是这个勇气和这个无畏，让我一想起就激动，心就无法安宁。我想，一个人只要有这种勇气和无畏精神，何事而不能为？我决定为她写传。

石楠写《从尼姑庵走上红地毯》也是出于对梁谷音的同情和敬佩。石楠在《石楠文集·总序》中说：

> 她是历史反革命的女儿，建国初期她的父亲已服法，年仅二十九的寡母除了有点文化一无所有，怎能养活五个儿女？只好把她们姐妹统统送人。九岁的梁谷音被浙东一个尼姑庵收养，她那一双会说话的眼睛又给了她走向艺术的机缘。但在极"左"的政治气候下她被列入另册，她父亲的问题像影子一样跟随着她，犹似挣不脱的十字架，沉重地压在她身上。不管她多么刻苦，她的艺术多么有特色，表演多么出类拔萃，但在艺术贴了政治标签的时代，在艺术面前，她得不到平等的待遇。平等于她也就更具有价值，她也就越发奋争，明知是没有平等的竞争，她还要竞争。我的心和她的心在这里撞击出火花，引爆出强烈的共鸣。

正是这种情感和心灵的撞击，使她写出了梁谷音的传记。在多年的写作中，石楠坚定了为苦难者立传的信念。但是她的苦难者又不是一般意义上的苦难者，而是像她本人那样，不被生活的压力所屈服，不因误会而气馁，而是顽强地与命运抗争，坚强地为理想而奋斗，毕

9

生追求人生价值，并在拼搏和追求中展露骨气、志气和才气。石楠身上还有着对悲苦命运的反叛和对事业的追求精神；有着女性婚姻的情感体验。这些，都成为她融进传主心灵，与传主血脉相融，情感相通，脉搏相同的重要原因。

她写刘海粟也是因为刘海粟的长期被误解。当她开始想写刘海粟时，有人给她泼冷水："刘海粟是个敏感人物，这个人物不好写呀！""猛然之间，刘老已不是我要研究的对象，而是和我融合了，我心里陡地蹿起一股反抗之火，把我的心烧得好痛好痛，也烧得我坚定了信心和勇气。我激动得心都发颤了，过去我笔下的人物，无不是被误解的苦难者，为苦难者立传，早就成为我终生的选择，这不正是我为之痛苦寻觅写《刘海粟传》的契机和角度么？"她认为："一个人，不管他是谁，不被理解总是痛苦的。可刘老从没因误会而气馁、而沉沦，地狱之火反把他冶炼得更坚强。他不止一次地对我说，何谓丈夫？丈夫就是在别人活不下去的环境中活着，又不丧失人生信念和高尚气节，能忍人所不能忍，方能为人所不能为。"

正是由于石楠善于把上述自我情结与传主的情结相互交融，呕出自己的赤心，倾注自己的心血，融进自己的激情，达到传记作家与传主的感情交融、心意交互沟通、形象气质交相辉映，达到文艺理论讲的主体客体化、客体主体化，因此，她的传记文学作品才这样成功！

刊《文艺报》

评万伯翱、马思猛的
《孟小冬：氍毹上的尘梦》

万伯翱（1946—），山东省东平县人。中国传记文学学会会长。1972年考入河南大学外语系，毕业后分配到总参炮兵学院做外事工作。1987年转业到国家体委宣传司任对外宣传出版处处长，1990年升任中国体育杂志社社长、总编辑，国家体委人力资源开发中心主任，任《车王》《运动休闲》和英文《中国体育》三本杂志的总编辑，《作家文摘》名誉主编，是中国作家协会会员、中国电视家协会会员、中国戏剧家协会会员。香港《大公报》特约评论员。主要作品集有《灯下日知录》《三十春秋》《四十春秋》《五十春秋》《元戎百姓共垂竿——万伯翱体育散文精选》，影视作品有《三个少女和她的影子》《侠女十三妹除暴》《少林将军许世友》《大西北人》《贺龙元帅钓鱼》等。

马思猛，戏剧家马彦祥之子，首任故宫博物院院长马衡之孙。

孟小冬，一个尘封了几十年的名字，一个曾在20世纪20至40年代红遍中国大江南北，在京剧舞台上大放异彩，在中国京剧史上唯一被人们誉为"冬皇"的著名女老生！她的杰出才华，她的辉煌业绩，她的不朽功勋，她的人生坎坷，她的悲惨遭遇，她的美好心灵，她与梅兰芳的婚姻悲剧及与杜月笙的婚姻恋情，终于被万伯翱和马思猛写出来了！读着这部传记，真是令人感慨万端，唏嘘不已！

孟小冬这个题材很不好写！选择这个题材有相当难度！这不但是因为年代久远，她的很多事迹已掩埋于历史的风尘；更主要的是：她的人生悲剧起始于与京剧顶级大师梅兰芳的悲欢离合，以后又委身于多少年来被称为反共闻人的杜月笙。一生芳名，被掩盖和污染；天纵才华，又过早萎谢。这是戏剧史上令人惋惜、令人伤感、令人痛心、令人遗憾的事情！要写出她来，就不仅涉及对孟小冬的评价，还涉及对梅兰芳和杜月笙的评价。这不能不说是相当艰难的课题！

感谢万伯翱和马思猛二位先生，怀着求知求实的精神，以深入广泛的调查研究和多方的现场采访，更以严肃认真、秉笔直书的态度，为我们奉献出《孟小冬：氍毹上的尘梦》这部传记文学著作，为我们从历史的风云中挖掘出一位光辉的艺术家的卓越形象，展现出她坎坷曲折而又成就辉煌的艺术人生！

首先，作者写出了孟小冬早年所显示的才华。在旧时代，戏子属下九流，连应试都不准许，是无社会地位可言的。作者却满怀激情，写出了孟小冬大悲大喜、大苦大难、大起大落、大有作为的悲剧人生。作者告诉我们，孟小冬出身于梨园世家，她的祖父孟七就是老徽班出身，是与谭鑫培同时代的著名文武老生兼武净艺人，她的大伯父、二伯父、三伯父、五叔、六叔，乃至她的母亲都是当时著名的京剧演员，父亲孟鸿群更是秉承孟七事业、得孟七真传之名演员。孟鸿群在一次演出中突然昏倒，舞台下观众一片哗然之时，七岁的小孟冬竟然登台代爹爹加演一段清唱《捉放曹》，挽回了危局。父亲在这次演出中风后，迫于生计，决定让七岁多的爱女拜孙派老生、姨父仇月祥为师学艺，签了八年的卖身契约！孟小冬记住父亲嘱咐，立志"要当就当谭老板（鑫培）那样的角儿"，卧薪尝胆，摘取艺术皇冠！九岁时，即登台演出堂会戏《乌盆记》，小小年纪却少年老成，竟然把孙派老生的唱功、行腔、念白、表演神态等特点表现得淋漓尽致……一曲方罢，彩声四起，内行均称为童伶中之杰出人才。1919年3月，年仅12岁的孟小冬在师傅仇月祥、父亲孟鸿群的带领下，首次随王家髦儿戏班来无锡演出，盛况空前。1925年6月5日，孟小冬来到京剧名角汇聚的北京，在前门外大栅栏三庆园演夜戏，与赵碧云合演全本《四郎探母》，以扮相容貌明慧，歌声音调谐润，抑扬顿挫，曲尽其妙，受到观众欢迎。连一向反对旧剧的北大教授胡适，也对她的身段、扮相、做工给予了好评。作者写道:"豆蔻年华的窈窕淑女孟小冬,异军突起,受到格外的欢迎。……成为风靡九城的红角儿,足见其剧艺不同凡响。……不敢说是后无来者,至少可说是前无古人。"

作者以深切的感情写出了孟小冬的曲折经历和辉煌成就:

> 斯人已去,但"冬皇"影响不绝。孟小冬能在 60 年前,经过自己在人生道路上的奋争,创造了"冬皇"艺术的辉煌。人们也不会忘记她多姿多彩的一生,同时也会同情她在感情生活中的不幸,"冬皇"为后人留下了太多说不尽的话题。近年来有关她的音像资料及传记先后面世,其昔日音容记录源源再现,她的光辉舞台艺术形象将永远活在人民心中。

作者不但写了孟小冬的人生,还写了很多艺术家的人生和艺术成就。诚如冯其庸先生曾经说过,孟小冬的一生"简直可以说是半部民国京剧史"。作者对京剧艺术十分热爱,也十分熟悉。作者围绕孟小冬的身世,不但介绍了京剧的历史,介绍了京剧的各个分支,介绍了男扮女角的原因和历史;更写了孟小冬的长辈、老师、同行(如孟小冬一家、仇月祥、余叔岩、白玉昆、程君谋、孙佐臣、赵碧云等人)的艺术成就和不同特色;特别叙述了露兰春、粉菊花、章遏云、陆素娟等著名女伶人坎坷曲折的悲剧命运。作者还介绍了当时演出的形形色色、丰富多彩的剧目;甚至连演出的剧场(如北京大栅栏三庆园、无锡新世界屋顶花园)都做了介绍。这些叙述和描写,不但烘托了孟小冬的形象,更展示了孟小冬生活、工作的典型环境;而且也展示了中国的京剧历史,中国的文化史,中国的文明史。这些,对于京剧艺术的知识普及和研究,亦大有裨益。比如对露兰春的介绍:露兰春是孟小冬童年在戏曲舞台上结识的姐妹之一,两人以姐妹相称,曾合演连台本戏《宏碧缘》,红极一时。后来她又与孟小冬同时进入共舞台戏班。当时已经 50 多岁的黄金荣对女老生露兰春一见倾心,一心想把她霸占到手。为此他不遗余力,一连两个月,亲自下戏园为她捧场,又甩出大笔白银亲自张罗请上海百代唱片公司一次为她灌了《宏碧缘》《枪毙阎瑞生》《哭祖庙》《苏武骂毛延寿》等六张唱片。时任浙江督军、军阀卢永祥的大儿子、上海滩有名的四公子之一的卢筱嘉看到报纸上大篇幅介绍露兰春时，早已垂涎三尺，择日便轻车简从，专程前往黄记共舞台，让跟班的给露兰春送去一枚钻戒示好，却被露兰春推说另外有约而婉言拒绝。卢筱嘉憋了一肚子气，开戏后，露兰春刚一上场，他就故意喝了声倒彩。正坐在包厢里看戏的黄金荣听见倒彩，不问青红皂白，马上派人过去给了卢筱嘉两个"锅贴"。卢筱嘉连夜跑到杭州向其父哭诉。几天之后，共舞台正上演《枪毙阎瑞生》，露兰春饰莲英。黄金荣又带了四个贴身保镖耀武扬威地踏进了包厢。卢筱嘉带领十几个便衣悄悄地溜进了二楼包厢，用手枪顶着黄金荣的光脑袋，恶狠狠地说："老猪猡，识相点，不然爷们儿现在就送你上西天。跟我们走！"说着，有人上前，轮起大巴掌，左右开弓，为卢筱嘉狠狠地、加倍地奉还了他几个"锅贴"。上海大亨黄金荣就这样在大庭广众的眼皮底下，被连拖带打，被枪口顶着关进了地牢，吃尽了苦头、丢尽了颜面。后来，还是杜月笙出面，费了一番心思和周折，打通了卢府内部关系，并花了300万款子，才把黄金荣从地牢里赎了回来。黄金荣的地位，也由杜月笙取而代之。黄金荣怀恨在心，后来又诬告露兰春的丈夫，露兰春被逼得走投无路，年仅38岁就病逝于上海。孟小冬亲眼看见了露兰春的悲惨遭遇，深切感受到了"名伶"光环下的凄惨与悲凉。这段描写，既写出了女伶人的命运，又直接联系着孟小冬的命运，同时还把杜月笙也牵连进来了，可谓一箭三雕！

《孟小冬：氍毹上的尘梦》的第二个成就，是作者打破多年的忌讳，写出了孟小冬与梅兰芳及杜月笙的复杂关系。

就在孟小冬的演艺生涯如日中天，前程辉煌之时，一场几乎断送她艺术生命的噩梦悄然逼近。"而闯入她婚姻生活的另一半，正是当时已名扬天下的京剧伶界之王——梅兰芳。"

作者首先对梅兰芳给予了高度评价：

梅兰芳是中国京剧发展史上举足轻重的表演艺术大师……梅

兰芳轻歌曼舞的舞姿配上那优美的唱腔和雍容华贵、国色天香的扮相形成了梅派艺术独创的古典美。他改革、丰富了旧剧传统僵化的表演程式，令京剧艺术耳目一新，在国内外赢得了极高声誉……梅兰芳以他的舞台艺术魅力，使我国京剧艺术跻入了世界戏剧之林……梅兰芳在中国戏曲史上有着不可撼动的历史地位。

接着，作者又如数家珍地描述了对梅兰芳舞台艺术有着重大影响，后来又促孟、梅姻缘的关键人物齐如山以及梅郎家事（即梅兰芳同前后两位夫人的亲密关系）。在此基础上，作者才将孟小冬如何在舞台上被人邀请合演了两场阴阳颠倒的《游龙戏凤》和《四郎探母》和盘托出。《游龙戏凤》是写明武宗正德皇帝微服巡视，在李家客店挑逗、调戏李凤姐的一出生旦戏。在舞台上却是阴阳颠倒的，18 岁的姑娘孟小冬扮演的却是正德皇帝，而有美男子之称的梅兰芳演的是李凤姐。戏中有正德从头到脚瞧凤姐，用手指搔凤姐手心等打情骂俏的情节。此台上梅孟表演戏耍身段（动作）时，台下简直是开了锅，人人起哄，不断地拍手，不停地叫好。二人合演的《四郎探母》，再次引起注目，轰动一时。"戏中演绎的是北宋与辽两国交兵，流落辽帮多年的宋将杨延辉，闻知母亲佘太君亲征，隐姓埋名做了辽国驸马的杨延辉，欲出雁门关卡探望其失散离别多年的母亲，但因辽宋两国交恶难以启齿说明真相，故而愁眉不展，在铁镜公主'四猜'之后，有一段杨延辉与铁镜公主的对唱……这里口口声声是夫妻情，夫妻恩。这位梅大爷也渐渐为这位年轻貌美、如花似玉的佳人所动心，如果能与这样一位楚楚动人而会唱戏的坤伶相伴，那可称珠联璧合了。而孟小冬也为这位品貌兼优、名震剧坛的梅老板所心动……梅、孟在台上颠倒阴阳的假戏似乎也催动着他们之间恋情的发展。"梅、孟的这场爱情戏，经过友人一番鲁莽精心的鼎力撮合，也水到渠成。经过几次酝酿，择定良辰吉日，1927 年春节过后的农历正月二十四日，所谓的婚礼就在东城东四九条 35 号中国银行冯总裁的公馆里举行。

作者分析了这场畸形婚姻：

在这场"梅孟之恋"中，相对19岁的孟小冬来说，梅兰芳是主动的。……孟、梅假借冯府举行的所谓婚礼，从来没有得到梅家上下的承认，实际上梅兰芳将孟小冬处于了"二奶"的地位；由于梅二夫人福芝芳及家人对此事的不满，他只能将她置于外宅。其次，梅兰芳依照福芝芳与他婚后即退出舞台的先例，使孟小冬也心甘情愿地离开了舞台，像金丝鸟一样圈在了家中。当然，出现这样的结果，孟小冬也是有责任的。她的思想较之梅兰芳更陈旧，她所受过的教育及那个时代贫寒出身的"女戏子"的地位，都使她感到能够嫁给梅兰芳这样一个英姿俊秀的京剧泰斗，已是她人生的最好归宿……因此，她心甘情愿地扮起了梅家外室的角色。

这以后，戏迷李志刚的闯入，引发一场血案，又引起更多的谣言，这"让处世不深的孟小冬有口难辩，它就像一把杀人不见血的利刃，在梅、孟之间重重地划了一道无法愈合的伤痕。一场血案惊魂未定，而福芝芳又以梅的安全为由，开始与梅吵闹。梅兰芳在重压之下对孟小冬逐渐淡化，到'金屋'的次数也逐渐减少了。此时孟小冬才感到初恋时的梦幻，已在无情的现实生活中损耗殆尽，新婚初始的美好憧憬已不复存在……"而"妇女病"的发现和梅兰芳在福芝芳严如冰霜的脸色下拒绝了孟小冬对梅母的吊唁，令孟小冬心如刀绞，受如此奇耻大辱，令她彻底泯灭了对梅兰芳的最后期望与幻想。这场乾坤颠倒的噩梦，使孟小冬过早地跨过了她的青春年华，甚至几乎断送了她的艺术生命。自打这天起她整日以泪洗面，水米不进，面壁发呆……梅兰芳也因此事演绎出种种绯闻，被报界炒得沸沸扬扬，备受困扰，不得不选择远离北京这伤心是非之地，于1932年初举家南迁上海，这一走就是近20年……

作者接着写孟小冬在调养、缄默三年之后，终于于1933年9月5日、6日、7日，连续三天在《大公报》上发表了400多字的"紧要启事"，叙述了与梅兰芳结合后所受到的不平等待遇，义正词严地驳斥了报界利用李志刚事件所捏造的种种绯闻，并向歧视妇女的人们庄严宣称:"勿谓冬为孤弱女子,遂自甘放弃人权也。"然后,孟小冬于当年9月东山再起,复献艺于氍毹上,一展其才艺,成为余派冉冉升起的新星。

写到这里,作者热情歌颂了孟小冬:

> 孟小冬自己解放了自己,也使广大"冬皇"的崇拜者欣喜若狂。时隔75年,《孟小冬紧要启事》仍然活生生地向我们展示了当年孟小冬所面临的不公和险恶,作为一个年少女性名伶,敢于奋起抗争,捍卫自己的人权,实在令人敬佩。

这段描写,显示了作者不为贤者、尊者、长者讳,敢于如实写出名人过失缺点的勇气。须知,这段经历,在梅兰芳本人著述的《舞台生活四十年》(包括《梅兰芳文集》)中只字不提,梅兰芳的儿子梅绍武的《我的父亲梅兰芳》当然更不便记叙。但传记作者却把这些如实地写出来了。

传记紧接着对杜月笙帮助孟小冬做了很多正面描写,以后更正面写出了杜月笙与孟小冬的婚姻。作者敢于实事求是地对待历史上的反面人物,给予其功过分明的评价,并表现了他正面的一面。这更显示了作者的历史唯物主义和辩证唯物主义精神。

作者在传记中写了杜月笙身入虎穴,搭救师傅黄金荣的义举,描写了他"懂戏,尊艺术,尊重艺人"的形象。作者还对杜月笙做了较全面的分析:

> 这位在解放后,由于有反共历史背景,被定性为旧社会的黑势力,流氓大亨,是蒋介石镇压共产党的帮凶……数十年给予孟小冬的帮助却是正面的、无私的。而这位杜先生在上海滩:乐善好施,忠义爱国,惩杀汉奸,曾有系列善举也被长期埋没。在他身上,十分典型地体现了人性"善""恶"的两面性,说他是"好人",他却做过许多十恶不赦的坏事,说他是"坏人",他却做过不少爱国爱民的好事,因此,界定历史人物之善恶好坏,是一件既复杂又困难的事情,不可妄议,评价其人当以民族大义和

国家利益至上。而又恰恰是这样一个复杂的历史人物，几乎像影子一样伴随了孟小冬的戏剧人生。

作者在叙述了杜月笙的身世之后，既揭露了他在 1927 年 "4.12" 反革命事变中的罪行，又表现了他在抗战中的爱国立场和爱国行动。而在抗战这段艰难的日子里，孟小冬就生活在姚玉兰、杜月笙身旁，她也亲眼看见了杜月笙在国难当头时候的所作所为，并且自己在其影响之下，也曾走上街头参加募捐活动。她从这现实的爱国主义教育中，懂得了许多过去在戏曲舞台上学不到的东西。

作者写了杜月笙对孟小冬的帮助和支持，特别是大力促进孟小冬拜师余叔岩。作者还写出了杜月笙和孟小冬两人的爱情，写了他们两人的相互关照和信赖，写了两人最后的婚礼，"红颜知己，终成眷属"：

> 在杜月笙痛苦磨难、呻吟床笫的病疾生涯中，他唯一的安慰就是孟小冬的尽心服侍，柔情脉脉。孟小冬身怀绝艺，孤苦伶仃，一辈子傲岸于荣瘁之际，受过数不清的打击，"历尽沧桑"四字可以说是她的一生的写照。……

> 杜月笙体会得出孟小冬的心境，了解她的苦闷，因此使他对孟小冬一向具有的"敬爱之情"，一变而为"深心怜惜"，他很小心地不把这种"怜惜之心"形诸颜色，他深知孟小冬"荷尽已无擎雨盖，菊残犹有傲霜枝"，无论在任何艰难困苦的情况之下，她也不会皱一下眉，叫一声苦……

> 看完《孟小冬：氍毹上的尘梦》，孟小冬辉煌而又凄苦的身世让我们感恨万千，缅怀不已……

评韩石山的《徐志摩传》

韩石山，1947年出生，山西临猗县人。1970年毕业于山西大学历史系。现为山西作家协会副主席，《山西文学》主编。主要作品有：长篇传记《李健吾传》《徐志摩传》，长篇小说《别扭过脸去》《韩石山文学评论集》等。

《李健吾传》是韩石山的第一部传记作品，也可以说是一部发愤之作，是为李健吾之巨大成就和罕见才华不为人知而下决心写出的。请看作者是何等的不平——

沈从文热，钱钟书热，林语堂热，梁实秋热。前些年，当文学界读书界迭次出现这个热那个热的时候，悄悄地，虔诚地，我就期待着能出现个李健吾热。多少年过去了，没有，终于没有，看来短时期内还不会有。我完全失望了。同时也渐渐悟出了此中的缘由。

热是一种契合，得双方的感应；热是一种追求，得你认知，然后才能趋之若鹜。吸引力诚如磁石，还得你是铁质。

一句话说白了，要现在的文学界和读书界，接受李健吾这样的大家，还不到时候，还不配。

还是说白了吧，神通太大，哪一所庙堂，也不愿将这尊神迎进去供奉。浪淘尽千古风流人物，云开天霁，水落石出，蓦然回首往昔，你不能不惊异地承认，这是一位旷世奇才。几乎在新文学的所有领域，都有开创性的建树。

读了此传，也让我们确实了解了李健吾之才华和成就——

丰赡的著述，多方位的建树，如一条宽阔的河，默默地滋润着流经的所有地域。雨露阳光，感恩戴德，谁又会顾惜这地下的潮湿，无形的赐予？

小说家，散文家，剧作家，翻译家，文学评论家，法国文学研究专家，不是聊备一格沾点边儿，而是实实在在，都有煌煌的建树，有些至今仍无人企及。五四以来的作家中，像这样高水平的全才，不敢说绝无仅有，顶多也是寥寥无几。

这或许正是他的悲凉。

读了传记，我们会同意作者改写的一首古诗了：

万古文章有坦途，

纵横谁似李健吾？

真书不入今人眼，

儿辈从教鬼画符。

看来这鬼画符还得画些日子。

《徐志摩传》是韩石山的代表作。

这部传记最突出的特色，是在传记体例上的创新。韩石山在这部传记的写法上独辟蹊径。他借鉴了中国纪传体史书的体例，打破了传记写作常用的以时间为序的写法，而采用家庭、本传、交游的结构，对传主各个方面详加稽考。采用这种方法，是因为作者在传记写作中感到我国的人物传记都是一个老套子：从出生写起，以时间为经，以事件为纬，一波三折地推进下去，直到人物寿终正寝。偶有变化，也不过是来个倒叙什么的，但总体上还是按时间顺序写。这样写的好处是，在结构上不用动脑筋，其优点是人物事件融为一体。但其缺点是在写到传主与其他人的关系时，难免要介绍这些人物的年龄、籍贯，跟传主的历史渊源什么的，等你把这些穿插进来写完了，接着写下去的兴致也差不多全没了，有时读者看到这里也不怎么舒服。他就想改变长期以来多数人的写法，而换成现在的写法：把传主的主要经历，放在《本传》；把与传主关系密切的人，放在《交游》；把传主的父母妻子，放在《家庭》中。这样的好处是，便于作者酣畅地、专注地、一口气地写出传主身世，又方便读者阅读：想看故事，只要看《本传》即可；想看传主与朋友的关系，或者还想了解得更详细些，可以看《交游》；想知道他的双亲和妻儿的情况，可以看《家庭》。他还在书末设《著作》和《年表》，也各司其职，欲知这方面情况的可以看。这样一种新格局、新体式，比较全面地反映了传主各方面的情况。

《徐志摩传》的第二个突出的特色，是史料的丰富圆熟及挖掘的深入深刻。韩石山是学历史的，对历史资料的搜集、研究、整理很有办法。他家中徐志摩的资料原来就有很多：上海书店的《徐志摩全集》、徐志摩的《爱眉小札》、陈从周的《徐志摩年谱》、刘心皇的《徐志摩和陆小曼》、张放与陈红合编的《朋友心中的徐志摩》，全套的《新月》影印本等；为写《徐志摩传》，他又陆续购得全套《晨报副刊》影印本、台湾版的《徐志摩全集》、台湾版的《胡适之先生年谱长篇初稿》，还有黄山书社出的《胡适遗稿及秘藏书信》；他还到国家图书馆和上海图书馆复印了数百页资料，看了十余种徐志摩的传记。作者一边收集材料，一边动手编年谱。就这样，作者用了三年时间搜集、消化、研究资料，写出了数十万字的年谱，又用了一年的时间写出了书稿。作者对史料掌握既丰富、深入，在史实的发掘上用力尤勤，于传主生活的每个历史时期都有重要的史料发现：比如，在上海的一场官司，一生中与林徽因的情感起伏，韩石山都用充足的材料，并依据确凿的史料，做了严格的考证、推论，得出了新的判断。

又如，对于徐志摩在欧洲时与张幼仪的感情纠葛，张幼仪是怎么来到英国的，是徐志摩思妻心切呢，还是另有原因？韩石山以大量史实说明：

> 张幼仪来英国和徐志摩向林徽因求爱，这两件事在起初阶段没有关联。若说徐志摩把张幼仪接来就是为了离婚，那就有点不近人情了。纵然不爱她，也不会施此毒计。

韩石山还以大量信函、回忆，考证了徐志摩同陆小曼"是哪一天突破'朋友之妻不可欺'的防线"的。有人认为这是韩石山无聊,可是韩石山却认为这是他重要的发现!

韩石山还对徐志摩同陆小曼的恋情从道德和情感两个层面给予了评价:

> 无论从旧道德上说,还是从新道德上说,这种行为都是不道德的。这是从道德的层面上看,若从情感的层面看,就是另一回事了。对徐陆恋情最为理解也最为佩服的郁达夫是这样说的——
>
> 忠厚柔艳如小曼,热烈诚挚如志摩,遇合在一道,自然要发放火花,烧成一片,哪里还顾得到纲常伦教?更哪里还顾到宗法家风?当这事在北京的交际社会里成话柄的时候,我就佩服志摩的纯真与小曼的勇敢到了无以复加。记得有一次在来今雨轩吃饭的席上,曾有人问起我对这事的意见,我就学了三剑客影片里的一句话回答他:"假如我马上要死的话,在我死的前头,我就只想做一篇伟大的史诗,来颂美志摩和小曼。"

《徐志摩传》的第三个特色,是历史性、科学性与文学性、艺术性的结合。前面提到,韩石山先生是学历史的,所以在历史资料的搜集、研究、整理上很有办法,也下了极大的功夫,这就保证了《徐志摩传》史料的准确性和事实的准确性。同时,韩石山大学毕业后又长期从事文学创作、评论和文学杂志的编辑工作,这又使他有很高的文学写作水平。历史家的严格考核与文学家的热情浪漫在这部传记的写作中自然地融合起来,使这部传记的历史性、科学性、文学性、艺术性很好地结合,形成了这部传记写人形神毕肖而又准确传神,叙事酣畅流丽而又简洁精当,议论深入堂奥而又灼见纷呈,语言精确凝练而又畅达优美的特点,堪称一部风格独特、文史结合的徐志摩的信史。

传记文学要写人,写人的经历、行动、言谈举止、性格风采乃至外貌、心理。我们首先看作者对人物的描绘。作者对少年徐志摩的描写就用了对比法,即把郁达夫同徐志摩——这两位中国现代文学史上的大诗人、大作家对比来写,达到了一箭双雕、一石二鸟的效果:

1911年春天……徐志摩从开智学堂毕业。开春后，考入杭州府中学堂，俗称杭州府中……和志摩在一个班上的，除了他的表兄沈叔薇外，还有董任坚、郁达夫、姜立夫、郑午昌（昶）等……

达夫一到班上，就注意到了徐志摩。

郁是个老生子，体弱胆怯，在课堂上，在宿舍里，只是诚惶诚恐，战战兢兢，像只蜗牛似的，连头都不敢伸出壳来。同他的这一种畏缩态度正好相反，在同一级同一宿舍里，却有两位奇人在跳跃活动。一个是身体生得很小，而脸面却是很长，头也生得特别大的小孩子。郁心里老是在想，"这顽皮小孩，样子真生得奇怪"。还有一个，是日夜和这个头大脸长的孩子在一块儿，最爱做种种淘气把戏，为同学爱戴集中点的，身材相当高大，面上也已经满示着成年男子表情的，在他看来，仿佛年纪总该在三十岁以上的大人，——其实呢，也不过和他们上下年纪而已。这两个人，无论在课堂上或在宿舍里，总在交头接耳地密谈着，高笑着，跳来跳去，和这个那个闹闹，结果却终于会出其不意地做出一件很轻快很奇特的事情，来吸引大家的注意。

尤其使郁达夫惊异的，是这个头大尾小，戴着金边近视眼镜的顽皮小孩，平时那样不用功，那样爱看小说——他平时拿在手里的总是一卷有光纸上印着石印细字的小本子，而考起试来或是作起文来却总是分数得的最多的一个。

不用说，这个戴金边近视眼镜的，就是徐志摩。那个常和他在一起的，就是沈叔薇了。

头大身小的徐志摩活泼调皮、聪明过人的外在和内在，乃至郁达夫的体弱胆怯，诚惶诚恐，战战兢兢，像只蜗牛似的性格，不都在韩石山的笔下跃然而出了嘛！

作者还对年轻的徐志摩做了生动的描绘：

1923年1至3月志摩接连在《努力周报》《时事新报·学

23

灯》《晨报副刊》等报刊上发表了许多诗文……这鹊起的声誉，首先引起了清华的学生们的关注。清华文学社想请这位新诗人来校讲演……地点在清华高等科的小礼堂，也叫同方部。

届时徐志摩飘然而至，白白的面子，长长的脸，鼻子很大，而下巴特长，穿着一件绸夹袍，加上一件小背心，缀着几颗闪闪发亮的纽扣，足蹬一双黑缎皂鞋，风神消散，旁若无人。

清华高等科的礼堂里挤满了人，黑压压的足有二三百，都是慕名而来的听众。按梁实秋的说法，这么多人，与其说是"听众"，不如说是"观众"，因为多数人是来看而不是来听的。

作者对陆小曼也做了精彩的描绘：

最后一项余兴，是用英语演出泰戈尔的戏剧《齐德拉》……

演出这天，傍晚时分，华灯初上，协和礼堂外面，已是车水马龙，门庭若市了。礼堂门口，就数小曼一人最忙，进来一位递上一册说明书，同时收回一元大洋。赵森在旁边，看她手忙脚乱的情形，看她那瘦弱的身躯，苗条的腰肢，眉目若画，梳着一丝不乱的时式头——彼时尚未剪发——斜插着一枝鲜红的花，美艳的体态，轻嫩的喉咙，满面春风地招待来宾，那一种风雅宜人的样子，真无怪乎被称为第一美人。偏不凑巧，他（赵森）正看的得意，陆小姐发了脾气了。

原来这时进来一位大爷，在接过陆小姐说明书的时候，尚是笑眯眯的，一脸和气，及至一听还要一块钱，立刻变了颜色，把说明书往地上一丢，转身就往里跑。人生得胖，几乎撞着了陆小姐的膀子，气得陆小姐连声骂"下等动物"。陆小姐受了侮辱，恼了，不干了，说明书了扔一地，掉头就走。立时起了纷乱，慰问，劝解，嘈成一片……

韩石山经常发表自己的见解，增加了传记的文学色彩和思想容量。

比如，他对徐志摩诗文的评价：

　　一般人都知道徐志摩是个诗人，实际上，他的散文写得同样好。好些人还认为，他的散文比诗要好，比如叶公超就说过"我总觉得志摩的散文是在他诗之上"的话。志摩的散文有个特点，就是恣肆汪洋，不拘成法，意兴所至，文采斑斓。他自己说这种写法是"跑野马"。

　　他的语言风格，可说是色彩亮丽，酣畅自然，紧傍着灵动的思绪上下翻飞，词语并不怎么奇突，句子还不那么规则，而这不规则的某一角，说不定恰恰触到了事物的本质处，让你眼前一亮，不由得拍桌子叫绝。若跟胡适的文章做一比较的话，那就是，胡适是没有说不清的道理，他是没有表达不清的感情。

再比如评议徐志摩的性格：

　　他又是个生性随和的人，或许是估计到此文发表后会招来的怨毒，末了，还做了一番善意的劝解，这也是他在生活中最乐于扮演的角色——

　　我最后一句话是要预先劝被西滢批评着的诸君，不要闹意气，彼此都是同志，共同维持艺术的尊严与正义，是我们唯一的责任，此外什么事我们都不妨相让的。驰骋文坛，屡遭非议，守正不阿，坦然应对，是他这一时期形象的最佳写照。在所有的争论中，大体说来，徐志摩的态度都是平和的，从来没有疾言厉色，恶语伤人。这是出自他的平和的天性，也是谙熟了英国绅士的风度。

《徐志摩传》的语言畅达明快，不乏优美典雅。比如，写徐志摩到北京后——

　　住在这儿，他的心情是复杂的。与林徽因的关系悬在空中，且越来越玄。没有地位，没有声名，往后如何立身，如何自处，不管怎样的多情，回国之后，徐志摩最忘不了的，还是此后的事业。

　　不说自小的心志了，眼前晃动着的，都是当今中国社会的杰出人物。声名震天的梁启超，风流潇洒的林长民，励精图治的张君劢，更有当初或许看不上眼，如今已是名作家的中学同学郁达夫。这一切，怎能不让心高气盛又自负自赏的徐志摩看在眼里急在心里？

当五四运动后不久，新文化运动方兴未艾，各种团体和刊物，如雨后之笋，蓬勃而出。最大也最为松散的是文学研究会，锐不可当的是创造社，资历最老的是《小说月报》，调门最高的是《新青年》，《新潮》《语丝》《文学周报》也都各有气象，各成壁垒。要在这群雄割据的格局中，打出一方属于自己的天地，不光要有实力与自信，还得要有勇气与谋略。

勉力写作，四处投稿，成了唯一的选择。只有这样，才能显示自己的才华，才能开辟自己的一方天地，才能为这个风云变幻的时代接纳。

作者对徐志摩，有着很深的敬意，写得很有感情。但即使如此，作者还是能实事求是地批评徐志摩，特别是对徐志摩游欧时的一些行为的批评，还是很尖锐的：

人穷了真是可怕。写信的这一刻，徐志摩坠入他一生的道德低谷。没有了潇洒，没有了诚朴，有的只是友情遮掩下的贪鄙与榨取。

刊《大中华二十世纪文学史》

评梅志《胡风传》

梅志，女，原名屠玘华，江苏常州人。1914年5月生，1932年加入"左联"，开始革命活动及文学创作。1933年12月与胡风结婚。此后，除协助胡风编辑出版《七月》《希望》等刊物及管理"希望社"外，一直写作不辍。中华人民共和国成立前后，出版了长篇童话诗《小面人求仙记》《小红帽脱险记》《小青蛙历险记》等。1955年5月，因"胡风反革命集团案"被捕，拘禁达五年十个月。1966年2月，伴随胡风前往四川，给予胡风最大的支持。近年来，她在报刊上发表了大量的童话、散文及回忆录等，出版著作有《梅志童话诗集》《听来的童话》《往事如烟——胡风沉冤录》《胡风传》《花椒红了》《珍珠梅》等。现为中国作家协会离休干部。

胡风（1902—1985），我国现代著名文艺理论批评家、诗人、翻译家。早年参加左翼文艺运动，中华人民共和国成立后因文艺思想上的分歧受到错误处理和不公正的待遇。1979年释放出狱后，中央三次在政治思想和文艺思想上为其平反。梅志同胡风生活了51年，一直协助胡风从事编辑出版工作，1955年又同胡风一起被捕，"文化大革命"前夕又伴随胡风前往四川劳改茶场和监狱；可以说与胡风甘苦与共、患难同担、相濡以沫、艰苦备尝，也给予了胡风最大的支持和最大的安慰，显示了一个中国女性高贵的牺牲精神！胡风去世后，她写了《往事如烟——胡风沉冤录》，又经历了局外人无法想象的痛苦，呕心沥血，历时八年，写出了这部将近六十万字的《胡风传》，为人们呈现出胡风——一位优秀文学家坎坷曲折的人生及独特的人格风采。

这部传记的最大特点、最大长处，就是秉笔直书，真实准确。作者在后记中说：

> 还是在胡风临终前几天，他握着我的手说："不得了，他们又在冤枉我，说我干了什么……见不得人的事……我怎么说得清啊？"望着他那焦急苦恼的面容，几乎使我的心都要碎了……我抚着他的手安慰他，并许诺说："你放心，谁也不能再来诬蔑你，往你脸上抹黑了。我会为你说清的。"

> 这个承诺一直在我心中激荡。我深感到我有责任将一些强加于他的莫须有的罪名为他洗刷干净，同时也应该将他真正的为人，他真心实意为革命文艺所做的工作，全盘如实地写出来，以留给后人去评判。

作者写这本传记，不单靠自己50多年的亲身经历、观察、见闻、感受、记忆，而且还参阅了胡风的日记和大量书信、材料，并得到子女的帮助和支持，所以材料很真实、具体、实在。时间、地点、人物、事件，乃至对话、叙述、描写，都是非常准确的。作者在写作时严格按照真实性原则，不隐恶、不扬善，而唯真实是尊。如写胡风小时候，作者就没有把他写成神童，没有把他写得聪明绝顶，而是写他十七岁才去考高小，还考得筋疲力尽，写出他作为农村子弟的朴实、厚道、善良、老实。特别是作者还写了胡风小时候常去姐姐家玩，窑上的工人拉他去赌钱。他经不住诱惑，参赌了，不但输光了身上所带的钱，而且把别人有意借给他的钱也赌输了。在借钱还不出的情况下，他不得不用铁丝捅到爹的钱柜子里掏钱去还赌债。作者写胡风后来把赌债还清之后，想到自己"赌博、偷钱的罪过都有了，可怎么得了！……他苦恼得简直不能原谅自己，一夜都未睡好，真想一死了之！转念一想，又觉得死太不值得了……他想起了岳母刺字的故事……"于是，他在左臂上刺了一个铜钱大的"志"字，提醒自己永远不赌不偷。偷钱的丑事不仅没有贬低胡风，反而更表现了胡风小时候如何及时改正缺点的优点。

　　作者严格按编年史的方式，按时间顺序往下写，以叙述为主，夹叙夹议，详尽叙述了胡风一生的经历，他的学习、写作、编辑、翻译，他的交友，他的为人处事。作者在客观的叙述中，生动地展现了胡风的热情、正直、忠诚，热爱文艺事业，关心青年作家，又有很高的理论水平和写作才能的形象。作者写胡风在抗战时期，在艰苦的漂泊流浪中，还不停地写作、不断地编杂志，为青年作家编书，真是不辞艰辛，不顾生死！比如，写胡风在桂林为南天出版社编辑出版了《七月诗丛》，包括艾青的《向太阳》、孙钿的《旗》、冀访的《跃动的夜》和阿垅的《无弦琴》，销路不错，很快就收回了成本。田间的《给战斗者》书稿在香港时丢掉了，胡风一直觉得可惜。田间的这些新诗的写作形式和他到延安后所创作的充满革命朝气的新形式的诗歌，是应该出一本诗集的。于是，他和 M 一同到广西壮族自治区图书馆查报纸书刊，找回了不少，有人又从重庆带些当初留在重庆的诗稿。这样选出了几十首，编成一本，仍用《给战斗者》为书名送审，通了关节，送了礼，才算通过出版。绿原的《童话》、天蓝的《预言》等也都是在十分困难的情况下传奇式地通过的。结果，一发行就受到了欢迎，销得很好。于是，胡风又将曹白的《呼吸》、路翎的《饥饿的郭素娥》和《青春的祝福》、东平的《第七连》编为《七月文丛》交南天出版社出版了。这样，他在桂林期间，不但为南天出版社打下了经济基础，也为桂林文坛做了一点工作。

　　作者为了表现胡风创作的激情和对新中国的热爱，写道：

　　　　自从那次参加先农坛庆祝党生日的晚会和不久前参加的开国大典以来，脑海里出现了很多形象和诗句，他开始创作长诗《时间到了！》（后定名为《时间开始了》）。……差不多整天都被创作激情所燃烧，忘却了人间的纠缠不休和苦恼，夜以继日不知疲倦地写着。每写成一些章节，就给青年诗人鲁煤、徐放、于行前等人朗诵，征求他们的意见。几天后，第一乐篇《欢乐颂》就写出了，并将它改好抄出，交给了《人民日报》。11 月 20 日，马凡陀（袁水拍）亲自送来了当天的报纸，《欢乐颂》在上面发表。

这是中华人民共和国成立以来第一部歌颂党、歌颂祖国、歌颂领袖的作品,它道出了从旧社会过来的知识分子的心声,朋友们见到他时都不约而同地表示了赞赏。

写下面的几章时,他的情绪更为高昂。在他的日记里有这样的记载:"两个月来,心里面的一股音乐,发出了最强音,达到了甜美的高峰……"到写第二乐篇《赞美歌》(后定名为《光荣赞》)时,他被感情燃烧得几乎不能呼吸,很久很久难以平静……

胡风的创作热情甚至在牢房里也继续保持着。他在牢房里还写了那么多的诗——

没有审问,没人搭理他,这漫长的日子可真难打发呀!他一人在空房中漫步,念着自己记得的诗句。有时念到喜欢处,就大声念出来,常常引得警卫打开小窗申斥他。有时,诗兴来了,就默默地创作一些诗句,没有纸笔,只好默记在心中。后来这成了他的一种功课,常在心情不安或焦急时默吟着它们。1956年旧历除夕,默"写"的那首是:

竟在囚房度岁时,奇冤如梦命如丝;
空中窸窣听归鸟,眼里朦胧望圣旗。
昨友今仇何取证?倾家负党忍吟诗!
廿年点滴成灰烬,俯首无言见黑衣。

……从天亮到天黑。这时,唯一能使他平下焦躁和思念之情的,就只有吟诗。他开始创作一组韵诗,定名为《怀春曲》。那是他自创的五言"连环对诗"体,有韵,但和旧格律诗不同,下句可以重复上句,这样既便于记忆,也加重了语气和感情。他十天半月可以吟成一组,再酝酿下面的。后来又发展成《百花赞》,主要是以花来赞美亲人和友人,寄托怀念之情。几年来,得几千首。每年初,他都要从头到尾重温一遍,以免忘掉。

梅志还表现了胡风同周扬几十年的恩恩怨怨,特别突出地表现了胡风不记仇、不报怨、不以牙还牙的胸怀，显示了他宽阔的胸襟、高远的情怀和实事求是的精神。

梅志也如实地写出了胡风性格上的弱点，或者说在形势判断及待人接物上的弱点。比如，在周扬给他安排三个工作之时，在胡乔木给他谈话时，甚至在周恩来给他谈话之时，他都未能领会其意图，完全只按自己的思路说话办事，以至失去了一些机会。而在中央开始揭批高、饶反党联盟之时，他还以为是号召开展批评与自我批评，就应该把几年来文艺界不正常的情况直接地汇报给中央，"这才是对党负责，对人民负责"！于是他满腔热情地写出了他的"三十万言书""捧上了一颗对党对文艺事业赤诚的心"。而在舒芜揭批了他之后，他对舒芜很不满，以至一次，老聂喝得醉醺醺地带着何剑董和舒芜来到胡风家，胡风竟说老聂：你怎么随便把人领到我这儿来？用手一指舒芜。老聂也很尴尬地说，你这是何必呢？……就同他二人一起快快地走了。走出后，他们都憋着一肚子气，说胡风太过分了，甚至说以后不理他了。只有舒芜说了一句很有分量的话："嗨，他可有许多信在我手里呢……"老聂忙对舒芜说："这可不行……"又担心胡风受到报复，立即托人转告胡风，要他小心点，检查一下他给舒芜的信。但胡风却没当一回事。谁知，就在 5 月 13 日《人民日报》发表胡风的《我的自我批判》的同时，发表了舒芜的《关于胡风反党集团的一些材料》。

梅志在看似客观的记叙中也融入了自己的感情和感慨。如写公安部的干部来拘捕胡风之时，先写交代了一段："正好这时，区政府和军委工作组来此丈量房子，说是要征用。这可真是雪上加霜，意味着自己苦心经营了半年的小房将被拆毁，这家也将被连锅端走……他不敢想下去了。"

第二天凌晨，胡风夫妇先后被带离了他们的家。写到此，作者加了一段：

有道是：太平街不太平，三年未住满，成了反革命！房被拆，地深挖，高楼大厦上面压，看你还敢折腾不！

梅志也写出了胡风在监狱中受到报刊大批判时的坚定和从容：

> 每天差不多都是坐在桌前或在小屋里踱步。那几天的报纸像机关枪子弹一样地向他射来，上面印着大字黑体的"胡风反革命集团"，成版成版的揭发或声讨的报道，好像铁板似的压在他的心上，他看了感到刺心的痛，有时冷然地发笑，后来，终于麻木了。那陪他的青年人一直在注意着他看报时的举动和表现，他对那青年反倒露出了笑容，说了一句："可惜了纸张！"

《胡风传》确实是呕心沥血之作，是血泪凝聚的佳作。它不但真实地描写了一位忠实文学事业而又才华横溢的作家、理论家的悲剧性的人生际遇和神采风华，也为我们记载了深刻的历史经验和沉痛的教训。

作者因为写传之前写过《胡风沉冤录》，所以在此传中对胡风失去自由的二十多年生活就写得十分简略。这似乎使这部"全传"在结构上显得有些失衡。这也许是这部传记的白璧微疵吧！

刊《大中华二十世纪文学史》

不忘初心的红军作家

——评《汪大漠传》

在纪念红军长征胜利 80 周年的日子里，我读到中共重庆市涪陵区委党史研究室编辑出版的《汪大漠传》，感到十分喜悦和敬佩。

本书作者汪大波是北京大学新闻专业毕业的资深老记者，从事新闻工作至今已有 60 余年，是传主汪大漠的胞弟，他对自己的同胞兄长十分了解，十分钦佩，精心写出的传记也非常真实亲切，格外生动感人。在古今中外传记作品历史上，由亲人写亲人的传记不少，但是，我认为《汪大漠传》不但具有鲜明的时代特征，充满了革命的激情，而且其内容与写作方法独具特色。作者在尊重事实的基础上突出重点，在材料选择上去繁就简，在行文叙事上不拘常套，层次分明，叙述、议论与抒情紧密结合，让人阅读顺畅，感受深刻，富有兴趣，绝不雷同于一般平铺直叙，流水账式的人物传写。

尤其值得赞赏的是，本书在简略叙述汪大漠的出生故乡、家庭背景之后，着重评述了汪大漠在 20 世纪 30 年代在就读于四川涪陵县初级中学，以及就读于重庆和成都两地高级中学之时，就是爱国学生和进步青年作者的经历。他在成渝两地多家报刊发表散文、诗歌、杂文以及文艺评论等作品，成为较有名气的多产的青年作家。早在 1935 年，汪大漠在杂文《读书的自由》中，用讽刺讥笑的笔调，对当时某些人鼓吹的"知识无用""知识越多越反动"的荒谬观点，在报纸上进行了公开揭露和抨击。1936 年夏天，他在《商务日报》副刊上发表了《谈天才》一文，公开主张不迷信天才。1937 年 3 月 3 日，他再次发表《从误解天才到迷信天才》的评论，严肃地批评"天才论"。

汪大漠还写了《文艺的失真》等文艺评论，公开批判"洋八股""党八股""恋爱八股"等陈词老调的文学观象，呼吁文艺需要活的创造力。也就在这一时期，汪大漠参加了革命文艺团体"海燕社"和"成都文化界救亡协会"。1936年，汪大漠参加了中共外围组织"中华民族解放先锋队"，同田家英（中华人民共和国建立后曾任毛泽东秘书和中共中央办公厅副主任）等革命知识青年一起活动于成都学生界和文艺界，为反抗日本侵略，拯救中华民族，保卫祖国人民而努力奋斗。那个时期，正是红军辗转曲折走在长征路上艰苦斗争的岁月。作者汪大波是怀着深厚热情来书写汪大漠这段历史的。他在传记里，引用了汪大漠1982年发表在重庆日报上的《沁园春·怀念田家英同志》，其词曰：

> 海燕初飞，学步文坛，共痛国危。昔救亡声疾，街头茶社，下乡宣讲，顿起风雷。郊外林中，校园壁上，激浊扬清树战旗。锋芒露，看民先队里，剑舞晨鸡。
>
> 锦城惜别多违，三十载京华隔海陲。想暮云春树，屋梁落月，忠遭谗毁，千古含悲。萧艾丛生，芳菲俱歇，凤死梧桐啼也凄。归何处？伴长征万里，魂返峨眉！

汪大波在传记中用了大量文字记叙汪大漠记录、整理并发表《毛泽东论鲁迅》的全部过程：1937年6月初，汪大漠等三个民先队员（中华民族解放先锋队员的简称）奔赴陕北参加红军，当红一军团政治部宣传员。同年9月，红军战士汪大漠进入陕北公学（后改称抗日军政大学）为第一期学员。1937年10月19日陕北公学纪念鲁迅逝世周年，毛泽东在大会上做了《论鲁迅》的演讲，汪大漠有幸聆听了毛泽东的演讲。汪大漠作为普通学员，普通红军战士，未经任何人安排，自觉完整地笔录了毛泽东的演讲，并精心保存起来。不久，汪大漠去武汉等候工作分配时，主动把记录稿进行整理，以《毛泽东论鲁迅》为题，寄给胡风主编的《七月》杂志，文稿发表于1938年3月第十期。在该文正文前，汪大漠写了一个小引说："这篇演讲是精辟独到的作家论，而且，对每个正在艰苦奋斗着的民族解放战士，都是具有特殊意义的，因此，在现在发表也并不过时。在延安时没有把这篇记录稿交给毛先生看过，如果有遗漏或有出入的地方，当然由记录者负责。"由于《七月》当时把大漠的名字误登为"大汉"，多年来无法确定《毛泽东论鲁迅》的记录整理者是谁。直至"文化大革命"结束，1981年8月19日《人民日报》刊登了唐天然同志经过调查所写的《〈毛泽东论鲁迅〉发表经过》，同年10月12日《人民日报》刊登了当年《七月》杂志主编胡风的《一点回忆》，才澄清了汪大漠记录、整理和发表《毛泽东论鲁迅》一文的历史事实。《人民日报》又于1981年9月22日头版头条刊登了由新华社发出的通稿《论鲁迅》，署名为毛泽东，随后正式编入《毛泽东文集》。本传作者写道："当年的汪大漠还是22岁的青年作家，刚刚入伍的红军战士，他主动把毛泽东的口头讲话记录整理成文，并投给《七月》杂志发表出来，为研究毛泽东唯一的一篇对鲁迅的专论，做出了贡献。"作为传记作者，汪大波对传主的表扬是正确的。在我看来，这还是汪大漠对中国文学史和中共党史在研究毛泽东和鲁迅两位伟大历史人物上做出的重大贡献。

青年作家汪大漠的作品很多，但是本传作者坚持去繁就简的选材原则，对传主的大量作品不做更多论述，汪大波此前已经专门编辑约22万字的《汪大漠诗文选集》出版，传记中只用一节简略介绍此书。汪大漠写作的《访新四军军部旧址》《川江行三篇》《改写落韵诗》《七律·转业述怀》等文章、诗词等分别安排在传记有关章节做出介绍，生动地表现了汪大漠从一个爱国学生到进步青年作家，再到成为光荣的红军战士的光荣历程；展示了汪大漠离职休养之后，又拿起笔来，怀念周总理，怀念军旅生涯，歌颂改革开放的崇高情怀。汪大波用传主的诗篇和他的言行，为我们描绘了传主汪大漠始终不忘初心，始终永葆青春的老作家、老红军的动人形象。

本书作者在传记中，运用不少章节和文字，翔实记叙了汪大漠作为新四军干部，全心全意参加抗日救国工作的经历，尤其是在皖南茂林事变中，新四军军部遭受国民党"反共"军队的突然袭击，汪大漠历经千难万险，同几位战友一起艰苦卓绝、不屈不挠、幻妙应对、智慧突围，最后回到新四军军部的曲折惊险过程，情节生动，具有传奇色彩，让人喜读爱看。作者还图文并茂地记述了汪大漠作为中国人民海军创建人之一，同张爱萍将军等同志一起组建人民海军的工作。从此，汪大漠一直在海军工作，为人民海军建设奋斗了十七年。

1956年冬，汪大漠奉命转业。传记作者特别记录了传主当时写的《转业述怀》七律一首：

铁马金戈廿八春，东西南北染征尘。

延安炉火熔毛铁，"泾县"①狂澜涌洁身。

八载烽烟驱暗夜，三年雷电揭晖晨。

腾空跃海②边情紧，待阵横刀亦捍民。

诚如本传作者所说，此诗总结了汪大漠28年的军旅生涯，抒发了他心中的豪迈之情和英雄气概。

在本传"五次回重庆、难忘故乡情"这一部分中，大波耳闻目睹，以亲身经历具体真切地叙述了汪大漠在新中国成立之后，五次回到重庆，回到故乡长寿县（今重庆市长寿区）和涪陵县（今重庆市涪陵区）看望亲人、友人，观赏故乡新貌，尤其是改革开放后的巨大发展变化。汪大漠兴高采烈，或照相，或著文，或写诗，或赠言……浓烈地、真真切切地表现了老红军、老作家的故乡之情、赤子之心！

非常遗憾和可惜，汪大漠同志于1994年7月21日于北京逝世，享年78岁。本传作者在"倾盆大雨送豪杰，盖棺论定思英雄"这一结尾部分，无限深情地歌颂和悼念汪大漠同志。他记述了当年8月12日在北京八宝山公墓大礼堂举行汪大漠遗体送别仪式的场景：大礼堂四周，摆满了哀悼大漠的花圈，老同志张爱萍（曾任国务院副总

---

① 泾县：原新四军军部所在地。

② 腾空跃海：指汪大漠先后任职于海军政治部和海军航空兵部队。

理兼国防部部长）、张劲夫（曾任国务委员、国家经济贸易委员会主任）、胡克实（曾任中国科学院副院长、共青团中央书记处常务副书记）以及海军党委、海军政治部、海军航空兵部队、交通部党委、交通部、中国科学院计算机研究所等大漠同志曾经工作过的单位所送的花圈挽联。大波特别记录了贴在礼堂大门两根门柱上的特别醒目的大挽联：

上联是"一腔热血，抗日救国，纵横南北真豪杰"；

下联是"满腹经纶，绣成长城，驰骋江海留忠魂"。

这是汪大漠的海军战友写的，道出了海军战友们和几百位前来送别的人们的心声。传记作者对交通部负责同志宣读并由交通部治丧办公室印发的《沉痛哀悼汪大漠同志》的悼词做了记述，悼词对汪大漠同志革命的一生和他对国家、对人民的贡献，尤其是主动记录整理《毛泽东论鲁迅》的独特贡献做了充分肯定，认定他是一位优秀的中国共产党党员、优秀的领导干部、优秀的红军战士。

我很赞成作者在传记结尾中的话："汪大漠有一颗金子般的心，他的心中蕴含着对国家和民族的大爱，他的心闪耀着金子的光辉！我们可以说，汪大漠是一个英雄……我还要说，汪大漠是一个不忘初心，永远前进的资深作家、优秀的红军战士，值得我们永远学习！"

《汪大漠传》是我多年来少见的，具有独特意义和独特风格的党史人物传记之一。中共重庆市涪陵区委党史研究室能够在红军长征胜利 80 周年之际，及时编辑出版《汪大漠传》，对中共党史研究、中国军史，以及文学史研究做出了贡献，非常值得点赞。

2016 年 10 月
写于西南大学

揭开谜团　铭记英雄

——评何建明《爆炸现场》

　　2015年10月，当我在全国报告文学创作会上得知何建明正在采访创作反映天津港"8·12"特大爆炸事故的长篇报告文学时，我曾想：他怎么选了这么一个硬骨头来啃？怎么选了这么敏感而尖锐的题材来写呀？！

　　可是，不到半年，我却在文艺报上看到了何建明以此事件为题材创作的纪实文学《爆炸现场》新书发布会在京举行的消息，而且很快读到了这部新作。说实话，作为一个传记文学、纪实文学作家，我不能不佩服何建明在题材选择上的胆略、气魄和才华！内行都知道，选择这种重大的、尖锐的、复杂的、全国甚至全球都关注而认识上有分歧，甚至有巨大分歧的题材，是很难的，很考验作家的胆识和才能的！

　　一口气读完本书，我心灵受到强烈震撼！作家笔下所还原的灾难真相使我疚心沉痛，使我更加痛恨那些为了赚钱而不顾他人生命安危的公司老板和那些失职渎职的官员与职员！而他浓墨重彩所描写的一个个平凡而伟大的活着的和死去的英雄更使我深深感动，而且令我更真切地感到：沧海横流，方显出英雄本色！越是在艰难的时刻，我们的人民越是显示出英雄的本色，以及顽强的战斗力和旺盛的生命力！

　　何建明又一次展示了他驾驭重大的、尖锐的现实题材的魄力、胆识和才能！最近这些年，何建明先生为我们奉献了多少优秀的、脍炙人口的报告文学、纪实文学精品佳作啊！从《南京大屠杀全纪实》到《忠诚与背叛》，从《国家》到《部长与国家》，从《落泪是金》到

《中国高考报告》，从《根本利益》到《国家行动》，从《共和国告急》到《我的天堂》，等等，无不展现了何建明从国家大局出发，选择重大题材、驾驭重大题材的襟怀和气魄，能力和水平！

这是《爆炸现场》给我的第一个深刻感触。

《爆炸现场》给我的第二个深刻感触是它强烈的现场感及现场震撼力。作家怀着对人类真挚的情爱，深入灾难现场，深入采访亲历现场的消防官兵，对人事景物进行了敏锐的、细腻的、深刻的观察、感受和体验，以犀利的视觉、嗅觉和情感去透视、寻觅与搜索，深度地融入灾难现场之中，深度地融入消防官兵的心灵世界之中，并以真切的、直感的、明亮亮的、火辣辣的语言描绘出来，让读者也仿佛直抵灾难现场，好像亲眼看见了那爆炸惨景，英雄们壮丽殉国和英勇负伤的情景，心灵受到了剧烈震撼，让读者抵达宏伟壮丽的艺术境界。

《爆炸现场》给我的第三个深刻感触是作家对天津港"8·12"特大爆炸事故的深度揭秘和为消防官兵的辩白。

特大爆炸事故发生后，由于消防官兵牺牲很大，社会上、网上确实出现了一些质疑：为什么那么多消防队员牺牲？他们为什么不赶紧躲开爆炸？当官的为什么瞎指挥？为什么明知那么危险，还要让消防战士往前冲？爆炸现场的指挥员都是"白痴"啊？等等。何建明通过深入采访，通过与现场亲历者大量的、面对面的交谈，通过反复的思考和辨析，从四个方面清楚地回答了这些问题。

首先，在这场大火灾中，所有一线指挥员都毫无例外地冲到了最前线，甚至是第二线的更高一级的消防指挥员——如天津公安消防总队的领导们，身在北京公安部消防局的主要领导，都毫无例外地在大爆炸一两个小时之内到达了爆炸现场。

其次，当时冲在爆炸现场最前面的基本上都是一线消防队的指挥员。而且，这是一场当时谁都不清楚里面到底是啥东西在燃烧而引发的大爆炸。即使如此，现场的指挥员们仍然因为他们的果断、专业和及时地处置，使得消防队的伤亡减少了许多——这是不容置疑的事实。

第三，没有在现场的人，可以说得很轻松，可以不负任何责任地"畅想"和"谴责"。但消防队员们不行，他们的任何一个行动都在"命令"和"规程"之中。也就是说，他们接到火警后，所有行动都是"规定"好了的，即使面对百分之百的死亡。一旦接到火警，所有出警的队员，必须在一分钟内完成出警。对任何一个消防队员来说，只要一见火情，任务就是往火场上冲，无论火有多大、多危险，他的责任就是灭火及与火情进行殊死搏斗。不能犹豫，分秒必争。所谓的"科学"与"不科学"，在那一刻外行人和不在火场的人根本无法比正在战斗着的消防队员们更清楚。

第四，"命令单"上还有另外几个字：做好"现场警戒"。这句话的意思是，消防队员除了在现场要确保灭火的正常进行外，还有一项特别重要的任务是，防止火场围观的群众发生危险和火灾的次生灾难，即灭火和保护群众。事实上，在当时的大爆炸现场，我们的消防队员们一边冒着随时牺牲的危险，一边又在不停地劝阻和驱赶许多在现场围观的群众。试想一下，如果不是我们消防队员用自己的生命在保护围观的群众，让他们离火场远一点的话，大爆炸那一瞬间，还会有多少人失去生命？

《爆炸现场》给我的第四个深刻感触是作家对英雄群像的全面生动描绘和深刻揭示，奏响了社会主义时代英雄的悲壮颂歌。

作家通过深入采访和深度挖掘，以十分直接的方式，表现了消防员英勇献身的业绩。作家通过消防特警队最高指挥官江泽国在救灾中的行动，生动地塑造了这位烈士的形象。作家写道：

支队长官告诉我，江泽国是 2014 年通过了支队营职干部"双考"后被任命为支队司令部政治协理员的。此时，开发支队特勤队由于人员变动，急需一名年富力强、有丰富基层经验的干部去主政。江泽国就是在这种情况下主动向领导提出到特勤队的请求的。"在很多人做梦都想往上走的时代，江泽国却主动往下走，仅凭这一点，他的思想境界就值得我们学习。"战友们这样评价这位烈士。

"8·12"深夜，江泽国率领特勤队的 4 辆消防车第一时间到达火灾现场。从营地出发，到火场，再到江泽国牺牲的时间先后也就是三四十分钟。这期间，与江泽国在一起时间最长，也是最后一名听到和看到江泽国在爆炸现场说什么、干什么的人，是特勤队指挥车上的火场文书廖健丞。10月15日下午，作家采访了仍在养伤的廖健丞，他讲述了特勤队和江泽国在现场的细节："总队给我们下达的命令单上没有明确火灾发生地的详细地址，我们从营房出发后马上跟报警人联系，这样我们才赶紧往目的地急驶而去。"廖健丞说，"到那里后，江指挥就让我跟着他前往火场侦察火情。当时我们看到的火很大。江指挥走在我的前面，也许看到火势太大或是他觉得先前赶来的消防力量不够使，便转身对我说：'你去，领指挥车往前一点。'我一声'是'后，赶紧往回走，随后带着指挥车往里开，大约距火场中心地一百来米。这时江指挥就命令：'把水枪架起来。'可在架水枪之际，又发现火势实在太大，水枪起不了多大作用。'改用车载水炮！'江指挥又命令道。于是我们的战斗队又改用车载水炮，而这个时候车上的人都在车下面观察水炮的射击状。就在这个时候，江指挥一边看着水炮的喷射情况，一边在观察前面的火情，突然急促地转头跟我说：'小廖，情况不太对劲！你赶紧让后面的人和车辆往后撤一点……'没等我说'是'，他自己则又朝前面火场走去，我知道他是想继续侦察清楚火情。跟随江指挥无数次出勤参战，我知道情况变得紧急了，便赶紧往火场的相反方向跑，想把江指挥的'后撤'命令迅速传达执行。哪知就在这个时候，第一次大爆炸响起了……""我不知道其他人的情况，反正我被炸飞了……"廖健丞说，"当时我趴在地上，有意识，但人动不了了。想站起来却根本动不了。就在这时，第二次大爆炸又响起了，这回又把我炸飞了……"

小伙子摇摇头，沉默不言，忽然又抬起头，告诉我："我们是消防特勤队，每次跟着江指挥总是冲在别的队伍前面，所以若有牺牲，我们总是最多，这次更不例外。江指挥带领下的特勤队第一辆车上，连我共8个人，牺牲了5位，除了江指挥外，还有李远航、宁子默、陈博文和林海明……他们牺牲得都很壮烈，后来发现他们的尸体时，没有一个是背着火场的，都很英勇……"

现在，这位因指挥员江泽国的一句话而从大爆炸现场捡回一条命的消防队员已经将自己的"生日"定在"8月12日"，以纪念救他一命的江泽国和永远铭记其他牺牲的战友。

何建明不仅为我们塑造了那么多英勇牺牲的消防战士的形象，而且还展现了那么多在灾难现场英勇寻找和抢救"失联者"的勇士。天津港大爆炸一发生，"失联"是全国人民最关心、也是最忧心的事。"失联"者的命运牵动着所有活着的亲人、同事、战友和那些把人民的生命放在至高位置的领导者、决策者的心。张大鹏，保税支队参谋长，就是这些英勇寻找和抢救"失联者"的勇士的代表。张大鹏对作者讲："政委当时就是这样给我任务的——尽一切可能救人，即使救出一个人，我也给你磕头！"

大约在13日零点30分，在大爆炸的东南方向，张大鹏是孤胆进入爆炸现场的……冲天的火光映红了这位英雄高大而坚实的身姿，他像一只勇敢而精巧的山猴，一边探着眼前的危情，一边谨慎小心地向熊熊燃烧的爆炸中心靠近，每一步都无比艰难与危险。"每分钟都有五六次大大小小的爆炸，你不知道哪个地方会飞来各式各样的火球与碎块，要眼快脚快，否则不是被火烤焦了，就是让飞来物砸在那里。"

不久，张大鹏又接受消防总队总指挥部的命令："总队指挥部决定成立现场救人敢死队，由你们3位参谋长各带9个人，深入爆炸中心区进行现场搜索，千方百计寻找生还者，也要把已经牺牲的战友们给我抬出来……你们要不惜一切代价，甚至不惜牺牲自己，也要完成好这一艰巨而紧迫的任务！有没有决心？"首长用血红的眼睛盯着张大鹏和其他两位支队参谋长。"有——！"张大鹏立即将胸脯挺得高高的，他清楚：他是现役武警！是军人！是共产党员！党和全国人民时刻都在看着自己，作为军人，还有什么时候比此刻更需要去勇敢地迎接考验，去战斗，哪怕是流尽最后一滴血……

2015年8月29日，张大鹏完成现场抢救任务，带着满身臭味和异常疲惫的身体回到家。妻子见到后着实号啕痛哭了很久很久，一句

"嫁给你就一直操透心"的话，在颤动的嘴边久久不绝……

《爆炸现场》给我的第五个深刻感触是作家在写作时灌注着浓重的感情和深刻的思考，使作品具有思想的深度和艺术感染力。比如，作者在写了"刚子"牺牲前传出的微信"我回不来，我爸就是你爸"，这以后，另一批前往前方支援的消防战友们也继承刚子的遗志，发出了"我回不来，我爸就是你爸"这英雄悲壮的微信。作者压抑不住满腔热情，写道："这微信像一面战斗的旗帜在当时通往天津滨海新区火光冲天的爆炸现场的高速公路上猎猎飘扬，感召了无数消防战士和天津市民为了拯救战友生命和人民财产而去英勇奋战。那一幕，着实显示了危难之时中国人民和消防官兵们的伟大精神是何等的坚不可摧！"

再比如作品的最后两段——

"是的，我不知道天津瑞海危险品仓库火灾爆炸事故最后到底怎么处理，但有一点可以肯定：那些因公牺牲的消防队员、公安民警，正如李克强总理说的那样，无论是编内还是编外，他们都应该是烈士——为人民的利益和安危牺牲的烈士。

我们应当永远地记住他们的名字，还更应当为他们做些可能做的事，因为他们多数还是孩子，他们是我们的亲人。"

感谢何建明先生，用饱满的激情和高度责任感，为我们及时地奉献了这么一部富有艺术魅力的优秀作品！

论毛泽东诗词在诗歌史上的地位和影响

　　2012 年 8 月，在江苏人民出版社出版的由我与深圳作家张俊彪共同主编的《大中华二十世纪文学史》一书中，我提出了按七种文体分篇撰写文学史的主张，并独立撰写了其中的两篇：25 万字的《中国二十世纪诗歌发展史》和 24 万字《中国二十世纪传记文学发展史》。在《中国二十世纪诗歌发展史》中，我从中国二十世纪诗歌发展的实际出发，为二十世纪中国新古体诗词专门写了一章"二十世纪中国新古体诗"，并将毛泽东作为二十世纪新古体诗之第一人。

　　二十世纪二十年代以后，新诗占领了诗歌的舞台；但是，传统诗词作为一种具有悠久历史传统和高度艺术成就的艺术形式，仍然具有强大的生命力，依然有很多知识分子运用旧体诗词形式写作，并创作出不少优秀的诗篇，在人民群众中广泛流传。五四以后，鲁迅、郭沫若、胡适、柳亚子、郁达夫、闻一多、田汉、周作人、林语堂、胡风等作家，于右任、沈钧儒、续范亭、赵朴初、刘征、聂绀弩、邓拓、胡乔木等学者专家，都写了不少新古体诗，而最受人关注的则是毛泽东、朱德、陈毅、董必武、叶剑英等老一辈革命家的新古体诗。在所有这些新古体诗中，思想水平最高、艺术魅力最强、成就最卓著、影响最深远、流传最广泛，在中国二十世纪诗歌史上雄踞鳌头的，无疑是毛泽东的诗词。

一、毛泽东诗词在中国诗歌史上的地位

　　毛泽东（1893—1976）是伟大的无产阶级革命家、政治家、军事家，又是杰出的无产阶级诗人。几十年来，有多种版本的《毛泽东诗

词》出版，而以 1996 年中央文献出版社出版的《毛泽东诗词集》收录的诗词最全。

在新古体诗的写作中，无疑以毛泽东诗词的思想艺术水平最高、影响最大、流传最广。毛泽东诗词思想内容磅礴壮阔，艺术形式宏伟瑰丽，艺术语言清丽典雅，艺术风格雄丽豪放。其中不少优秀诗篇堪称前无古人，后启来者，为中国诗史增添了夺目的异彩，堪称中国二十世纪古体诗歌的泰山北斗、典范之作。毛泽东是中国二十世纪诗歌史上的领军人物，这主要体现在以下几点：

首先，毛泽东的新古体诗创作的成就启示我们，新古体诗在现代人手中，经过继承、发展和改造，完全可以而且应该写出新时代的伟大变革和精彩实践，唱出诗人丰富的内心世界。这大大激励了广大诗人创作新古体诗的热情和信心，使中国当代新古体诗的创作出现了更加蓬勃兴旺的局面。

其次，毛泽东的新古体诗以无产阶级革命家的宏伟气魄和豪迈胆略，以其思想内容上的博大精深和艺术上的超逸绝伦，成为海内外最有影响的诗歌，这就大大提升了新古体诗的地位、成就和影响，带动了许多新老诗人新古体诗创作，使新古体诗在中国得以更大规模、更高层次、更宽范围、更高水平、更深影响的发展，使中国新古体诗逐渐成为与新诗分庭抗礼的重要诗歌形式。

最后，毛泽东诗词创作在继承中国传统诗词的基础上，在思想内容的革新、发展、丰富上，在诗歌艺术的追求变革和创新上，都取得了重大成就，这就为中国当代新古体诗的发展提供了新的经验，开辟了一条新路。毛泽东还在自己创作实践及总结中国诗歌发展经验的基础上，提出了中国诗歌应在民歌和古典诗歌基础上发展的主张，这不仅为中国当代新古体诗的发展开拓了新道路，也为中国当代新诗的发展提供了重要的参考和借鉴，有利于促进中国当代诗歌的发展。

二、毛泽东诗词的杰出成就和巨大影响

首先，毛泽东作为中国革命事业的领导者和开拓者，用他的诗词

45

艺术地表现了中国人民革命斗争和社会主义革命和建设的壮丽历程。毛泽东的诗词以抒情写意的艺术画卷,展示了中国人民从新民主主义革命到社会主义革命和建设时期数十年悲壮曲折而又辉煌壮丽的历程和激越动人的生活画面,生动地展示了中国人民革命战争的历史风云,描绘了社会主义革命建设所取得的伟大成就,谱写了中国革命和建设事业的壮丽史诗。如《西江月·秋收起义》《西江月·井冈山》《渔家傲·反第二次大'围剿'》《忆秦娥·娄山关》《七律·长征》《清平乐·六盘山》《七律·人民解放军占领南京》《水调歌头·游泳》《七律二首·送瘟神》《杂言诗·八连颂》《贺新郎·读史》《水调歌头·重上井冈山》等诗,就展现了从秋收起义到新中国成立至建国二十多年这段壮丽的革命历程。

其次,毛泽东诗词歌颂了我党我军和我国人民在新民主主义革命和社会主义革命建设时期所表现出的前仆后继、一往无前的战斗精神、英雄气概、坚定信念和革命乐观主义精神,歌颂了中国人民伟大的民族精神、高尚情操和光荣传统,评价了中国历史上的重大事件和历史人物的千秋功罪。例如,《西江月·井冈山》显示了"我军以少胜众不可震撼的英雄气概"(陈毅语);《七律长征》以长征统率者、指挥家的大手笔,写出了中国工农红军长征的伟大史诗,歌颂了中国工农红军的英雄业绩和一扫千古的英雄主义气概;《清平乐·六盘山》抒发了红军战士一往无前的凌厉气势和坚毅顽强的英勇斗志;《七律·人民解放军占领南京》表现了毛泽东在中国人民胜利的红旗飘扬时无比欣慰和喜悦的心情,以及革命必须进行到底的钢铁信念;《七律二首·送瘟神》歌颂了中国人民建设社会主义的伟大实践和重大胜利:"天连五岭银锄落,地动三河铁臂摇";《七律·和郭沫若同志》歌颂了"金猴奋起千钧棒,玉宇澄清万里埃"的战斗精神。

其三,毛泽东既有革命家的宏伟襟抱和崇高风度,又有几十年领导革命战争和建设的丰富阅历,加之还有深厚的文化素养和高度的艺术造诣,所以能将历史、现实、未来融于一体,将生活、情思、哲理熔为一炉,将诗情、画意、神采注入一潭,达到出神入化的境界,构成了瑰丽雄奇的艺术胜境。例如,《沁园春·雪》放纵如椽大笔,描绘了纵横数万里、上下五千年的浩瀚时空,评价了历史上的千古帝王,抒发了凌云气概和英雄气象,堪称"第一等襟抱,第一等学识,第一等真诗",真正是千古绝唱!

其四,毛泽东诗词作为毛泽东感时咏事的艺术形式,抒写友谊,纵论历史,描绘祖国的壮伟江山,抒发无产阶级的友情。《六言诗·给彭德怀同志》《临江仙·给丁玲同志》《和柳亚子先生》《满江红·贺郭沫若同志》等诗表达了他对革命战友、革命同志的深厚友谊和热烈赞美;《沁园春·长沙》《菩萨蛮·大柏地》《浪淘沙·北戴河》《水调歌头·游泳》等诗描绘和赞颂了祖国的大好河山,抒发了改天换地的革命情怀。

其五,毛泽东诗词作为毛泽东抒情写意的审美形式,艺术地展示了毛泽东本人丰富壮阔的精神世界,抒发了诗人的崇高理想、博大襟怀和战斗豪情。如《虞美人·枕上》抒写了年轻诗人的真挚爱情;《蝶恋花·答李淑一》抒发他对妻子杨开慧的真挚爱情;《沁园春·长沙》表现了年轻诗人"指点江山,激扬文字,粪土当年万户侯"的英雄气概和主宰世界沉浮的豪情壮采;《念奴娇·昆仑》大气磅礴地评说历史的千秋功罪,抒发了诗人要抽倚天长剑把昆仑裁为三截以便让"太平世界环球同此凉热"的共产主义理想;《卜算子·咏梅》抒发了诗人"待到山花烂漫时,她在丛中笑"的宏伟胸怀。

其六,毛泽东在艺术的形象思维和灵感思维的创造活动中,推陈出新,古为今用,洋为中用,化平凡为伟大,化腐朽为神奇。他还巧妙地运用赋比兴以及想象、联想、拟人、拟物、夸张、象征等传统手法,对传统题材进行改造、赋予新意,对古代神话传说、历史典故、寓言故事加以灵活运用,对民歌民谣及古人名句给予精彩点化,注入新的思想内容,创造了无与伦比的艺术奇葩,创造了崭新的艺术境界。试看毛泽东在《蝶恋花·从汀州向长沙》《渔家傲·反第二次大'围剿'》等词中,将"万丈长缨""鲲鹏""天兵""不周山"等许多神话传说及夸张想象融为一体,多么艺术而强烈地抒写了他和红军战士的凌云气概!

其七,毛泽东诗词既是中国革命现实的艺术概括,又是毛泽东革命理想豪情的熔铸和抒写,因而达到了现实主义与浪漫主义的高度结合。诗人在现实的生活中展望未来,在艰辛的斗争中追求高远的理想,在困难的环境中保持高昂的乐观主义精神,生动地体现了现实主义与浪漫主义精神的结合。《蝶恋花·答李淑一》就是在革命现实主义基础上开放的革命浪漫主义的鲜花,也是在革命浪漫主义指导下结出的革命现实主义的硕果,是革命现实主义与革命浪漫主义相结合的典范。

总之,毛泽东诗词达到了壮美的思想内容与完美的艺术形式的高度和谐统一,哲理与诗情的统一,开创了一代诗风,开拓了一代诗境,形成了宏伟壮观、磅礴壮丽、含蕴深厚、奔放豪迈的艺术境界,构成了豪迈、雄浑、壮阔、刚劲的浪漫主义风格。他将中国二十世纪的古体诗词创作推向了一个崭新的高峰,也为二十世纪中国诗歌创作开辟了一片崭新的天地,有力地提升了中国二十世纪诗歌的水准,大大地促进了中国二十世纪诗歌的创新发展。

为《望星空》一辩

　　星空，壮丽而辉煌，浩瀚而深邃。古往今来，多少诗人为它谱写了美妙的诗章；而为了了解它、探索它、征服它，人类又付出了并将继续付出多少艰苦的努力！郭小川同志一九五九年写的抒情诗《望星空》，以奇特的想象，描绘了星空壮丽非凡、浩瀚无垠的景象，同时，又以对天安门广场，对人间和人生的热烈赞美，对面向星空曾经产生的惆怅和忧伤情绪的自我否定，抒发了"把大地上的楼台亭阁，移往辽阔的天堂，把广漠的穹窿，变成繁华的天安门广场"的宏伟抱负和远大理想。读着这首诗，我们的心禁不住随着诗人的思绪，飞向辽阔壮丽的星空，赞叹宇宙之浩渺，时间之无穷，随着诗人的自我剖析，我们感触到诗人那赤子之心的坦荡和真纯。最后，随着诗人激情的升华，我们心中也激荡起"为宇宙穿上盛装"的豪情壮志和青春热情。浓郁的诗情，神奇的想象，绚丽的辞彩，表现了诗人在题材、意境和表现手法上新的探索和追求。

　　应该说，这是一首革命浪漫主义的好诗。

　　然而，十分遗憾的是，此诗刚在一九五九年十一期《人民文学》上发表，立即就受到了在文艺界很有名望的萧三和华夫同志的批判，从此，这首诗就被打入冷宫，再未能收入郭小川同志的任何诗集。一九七八年出版的《战士和诗人郭小川》一书，仍然批评这首诗是感情不够健康的作品。对他们的意见，我不敢苟同，特提出不同看法。

　　萧三和华夫同志对《望星空》的批判，主要是因为郭小川写了"望星空，我不免感到惆怅"以及"在伟大的宇宙的空间，人生不过是流星般的闪光。在无限的时间的河流里，人生仅仅是微小又微小的波浪"等诗句，因而批判他唱出了一片"悲观、低沉、泄气的调子"，"走向了绝望的呻吟"，批判这首诗"宣扬了人生渺小，宇宙永恒的意思"和"极端错误、极端虚无主义的思想"。

问题真的如此严重吗？我以为不是的。不错，郭小川同志在全诗的一、二段中确实写出了这样的诗句。但是，难道说承认人在宇宙中只不过是流星的闪光，是时间长河里微小又微小的波浪，就是"丧失斗志"，就是"幻灭、绝望"了吗？连萧三同志自己也承认："从相对论说，宇宙存在了多少万年，地球有多少万年，太阳系有多少行星……世界是无限的，永远是不完全的。"毛主席的诗篇里也有"人生易老天难老"的句子。问题在于应该怎样看待这种客观存在，是屈服于命运，悲观绝望；还是不断地认识世界、改造世界、征服宇宙。我以为，郭小川同志在诗中表达的，正是后面这种马克思列宁主义的宇宙观和方法论，抒发的正是无产阶级顶天立地的豪情壮志。请看第三、四段，诗人来到了北京的心脏，他看到"在长安街上，挂出了长串的灯光"，"架起了一座银河般的桥梁"，于是诗人写道："是谁说的呀——星空比人间还要辉煌？是什么人呀，在星空下感到忧伤？""是的，我错了……星空哟，面对着你，我有资格挺起胸膛。"在这里，诗人明确地、坦率地、真挚地否定和批判了自己面对宇宙所曾流露出的淡淡的感伤情绪，并进一步"怀着自豪的感情，再向星空了望"，这时候，他感到全身"充溢着非凡的力量"。由此开始，诗人放开歌喉，纵情地歌唱了"为宇宙穿上盛装""让满天星斗，全成为人类的家乡"的那种改造世界、征服宇宙的浪漫主义豪情和宏伟远大的理想。

十分明显，郭小川同志在《望星空》一诗中采用的是抒情主人公自我剖析、自我批判的方式和欲扬先抑的手法。先有意展示宇宙之无穷，然后通过对自己展望星空时曾经产生过的惆怅心情的剖析和批判，来反衬人生的伟大，来突出地表现人类改造世界和征服宇宙的理想。遗憾的是，萧三和华夫同志的文章没有从全诗的整体内容和主要倾向出发，而是片面地、孤立地抓住诗人自己已经做了否定和批判的词句，并把它扩大为诗人所要表达的思想和主题，而把诗人所要着力表达和肯定的主题——能动地改造世界、征服宇宙的思想，当作附加的、不得不写的，甚至说成是"使人难以置信的"。用这样的方法评论这首诗，不是有些片面、主观和武断吗？

最近学习了周恩来同志一九六一年《在文艺工作座谈会和故事片创作会议上的讲话》，再来看这两篇评论，我更加深刻地理解了周总理讲话的针对性和现实意义。让我们设想一下，要是当时能够比较全面地、实事求是地肯定《望星空》的成绩，指出其不足（如是否可以把一、二段稍压缩一下，而把三、四段写得更充分、更丰富、更扎实一些），让诗人进行必要的修改，不是要好得多吗？不是更有利于郭小川和其他诗人在思想、题材和艺术创作手法上的探索和追求吗？还有，要是当时能够让文艺界自由地讨论一下这些问题，不是更容易搞清楚吗？

尤其令人遗憾的是，在打倒"四人帮"以后出版的《战士和诗人郭小川》一书，还把《望星空》，以及《白雪的赞歌》和《深深的山谷》等优秀诗篇当作"诗人在不断探索前进中表现出来的曲折和徘徊的印痕"来批判，甚至还把郭小川的"检查"引出来证明他们的观点，这是不足以令人信服的。我不知道郭小川同志的检查是在怎样的背景下写出来的。但是我以为，就从该书所引用的郭小川同志的"检查"的第一句，就可以看出诗人写作此诗的真实目的和思想倾向——"我的意思确实是批判虚无主义的思想"。我想，透过这句话，我们已经可以想象诗人在"检查"时的处境和苦衷了！但是，即使是在这种无从辩解的情况下，诗人也仍然坚持地宣称，他写这首诗"确实"是为了"批判虚无主义"而不是宣扬虚无主义。这，我以为才是诗人的主旨，是全诗的主题和主调。不知道《战士和诗人郭小川》一书的作者以为如何？

以上意见，很不成熟。不对之处，敬请广大读者和《望星空》批评者指正！

1979 年 5 月

写于川外

刊《长春》1979 年第 10、11 期

郭小川、贺敬之诗歌艺术论

一、总论

在中国当代诗歌中，郭小川和贺敬之是两座高峰。他们以各自的优秀诗篇歌唱了祖国和人民，歌唱了伟大的时代；他们以饱满的激情和创造性的探索，为新中国新诗的发展做出了卓越贡献。

首先，他们以其众多优秀的诗歌创作，确立了与中华人民共和国成立初期诗歌在诗坛上的主导和主流地位相适应的基本抒情模式——政治抒情诗。他们拓宽了政治抒情诗的思想境界，丰富了政治抒情诗把握世界的艺术方法，使政治抒情诗适应了时代的要求与读者的需要，因而受到读者的热烈欢迎，发挥了文学的巨大作用。

"政治抒情诗"这一诗体出现于 20 世纪 50 年代初期。中华人民共和国成立初，胡风就写出了热情洋溢的《时间开始了》，歌颂了刚从血与火中诞生的共和国，它应被视为政治抒情诗的滥觞。但因胡风很快被打成反党集团的头子，这首诗就再没人提起。1950 年石方禹的《和平的最强音》，1954 年邵燕祥的《我爱我们的土地》，都应该被看成政治抒情诗的前奏。但真正使政治抒情诗确立和成熟起来并得到人民高度评价和热烈欢迎的，是郭小川和贺敬之的系列佳作。

政治抒情诗有如下特征：

第一，鲜明的时代色彩。政治抒情诗的作者总是力求站在时代的高度，把握时代的脉搏，描绘时代的风云，唱出那种同时代精神融为一体的战斗的歌声。

第二，强烈的政治倾向性。贺敬之在《郭小川诗选》英译本的序言中说:"诗,必须属于人民,属于社会主义事业。按照诗的规律来写和按照人民利益来写相一致。诗人的'自我'跟阶级、跟人民的'大我'相结合。'诗学'和'政治学'的统一。诗人和战士的统一。"(贺敬之:《战士的心永远跳动》,《光明日报》,1979年6月17日)

第三,诗情、哲理同意象的结合。政治抒情诗特别需要热烈的诗情和警策的、富于哲理和意蕴的语言——这种语言不能是政治概念的演绎,也不能是艳词丽句与政治概念的拼凑,而是由炽热的诗情孕育而成的,是激情与哲思及意象熔铸而成的格言与警句。也就是说,政治抒情诗在揭示生活的哲理和规律之时,善于将强烈的感情和深刻的说理寄寓在生动的形象里面,达到诗情与政论的结合,诗情与哲理的融合。

郭小川和贺敬之诗歌重视哲理与诗情同意象的结合,有高度的艺术价值和审美意义;且艺术上注重明快豪迈,多用反复渲染、铺陈排比的手法,节奏鲜明,音韵铿锵,适合朗诵,具有较强的鼓动作用。

他们继承和发扬屈原、李白、郭沫若等的浪漫主义传统,以崇高的理想主义精神和英雄主义的豪情,歌唱祖国的壮丽河山,歌唱时代的风云人物,歌唱蓬勃发展的建设事业;他们将神奇的想象同宏伟的意象结合,抒写中华儿女豪迈的理想和博大的情怀,为中国当代新诗开拓了革命浪漫主义的新天地。他们以各自的大胆创新和勇敢探索,在诗歌形式上做出了重要贡献。

二、郭小川论

郭小川(1919—1976),河北丰宁县人。1937年奔赴延安参加八路军,曾担任王震将军的秘书,丰宁县县长。1949年随军南下工作。1955年调中国作协,任作协书记处书记、秘书长等职。1956年发表组诗《致青年公民》,引起很大反响,1960年后完成了《致大海》《望星空》《林区三唱》《甘蔗林——青纱帐》《厦门风姿》《昆仑行》《鹏程万里》《两都颂》《昆仑行》等抒情诗;还有长篇叙事诗《白雪的赞歌》《深深的山谷》《一个和八个》《严厉的爱》《将军三部曲》

等。他的诗作主要是抒情诗，也有几部长篇叙事诗。其抒情诗可分为政治抒情诗和其他抒情诗两类。

郭小川的政治抒情诗是浓郁的抒情和深刻的哲理的结合。1955年4月到1956年6月写出《致青年公民》组诗（7首），具有鲜明的政论色彩，他用充满革命激情和鼓动性的语言和富于鼓动性又适于朗诵的楼梯式的形式表现了当时青年人最关心的重大主题：青春、斗争、建设、劳动、进军，号召青年"投入火热的斗争"。

这些诗不但表现了青年关心的主题，而且还在生活、思想、作风等各方面给了青年以具体指导，看下面的诗句：

> 青春的世界里，
>
> 沙粒要变成珍珠，
>
> 石头要化成黄金；
>
> 青春的魅力，
>
> 应当叫枯枝长出鲜果，
>
> 沙漠布满森林；
>
> 这才是
>
> 青春的美，
>
> 青春的快乐，
>
> 青春的本分！

诗贵创新，郭小川的这些诗，不但在思想意境上有新的开发，而且在艺术形式上也给人以新鲜感。郭小川以惊人的艺术勇气，大胆尝试，他借鉴了苏联诗人马雅可夫斯基的阶梯式形式，以表现自己大海般汹涌澎湃的感情。

在艺术表达上，诗人还以生动新鲜的形象，用托物起兴的方法，引发读者的思考。如《向困难进军》，诗人以"骏马/在平地上如飞地奔走，/有时却不敢越过/湍急的河流；/大雁/在春天爱唱豪迈的进行曲，/一到严厉的冬天/歌声里就满含着哀愁"作为起兴，引出严峻的问题："公民们！/你们/在祖国热烘烘的胸脯上长大，/会不会/在困难面前低下了头？"然后再以他个人在战争中受到的锻炼和教育，以困难像老鼠的比拟，鼓舞青年勇敢地迎接困难，向困难进军！

在 60 年代郭小川写了《厦门风姿》，歌颂厦门这座美丽的城、英雄的城、战斗的城；写了《林区三唱》，歌颂英雄的林业工人；写了《刻在北大荒的土地上》，歌颂了第一批开进北大荒的创业者——一批转业的革命军人。在这些诗歌中，都表现了鲜明的时代精神和人生哲理。诗人运用象征手法，将抽象的哲理附丽于生动鲜明的形象之中，寄情于物，寓理于景，情景交融，使深刻的哲思同炽热的感情及生动的意象融为一体，达到了诗与政论的结合，情与理的统一。再如，在《青纱帐——甘蔗林》中，诗人以对时代本质的深刻理解，把"青纱帐"作为革命战争岁月和老一辈革命者艰苦奋斗精神的象征；把"甘蔗林"作为和平年代的建设事业的象征，以炽热的感情，奇丽的想象，大量的铺陈排比，把历史与现实、战争与建设、现在与将来巧妙地交织在一起，表现了继承革命传统的重大主题。

郭小川的其他抒情诗，主要是吟唱对人生道路、人的价值与追求等的体验、感悟。这方面的代表作有《致大海》《望星空》《乡村大道》《祝酒歌》等。在这些诗歌中，诗人努力表达自己对生活的独特的观察、思考和发现，表现出对人的感情的复杂性的探索及对创作个性的追求。其中《望星空》突出表现了郭小川的个性化追求和敏锐感觉。这首诗是作者以人类与星空、人与宇宙的关系为大背景，通过对人类在这个关系中的能力和价值的思考，热情地歌颂了人类的伟大，歌颂了我们社会主义建设的成就。同时，这首诗又表现了似乎矛盾的思想——诗人面对星空，不免感到人类的渺小："啊，星空！/只有你，/称得起万寿无疆！/在伟大的宇宙空间，/人生不过是流星般的闪光；/在无限的时间的河流里，/人生仅仅是微小而又微小的波浪。"但诗人回到灯火辉煌的天安门广场，又发出了气宇轩昂的歌唱："人生是短暂的，/但只有人类的双手，/能够为宇宙穿上盛装；/世界呀，/由于人的生存/而有了无穷的希望。"这思想上的矛盾，表现了作者对人的渺小与伟大两个方面的清醒认识和把握。当时社会上正刮起一股浮夸风，诗人似在提醒人们保持清醒头脑，理智地面向生活和未来。

郭小川诗歌创作上的成就，还体现在他的七部叙事长诗上。郭小川写了《爱情三部曲》（《白雪的赞歌》《深深的山谷》《严厉的爱》）《将军三部曲》（《月下》《雾中》《风前》）以及《一个和八个》。他的叙事诗具有广阔丰富的生活内涵和高度的艺术成就。《将军三部曲》截取将军在大战前的生活片段，以精选的细节，展现了将军沧海横流之前的镇定自如，大敌当前之时的横刀勒马，运筹帷幄的专注，面对自然的潇洒，对待生活的幽默；刻画了我军高级将领壮阔的胸襟和丰富的内心世界。在当代诗歌中，郭小川第一次塑造了高级将领如此真切鲜活而独具魅力的形象。《一个和八个》表现了一个革命者的悲剧故事：一位忠诚的革命战士，却被自己人当作奸细投进八路军的监狱，面对八名真正的罪犯的侮辱，他坚定地用自己的人格感化、教育和改造了这些罪犯。长诗以曲折的情节表现生活的复杂和严峻，以八名罪犯的被改造显示了人性和人格的巨大力量。《白雪的赞歌》歌颂了一对革命夫妻在严酷的战争环境中坚定地维护着圣洁的爱情。《深深的山谷》写一对曾经相爱的知识分子，虽有很深的感情，却因艰苦环境的考验而不能不痛苦地分手。

这些诗，凝聚着郭小川对战争生活的深入体验和深刻思考，反映了作者对复杂生活和人生道路的独特思考与艺术探索；在题材、主题以及表现手法的开拓上取得了重要成就。郭小川当时的一些思想和艺术探索，也许还不尽完善，但已经不为当时"左"的思潮所容，因此，他受到了不少批判和责罚。郭小川于1975年写下了《团泊洼的秋天》和《秋歌》，抒发了革命战士清醒的乐观精神和战斗豪情：

战士自有战士的性格：不怕污蔑，不怕恫吓；
一切无情的打击，只会使人腰杆挺直，青春焕发。

战士自有战士的抱负：永远改造，从零出发；

一切可耻的衰退，只能使人视若仇敌，踏成泥沙。

战士自有战士的胆识：不信流言，不受欺诈；
一切无稽的罪名，只会使人神志清醒，大脑发达。

战士自有战士的爱情：忠贞不渝，新美如画；
一切额外的贪欲，只能使人感到厌烦，感到肉麻。

战士的歌声，可以休止一时，却永远不会沙哑；
战士的明眼，可以关闭一时，却永远不会昏瞎。

　　郭小川诗歌的风格显得热情豪放，坦荡明朗，清新鲜活。诗人往往从时代生活的重大事件选材立意，抒发气势磅礴的革命豪情，表现人民热火朝天的建设生活，力求把诗和政治、诗人和战士、时代和个人结合起来，表现出强烈的时代性、战斗性、人民性。郭小川的诗歌在艺术表现上有很强的独创性，他继承民族诗歌的优良传统，重视诗歌的立意和构思，重视诗歌的意境营造。例如，《甘蔗林——青纱帐》以甘蔗林和青纱帐一对意象作为象征，巧妙地把革命和建设，昨天和今天，传统和现实联系起来，构思极为精妙新颖，立意十分深刻高远。《厦门风姿》以踏访厦门入手，一步步深入底蕴，把厦门的美丽和严峻，英雄和柔美联系起来，展示了厦门多彩的风姿，构思非常精彩。

　　郭小川兼具战士与诗人的气质，他的诗在我国当代诗歌的民族化和大众化方面均做出突出的贡献。

　　郭小川在艺术上的贡献还表现在艺术形式的探索上。他创造性地运用了多种诗体，在运用这些形式时，诗人都很注重继承节奏鲜明、音韵铿锵的民族传统，符合中国读者的欣赏习惯。在写作《致青年公民》这一段时期，郭小川在诗歌形式上主要借鉴了马雅可夫斯基的"楼梯式"自由体。这种诗体，往往把一个长句分拆数行作楼梯式的排列，显得气势宏伟、容量巨大，便于描绘博大的场面，抒发奔放的激情；而《祝酒歌》《大风雪歌》《青松歌》等诗，则吸收了民歌的节奏鲜明、讲究押韵、多用比兴手法的特点，具有浓烈的民歌风味，但又有带有自由体的优点。《雪兆丰年》《将军三部曲》等诗，则更多地汲取了古代小令、散曲长短参差、节奏急促的优点，显得句型多变，跌宕起伏，活泼自由。《秋歌》《团泊洼的秋天》则使用了信天游两句一节的形式特点，但加上了对仗和排比，这就使句式长短交错，节奏自由而富有韵律，对仗匀称而又活泼自然。《厦门风姿》《乡村大道》《茫茫大海中的一个小岛》《甘蔗林——青纱帐》《刻在北大荒的土地上》等诗，则是学习我国古代楚辞、汉赋特点而创作的半格律体，这种诗体被称为"新辞赋体"，采用四行一节，每行诗句集短为长，节奏自由而又有韵律，诗句大量的铺陈排比，使诗歌如长河波涛，气势壮阔而又婉转多姿。

三、贺敬之论

贺敬之（1924—），山东峄县（今枣庄）人。1938年春随所读学校流亡到湖北。1941年到延安，不久考入鲁迅艺术学院。1942年与丁毅等合作创作新歌剧《白毛女》。中华人民共和国成立后曾任全国剧协书记处书记、中国作协副主席、中共中央宣传部副部长、文化部代部长等职。中华人民共和国成立后开始创作引起巨大反响的《回延安》《放声歌唱》《雷锋之歌》《桂林山水歌》等诗作，形成了诗歌创作的高潮。20世纪70年代末期与90年代有政治抒情诗《中国的十月》《"八一"之歌》，以及古体歌行诗《故乡行》《富春江散歌》等发表。著有《贺敬之文集》六卷。

贺敬之的主要成就是他20世纪50至70年代的新诗创作。这些作品可分为两类：长篇政治抒情诗，如《放声歌唱》《十年颂歌》《雷锋之歌》等；篇幅较小的抒情诗和山水诗，如《回延安》《桂林山水歌》《三门峡——梳妆台》《西去列车的窗口》等。《放声歌唱》长约一千六百行，分五章，它以联珠式构思讴歌了中华人民共和国成立初期社会主义建设的辉煌成就，歌颂了中国共产党成立三十五年来的丰功伟绩。诗人把生机蓬勃的社会主义建设事业与艰苦鏖战的革命斗争历史交织在一起，构成一幅融今昔于一壁的动人画面。透过这幅画面，我们不仅看到革命前辈播下的革命种子在今天的生活中开花结果，党的光荣传统在祖国的大地上发扬光大；而且还看到党和祖国不可分割的关系。诗人热情地歌唱道：

> 啊！井冈山——
> 宝塔山
> ——我们稳固的基石
> 老红军——
> 老八路
> ——我们的钢骨铁梁

诗人通过这动人的比喻，揭示了我们共和国大厦坚强雄伟、青云直上的原因：就是英雄的革命传统！

诗人还以饱蘸激情的如椽大笔，在当代诗坛上，第一次以富于个性的描绘，在广阔历史背景下，塑造了中国共产党伟大崇高而又质朴勤劳的形象：

> 在节日里，
> 我们的党
> 没有
> 在酒杯和鲜花的包围中，
> 醉意沉沉，
> 党，
> 正挥汗如雨！
> 工作着——
> 在共和国大厦的
> 建筑架上。

《放声歌唱》更将我国诗歌传统中注重韵律、节奏等优良传统与马雅可夫斯基"楼梯式"诗体的一些能为我所用的长处结合，创造出了富有表现力，也比较适合中国读者朗诵的中国化"楼梯式"。

长诗《雷锋之歌》更在浩大的时代背景上，在人生真谛的探索中，来描写和歌颂雷锋。诗人一开始就提出了"人呵，应该怎样生？路呵，应该怎样行"的哲理命题。然后，诗人结合雷锋的一生，通过多方面的对比、联想，通过对雷锋行为的生动描写和高贵品质的热情赞美，为我们做出了历史的回应——"人呵，应该这样生；路呵，应该这样行""在为人民服务的无限之中"找到"最壮丽的人生"！长诗不但揭示了雷锋崇高壮美的精神境界和真正价值，深刻地表现了朝气蓬勃的时代精神，而且还成功地塑造了一代共产主义新人的光辉典型，具有高度的思想性和强烈的时代性。似乎可以说，贺敬之的《雷锋之歌》达到了中国政治抒情诗的最高峰。

贺敬之的另一类作品是短篇抒情诗。代表作《桂林山水歌》是一首绮丽中寓壮美，激情中富形象，山水中含哲思，给人以丰富审美享受的山水诗。诗人以虚喻实的手法和大胆的夸张和想象，倾注了对桂林山水无限倾倒的感情，状写桂林山水之美，使人恍如置身桂林山水中：

> 云中的神呵，雾中的仙，
> 神姿仙态桂林的山！
> 情一样深呵，梦一样美，
> 如情似梦漓江的水！

接着诗人描绘了桂林山水的奇异的美，并把桂林山水作为祖国的象征："桂林的山来漓江的水，祖国的笑容这样美。"这真是神来之笔，千古佳句！诗人在如画的江山中汲取爱情、豪情、志气和力量："呵，汗雨挥洒彩笔画，桂林山水——满天下。"从"甲天下"到"满天下"，仅仅一字之差，却反映诗人激情的飞跃。它唤起我们改造祖国山河，创建幸福世界的豪情壮志。《桂林山水歌》诗情绵长，韵味醇美，它既是优美的风景画，又是动人的抒情诗；既是绝妙的山水赞，又是壮丽的祖国颂。

贺敬之的诗风在不同时期，甚至同一时期都有不同的表现。例如，20 世纪 50 至 70 年代的《放声歌唱》《"八一"之歌》恢宏壮阔、豪迈雄浑；《回延安》《桂林山水歌》朴实醇厚，绮丽隽永。其诗总体风格豪放雄丽，又不乏醇厚隽永。贺敬之重视描写重大政治题材，经过热情熔铸和精心提炼，以高远的立意和宏伟的构思，进行历史和现实的纵横描绘和高瞻远瞩的豪迈抒怀，对社会生活及历史巨变进行艺术概括和整体把握，回应时代提出的重大问题，表达自己的政治理想与信念。他的这些创作取得了很高的成就，对当代政治抒情诗潮流的兴起和发展产生过很大影响。

贺敬之在《漫谈诗的浪漫主义》一文中说："诗里不可以没有'我'，浪漫主义不可以没有'我'，即所谓抒情的主人翁。"在贺敬之同志大气磅礴、诗情浓郁的诗篇中，非常鲜活地站立着诗人的自我形象。这个形象具有强烈的时代气息和明显的个性特征。在《放声歌唱》第四章里，诗人整整用了五百多行的篇幅来歌唱"我自己"：他出生在一间漆黑的茅屋里，在经过了"少年流浪的道路上"的"多少饥渴、眼泪、伤寒、疟疾"之后，诗人"真正的生命，就从这里开始——在我亲爱的延河边，在这黄土高原的窑洞里！"然后，在母亲延安跷脚远望的目光里，越过黄河的怒涛，穿过"华北战场的枪林弹雨"，和同志们相逢在北京！他走遍了"广大祖国的每个地方"，自豪地"为祖国劳动和歌唱"！上述诗人的自我形象，是一个在党的怀抱和革命熔炉里锻炼成长起来的一个革命文艺战士的光彩典型。在这个形象身上，我们分明地看见了诗人贺敬之同志的经历、个性、感受、爱憎、志趣、抱负、气质的烙印；这个"我"，显然不是作者个人，而是我们整个阶级的集中代表。诗人塑造的自我形象，有什么意义呢？古往今来，伟大的浪漫主义诗人往往在诗篇中塑造出诗人的自我形象。贺敬之正是学习和借鉴了屈原、李白、郭沫若的创作成果，在自己的诗篇中塑造了一个新时代诗人的自我形象。这个形象的意义在于："呵，我永远属于'我们'：这伟大的革命集体！""这是党为我们创造的不朽的生命，是祖国大地的无敌的威力！"不仅如此，诗中的"我"处处喷发出感情的烈焰，把他所要描写的人和事镕成了一个有机的整体，又如一条感情的纽带，把诗歌描写的对象贯串起来了，在诗的组织结构上，在强化抒情方面，也起了重要作用。

在新诗诗体的继承与创新上，贺敬之同郭小川一样，贺敬之在诗歌形式上也做出了独特的贡献。他立足传统而博采众长，既借鉴了民歌的鲜明节奏、朗朗上口的特点，又汲取了自由诗流畅清新、明白如话的长处；还接受了古典诗词炼字、炼意的特点，强调节奏、旋律和押韵。他追求诗的意境美、语言美、音乐美、形式美，使这些诗流畅而有节奏，自由而又对称，具有一唱三叹、回味不绝的艺术特点。他早期的诗作《乡村之夜》《并没有冬天》，多采用"五四"以来的自由体，《朝阳开花》多采用陕北一带的歌谣体。从20世纪50年代开始，他逐渐走向成熟，在诗体形式上不断探索，精益求精，取得了显著的成绩。《回延安》《又回南泥湾》《西去列车的窗口》等诗，是采用信天游的两行一节的诗体，使他的这些诗篇更富灵气，更加隽永。《三门峡——梳妆台》是学习古代词曲的长短句体式，而且讲究对仗、对偶，诗句非常精美。他的《放声歌唱》《十年颂歌》等，又从法国未来派诗人和苏联诗人马雅可夫斯基那儿借鉴来"楼梯式"排列的诗体，这种形式便于容纳丰富的内容，抒发澎湃的激情。20世纪六七十年代的《雷锋之歌》和《"八·一"之歌》，又对楼梯式形式进行了改造，把按阶梯式排列改为错位对应的凸凹体，这是诗人结合传统诗歌的对称美、建筑美而创造的一种中国的"楼梯式"，它放达却不散漫，整齐而不板滞，富于对称美与建筑美，节奏感强，跳跃性大；抒情时可高歌低吟，纵情挥洒，叙事时如行云流水，自然畅达。这种形式是贺敬之的一大创造，也是他对中国新诗的一种贡献。

而在诗的语言上，诗人更是"善于从人海深处汲取珠玉般的语言"。他的语言，大气豪迈而又深情缠绵，精心锤炼而又自然流畅，有些诗句达到了精妙绝伦，含蕴深沉的境地。如："呵，我看见：每一个姑娘的心中，都是一片桂林山水……我看见：每一个青年的手掌，都是一座五指山峰！""啊！桂林的山来漓江的水——祖国的笑容这样美！"

　　这里还应提一下贺敬之的新古体诗的创作。如果说，贺敬之的《白毛女》是歌剧民族化、大众化的典范之作，开辟了中国歌剧的新纪元；那么，贺敬之的新古体诗，则是诗人开创当代中国新古体诗的新局面、新格局的新尝试。贺敬之的新古体诗虽然运用了五言或七言的古体歌行的体式，但又不是古体的律诗或绝句，因为没有严格遵循古体诗关于对仗平仄声律等方面的一些规定，这就把旧体诗的写作从严格的桎梏中解放出来。贺敬之的新古体诗内容广阔，但不管是咏物说理，还是写景抒情，都表达着诗人爱国爱民之情，坚守信仰之志，充满了诗情画意，凝聚着理想信念。他的许多诗篇可称精品力作。如《咏泰山》："几番沉海底，万古立不移。岱宗自挥毫，顶天写真诗。"短短二十字，写出泰山从海底升起，高插云天之成长史，及其顶天立地喷云吐雾之雄姿，抒发诗人历经磨难而矢志不渝的豪情壮采，象征我们民族顶天立地的英雄气概。

　　贺敬之的诗也是美玉微瑕。一些诗篇依附一些具体的政治事项，一旦这些政治事项过时或错误，这些颂歌便会失去光彩甚或成为失误。

　　贺敬之与郭小川同是热情豪放的诗人。郭小川的诗以深邃、哲理见长，贺敬之的诗以气势磅礴、豪迈，更具浓郁的浪漫主义精神和诗的意境取胜。自《回延安》《放声歌唱》之后，他的诗歌逐步形成了独特的艺术风格：深沉奔放，热情豪壮，格调高昂。这种艺术风格，在他的长篇政治抒情诗如《放声歌唱》《"八·一"之歌》中得到了充分的体现。

　　郭小川和贺敬之对新中国当代诗歌的发展发挥了极其重要的作用和相当大的影响，应该给予全面的评析和充分的肯定。

2013 年 12 月 6 日

海外游子故国情

——读旅美华侨刘荒田的诗集《北美洲的天空》

一只海鸥，漂洋过海而来，停落我的窗前，唱起了淳厚深挚的乡音，使我感奋，使我沉醉。

读了刘荒田先生赐赠的四川文艺出版社出版的诗集《北美洲的天空》，我不能不向遥隔万里的刘荒田先生致以诚挚的谢意，感谢他为我们诗坛吹送来一股珍贵、清新而芳醇的爱国主义的诗风！同时，我还要感谢四川文艺出版社，慧眼识珠，为新中国诗坛出版了一本填补空白的华侨题材的诗集！

浸透于这本诗集的，是刘荒田先生浓郁、强烈而且几乎无所不在的故国之情，故园之思。

饮茶的时候，"壶中自有关山万里/壶中自有思念千丈"；吃粽子的时候，诗人觉得"剥粘腻的叶子老像剥开/乡愁的皮肤，弄得吃起来时/噎了一下又一下，欲吐还咽/这是阴历五月间心照不宣的/心病，在唐人街悄悄流行"。诗人在异国的《壁炉前》烤火，感到"面炉的一面虽暖仍心寒/何况另一侧，仍在异国的冬天"，于是诗人悟出，"此炉/当置于江南瓦屋内/上应置一茶炊，煮水仙的沁香/熊熊炭火中，该有童年捡的花生"。而在《中秋》吃月饼的时候，诗人更想到，"盒装的高傲，散装的随和/都交给乡思，嚼成甘美或者凄苦。皎皎月华做成封面/千篇一律是离人的家书"。

这种乡愁写得最动人的是《白宫的蟋蟀》。报载白宫草坪的蟋蟀吵得总统夫人夜不能寐，诗人突发奇想，想请夫人把蟋蟀送给他，因为他在后院没有找到蟋蟀——

　　这在儿时捂紧的衣袋里跳动的
　　在空火柴盒里弹琴的
　　在我乡屋的墙根彻夜歌吟的
　　在黄昏满山坡地跳蹦的
　　蟋蟀呵，失去了你们
　　我思乡之梦难以复圆

　　诗人为什么这样挚爱着蟋蟀？诗人是借蟋蟀来表达他那颗远离祖国而又热爱祖国的心：

　　蟋蟀呢，属于我的乡村
　　触须纤纤
　　夜复夜地，轻拨客心

　　借物传情，咏物达意，何等巧妙！诗人身在美国，可只是"客"，他心在中国，根扎故土。因此，当他在美国移民局里向美利坚合众国表示"归化"时，他和众多华侨一样，突然"转过身去哭泣"，"为自己、为割舍不了的故国哭泣/为彼寸岸一群儿孙的雀跃而哭泣"！因为，从此以后，他们就成了"代代相继的无根的人"！

　　如此广泛、深入、细腻而真切地表达华侨对故土的苦苦的、执着的思念和感情，如此浓郁而凝重的爱国主义情怀，成为这本诗集的突出特色和风格。这在近年的诗坛上，是少见的、出类拔萃的！对比当今我国诗坛上的许多诗集，我深深感到，海外华侨是在向我们挑战了！我们的人民正在为建设现代化强国奋斗拼搏的时候，我们的许多诗人却在唱着远离人民生活和时代脉搏的身边琐事和个人的哀怨，有的诗甚至叫人百读不得其解。我以为，这是值得我们深思的！

　　在表现形式上，诗人自觉地继承着民族的传统。诗人面对异国的形形色色，紧紧抓住最富于民族特色的生活内容来写，而且在手法上，特别讲究立意和构思，善于从日常生活现象中发掘诗意，善于以新颖的构思来表达深厚的感情，语言则显得清新。

　　比如歌颂屈原，诗人抓住屈原自投汨罗江时《纵身一跃》的一瞬

65

间展开奇丽的联想：

> 跳进不朽
> 跳进百代歌吟之中
> 跳进万众拜祭之前
> 水花徐徐溅起
> 历史的釉彩
> 把《离骚》涂抹成
> 千年不易的辉煌。

这意象显得何等高贵、辉煌；构思又多么精巧、新颖、不同凡响。

我们期待刘荒田先生写出更多更好的诗篇，也希望我们诗坛出现优秀的爱国主义诗篇！

气势磅礴的政治抒情诗

——评唐德亮的政治抒情长诗《惊蛰雷》

1991 年 8 月，苏联发生了"8·19"事件，不久，东欧也发生演变。这些事件深深地影响了国际政治格局。这些事件引起了著名诗人唐德亮的关注。爱国爱民、忧国忧民的他，观察着、思索着，终于，2011 年 10 月，他决定创作一部长篇政治抒情诗，从政治、思想、经济、文化以及历史人物的角度，关注和思考世界社会主义和国际共产主义的历史和命运。

这是一个艰难而宏大的课题，也是一个重大而复杂的题材。

它考验诗人的胆识和魄力，也检验诗人的才华和诗情。

笔者也许并不完全赞同德亮的全部观点。但是，读了这部长诗，却不能不深受刺激和震撼！感到这是近年来诗坛上出现的难得的好诗！

首先，是诗歌的大气和宏放。整首诗，4000 行左右，这样宏大的篇幅，在中国的政治抒情诗中，恐怕要算最长的吧。面对这样重大的题材，诗人以澎湃的诗情，浩大的气势，宏大的气魄，新奇的想象和联想，从国内到国际，从古代到现在，从天堂到地狱，从政治、历史、经济、文化到古今中外的著名人物，纵横捭阖，南北驰骋，上天入地，抒发了他对祖国的热爱和对共产主义理想的忠诚，对变节者、腐败堕落者的鞭挞和批判。应该说这首诗是成功的。诗人以感情为经、历史为纬，以人物为中心，在恣肆汪洋的想象和联想中，纵情展示历史的风云跌宕，世事的历史沧桑，精美传神地描绘历史人物的文采风流，大胆臧否历史人物的功过是非。诗中用十几行甚至几十行所描绘评论过的历史文化名人多达数十位，从外国的马克思、恩格斯、列宁、鲍狄埃、普希金、涅克拉索夫、高尔基、奥斯特洛夫斯基、马亚柯夫斯基、法捷耶夫、海涅、雨果、聂鲁达、惠特曼、小林多喜二、格瓦拉、斯诺，到中国古代的孔子、庄子、屈原、王安石、苏东坡，当代的李大钊、鲁迅、殷夫、方志敏、杨靖宇、赵一曼、白求恩、闻一多、刘胡兰、董存瑞、黄继光、雷锋……诗人还描写议论了很多历史事件。这样气势磅礴的政治抒情诗，在中国现当代诗歌中，都是罕见的。

其次，是诗人饱满激情及其对人民、对社会主义事业的挚爱。在现在很多诗人不关心人民、不热爱祖国、放弃了理想和信念、更缺乏生活的激情的时候，唐德亮却满腔热情地关注着现实，关注着人民，关心着社会主义的前途，共产主义的命运，歌唱着真善美，鞭挞着假恶丑。请看下面一段：

> 南方的大山　松林逼仄密集
>
> 红十军政委方志敏
>
> 左冲右突
>
> 不幸被捕
>
> 白匪伸出一双
>
> 贪婪的手
>
> 肮脏的手
>
> 无耻的手
>
> 伸进他的四个口袋
>
> 上下左右
>
> 里里外外
>
> 摸了一遍又一遍
>
> 他们不相信　一个军政委
>
> 共产党的大官身上
>
> 竟然一个铜板都没有
>
> 他们不明白　在中国

正是这样贪婪的手太多

中国才如此贫穷

如此落后　如此昏暗

而在当代中国

也有无数双这样贪婪的魔爪

疯狂掏挖社会主义大厦

亮剑吧，中国

快将这一双双黑手

一只只魔爪

——斩断！

中国　才有希望

读着这样的诗句，我们分明感受到诗人胸中沸腾的热血，感受到诗人对先烈的崇敬，对白匪的仇恨，对今天社会主义祖国的挚爱和对那些无耻地掏挖社会主义的大厦的败类们的憎恨。而这样的激情，几乎洋溢在整个诗篇之中，也激荡在读者的心中！

别林斯基曾经说过：感情是诗情天性最主要的动力之一。唐德亮的诗歌充满了爱憎分明的真挚感情，因而特别动人。

最后，是诗歌的形象化、诗意化、审美化。唐德亮深知：诗歌是审美的艺术，是艺术的创造，是形象化的表达，是真情实感的抒发。唐德亮写了那么多历史文化名人，显得诗情浩荡，神采飞扬，诗意浓郁。这是因为唐德亮善于抓住人物最突出、最主要的特点，最精彩的细节，又展开想象和联想，赋予其现实的意义，升华其历史的内涵。请看诗人笔下的焦裕禄：

黄沙，绿浪

遍野泡桐，如泣如诉

讲述焦裕禄当年

改天换地治"三害"的故事

烈士纪念碑前

犹闻那一片哭声

泪水模糊了

我干枯的老眼

我不敢看那把藤椅

碗口般粗的洞

不敢想它的主人

肝痛时的姿势

与病魔搏击时的如豆汗珠

现在，他与它都已不痛

而我的心在痛

我不敢深想

焦裕禄的继任者与同行

全国几万个县委书记们

还有没有"一说焦裕禄我就烦"

他们的所谓下乡　是不是

"上午轮子转

中午盘子转

晚上裙子转"？

……

焦裕禄走了

他用生命撑起了一方绿荫

他用热血浇灌出一片芬芳

他也是一面镜子

照出了翻卷的历史风云

照出了公仆们

道德的美丑

人格的高矮

唐德亮充分发挥了诗歌的想象、联想的特点，运用对比、反衬的手法，把对焦裕禄的歌颂与对当代一些腐化堕落的官员的批判巧妙地结合起来，以富于诗意的语言，表达了对生活的关注，蕴涵着丰厚的思想内容。

这首长篇抒情诗是有力度的史诗，是诗人发自肺腑的歌声。正如诗人所说：这部长诗即使是歌颂，也是为了反思历史与现实，为了鞭笞腐朽与反动，为了光明与希望。

我想，这首诗是会受到广大读者和工农大众欢迎的！

论李白绝句

一

"三唐七绝，并堪不朽，李白、龙标，绝伦冠群。"（《漫堂说诗》）

"李太白独绝句超然自得，冠绝今古。"（《艺苑卮言》）

千百年来，人们都把李白绝句誉为冠冕，是什么原因呢？这原因就是李白绝句达到了丰富思想内容与高度艺术成就的较完美的统一，超过了其他诗人。

在李白的一百六十多首绝句中，强烈地跳跃着时代脉搏，闪耀着诗人的凌云壮志，反映着他笑傲王侯、沉醉风月的性格，洋溢着对人民和祖国的热爱，描写了人民的劳动和社会生活，塑造了壮阔优美的富饶山川。从唐朝皇帝到朝鲜风俗，从冶炼的红星紫烟到对酒家的哀悼，都纳入诗人彩笔之中。这在提高绝句思想性和题材开拓上都是卓有成效的。

为适应广博的内容和自己的浪漫主义豪情，他在绝句中开拓了浪漫主义的新美学境界，大胆运用浪漫主义手法创造了清新俊逸的风格。正是其在思想和艺术上的高度成就，使李白的绝句成为他诗集的重要部分，成为我国历代绝句诗中的珍品。诗人能在这样短小的形式中取得如此巨大的成就，是很值得我们借鉴的。下面试从思想性和艺术性方面来分析李白绝句。

二

作为爱国爱民的伟大诗人，李白置身于生活的激流中，因而能迅速写出一些反映现实，表现人民的诗篇。请看《永王东巡歌》十一首之二：

> 三川北虏乱如麻，四海南奔似永嘉。
> 但用东山谢安石，为君谈笑静胡沙！

安史之乱后，国家分崩离析，人民惨遭蹂躏，在这危难时刻，诗人能意气豪迈地高唱出战斗的决心和必胜信念，塑造独挽狂澜的英雄形象，这对将士无疑会产生强烈的鼓舞作用。尽管他还不能认识人民的力量，而只能把希望寄托于君王，但能从国家和人民的利益出发来批判逃跑的二帝，歌颂东下杀敌的永王，并抒发扫清胡尘的英雄气概，这是符合人民愿望的，它显示了诗人的爱国主义和乐观主义精神。

诗人不但以英雄自任，还以英雄鼓舞人，用诗鼓舞亲人报国杀敌："丈夫赌命报天子，当斩胡头衣锦还！"（《送外甥郑灌从军》）还在一千多年前就能用诗来鼓舞人们去报国杀敌，这是特别值得我们肯定的。

与热爱祖国相连的是他对人民的热爱。长期的漫游使他有机会接近人民并受人民的感染，进步的民主思想又使他平等待人，因而在绝句中能表现出一些人民生活和形象及他同人民的友情，显示了一定的人民性，如诗人为宫女们倾诉无尽的哀怨。

> 天回北斗挂西楼，金屋无人萤火流。
> 月光欲到长门殿，别作深宫一段愁。

> 桂殿长愁不记春，黄金四屋起秋尘。
> 夜悬明镜青天上，独照长门宫里人。

在万物苏醒，百花齐放的美妙春光里，深锁金屋的宫女却不知愁了多少年，以至连春天都不复记得了。只有满眼灰尘，只有孤寂的月光，哪里有青春、爱情和欢乐呵！诗人对被摧残的宫女寄予了深厚同情，对皇帝的罪恶进行了间接的揭露。

诗人又以热情的笔调描绘人民的形象和生活，这是在波光映照下的越家少女的妩媚形象：

> 镜湖水如月，耶溪女如雪。
> 新妆荡新波，光景两奇绝。
> ——《越女词五首》之五

更值得重视的是他最先在绝句中描写了工人的冶炼场面：

> 炉火照天地，红星乱紫烟。
> 赧郎明月夜，歌曲动寒川。
> ——《秋浦歌》之十四

闪耀的炉火照彻天地，漫天的云烟四处乱溅，多繁忙，多紧张呵！工人的歌声却从白天唱到深夜，震动大地。短短二十字，有声有色地再现了工人的劳动，表现了豪迈气概，这不是值得今天借鉴的吗？

诗人不仅有对人民的爱，而且还与普通村民建立了友谊。在村民踏歌送他时，他满腔情意触"深不可测"之桃花潭水而发，在情景交融的氛围中写成了动人心脾的优美诗篇：

> 李白乘舟将欲行，忽闻岸上踏歌声。
> 桃花潭水深千尺，不及汪伦送我情。
> ——《赠汪伦》

诗人对劳动人民是同情的，对统治者和封建功名富贵则兀傲轻视。诗人怀抱经天纬地之才，渴望为祖国做出贡献，然而他却一直未得施展抱负，因而他有时"空吟白石烂，泪满黑貂裘"。但是，他追求自由的性格又使他不能沉溺于忧郁，而要用沉醉风月来自我解脱。如《酬崔侍御》：

> 严陵不从万乘游，归卧空山钓碧流。
> 自是客星辞帝座，元非太白醉江楼。

诗人以历史名流的自比和帝星下凡的夸饰，突出塑造了看淡富贵、归隐山水的高傲形象。这对封建秩序有一定冲击作用，也有引人出世的消极影响。在《山中问答》一诗中，诗人美化远离人世的山水来反衬尘世的污浊，表达自己与统治者对立的情绪：

> 问余何意栖碧山，笑而不答心自闲。
>
> 桃花流水窅然去，别有天地非人间。

在"群沙秽明珠"的时代，诗人的遭遇，也是许多文人的遭遇，因而他融合自己的血泪，为被谪的友人哭诉："潮水还归海，流人却到吴。相逢问愁苦，泪尽日南珠。"（《见京兆韦为参军量移东阳二首》）连无知的海水尚且知道归海，有情的人却流亡异乡不能回还。一旦相逢，除了泪珠，还能有什么呢？《巴陵赠贾舍人》更迂回含蓄了：

> 贾生西望忆京华，湘浦南迁莫怨嗟。
>
> 圣主恩深汉文帝，怜君不遣到长沙。

用汉文帝弃置贾生来安慰朋友，绝妙而辛辣地讽刺了所谓圣主之不识人才，更使人联想到整个封建社会对人才之埋没，笔锋直指最高统治者。

李白热爱自然，以豪迈的心胸去拥抱自然，并且把自然当作知音，因而写出了大量优秀的山水诗。这些诗都激荡着诗人昂扬奔放的感情，显示着诗人赋予自然的雄伟气魄，能激发读者对祖国山川之热爱，并给人高尚的美学熏陶。

在《朝发白帝城》中，诗人准确地抓住江流奔腾浩荡的气概，贯注了自己青春的豪情，使长江的急流似乎跃然纸上。

再看《横江词》吧！

> 海神来过恶风回，浪打天门石壁开。
>
> 浙江八月何如此？涛似连山喷雪来！

先用传说的海神唤起你对怒涛的惊心揣想，给全诗镀上神奇色彩，再直接描写它如巨斧劈山之威力，第三句以惊叹的设问在抒情中造成旋律的跌宕，为高潮积蓄气势，末句则以宏伟飞动的绝妙比喻表现了巍峨瑰玮的形象，创造了异常壮美的境界，使人联想到诗人胸中汹涌的豪情。

《望庐山五老峰》也以精彩的比喻勾勒了瑰丽的雄奇形象："庐山东南五老峰，青天削出金芙蓉"。那山峰竟如光彩夺目的金芙蓉，这是何等美妙奇丽的比喻呵！短短的几句诗，竟能"驱山走海置眼前"，李白胸中嵌有多少山水！

三

"言出天地外，思出鬼神表"。（皮日休《列枣强碑文》）

李白以浪漫主义大师的宏伟气魄和壮阔笔触开拓了绝句浪漫主义的新美学境界。诗人的高远理想和丰富浪漫主义手法使他的绝句流荡着豪迈乐观的气概和鼓舞人心的力量，给人以优美的艺术享受。这就是李白绝句的卓越艺术成就。

李白绝句的积极浪漫主义精神突出地体现在他的高远理想，宏伟抱负和对恶势力的反抗上。面临"三川北虏乱如麻"的危局，他却能高歌自己杀敌的威力和报国理想，写出"南风一扫胡尘净，西入长安到日边！"（《永王东巡歌》十一首之十一），"斩胡血染黄河水，枭首当悬白鹊旗"（《送外甥郑灌从军》之二）的佳句。这是何等的英雄气概和乐观信念！其中展示着他报国的宏愿，也融合着时代的要求和人民的希望。但是诗人的抱负却不得施展，只有抱恨终生，因而他沉痛地抒发出理想与现实的矛盾：

> 谈笑三军却，交游七贵疏。
> 仍留一支箭，未射鲁连书。
> ——《奔亡道中》

诗人的愤懑也通过富于寓意的描写曲折地表达出来：

> 刬却君山好，平铺湘水流。

巴陵无限酒，醉杀洞庭秋。

诗人要砍的岂止君山？不，是要砍去阻碍理想实现的不合理现象。

宏伟气魄和热烈感情使他笔下的形象俊伟，境界阔远，而且寄托着、寓含着他的感情。试看他刻画的将军吧：

百战沙场碎铁衣，城南已合数重围；
突营射杀呼延将，独领残兵千骑归。

诗人以雄奇胆识在浴血苦战中像电影一般描绘出自己理想的顽强勇毅的将军形象，也表达了当时军民对李广式的飞将军的希冀。

《横江词》的"涛似连山喷雪来""惊波一起三山动"，描绘了多么惊险的骇浪狂风！从中也可以感触到诗人磊落放达的情怀。

读着"孤帆远影碧空尽，唯见长江天际流"，那浩浩长空，无尽洪流，伴合着诗人缠绵的思绪一齐纳入我们胸中。而"两岸青山相对出，孤帆一片日边来"（《望天门山》）的描写，仿佛把两岸的青山驱遣到我们眼前了！

融合主观热情描绘巨大形象，是他浪漫主义的重要手法。

浪漫主义豪情使他经常驰骋奇妙的想象。这是李白浪漫主义的又一表现手法。当诗人怀念远方遭贬的友人时，心儿马上脱口而出，随月飞到友人身边了："我寄愁心与明月，随君直到夜郎西。"（《闻王昌龄左迁龙标遥有此寄》）读到这里谁能不惊赞诗人的想落天外，并从中强烈感受他的深切情意？有趣的是，元稹也写过类似的诗："残灯无焰影幢幢，此夕闻君谪九江。垂死病中惊坐起，暗风吹雨入寒窗。"元稹着力于凄凉氛围的渲染以表达刻骨怀念，也是好诗。但比起李白以惊人奇想表达的炽烈情意和给人的丰富联想来，真是"风趣高卑自觉天壤"了。

当诗人悼念亡友时，则相信友人在黄泉也在为自己酿酒，还设想他无法送给自己的情景，以奇绝想象从反面着笔来抒发深厚痴情，给人悠远的遐想：纪叟黄泉里，也应酿老春。夜台无晓日，沽酒与何人？

当平常事物和语言不足表达情意和描绘形象时，他就使用大胆的夸张了。诗人昂扬意气未能施展，一见镜中苍颜就触发闲愁了："白发三千丈，缘愁似个长。不知明镜里，何处得秋霜？"（《秋浦歌》）谁相信白发千丈呢，但因其在此已成青春消磨理想破灭而产生的苦闷的象征，因而我们不但接受，还产生强烈共鸣，觉得非三千丈竟不足以形容其愁了！写瀑布则是："飞流直下三千尺，疑是银河落九天！"（《望庐山瀑布》）绝妙地突出了瀑布倾盆而下，银光闪烁的非凡雄姿，成为千古绝唱。

在诗人浪漫主义奇想中，仿佛自然界都有意识，都能感染自己的情意，于是自然在他的笔下获得了生命，反过来更有力地表达了诗人的感情，这就形成了拟人化的手法。请想想"春风知别苦，不遣柳条青"（《劳劳亭》），凝聚了几多离愁别绪？而这通过多情的春风杨柳曲折传达出来，又引起人多少隽永回味呵！再看，"落月低轩窥烛尽，飞花入户笑床空"（《春怨》），诗人用征妇的眼睛和心灵来观察事物，仿佛连落月飞花都是在讥笑她的孤灯独眠，这该是何等凄苦的心境呢？《独坐敬亭山》更进一步展示了自己的心情和性格：

　　众鸟高飞尽，孤云独去闲。

　　相看两不厌，只有敬亭山。

鸟儿归巢，孤云远去，一个人该多寂寞呀？嘿！才不哩！你看我对面的敬亭山与我互相观看，互相欣赏，我哪里还会厌倦呢？透过这迷人的描写，我们似乎感触到他处境之孤寂和他把自然做知己借以摆脱尘世烦恼的旷达胸怀，由此可知诗人拟人化手法的运用是由他艺术个性决定的，而且又反过来更好地表达了主题。

丰富多彩的浪漫主义手法更充分地表达了诗人的积极浪漫主义精神，更突出了主题，增强了感染力。

四

最后我们要问：李白绝句的风格是什么呢？诗的风格是由诗人的

思想、个性、生活、艺术修养和所处时代形成的，李白追求个性解放的思想，倜傥不羁的性格，丰富的生活以及艺术上"清水出芙蓉"的主张，形成了他清新俊逸的风格。这也是他绝句的风格，这主要体现在诗的豪放洒脱的感情，鲜明俊伟的形象和优美自然的语言上。

随便分析一首吧：

> 南湖秋水夜无烟，耐可乘流直上天。
>
> 且就洞庭赊月色，将船买酒白云边。
>
> ——《陪族叔刑部郎晔及中书贾舍人游洞庭五首》

诗人出神入化地描绘出洞庭秋水浩渺澄澈的景象，流泻出他豪迈天真的心情，而语言这样优美自然，旋律如此和谐婉转，描写这样洒脱浑成，似乎是脱口而出，轻易而成，其实是百炼钢化为绕指柔。这正如胡元瑞所评价的一样："太白诸绝句信口而成，所谓无意于工而无所不工者。"

再深入玩味，李白的五七绝在风格上还有细微差别。七绝往往是阔大高昂，风格清俊、豪放；五绝则常常是小巧深婉，风格清新蕴藉。五绝如《玉阶怨》：

> 玉阶生白露，夜久侵罗袜。
>
> 却下水晶帘，玲珑望秋月。

五绝以凄清环境的点染和主人公下帘望月动作，让人联想到她冷漠滋味和渺茫思恋，使人玩味不尽，这与《怨情》等诗都是"无一字言怨而隐然幽怨自见"。七绝如《秋下荆门》直抒胸臆，境界雄浑，气韵飞动。《山中与幽人对酌》随口吐出旷达豪语，使人如闻其声地表现了放达直率的性格。

然而，上面所说的五七言绝句差不多，仅指一般特点而言，但是也还有例外。如五绝《秋浦歌》中的"白发三千丈"，就语言急切而意味深广，《估客行》境界博大，七绝的《长门怨》则是含蓄蕴藉，这显示了诗人风格的多样化。他能根据主观感情的需要来选择最适当的形式和风格，以求思想和艺术的高度统一。

　　应该指出，李白绝句在思想上也有某些消极因素，在艺术上并非都臻佳境，也有一些诗失之草率或流于粗疏，然而，这毕竟是白璧微瑕。诗人许多优美的绝句都达到了思想和艺术的高度统一，这奠定了他在绝句中的崇高地位，并给后代诗人以深远影响，给千百代的读者以教育和熏陶。

刊《渝州大学》学报

杜甫三峡诗歌研究的新收获

——评鲜于煌新著《诗圣杜甫三峡诗新论》

　　老友鲜于煌送来他刚由重庆出版社出版的、散发着油墨香的新著《诗圣杜甫三峡诗新论》。作为杜甫诗歌的爱好者，作为一个重庆学人，捧着这部 40 万字的理论专著，笔者深感欣慰。这部新著不仅是鲜于煌理论研究的新成果，而且也是我国学术界研究杜甫三峡诗歌的新收获，更是对直辖后的新重庆在三峡文化研究方面可喜的贡献。

　　中国是一个诗的国度，整个中国文学史几乎是一部诗史。中国诗歌水平之高，普及程度之广，在世界上也可以说是首屈一指的。中国诗歌最繁盛的时代当数唐代，而站在唐代诗歌最高峰的，则是李白和杜甫。杜甫一生处于唐朝由盛而衰的"安史之乱"的历史大转折时期，饱经战乱，历尽忧患，在血与火的艰难岁月中，走向了民间，走向了社会，走向了生活的最底层，因而写出了那么多浸透着血泪，充满强烈生活气息和时代气息，具有深刻思想内涵和迷人艺术魅力的、被人们称为"诗史"的优秀诗篇，他也被人们称为"诗圣"。杜甫一生写了 1400 多首诗，而在三峡地区仅仅两年多时间就写了 480 首。应该说，杜甫在三峡地区的诗歌创作数量是空前的，不仅超过了他以前的各个阶段，而且也超过了他同时代的所有诗人。杜甫的三峡诗不仅以数量取胜，更以质量见长。他把忧国忧民的情怀，把三峡的名山胜水，把三峡的风情民俗，把他在三峡的见闻感受，都融入惊天地、泣鬼神的诗歌艺术之中。他的诗歌艺术，走向了最成熟、最高涨、最炉火纯青的时期。因此，可以说，杜甫三峡诗歌是地所有诗歌，乃至中国整个现实主义诗歌史上最辉煌、最为光辉灿烂的诗篇！这是我们三峡文化的精粹，也是我们新重庆诗歌的骄傲。

对杜甫诗歌的研究，可以说汗牛充栋。但是，对杜甫三峡诗歌的研究却不是太多，更缺乏对杜甫三峡诗歌的系统的、全面的、总体的综合性研究，而鲜于煌的《诗圣杜甫三峡诗新论》正好填补了这个空白。《诗圣杜甫三峡诗新论》分为上下两编，上编为杜甫三峡诗"诗论"，它以 10 篇相互关联而又独立成篇的论文，从理论上对杜甫三峡诗歌的内容特色、艺术特色、乡土特色、美学意识、经济意识、超前意识以及杜甫三峡诗歌在中国诗歌史上的重要贡献及影响等做了深入的探讨和论述；下编为杜甫三峡诗"诗义"，按杜甫三峡诗歌的写作时间及其类别，对杜甫的 480 首三峡诗歌进行了研究和探讨。在杜甫三峡诗歌的研究中，作者的这一专著可以说是最完整、最系统、最全面，也最深入的。这可以说是这部专著的第一个特点——开拓性吧。

本书的第二个特点是它的鲜明的学术性。作者在诗论部分论述了很多前人很少涉及甚至根本没有涉及过的问题。比如，杜甫三峡诗歌中的美学意识、经济意识、超前意识、乡土意识，等等；特别是三峡地区少数民族"獠人"和杜甫诗歌创作的关系，在浩如烟海的杜甫诗歌研究中，从来无人论及。因而，作者的《三峡少数民族"獠人"和杜甫诗歌创作之波澜》一文在权威核心刊物《民族文学研究》上发表后，引起海内外同行专家学者的极大重视。四川大学博士生导师、杜甫诗歌研究专家张志烈教授认为，"这既是作者学识进步的里程碑，亦必将对杜学研究贡献有益的启迪"。日本国立佐贺大学文化教育部古川末喜先生认为这篇出色的论文"象征着 21 世纪的新的杜甫研究的开始"。

这部著作的第三个特点是它的观点新、体例新。作者在著作中提出了不少自己的新观点，匡正了前说。比如，在《三峡少数民族"獠人"和杜甫诗歌创作之波澜》一文中，作者就论述了杜甫与少数民族的亲密情谊，指出杜甫三峡诗中关于獠人的诗，代表了唐代诗人进步的史学观、文学观、美学观①，并匡正了《魏书·獠传》中说獠人"性同禽兽"的观点。作者还提出并论述了杜甫的"超前意识""经济意识""美学意识"，为杜甫诗歌研究开拓了新的境界。作者还驳斥了郭沫若和当代学者韩成武关于杜甫"敌视"农民起义的观点，正确评价了杜甫诗歌的人民性。所有这些，都表明了这部理论专著在观点上的创新。在体例上，这部著作由上下两编组成，上部为10篇相关的独立论文，下编则是从各个侧面研讨和分析杜甫的480首诗歌，下编的结构安排十分巧妙，作者对480首诗的评价，既按照诗歌的年代，又照顾了诗歌的类别，给人以新颖的感觉。

这部专著的第四个特点是语言上的准确性和通俗性。自杜甫去世后，历代研究他的诗歌的有关著作数量惊人，其中不乏真知灼见，但也有不少谬误流传。作者呕心沥血，勤学苦钻，爬罗剔抉，力求释义得完美和准确，尽量匡正历史上以讹传讹的错误，引导读者更加深刻和全面地领会杜诗的精义要旨。作者尽量用通俗浅显而又优美的语言来解释和翻译，给读者以阅读的便捷和审美的快感。

中国长江三峡，大江奔腾，千山壁立，自古以来就是画的长廊，诗的海洋。千百年来，有多少文人墨客穿过气象雄伟的长江三峡，走向楚天大地，为我们留下了气壮山河的灿烂诗篇。而当杜甫来到长江三峡之后，更是写出了瑰丽辉煌的卓越诗篇，为我们留下了宝贵的精神财富。在建设重庆历史文化名城的当今时代，深入地研究和发掘杜甫三峡诗歌等珍贵的文化遗产，对我们无疑具有十分重要的现实意义。正是在这个意义上，《诗圣杜甫三峡诗新论》特别值得我们珍视。

刊《三峡文化研究》

---

① 笔者认为还代表了先进的民族观。

精品佳作《大宅门》

看完《大宅门》，感到它的确是一部极其难得的、大气磅礴的电视佳作，其气魄之雄浑，气势之雄伟，场面之浩大，人物之众多，人物塑造之丰满，情节之精彩紧凑、跌宕起伏，矛盾之尖锐复杂，悬念之层出迭起，前后照应之缜密周全，语言之精炼而富于个性色彩，都是极其难得、极为精彩的。更有演员阵容之壮观，名演员们表演之精湛，场面之宏大，摄制之精炼，及对北京风物风韵的发掘，都是空前的，它是当代电视剧创作的里程碑式的精品佳作。试看二奶奶，白文氏的性格，她既有敢作敢当、尖锐泼辣、宽厚仁爱、聪明能干的优良品质；又有刚愎自用、冷酷无情的缺点，显得那样丰满而复杂，鲜明而独特，可以说为中国电视的人物画廊增添了一个光彩照人的形象。

而白景琦的性格就更加丰富饱满，更加奇特罕见，更富于人格魅力了。他从小就桀骜不驯，惹是生非，在严师的威严训导下，他突然改邪归正。但他的特立独行，他的风流倜傥，他的玩世不恭，他的铮铮傲骨，都在他那一次次独特的婚姻之中，在他与格格的私生女的大胆恋爱中，在他追求杨九红的轰轰烈烈中，在他不顾全族人反对而把丫头李香秀作为太太明媒正娶的惊世骇俗的举动之中，在他用一包屎当做两千两银子的喜剧之中，在他那杀了德国侵略兵却与日本兵交友的行动中，在他那痛恨日本侵略坚决不与日本人合作并立下坚决不当汉奸的遗嘱和誓言的慷慨激昂中表现得淋漓尽致。其性格之独特鲜活，其人性之浑圆饱满，在当代影视作品中，可谓极其罕见而珍贵。还有三叔，他是一个做了那么多坏事，又做了那么一点好事的复杂人物，尤其是在最后一集，当白景琦拒绝当维持会长，性命难保的时候，三叔突然自己提出来要当维持会长，在众人的唾骂声中，边吃酒边吃"肉"（其实是吃的毒药），在说了一些世俗不堪的语言后，突然发表了深明大义的爱国宣言，而在汉奸要来抓他时，他才慷慨激昂地宣布他已吃了毒药，庄严自杀，使他的人生上升到一个辉煌的顶点；而即使在他已成为人们景仰的英雄的时候，他留下的遗言却是要景琦为他偿还昨晚的嫖娼费，真是入木三分地写出了这个独特的、使人玩味不尽的人物形象。其他如白家大老爷的刚烈正直，白玉婷的多情单恋，香秀的聪明泼辣，也都极有特色，十分感人。

《大宅门》的成功，显示了作者生活阅历和深刻体验的珍贵。《大宅门》的深刻博大来源于郭宝昌对自己成长的医药世家的亲身体验和耳濡目染，对中华民族百年风云的深刻认识和准确把握，以及对这个重大题材的长期酝酿和精心表达。作家的创作态度是极其认真严肃的，剧中的人物命运，都是从生活中提炼而出，而作家在表现的时候，又没有把他们理想化、抽象化、喜剧化，而是尽量保持生活的原汁原味，人物的复杂性和多样性。在描写人物的时候，又尽量用人物自己的言语和行动，用人物独特的细节来展示（如白景琦的京白："……杀他个干干净净"以及他敲铜烟头的举动），因而特别富于感染力。作家总是以人物的命运和戏剧冲突来打动人，而不是靠煽情的小花招或噱头的卖弄来赚取观众的眼泪，迎合观众的胃口，获取商业的利润。应该说，在当前商业化和滥情化倾向十分普遍的情况下，这是十分难能可贵的。

刊《重庆广播电视报》2001 年 5 月 4 日

一代英杰情亦深

在中国共产党创建者之一的赵世炎同志诞生一百周年之际，表现赵世炎光辉业绩和崇高精神的电视剧《赵世炎》在全国各地，尤其是赵世炎的家乡重庆引起了很大反响。《赵世炎》在中国共产党建党初期那波澜壮阔的历史风云和众多革命先驱者的英雄群像之中，突出塑造了赵世炎的光辉形象和崇高人格，是一部高扬主旋律的、恢宏大气、厚重悲壮的成功之作。

《赵世炎》的成功之处就在于：它不是平铺直叙地展现赵世炎的生平事迹，而是抓住赵世炎革命生涯中的重要事件进行重点描写，并突出描写了赵世炎的战友情、母子情、兄妹情，爱情和生死情，从而凸现了赵世炎崇高的革命情操和丰富的精神世界。

《赵世炎》一剧开始就描写了赵世炎同李大钊、陈独秀、毛泽东、周恩来等革命先驱的战友情，表现了李大钊、陈独秀对他的器重、指导和帮助，表现了他积极投身五四运动，加入李大钊领导的少年中国会，踏上认识和改造中国的光明之路。电视剧还描写了赵世炎同周恩来、蔡和森、陈毅等在留法勤工俭学运动中的爱国活动，以及他同周恩来、李维汉、王若飞等人创立中国少年共产党，主编刊物，宣传马列主义的动人事迹，展现了赵世炎同周恩来等领导深厚的战斗情谊。这些生动感人的情节，不仅刻画了赵世炎的鲜活形象，而且展现了中国共产党创建初期的历史画卷和英雄群体。

《赵世炎》还着意表现了赵世炎的母子情、兄妹情。剧本通过父母在码头迎接他，母亲对他的牵挂，他对母亲的关心，特别是他在母亲去世后的无比悲伤和沉痛，表现了他对父母的深厚情谊。剧本还多方面地展示了赵世炎同他的妹妹赵君陶等的手足深情，既突出了他对妹妹的关心和帮助，也写出了妹妹对哥哥的敬重和关爱；妹妹热心地为他介绍朋友，妹妹看他吃饭等细节，既写活了赵世炎的性格，又增添了浓郁的手足情和人情味。电视剧通过这些富于人情味的情节，表现出赵世炎既具有共产主义理想信念，又具有中华民族的传统美德。

爱情，是人类最崇高、最圣洁的情感之一，它能充分地表现人物的思想品格。《赵世炎》打破了传统的束缚，注意表现了赵世炎同夏之栩的情。那一见钟情的书店邂逅，隔江偶遇的深情呼唤，那在共同革命斗争中建立的生死爱情，充分地显示了革命者的爱情观，表现出革命者既是普通人，又不同于普通人的美好情怀。

生死关头，生离死别，表现了一个人的人格品质和内心世界。电视剧《赵世炎》特别注重表现赵世炎在革命运动中置生死于度外，生得伟大，死得壮烈的豪迈之情。赵世炎珍惜自己的生命，珍惜自己的爱情，热爱自己的战友。但是，当革命需要的时候，为了维护无产阶级的利益，为了保卫上海工人阶级武装起义的成果，他英勇地率领工人纠察队同敌人斗争，献出了宝贵的生命，为后来者树立了光辉的榜样。

刊《重庆晚报》

大气磅礴的英雄史诗

——电视连续剧《奠基者》观后

电视连续剧《奠基者》是一部大气磅礴的英雄史诗。编导站在时代的高度，以满腔热情，以高屋建瓴的气概，以大量生动感人的事迹，表现了中国石油工人在 20 世纪 50、60 年代打出大庆油田，开发四川油田，甩掉贫油国的帽子，为中国经济社会发展做出伟大贡献的英雄伟业；塑造了余秋里、康世恩、铁人王进喜等动人形象；为中国石油工人唱出了一曲响亮的颂歌，为塑造"中国形象"绘上了可喜的光彩的一页。

编导视野开阔，眼光高远，站在世界政治经济发展的高度，站在中国政治经济军事发展的高度，写出了拿下大庆油田在当时的重大战略意义。编导一开始就展现了毛泽东亲自跟余秋里谈当时的国内国际形势对石油的紧迫需要，要他担任石油部长，并指出：这也是打仗啊！余秋里坚定地向毛主席保证：我坚决完成主席交给我的任务！然后是中共中央总书记邓小平跟余秋里谈话，指出打出石油，是国防和经济建设的重中之重！正是在这样紧张的国际条件和艰难的国内环境下，余秋里临危受命，开始了为中国打出争气油的伟大战斗。

编导没有回避生活中的矛盾和冲突，而是如实地展示了在开发油田工作中的千般艰难、万种风险、尖锐矛盾和重重困难。剧本真实地描写了苏联专家的施压，政治运动对总工程师陆惟夫的审查，女石油技术员为保护地质油砂的标本而被泥潭活活吞没，石油会战初期工地的混乱和艰辛，工人们吃饭、住宿、用具、交通等都出现了巨大困难，而且少数地方出现了工人抢走日用品的情况，就连铁人王进喜所在的这个先进的队伍里也出现了有人经不起艰难的考验而当逃兵的情况！……

但是，"沧海横流，方显出英雄本色"。电视剧更描绘出"独臂英雄"余秋里等人如何以英雄的胆略和大无畏的气概战胜一切艰难险阻，终于拿下大庆油田，创造人间奇迹！剧本描写余秋里怎样躲过苏联专家的压力，怎样强迫陆惟夫住进医院检查躲过政治风波；怎样用学习《矛盾论》《实践论》提高干部思想水平和工作能力，带领全体干部职工齐心协力，闯过重重难关！余秋里对待知识分子沈霖，就很好地体现了他高度的思想修养和政治水平。沈霖对四川石油局提出了自己的看法，遭到了余秋里的批评和否定，四川石油局张局长害怕，立即要沈霖做检查，并欲抓典型，组织对他进行揭发批判！余秋里立即制止，并批评张局长"扯淡！"要他搞民主，并肯定沈霖是一位有能力、有水平的工程师，今后还要用这个人！以后，余秋里亲自到他家拜访，告诉他，只要工作做得好，可以提拔他做石油部的总工程师！

剧本塑造了工人阶级的优秀代表铁人王进喜的光彩形象。作者多次用王进喜常爱说的一句话来表现他的性格：咱是谁呀！咱是1205红旗钻井队！剧本描写王进喜怀着"宁可少活20年，拼命也要拿下大油田"的雄心壮志，带领1205钻井队在没有条件的情况下创造条件也要上：人拉肩扛卸钻机，脸盆端水保开钻，泥浆池里拌泥浆；并同其他钻井队打擂，五天五夜不睡觉，创造了超过苏联保持的钻井纪录的优异成绩等，显示了工人阶级的硬骨头精神。通过王铁人和他的战友们的形象，我们看到了中国工人阶级的高尚品德，看到了中国石油工人的优秀风采。

这部电视剧之所以拍得成功，是因为有一部优秀的报告文学做基础。这部报告文学就是中国著名报告文学作家、鲁迅文学奖获得者何建明精心创作的《部长与国家》。由于何建明的报告文学站得高，看得远，写得深，写得细，写得透，写得精，为剧本改编拍摄创造了很好的条件，加上导演、演员的艰苦努力，所以《奠基者》取得了巨大的成功，成为难得的精品。

一个伟大的人格与一座英雄的城市

在周恩来诞生 110 周年之际，由重庆市委宣传部和中央电视台等共同拍摄的 28 集电视连续剧《周恩来在重庆》在中央电视台热播，受到观众欢迎，专家好评。该剧表现了周恩来在十四年抗战中在重庆为反抗法西斯侵略而立下的不朽功勋，塑造了周恩来英武刚毅而又亲切和蔼的形象，展现了抗战时期团结在周恩来周围的共产党人和进步人士、文艺家以及广大爱国群众的爱国热诚和斗争精神，展示了重庆作为抗战大后方的英雄形象。

一部优秀电视剧的拍摄，可以展示一个地区、一座城市的价值追求、文化品格和历史魅力。重庆是一座历史悠久的城市。《周恩来在重庆》表现了周恩来在抗战时期的难忘岁月，塑造了周恩来的鲜明形象，这就把一个伟大的人物和一座英雄的城市紧密地联系起来了。对于周恩来来说，在重庆的八个年头，是他漫长革命生涯中一段极其辉煌的日子；对于重庆来说，周恩来在重庆的工作和战斗，又是重庆丰富的文化资源中极为宝贵而又极富特色的一部分。因而，《周恩来在重庆》的拍摄和播出，不仅宣扬了周恩来的杰出人格和伟大精神，宣传了红岩精神，促进了民族精神的树立和精神文明的建设；而且突出地表现了重庆人民在民族危亡时刻为国家民族所做出的伟大贡献，展示了重庆人民的铮铮硬骨和凛然气节，展现了重庆的光荣历史和文化形象，有力地提升了重庆的知名度和影响力。

著名剧作家王朝柱善于把握和驾驭重大革命历史题材。《周恩来在重庆》再次显示了他这方面的特长和才能。作者抓住周恩来在全国抗战和世界反法西斯潮流大局中的革命韬略和言论行动，表现了那个风云变幻的时代及周恩来的魅力风采。

电视剧特别突出地展现了周恩来在皖南事件中同蒋介石进行坚决斗争的事迹。作者一开始就写了蒋介石围剿新四军的部署，周恩来的敏锐洞察及步步提防。当皖南事变发生后，周恩来悲痛欲绝地对南方局的同志们说：

"同志们！我奉命转移的新四军军部及其所属部队九千余人，除两千人突围北去，其余的部队不是战死就是被俘，军长叶挺被顾祝同扣押，项英同志等指挥员下落不明……"他再也无法控制自己的感情，失声地痛哭起来。……

周恩来说："同志们！我们一定要化悲痛为力量，戳穿蒋介石制造皖南事件的阴谋。……"

接着，写周恩来在国民党张冲（张淮南）家向何应钦提出最强烈的抗议，并拒绝刊登国民党撤销新四军番号的通令！当国民党军警特务包围《新华日报》发行部时，周恩来同军警特务进行面对面斗争："请你们转告你们的上峰，重庆的《新华日报》是中国共产党办的报纸，没有刊登国民政府军事委员会通令的义务。"

为了让山城人民、让全国人民知道皖南事变的真相，周恩来题写了一首传诵千古的诗篇。剧本着力表现了周恩来提笔写诗的那一精彩场面：

寒夜，黑黢黢的；星星，眨着眼睛。

夜风，吹着红岩村的一切。周恩来驻足楼前，任凭寒风吹动大衣、头发，他依旧巍然屹立，远眺长空。……

新四军将士冒雨突围，激战不息的情景；

新四军将士战死疆场，鲜血染红了大地；

叶挺怒斥顾祝同……

周恩来两眼滚动着悲愤的泪水，倏然转身，大步走向夜幕中的办公大楼。周恩来大步走进办公室，驻足书桌前，展纸提笔，挥毫写下两幅题词：

为江南死国难者志哀　"中华民国"三十年一月十七日夜

千古奇冤，江南一叶，同室操戈，相煎何急！？

接着描写《新华日报》印刷厂的工人连夜赶印刊有周恩来题词的《新华日报》；《新华日报》的工作人员、印刷厂工人把排印好的《新华日报》包在铺盖卷里、装在箩筐里，趁着夜色送往山城各地报摊，分送给报童；清晨，《新华日报》的工作人员、印刷厂的工人、报童等分摊卖报，大声吆喝；重庆各界人民排成长队抢购《新华日报》；然后是蒋介石把手中一叠刊有周恩来题词的《新华日报》用力摔在地上，破口大骂："娘希屁！这是怎么回事？"戴笠吓得抖瑟着身子答道："校长！我，我真的不知道这张报纸是怎么印出来的……"

剧作者充分运用影视的视觉手段，运用蒙太奇的手法，写出了历史上的这一惊心动魄的重大事件，塑造了周恩来大义凛然的英雄形象。

这部电视剧还通过周恩来的日常生活，通过他如何与朋友、亲人、对手相处，来展现他的人格魅力和精神境界。作品展现了周恩来如何与民主人士、文艺界人士以及普通群众相处，如何在亲切友好的气氛中做好统战工作。比如，写周恩来亲自为郭沫若操办五十大寿，周恩来历来反对请客祝寿这类应酬活动；但是，为了高扬民族精神，赋予其新的内容，他却要为郭沫若祝寿，并为《新华日报》写了刊头和《我要说的话》："如果说鲁迅是新文化运动的导师，郭沫若便是新文化运动的主将。鲁迅如果是将没有路的路开辟出来的先锋，郭沫若便是带着大家一道前进的向导……郭沫若在革命文化中最值得大家学习的有三点：第一是丰富的革命热情；第二是深邃的研究精神；第三是勇敢的战斗生活……"周恩来不仅亲自审阅祝寿方案，并亲自为郭沫若致祝词，高度评价说："郭先生是无愧于五四运动中长大的这一代人。他不只是革命的诗人，也是革命的战士。他的著作和行动里，都燃烧着那火一般的感情。在反对旧礼教旧社会的战斗中，有着他这样一位旗手；在当前反法西斯的战斗中，他仍然是那样挺身站在前面，发出对野蛮侵略者的诅咒。这些都是青年们应该学习的——！"而在郭沫若写出历史剧《屈原》之后，周恩来又给予了最热烈的推崇和推广。他热情地表示："我很喜欢这部《屈原》，尤其喜欢这长达近两千字的《雷电颂》，有着很强烈的现实意义。下边，我们商量一下：如何把这部《屈原》推向社会，在人民心中引起最强烈的共鸣。"周恩来在金山朗诵了《雷电颂》后指出："屈原的确没有写过这样的诗句，他也不可能写出来。我认为这是郭老借着屈原之口说出自己心中的怨愤，也表达了蒋管区广大人民的愤恨之情，写得好！"

该剧还表现了周恩来的父子之情，夫妻之情，人伦之情。在写周恩来出院看到邓颖超胸前的白花和臂缠的黑纱时，禁不住声音哆嗦地问："这，是怎么一回事？"邓颖超"哇"的一声哭了："爸爸去世了……"周恩来惊得不知所措，他突然爆发了："你为什么不告诉我啊！"这以后又写了周恩来父亲的葬礼，毛泽东的电文和蒋介石的吊唁。这一场戏，生动地写出了周恩来的感情世界。

剧本不仅塑造了周恩来的鲜明形象，还表现了重庆人民的战斗生活和爱国情怀。作者通过大有农场主人献出红岩村的房子给南方局使用，通过郭沫若、老舍、洪深等带着年轻演员为重庆遭日寇轰炸的伤员和群众演出，音乐家贺绿汀带着十几个孩子演唱《嘉陵江上》《游击队歌》，重庆人民在周恩来指导下演出《黄河大合唱》，以及张文和罗莹在飞机轰炸中坚持举行婚礼，小学生唱《大轰炸》的儿歌，等等。这些情节、场面和细节，表现了山城人民勇毅、顽强、诙谐、乐观的性格。

《周恩来在重庆》的拍摄和播出，不仅是对周恩来110周年诞辰的隆重献礼，对周恩来革命精神的颂扬，而且也是对重庆历史的发掘和展示，对重庆人民性格的描写，是重庆影视文化史上的一件大喜事。它充分体现出重庆市委、市政府、市委宣传部及中央电视台、八一电影制片厂在题材发掘和选择上的敏锐眼光和思想境界。我们祝愿重庆为纪念改革开放30周年和新中国成立60周年打造出更多更好的优秀文艺作品，为祖国文艺事业的繁荣做出自己的贡献！

2008 年 3 月 13 日

于重庆四川外语学院

刊《文艺报》

人性善的灿烂光芒

——评张艺谋《金陵十三钗》

　　张艺谋执导的《金陵十三钗》激起了笔者心灵的强烈共鸣。电影中人物心灵中迸射出的伟大的人性光芒，穿透战争的阴霾和人性的罪恶，照亮了我们的心空。影片是在日寇对南京的疯狂侵略和奸淫烧杀的背景下展开的。正是在这笼罩全城的恐怖之中，一小队中国军队在本可以撤退出城的情况下，却发现一群女学生正被日军追捕蹂躏，立即放弃撤离，同强大得多的日军展开了殊死搏斗，让这群女学生逃脱，而他们却大部分牺牲，只剩一位李教官搀扶一受重伤的少年住进教堂。李教官为保护教堂中的女学生和妓女，放弃了逃生的愿望，埋伏在教堂旁边，同企图强奸女学生的日军展开了聪明机智的殊死战斗，将日军引出教堂并与之同归于尽，保护了女学生。李教官为保护女学生壮烈献身，显示了中国军人的英雄本色和善良人性，也是电影闪发的第一束人性的光辉。

　　而更令人感动的却是女学生和妓女们所展示的动人光彩。十几位年轻幼稚的女学生，在面临日军蹂躏杀害的生死关头，她们毅然选择了跳楼自杀！她们的英勇行动体现了鲜明的民族气节，也是对日军兽性的坚决抗议！是人类之善对人类之恶的神圣宣战！而更令人感慨不已的是，在这群女生从容赴义的生死关头，一群闯入教堂避难并与女学生们产生过摩擦、龃龉，甚至被女学生瞧不起的妓女却被女学生在危险时自杀的行为所感动和激励，她们竟大义凛然，挺身而出，要用她们饱受创伤的身体和生命来代替女学生们纯洁而年轻的躯体和生命！在她们嬉笑着化妆的时候，在她们优美地唱着柔美的歌曲与女学生告别的时候，我们的心不能不深深地战栗，不能不为这群处于社会最底层的女人们的伟大人性和牺牲精神所震撼！它让我们领悟：人性善的本质，潜伏在所有中华儿女，甚至是被压在社会最底层、最为人所瞧不起的女性的心灵深处！

令人感佩的是，张艺谋不仅热烈讴歌了中华儿女身上的崇高人性，还把他的创作视野和关照情怀投向世界，以浓墨重彩描写了一位美国普通公民的美好心灵和善良性格。约翰仅仅是美国的一位平凡的殡葬师，但是，就是这么一位比较底层的美国人，却在亲身经历了日军的凶残与暴行之后，在亲眼看见了日军残酷奸淫和屠戮中国女生的兽性之后，唤醒了心中的善性，主动放弃了与同伴逃离南京的机会，而冒着死亡威胁，留在教堂，用他的聪明机智和勇气才能，修好了破旧的汽车，用"汉奸"送来的"通行证"载着十几位女学生闯出了日军封锁，让女学生获得了生命！张艺谋以全球性的视野和超越民族国界的胸襟，把人性善提升为一种国际性的博大情怀，使之闪耀出更加夺目的光焰，焕发出更加锐利的力量，照亮那被罪恶的战云笼罩的世界，驱散那侵略者的灭绝人伦的罪恶人性！

张艺谋在人物选取和刻画上还是针对普通人物，把他们的平凡与伟大，庸俗与崇高，淋漓尽致、活灵活现地表现出来。比如，贯串全剧的美国人约翰，导演就没有把他写成完人，甚至没有把他设计为传教士（因为传教士应该有较高的修养和献身精神），而且还写出了他的贪财和好色的缺点：他来给牧师作法事，仅仅是为了钱；小杂役要他修车救学生，他也伸出手指要钱！而且他还好色，见到玉墨之后，即一见倾心，并想占有她！但是，就是这么一位普通平凡而且有着不少缺点的美国公民，却在生死之交，在血与火煎熬中，在罪恶与崇高的拼搏中，激发出心底的善良之心、人道之情，舍弃逃生之机，而冒着死亡的危险，拯救了中国的女学生！

影片在构思上也独具匠心。导演没有选取正面描写战争，而是截取日军野蛮侵略南京时的一个特殊片段，一段短暂的时间，一个特殊的场地，在尖锐的冲突和生死的矛盾中，把侵略与善良，杀戮与保护，人性与兽性，突出地、鲜明地、精巧地、艺术地表现出来了。

纵观张艺谋的电影，《金陵十三钗》把对人性的挖掘和提炼提升到一个新的高度。值得高度肯定！

重庆

2011 年 12 月 24 日

评许大立的影视文学创作

在重庆为数不多的敢于"触电"的作家中，作品多而且成就较高的，许大立算得上一个。

进入文坛之初，许大立以小说创作为主，以后开始从事影视文学创作。他在20世纪80年代初就创作了表现志愿军指挥员爱情生活的电影剧本《此爱绵绵》；不久又创作了最早反映重庆球迷的电影剧本《看台上的梦》。20世纪90年代初期，他又撰写了展示律师生活的电视文学剧本《一叶知秋》。接着，他应导演秦剑之约，根据邓贤的《大国之魂》及其他有关史料撰写了十集电视剧《中国远征军》。1998年，他又应约撰写了反映公安缉毒题材的电视剧《在劫难逃》。虽然这些剧本除了《中国远征军》已经拍摄，并在国外播出以外，其他剧本均"胎死腹中"，未能在屏幕上与广大观众见面，但作为一剧之本的剧本，还是凝聚着许大立的心血和智慧，给重庆文坛留下了一份宝贵的文学财产！

统观许大立的影视创作，有以下几个特点。

一、题材广阔，反映面宽

许大立的影视作品有电影，也有电视，电视剧有单本剧，也有连续剧。作品反映的生活也很宽，有表现中国抗战时期远征缅甸的历史壮举的《中国远征军》，也有表现现代缉毒内容的《在劫难逃》；有表现志愿军战士爱情生活的《此爱绵绵》，也有展示当代律师生活的《一叶知秋》；还有表现球迷喜笑悲欢的《看台上的梦》。可以说，从历史到现实，从战争到爱情，从知识分子到普通市民，这样广阔的生活内容，作者都把它们纳入了自己的彩笔之中。这是十分难能可贵的！

二、气势恢宏，波澜壮阔

这个特色主要体现在《中国远征军》一剧之中。中国出师缅甸，这是一个重大、复杂的历史事件，包含了"驳杂多端、诡谲多变"的时代内容，是很难驾驭和表现的。然而许大立却以高屋建瓴的气势和洞察历史的眼光，全面、完整而又比较细腻深入地把这个历史事件表现出来了，进而刻画了众多历史人物的动人形象，使人深深领悟了其作品气势恢宏的特点。

剧本一开始就气势恢宏，先写罗斯福、丘吉尔与蒋介石在面对日本欲侵占缅甸、封锁中国的局势所采取的立场和他们的部署。这样，不但全面地介绍了当时的形势，而且说明了中国出兵缅甸的重要作用。然后，矛盾冲突就沿着中、美、英同日本在缅甸的矛盾斗争这条线，波澜壮阔地展开了！

作者写了中、美、英、印四国同日本的敌我矛盾，同时也写了中国同美国、英国的矛盾，又有史迪威与陈纳德的矛盾；中美之间，则有史迪威与蒋介石的矛盾，中国军队之间，则有杜聿明与孙立人的矛盾……真是写得惊心动魄！

三、深情缠绵，感人肺腑

许大立的影视作品，既有大气磅礴、风雷激荡的一面，又有深情绵绵、细腻委婉的一面。比如《此爱绵绵》，就写出了志愿军指挥员莎苇缠绵悱恻的爱情故事，写出了他对爱人的一往情深，对爱情的忠贞不贰。莎苇小时候捡到一个小姑娘乌乌；这小姑娘同他青梅竹马，相亲相爱，他们刚结了婚，莎苇就被派到延安，一别近十年，他始终思念着乌乌。在朝鲜战场上，他竭力压制着他对女战士巴红的爱。可是，当他探亲回乡，却发现乌乌因为多年没有他的消息，在战争年代同一位救她性命的战士结婚，并生了一个小孩！莎苇在痛苦中回到朝鲜战场，爱上他的女战士巴红也牺牲了！几年后，他再次回到家乡，乌乌也已在治淮工程中牺牲。他领上乌乌同警卫连长的孩子，走了……

作者以大量生动感人的情节和细节，谱写了如诗如画，如泣如诉，感人至深的爱情佳话。

四、人物形象，生动典型

作者善于在尖锐激烈的矛盾冲突中刻画典型生动的人物形象。在《中国远征军》中，塑造了戴安澜、孙立人、史迪威等人的形象，在《此爱绵绵》中，塑造了莎苇、巴红、乌乌等人的形象，在《一叶知秋》中，塑造了叶知秋、叶林郎等人的形象……

在《中国远征军》中，戴安澜和孙立人的形象最为光彩夺目。在坚守同古的战役中，戴安澜率师浴血奋战，在强敌压境、援兵不至的情况下，参谋长劝他撤退，他黯然长叹："安澜已向委员长立下军令状，死守同古，哪怕战至一兵一卒！如果天不助我，这里就是安澜的葬身之地！"而在枪毙黄埔老同学李树正时，他义正词严："黄埔老同学，你没罪？盟军联络官请你保卫机场，你阳奉阴违；日本人突袭工兵团，你竟弃阵逃跑！""军法队，拖出去枪毙了！"戴安澜身负重伤，临死前，由人扶上架，面朝北方，向重庆陪都眺望良久，口中念念有词："委员长，校长，老父，老母……"然后颓然倒下……

作者写孙立人不是黄埔军校毕业，而是从美国军校毕业，因此与蒋有矛盾，而倾心于史迪威。他正确审时度势，决定随史迪威撤到印度。在远征军紧急会议上，当杜聿明隐瞒军情，要远征军不惜一切代价经密支那回国时，孙立人斗胆指出，收到史迪威来电（而且史之电早已通过盟军总部转告杜聿明）"八莫已经失守，密支那已出现日军"，并念完史迪威高见："你部迅即向西转入印度，并请转告杜聿明将军，否则后果不堪设想。"他还在会上明确提出他的观点："现在向西转进去印度还来得及，倘若错过机会，我军必将陷入绝境！"

在后撤时，他当机立断，拒不接受杜聿明指挥，把部队带到了印度。更可贵的是，孙立人到印度后，即催英军首领蒙巴顿勋爵派飞机救援杜聿明及其中国军队，而蒙巴顿却用个人恩怨来说服孙立人不救杜聿明："你并不是黄埔将领呀，你是美国军校毕业生，而且你违背了他的命令。他不报复你吗？"但孙立人义正词严："我和杜聿明都是中国人，都是中国军人！……即使他对我意见，那仅仅是个人恩怨。他的身后，有数万中国军队面临死亡，你不能见死不救啊！"蒙巴顿被这掷地铿锵的语言说服了："孙将军，我欣赏你的骑士风度。"他立即下令派飞机寻找杜聿明，而当杜聿明回来时，孙立人热情迎接，显示了宽阔的胸怀和博大的风度！

作者以极为精彩的细节，表现了这两位英雄的动人形象！

作者还刻画了中国战区参谋长史迪威的典型性格，作者突出地表现了他的忠诚、豪爽、正直、勇敢、无畏。他严格无私地要查办在火线上还打麻将的甘丽初将军，他在撤回印度途中，在粮食、药品短缺的情况下，还带着居民、儿童、孕妇一起撤退，在直升机来接他时，他竟然坚决不上飞机，而与几十个士兵与百姓步行几十天返回印度！而在到达印度时，他瘦得皮包骨头，两颊深陷，却声如铜钟地宣布："我们一定要胜利地重返缅甸！"作者还写出了史迪威同蒋介石发生的一系列矛盾，这些矛盾，既是中美之间国家利益、民族风格差别和矛盾的反映，又是他们二人性格、胸怀、气质、品格上差异的反映，显示了深刻的历史、时代、民族和人性方面的深刻的内蕴。

五、手法娴熟，文采斐然

许大立在掌握影视文学的突出特点和各种手法上，是十分娴熟的。他充分运用了影视不受时空限制，可大幅度跳跃的特点，把不同时空发生的事件，运用蒙太奇的手法浮雕般地展示在观众面前。如《中国远征军》的开篇：序幕从德军进攻苏联，日本天皇发布战争令，日军偷袭珍珠港，日军一周内占领东南亚诸国，进逼泰缅边境；然后镜头转到白宫，罗斯福对小罗斯福说，如果中国因缅甸失守没有补给而屈服，"这意味着日本人不仅可以从中国战线腾出 100 万到 150 万军队，而且还可能再武装 500 万到 700 万中国人"。……那时候美国人还能指望什么呢。再接转伦敦，丘吉尔说："这位山姆大叔竟要我去帮助中国人看守缅甸，简直是胡思乱想。对英国人来说，放弃 100 个缅甸也不会放弃印度。"再接转重庆，蒋介石接见中外记者："日寇这一区区岛国，只要英美诸国认清大局，将战略中心转移到亚洲战场。我可以肯定地告诉大家，最多只需一年时间便可打败日本。""因此我军入缅，其目的不仅是保障滇缅交通线，更为保障盟军统一战线之大事业。"

短短几笔，就高屋建瓴地把当时国际形势，中国远征军出征缅甸的历史背景和时代内容交代清楚，三个国家领导人的战略部署，动机乃至其人格风采都展示出来了！

再如《在劫难逃》，作者一开始写医院中，一男子痛苦呻吟，两手捂肚，女民警送男子到卫生间，男子双手高举，此时观众才看见此人戴着一副锃亮的手铐。女民警犹豫了一下，双目迅速地观察周围环境，从口袋里掏出钥匙，打开了手铐。……几分钟后，一穿风衣、头裹纱巾的女患者捂着脸走出了卫生间……"女民警似有警觉，目光尾随良久，顿悟，冲入卫生间……""穿风衣的女人从容上了一辆奥拓出租车……"

这个开头也是十分精彩的！它充分发挥了电影视觉化的特点，没有一句对话，却极为生动；简洁、流畅地表现了丰富的内容，紧紧地扣住了观众的心弦！结尾，这个在逃犯被处决前，警察让他看到，每次给公安局报告他的行踪的，竟然是他的妻子！因为妻子认识到：他不是人，他是毒蛇！这个结尾，出人意料而又在意料中，也可算是豹尾吧！

作者的语言也极其流畅生动，显示出其驾驭语言的高度修养！

刊《重庆经济报》

101

重庆方言电视剧的新收获

——看二十集方言电视喜剧《奇人安世敏》

安世敏是重庆民间广为流传的一个机智狡黠的"整人大王"。他既有豪爽、耿直、机敏、幽默、好打抱不平的美好品格；又有浮躁、逞强、好报复及作弄人的俗气、痞气和市井气。可以说，在安世敏身上，体现出了重庆市民的一些优点和缺点。

著名编剧阳晓和王逸虹以自己独特的视角，多年的努力，经过反复修改；著名资深导演张乙、执行导演鲁家琪和著名演员吴文等经过半年的紧张艰辛的拍摄制作，终于把这部二十集方言轻喜剧电视连续剧《奇人安世敏》搬上了屏幕，于 2001 年 3 月 27 日开始在重庆台播出。

我有幸参加了看片会，在两天时间里，一口气看完了这部喜剧，深感这是重庆方言剧的新收获，是继《凌汤圆》《傻儿师长》《山城棒棒军》之后的又一部难得的成功的力作！为重庆方言剧再一次增光添彩。

《奇人安世敏》一剧的成功，首先得力于选材的成功。选材的成功靠的是艺术家独特的"发现"。而独特的发现则有赖于艺术家深厚的生活基础和高明的见识，胆识。

再次，安世敏作为重庆地区流传的民间人物，在他身上突出地表现着重庆市民的豪爽、耿直、义气、正直、干脆、利落；另一方面又比较浮躁、粗野、爱吵闹、爱打斗，缺乏理智。这就决定了这个人物身上有强烈的情节性、动作性、冲突性、搞笑性、幽默性、戏剧性、喜剧性，也就决定了这个人物的可视性。

编导较为准确地把握了人物身份，剔除了传说中那些"为整人而整人"的故事，而把他的"整人"集中到整那些科场作弊的主考官、假冒"神医"骗人的丁竹轩、沉船报损、淹死船工、骗取货物的丁耀祖以及妄图霸占女伶的袍哥大爷徐青云等人身上，体现了他的正义性和仁义性，赋予他人性的光辉。同时，编导也没有把他"神化"，而是写出了他为给父亲打赌而让父亲出丑，他在爱情生活中的酸甜苦辣，他的机智不如龙二娃，等等，写出了他的七情六欲，他人性的弱点和缺点。这些，使安世敏显得富有人情味和生活味，可亲、可爱、可信。

作为方言剧，《奇人安世敏》剧的成功当然离不开方言的运用。该剧大量运用了川剧的语言以及流传重庆一带的谚语、俗语、方言，展现了巴渝的风俗、风情、风物、风味，使重庆人看这部剧感到特别亲切。编导还注意了对语言的提炼，剔除了语言中的那些糟粕和粗鄙的、下流的成分，使全剧语言显得清爽、干净。

当然《奇人安世敏》剧也有一些不足之处。比如，开头渲染安世敏不愿读书，就有些落套，且与人物的身份——秀才不符，也与他后来成为好医生，聪明机智的表现不相吻合。结尾一集在送别夏其通之后，本来全剧矛盾冲突已基本结束，编导却又加了三十分钟的辛亥革命的内容，显得与全剧游离，给人画蛇添足之感。

刊《重庆晚报》

办好重庆的"电视火锅"

——对于重庆电视方言剧的思考

重庆的火锅很有特色,麻辣烫鲜,热气腾腾,一大桌人围着一盆火锅,各人把各人想吃的菜往里边放,各人蘸着各人喜欢的调料,一边吃,一边谈,一边划拳,一边笑,吃得汗流浃背,吃得直叫麻辣,吃得舒服过瘾,吃得得意忘形!

而这重庆火锅,大多数重庆人都爱吃,有的还爱得如痴如醉,外地人也有喜欢的,但多数外地人吃不惯,个别人甚至讨厌。但是,这并不妨碍重庆火锅成为重庆市的一道特色菜,成为外地人到重庆后都要品尝的一宗大菜。

我觉得,这重庆火锅就带有重庆特色,也反映了重庆人的一些特点。从这个意义上讲,我以为,重庆的电视方言剧就是重庆的特色火锅,是很有特色的,值得我们花大力气办好的重点节目。重庆火锅来源于船工们漂泊动荡的生活,适应了山城潮湿的气候,来自民间,来自下层百姓的生活;这正像方言剧来自民间,反映着平民百姓的酸甜苦辣,展现着山城人民的音容笑貌,描绘着重庆城乡的风情风貌。同时,重庆火锅热腾腾,火辣辣,也有些像重庆方言电视剧的幽默、风趣、生动、活泼,充满了生活的活力和民间的朝气,反映着重庆人热情、耿直、干脆、豪爽的性格。而且,重庆方言电视剧的语言来自巴山渝水,采自重庆人诙谐灵动的口头禅,充满了表现力和生命力。于是,重庆电视方言剧自然地同重庆火锅一样,理所当然地得到了山城人民的喜爱,融进了山城父老的生活之中,而且也受到了许多外地同胞的热爱。

正是从这个意义上,我以为重庆的宣传文化部门、重庆的媒体和观众关心方言剧，重庆电视台把方言剧作为重庆的一个特色剧目重点来抓，也是完全应该的。因为它很有特色，很受观众、特别是重庆的观众欢迎，而且拍摄成本也较低，制作也较容易，正是所谓的价廉物美哩。前些日子，有人在报上撰文，把重庆电视方言剧比作一盘折耳根，我觉得似乎太贬低了它。因为它在重庆电视台的节目中所占的比重，它在重庆人民中受欢迎的程度，它在全国的影响，都绝非一盘折耳根所能比拟的；倒是重庆人非常喜欢，而且也越来越受外地人青睐的、最富于重庆特色、最能体现重庆风情的火锅，最能说明重庆方言剧的地位和特点。重庆人既然喜欢方言剧，当然就应该把它越拍越好。当然，方言剧在前些时候，有点杂，有点乱，有一部分质量差一些，这也是正常的，不足为怪的；其他类型的电视剧难道就没有质量很差的吗？没有比较就没有鉴别，没有数量就没有质量，没有普及就没有提高。事物总是呈波浪形的发展，总是有好有孬。观众对一些质量差的电视方言剧意见大，正说明了观众对方言剧的热爱和关注。所谓爱之者深，责之者重，他不喜欢，不关注的东西，他连理都还不愿意理睬哩。

正因为观众喜欢方言剧，重视方言剧，我们就更应该不断地发展它，提高它；就像火锅，现在不是已经有了什么海陆空，什么海鲜鱼翅等高档的嘛！我们的电视方言剧，要在思想性、艺术性、受众性等方面全面地提高，就应该在题材选择、人物刻画、思想升华、结构安排、技巧运用和方言提炼、拍摄录制等方面，都有更大的提高，使我们的方言电视剧有一个大的起色和突破，以更加满足重庆以至全国乃至海外观众的需要，也更加同直辖后的重庆市的地位相吻合。当然，对于重庆市文化界和影视界而言，方言剧虽然很重要，但毕竟还不是最重要的，更不是全部，我们还必须花更大的力气，下更大的功夫，投入更多的人力、物力、财力，抓好大型的、正面反映我们火热的时代和英雄的人民的优秀作品，唱响主旋律，反映多样化，使我们重庆的电视艺术创作和制作上升到一个新的台阶！

于四川外语学院
2001 年 5 月 10 日

评张俊彪的长篇小说《曼陀罗》

2010 年年底，在我写完《张俊彪传》初稿，送到深圳，交到他手中时，他在餐桌上愉快地告诉我："我的长篇小说已经写完，正在打印，元旦即可寄你。"

他很自信地说："这部小说写了天堂、地狱、人间，是我最成功的小说!"

我真为他高兴!果然，一月初，我就收到了他用特快专递送来的《现实与梦幻》书稿——出版时改名为《曼陀罗》。

我迫不及待地一口气看完了!我被深深地震撼了!

张俊彪写了天堂、人间、地狱，写了人的命运，人的生存，人的爱情，人的情欲和理智，人的感情和理想，人的理想和现实，人的生与死;也写了现实，写了幻境，写了梦乡……

总之，他写得这么庞大宏伟，这么复杂诡异，这么博大精深，这么宽厚磅礴，这么神奇迷幻，这么波澜壮阔。它简直就是我们新时期的《红楼梦》，新中国的《神曲》!这是仅就其作品的题材内容而言，非指其已达到了这两部名著的水平。

为什么说这部长篇小说是新时期的《红楼梦》呢?因为它描写了主人公同五个女人的爱情和友情，表现了东方慧和王梦鸽、陈香妃、黄紫燕、唐怡雯、林芳菲五个绝色美女的如痴如醉，缠绵悱恻，神魂奔赴，生死不渝的爱恋，展示了东方慧与这几个女性的情欲同理智的矛盾、灵与肉、婚姻与爱情的矛盾。他把这几个女性描写得那样圣洁、高贵、漂亮、清纯、热情、贞烈，简直可与十二金钗争个高下;而东方慧人品之高尚，修养之高贵，文化之高超，爱情之热烈，也可与贾宝玉相颉颃。但是，东方慧显然又打上了新时代的烙印。他与五位绝代佳人之爱恋，显然又与贾宝玉不可同日而语。

为什么说这部长篇小说是新中国的《神曲》呢？因为张俊彪同但丁一样，也描写了东方慧上天堂，下地狱的奇特经历和见闻，且都欲以此来警醒世人。但是，他笔下之天堂与地狱，又绝对不是但丁笔下的西方的天堂与地狱，而是带有浓郁的中国风格和中国气派，带有中华民族的民族特色。

他的《曼陀罗》带着多么浓重的《红楼梦》和《神曲》的色彩啊！他写主人公东方慧上天堂，游地狱及其在人间的奇幻经历。前二十章写东方慧因一场车祸，被天官带上天界，去到了天堂，知道了他的前世经历，看到了九重天形形色色的景象；最后几章则写东方慧到地狱看到的对人间罪人的严厉惩罚。

长篇主要写东方慧在人间的生活、工作和创作，但这些都没有怎么实写，全书的重点和主要篇幅都是在展示东方慧与几位女性生死不渝的爱。只有情分，却无缘分的爱，但却是他终生坚守的生死不渝的爱。

他写东方慧与香妃本有前世姻缘，却因他托生误了时辰，以致与之难成眷属，只能终生想念。

他写东方慧与女演员黄紫燕一见倾心，在梦中与之幽会，如痴如醉，但在真正见面、约会时，却只能亲吻、拥抱、抚摸，而不敢越过最后的界限。两人在倾心的摆谈中道出了内心的隐秘："我经常一个人突发奇想。也许男女之间，只有那种没有肉体融合过的情爱才是最恒久的，像陈年老窖的酒，愈是久远，就愈是又浓又香。""真的，我也有同感。不过，这种贞洁的纯情之爱，虽然久远，却也是最折磨人的心和灵了。特别是越久越远，就越是滋生着那种噬咬和煎熬人的灵的欲望和岩浆。"

他还写了东方慧与女播音员唐怡雯一见如故，激情难抑，跳舞时，他的心海中漾起滚滚情潮：

在他的心里，情感的湖泊，性爱的洋流，像被堵塞了封口的大潮涨水，只要一遇到外界猛烈的刺激，顿时宛若风暴席卷水面，激溅起多么狂烈的汹涌奔腾，甚至时刻都将暴涨，时刻都将沸腾，时刻都将泛滥，时刻都将刺透心胸，使他从心闸里迸发出低沉而无奈的叹息，也许在某一刻有条件或环境许可时，冲破道德的堤坝而泛滥成灾。他表面上虽有难以企及的矜持，难以胜似的克制，难以比攀的理性，但火山在厚重的岩层下往往潜藏着汹涌的、深沉的、疯狂的岩浆。

他突然用大力搂紧了她的纤腰，她浑身也激烈地战栗起来。但恰在此时，音乐戛然停了下来，他和她都醒悟过来。

以后，张俊彪又写了东方慧到京约见唐怡雯，他们相拥相抱，一起看剧。唐怡雯开着车，向他表达了以身相许的意念：

"说句心里话，你能不能把我要到你的身边来？我给你当司机开车，当秘书打字，当保姆照顾你的生活，在你累了的时刻就给你做全身保健按摩……总之，我什么都会听你的，什么都会给你做，我只想听你一句话，怎么样？"

他委婉地谢绝了：

"你真会开玩笑。我哪里能让你开车，打字，做保姆？真要是那样，可谓天下之新闻了。"

唐怡雯请东方慧去看话剧《雷雨》，又邀他游长城。他们靠在长城有冰雪的女儿墙上，长久地搂抱着，疯狂地热吻着，唐怡雯向东方慧表达了希望同他即便来那么一回的意思。但东方慧又婉言谢绝了……

张俊彪还写了东方慧与他小时候的女友王梦鸽在香港相遇，王梦鸽已成为著名电影演员，在香港买了房产。她邀请他到她的别墅，回忆他们美好的往昔，然后两人睡在一张床上，他用手抚摸着她的全身——这一夜，相信谁也难以入寐，谁都是望着窗外的星月等到拂晓的，但谁都遵守无言的承诺，谁也没有下床出门去越过那个门槛，那道界河。他们挣脱了情欲的锁链，平静地告别了。

张俊彪还写了东方慧与学潮中担任记录工作的林芳菲相爱。多年后在赴拉萨的飞机上突然邂逅，他们一起观赏了西藏的雪山，游布达拉宫，又一同观赏了男女裸体合抱的合欢佛，观赏了林芝的男性命根和女性命泉。林芳菲还在活佛面前举行了皈依佛门的仪式。

最后张俊彪在七十九章写东方慧与活着的四个美女的聚会，对她们的人生给予了最后的综合与总结：

> 趁着四个女人说话的当儿，东方慧一一欣赏这些来自天堂的仙女。

> 黄紫燕穿一件洁白的巴黎名牌羊绒衫，白皙颀长的脖子系一袭红色尖角丝巾，脸上有淡妆，眉毛依然又黑又弯，眼睛仍是波光荡漾，耳朵圆润细嫩，鼻子挺直，嘴唇丰硕红亮，一头浓密的乌发拢向耳后，仔细看去，灯光映照下可见鬓边隐杂的眼丝。她的气质和神韵，令人不难想起那位太阳花一般灿烂夺目的戴安娜王妃。

> 唐怡雯是一头舒展的短发，也有过一种不易察觉的淡妆，眉毛黑长而平直，亮的眼睛里似乎有清泉一般的波光水影，鼻子清秀耸起，嘴巴抿起来的时候像一字，耳朵白净略长，稍显清瘦的脸上，蕴藏着一种神凝气静的气韵。她穿一件水红色意大利名牌长袖尖领上衣，脖根处扎了一条雪白的小丝帕，露出修长美丽的脖子，仿佛一朵盛开的雪莲花。

> 陈香妃将头发梳了发髻，用一条紫色绸缎扎了一朵暗花，那头髻就像一朵黑牡丹。她的鬓边和额顶都有了能够看见的华发，灯光下额阔眼亮，眉淡耳红，鼻梁很长，山根极其丰实，嘴唇厚而富有弹性，未施脂粉，却也面丰脸白，有一种和善淡定的美感。她穿一件自织的米黄色圆领羊毛衣，让丰硕白净的脖子尽意露在外面，宛如一朵静美亮丽的黄婵花。

> 林芳菲有点儿诗人的浪漫气质，她将一头的秀发披散开来，黑浓的秀眉有些上挑，眼睛多情而敏感，鼻头丰满，嘴角略微上

扬，下巴有那么一点儿上翘，耳朵美得像一朵菊花。她只涂了一些唇膏，脸蛋儿微微泛红，青春气息尚未散尽，橘红色的灯光烛火辉映里，如同一枝朝晖里含笑凝露展放开来的山梨花。她依然穿了那件大学时代的红上衣，好像这件衣服就是留着为他才穿的。

她们的语言也那样富于个性色彩，作家用她们个性化的语言，表现了她们独特的性格、奇特的经历以及她们复杂、丰富而隐秘的内心世界：

大家相互探问，将读什么书，将画什么画，将谱什么曲，将写什么诗，将修什么道？……山南地北，天上地下，古往今来，东方西方，说来道去，最后还是离不开一个人，少不了一个情……

陈香妃脸红了，眼睛已经是醉意迷茫，她将背紧靠在椅子上，双手平放在桌边儿，痴迷地笑着，看一眼这个，望一眼那个，说话有点儿语无伦次：

"阅读，作画，品味人生。换得稿酬，卖画得钱，尽孝，相夫，教子，就是我一世的生活。幸福吗？幸福。不幸吧，也不幸。人就是这样，活着，不活又怎样？为情，为爱，只能在心的田野里修座玉石的坟墓吧！你们说，不埋又将如何？不葬又能如何？"

大家一起举杯，为她的家庭祝福，为她善良的丈夫和出色的儿子祝福。也为她刚才的一番酒后真言祝福。她笑着饮干了那杯酒，那笑却有一种悲凉豪壮的味儿。

黄紫燕一只纤手捏着空了的酒杯，无意识地转动着，目光一直集中在杯内那残留的殷红酒汁，淡然地笑了：

"我与你们不同。我有家庭，没有孩子；我有婚姻，没有幸福；我有事业，没有享受；我有学生，也没有那种桃李满天下的祖师心……我没有采撷到爱情那棵树上的仙桃，当然也不会品尝过爱到死去活来的那种滋味……我的人生，既平淡，又简单，就是这样。"

五个酒杯再次举到红烛之上，遮挡了那飘忽着的火苗，还有那将尽的红泪。酒杯形成了一朵梅花，颤颤巍巍地，像是开在风雪里，花虽生，心却寒。

唐怡雯永远都是一种淡静的神情。她本来话少言稀，不喜欢热闹的场合，也不主动与人交往，她将空杯放在面前，保持端庄静雅的坐姿，还是心不在焉地说了几句：

"人活在世上，相信谁都会有自己的难言之隐情，不说自知，说了也无奈。心痛，爱逝，情绝，谁都会有，自古难全。也许天命就是如此，人生就是如此，生活就是如此。有家庭的，不一定就有爱情，即便给了你死亡婚姻，也得活着。有爱情的，难成眷属，甚至像《廊桥遗梦》里那一夜的真爱真情也无法获得，终生无缘获取……那种可望而不可求的情和爱，一点一滴，一生一世，只能是擦肩而过，却不可点滴丝毫得到。为爱而殉，为情而死，虽然凄美壮烈，常为千古传颂，但宗教里也是反对自己了结的。…你将怎样？我又如何？……"

……这个深夜，也许是这五个人一生当中唯一的一次约会，也是最后的一次酒醉方休，而且往后不会也不可能再有这样的齐聚深谈了。

正是从《曼陀罗》着重描写主人公同女性的爱情上，同对女性的赞美和褒扬上，我觉得，作家为我们创作了一部新时期的《红楼梦》。他通过东方慧与这几位女性的交往、恋情，展示了人的友情、爱情、生与死，展示了理智与情欲，爱情与婚姻，意识与激情，显意识与潜意识的复杂的矛盾和纠葛。应该说，在心灵的丰富性、广阔性、深入性、真实性的描写和展示上，这部作品达到了当代长篇小说的新高度，取得了卓尔不凡的新成就。

说这部小说是新中国的《神曲》，是因为张俊彪用浪漫主义、魔幻浪漫主义的手法，为我们展现了稀奇古怪的天堂和地狱以及形形色色的神怪仙魔的形象。

小说一开始，张俊彪就描写十八岁的"我"在一次抢救车祸的时候受了重伤，灵魂被两名天官带上天界的情景。他描写东方慧母亲追随儿子上天，愿用二十八年阳寿送给儿子，尔后，"我"看到了九重天上住着玉皇大帝，七重天上住着艺术家：屈原、李白、杜甫、但丁、莎士比亚、泰戈尔等；六重天上住着岳飞、曹操、冯玉祥、朱德、彭德怀、林彪等；五重天上住着张良、包拯、曾国藩、周恩来、胡耀邦、习仲勋等；四重天上住着华佗、扁鹊、孙思邈、李时珍等；三重天上住着张衡、蔡伦、鲁班、黄道婆等；二重天是仙女、才女、贞女、圣女。

最后几章，写东方慧按释迦牟尼佛之安排，完成地狱之旅，以写出一部教化世人的书。东方慧降临地狱，看到了地狱的景象：

> 前面出现一座秃裸的灰石山峰，待我们来到山顶，只见石峰从中裂开两爿，中间约三丈多宽，两面悬崖陡壁如同刀削斧劈，宛若万丈深渊不见底儿。深渊里灰色阴霾浮荡，像黑雾，似狼烟，阴沉沉，冷森森，恐怖萧煞，令人毛骨悚然……

接着，作家描绘了十八层地狱里那些鬼魂因其在阳间所犯罪孽的深重大小而受到的不同刑罚，惨不忍睹，不寒而栗。作家以此启迪教化世人：让那些活在阳间不相信天堂和地狱的人，懂得赎罪，懂得积德行善，也就是懂得如何做好一个阳世间的仁善之人。

这不是与《神曲》有异曲同工之妙吗！

但是，张俊彪的《神曲》，又不同于但丁的《神曲》。张俊彪的《神曲》完全是中国风。那些阎王、小鬼，又完全是中国传说中的形象和气质。所以，我说这是新中国的《神曲》。

从艺术审美方面看，作家那样熟练地运用现实主义与浪漫主义结合、魔幻现实主义与魔幻浪漫主义相结合的手法，运用意识流的手法，运用荒诞、变形的手法，描写一位省政府的秘书长和作家在官场文场中的生涯，更描写他遨游天堂、地狱和人间的神奇经历，描写他与五个美丽绝伦、高雅优秀的五个女人的爱情、友情和心灵交往。

张俊彪打破了小说惯用的手法和技法，没有矛盾，没有冲突，没有械斗，可是却将小说写得波澜壮阔，妙趣横生；他打破了作品的时间和空间界限，而以主人公的情绪为线索，表现主人公感情、意识、潜意识活动；他也不像其他许多小说那样，细腻地表现人物的故事、情节，而是着重表现人物之间的感情交流，情绪激荡，内心秘密。

说《曼陀罗》是现实主义与浪漫主义的结合，是因为小说有着坚实的现实生活的基础。熟悉张俊彪的人一看就知道，东方慧有着作家人生的影子，或者说他是以自己作为长篇小说的模特儿、原型。他出生于贫困的农民家庭，十八岁参军，遭到一次车祸；他38岁结婚，育有一女；他是西部一省的省长秘书，后调到改革开放的前沿阵地；他热爱写作，由传记而至长篇小说，等等。小说中东方慧的人生不都是作家的经历的翻版吗？他对现实生活的场景虽然描写不是很多，但都是真实的。

作家对现实的揭露和批判，也是真实的、严峻的。比如，他描写令狐精及上官休和司马徒受恩于东方慧，贪污腐化后又反过来整东方慧。他还通过司马徒同江水空的醉后真言，揭示了当代一些官员的腐化及其丑恶灵魂：

> 司马徒和上官休是同年生人，是东方慧的同县，早年在雪河市拜认东方慧为恩师，当时有一种很深的情谊。这两个宁和县走出来的官场新秀，都比东方慧小十八岁，刚奔不惑之年，而今都已是权高势重，今夕远非当年了。司马徒亦官亦商，走的是红顶商人的路径，而且从官从商如今都已经是炉火纯青了。他离过两次婚，结过三次婚，眼下正和一个刚出道，就被金钱和平面媒体连包装带炒作，捧得大红大紫的二十多岁女歌星，重温着蜜月生活。他的风月传闻一直很多。一会儿说他包养了小情妇，在香港给她买了别墅，还有一个胖小子；一会儿又说与一个演艺界的女明星打得火热，在澳门置业安家，也养了一个小千金；过了一阵子，又说他在瑞士银行有巨额存款，还买了别墅，养了一个洋女

人，就连他本人也用化名加入了外国籍，持有多国长久护照。

作家还对司马徒做了扫描，让他在酒后自我暴露：

> 司马徒酒量虽大，但当他一个人差不多喝下一瓶红酒的时候，人也带了酒意，有点儿激情涌动，口若悬河。他笑眯着眼睛，满脸嬉笑，涨红的脸上红光放射，忍不住讲出了自己一桩其实早已为许多人所知的所谓隐私。他说自己天性喜欢女人，这座城市里除了钱多，就是女人多，诱惑多，特别是漂亮的女学生尤其多，你只要走进任何一家酒店或者娱乐场所，满眼看到的都是像花朵一样美丽的女人。他年轻生命力旺盛，哪里经得住这种诱惑？

当江水空提醒他"你的命实在是太短了，而他的命又实在是太长了。"

他竟说："我知道，你说的不是生前，而是死后……死后方知万事休。身后的事连神也难以预断，何况人！我只要生前荣华富贵，抓住眼睛能够看到的东西，不管死后……去它的死后吧！怎么管死后？我人都死了，没有知觉了，还管那么多干什么？挖坟，鞭尸，抛骨扬灰，又能怎么样？相信在当今这世道上，除了东方慧那个食古不化的怪物，没有人去想那么多，也懒得想……你看现在的人，哪一个不精得像虫子，哪一个不活得像妖怪，哪一个不实惠得像吝啬鬼？这就是新世纪的新新人类啊！"

张俊彪用尖锐的笔法，无情地戳穿了当今一些官员的丑闻丑态，揭示了他们恶俗的心灵，而且也表现了他对世风沦落的担忧；不但以此构成同东方慧的对比，更突出东方慧的高洁和清廉，而且也为地狱的描写提供了一个深刻的观照系数；深化了小说的思想容量和教化作用，加强了小说的社会深度和警示作用。

所以说，张俊彪的这部小说是有着现实主义的深厚根基的，但是，他这部小说更是浪漫主义的！作家塑造了一位清正、廉洁，怀着崇高的使命感为遭受冤屈的革命家树碑立传，尊重女性，热爱人生的政府官员和优秀作家的形象；作家更塑造了、描写了那么多优秀的、理想的女性形象；作品中洋溢着饱满的人生激情和对人生的爱恋。这都显示了作品的理想主义特色。但更重要的是，整个作品充满了奇幻的想象和天马行空的幻想，天堂地狱的描写。这都显示了作品的浪漫主义特点。

但是，这部小说又大胆地、充分地汲取和运用了西方现代主义的各种表现手法，尤其是熟练而成功地运用了魔幻现实主义与魔幻浪漫主义相结合的手法，运用了意识流的手法，运用了荒诞、变形的手法，来展示当代人的生活和精神，展示当代的爱情和婚姻，展示当代人的理智与情欲，展示当代人的梦幻和追求。作家笔下的主人公东方慧在天堂中飞翔，在地狱中游历，在人世间历经艰辛，又纵容地谈情说爱，放笔自由创作；同他真心相爱的几位女性在精神世界中，在感情世界中热烈相爱，恣意求索。特别是作家让东方慧上天堂，入地狱，表现了荒诞、变形的特点。在结构上，则运用了意识流的手法，打破了传统小说的时空结构，完全用意识流动来组织贯穿，回忆、梦境，自由穿插，甚至人称，也时而第一人称（我），时而第三人称（东方慧）。而在最后，把这两个人称融合又区别开来。

张俊彪在《幻化》一书中已然运用了现代派的诸多手法，然而这部《曼陀罗》，则更多地、更突出地运用了现代派的多种手法，虚虚实实，荒诞奇诡，天上人间，幻觉梦境，融为一体，铸为一炉。在艺术方法上，做出了自己的开拓和贡献。

刊《读书报》

通讯与散文嫁接绽开的新花

——读汪大波的《绿叶集》《新果集》有感

读着汪大波的《绿叶集》《新闻漫谈——育花集》《采访见闻——新果集》，我仿佛漫步于绿叶茂盛，花果满枝的园林，呼吸着清新的气息，享受着花果的甜美。我不能不佩服汪大波饱满的创作激情、顽强的拼搏意识、积极的探索精神，以及高度的事业心、新闻敏感和文学才能。不可设想，没有上述条件，他怎么能在既当记者、又担任新闻单位领导的繁忙工作中，写出数百篇文章！

汪大波是中华人民共和国成立后我党培养的早期新闻专业人才。早在中学时代，他就追随共产党，参加了轰轰烈烈的重庆"4.21"学生运动，运用壁报同敌人进行斗争，并加入了党的地下组织。解放初期，他又成为重庆《新华日报》和《川东报》的热心通讯员。对新闻工作的热爱和认识，促使他考进了北京大学中文系新闻专业。在学习期间，他利用寒暑假为《光明日报》《中国青年》等报刊采写了不少消息和通讯。1958年他大学毕业后，怀着开发大西北的豪情壮志，千里迢迢，去青海西宁，担任了《青海日报》的编辑兼记者。粉碎"四人帮"以后，他被压抑的热情像火山一样迸发出来了！他自觉地站在党性立场，以新闻为武器，为改革开放擂鼓助威，为四化建设鸣锣开道，写出了数以千计的新闻作品，连续获得全国和四川的好新闻奖。收在《新闻漫谈——育花集》中的主要是他近年来写的有关新闻业务理论方面的文章；而收在《绿叶集》和《新果集》中的，则主要是他运用散文笔法写出的通讯，或者说是散文式通讯。

在学科的交叉处，最容易产生新的突破。历史与文学结合，产生了史传文学，新闻与文学结合，产生了报告文学，而汪大波则把通讯与散文结合，写出了散文式通讯。这类文章，既有通讯的新闻性、真实性、评论性和表达手法的多样性，又吸收了散文的形象性和生动性。较之一般的通讯，更加讲究立意构思，感情更为浓烈，写法更加活泼、自由，也更富于文采，因而具有更强的可读性和生命力。在《春游钓鱼城》《夜过葛洲坝》《长寿湖秋声》《登长城》《奇美的小三峡》《龙宫游》《有趣的人间"鬼城"》《双色海》《大海的路》《红日与黑子》《伟大的人——都江堰散记》《庐山梦》《鼓浪屿情思》等文中，我们都可以感受到这些特点。

汪大波的许多文章，都是写的人们常去之处，不少作家都写过，如何写出新意，写出自己的特色，是他思考的重点。他总是力求从新的视角进行观察，以新的角度和方式进行构思，写出自己独特的感受和认识，开拓新的思想意境。北戴河，秦皇岛，成千上万的人去过，无数骚人墨客吟咏过，汪大波却能独辟蹊径，别开生面，写出好几篇精彩的文章。《大海的路》由"布满暗礁，危难重重"的大海之路，进而写到今天"人类的智慧和科学技术，已经走出了一条安全的，广阔的海上之路。但是，大海之路仍然存在着危难"。最后顺势引出法国哲学家拉美特利的名言："大海越是布着暗礁，越是以险恶出名，我越觉得通过重重危难去寻求不朽是一件赏心乐事。"一千多字的文章，显得波澜起伏，意转斗折，写出了不畏艰险，勇于进取的胸襟和气度！

写北戴河日出的《红日与黑子》，在描绘了精彩的日出场面之后，点出太阳上有黑子，犹如我们的改革和建设事业存在着缺点一样，最后写出了"红日与黑子并存，伟绩与缺点同在，这也是一条客观规律，既不会扭转时代的车轮，也不能阻挡事业的成功"的哲理，含蓄地表达了对党和社会主义事业的执着信念。写秦皇岛的姜女庙，作者又别出心裁地把孟姜女与秦始皇对照，特别突出了人民群众反抗暴君的思想，最后点出："'秦皇安在哉？''姜女未亡也'。这大概是暴君与人民的不同命运吧！"

《双色海》一开始就把山海关外的东北大平原上丰饶的庄稼看成

是"铺在原野上的两床地毯",显得很新奇,进一步又把它比成一片美丽的"双色海",更妙的是,作者由大自然的富于层次和色彩,联想到生活的丰富多彩,从而批判了硬用一个模式,一种框框来限制社会发展、禁锢人们思想的错误做法。以上作品,构思上都显得新颖、独特,而在立意上则显得深刻,从而赋予文章以哲理美。

汪大波对生活充满了热情,"登山则情漫于山,观海则意溢于海"。在行文中,汪大波注意融情于景,融情于理,情景交融,情理相生。在《庐山梦》结尾,作者在游览了庐山,参观了庐山会议旧址之后,感慨万千地说:"在下山的路上,我为独立于长江岸边,雄踞于鄱阳湖畔,一山飞峙,影落鄱阳的庐山叫好。但是,一想起庐山会址里展出的那封忠心耿耿、坦诚直率的《万言书》,思绪就不能平静,被庐山美好风光消去的忧云愁雨又涌上心头。"这带着强烈感情的抒情和议论,表达了作者忧国忧民、爱国爱民的情怀!

汪大波的散文式通讯,既有通讯的明快简洁,又有散文的生动传神,在朴实中见奇妙,于淡雅中见文采。请看《奇美的小三峡》对大宁河水的描写,是何等真切、优美、生动:"我们坐在船里,可见河里的游鱼,连石子的形状、色彩都看得清楚。有的地方水清且浅,船工的竹篙插在水中,呈黄色,水底的卵石有青、有白、有灰、有红、有紫,五颜六色各呈异彩。在险滩里,浪花像雪花一样白,在深水处,流水像碧玉一样绿,在缓流中,不但水平如镜,而且是水明如镜,清亮照人。水流有急有缓,水声有高有低。更有怪者,在水底见不到泥沙,铺满河床的各色卵石晶莹透亮,不带一丝尘埃。大宁河的水清、水绿、水净到了这种程度!"读着这清新活泼的文字,大宁河的绿水仿佛真的漫过我的心中了!

散文式通讯是一朵正在绽开的新花,我们除了祝愿汪大波写出更多更好的新作品外,还希望众多的作家和记者们对这种散文式通讯有更浓厚的兴趣,使这种文体得到发展。

刊《希望周报》1991 年 1 月 22 日

心贴百姓，书写历史

——序汪大波《凡人小事录》

大波是我重庆一中的校友，是我的老大哥。早在一中读书时，他就参加了进步学生的爱国民主运动。后来考入中国最高学府——北京大学新闻系深造。他因敬慕中国著名新闻家范长江在大西北艰苦采访的革命生涯，毕业时也主动奔赴大西北，从事他热爱的新闻工作。由于极"左"路线的影响，他受到不公正的待遇，中年后回到重庆从事教育工作。粉碎"四人帮"后，他得以重返新闻战线，先后在多家新闻单位担任记者、编辑、主任、社长。他的激情和才华都充分显示和发挥出来了。他以新闻记者的高度的责任感和新闻敏感，他以倚马可待的写作本领，心贴百姓，深入基层，下农村，走街道，进工厂，到学校，上机关，同各行各业的人们广交朋友，个别访问，促膝谈心。白天外出调查采访，晚上回家挑灯夜战。他几乎放弃了节假日休息，无论什么时间和地点，无论是晴天雨天，无论是酷暑严寒，哪里有新闻就立刻赶到哪里，采访到新闻后就立即写出来。需要用哪种形式，他就用哪种形式：消息、通讯、速写、特写；评论、专稿、访谈、录音报道乃至散文、游记等，各种体裁都用上了。在那个思想解放的年代，在那个激情澎湃的年代，在那个忘命写作的年代，他究竟采写了多少新闻，写了多少篇稿子？他不记得，他记不清也数不完。他只记得，他写的稿子，不但满足了区广播站每天的新闻广播节目用稿，他还主动向市、省、中央有关广播电台、报纸、期刊、通讯社大量投稿。他的稿件不断在重庆日报、重庆广播电台、光明日报，特别是专门对海外宣传的《中国新闻社》等期刊上刊登，引起读者的关注，受到各方好评。这本《凡人小事录》选编的只是其中一小部分。

这一百篇新闻虽然写的是江北区的凡人小事，但是，由于作者有高度的新闻敏感和对时代社会的深刻认识，所以，所写的人和事都有相当的时代性、代表性、典型性，可以让人见微知著，举一反三，从一滴水照见太阳，从一篇新闻认识历史。从《喜乘农村夜班车》《农民有了小自由以后》《"养猪迷"廖欣芳》，我们不是看到了农村实行家庭联产承包责任制后出现的新风貌吗？从《尊重人才事业兴旺》《医院新事》等文，我们不是窥见了城市改革开放以来的新气象吗？从作者所写的各行各业的平凡人、平凡事中，我们不是可以感受到改革开放初期中国人民打破极"左"的枷锁走向思想解放的历史吗？我们不是可以感受到中国人民由贫穷困苦走向繁荣富强的历史吗？

大波是一位非常勤奋的作者，30年来，他在紧张繁忙的新闻工作之余，还写作并出版了十几部著作，主要是旅游通讯、新闻随笔与思想漫谈和回忆思考的作品，这些作品，抒发了作者对祖国大好河山的恋情，凝聚着作者几十年的人生历程和思索，很有激情，很有文采，很有思想，也很有深度。

诚如作者所说："昨天的新闻，就是今天的历史。"感谢作者，为我们留下了昨天的新闻，为后代留下了珍贵的历史！

于巴南区顶山村
2015年7月31日

生命的价值在于追求

——吴鹏里《求索文集》序言

一

生命的价值在于追求。

本书作者吴鹏里就是这样一位终生奋斗不以，追求不息的老党员，他把他的奋斗的历程、追求的体会、人生的体验，都浓缩在这部《求索文集》里了。

读着《求索文集》，我们仿佛跟着吴鹏里流畅而生动的笔触，去了安徽合肥巢湖边风景秀丽的六家畈村，看到了他怎样在家乡度过了幸福的童年，又怎样在抗日战争的烽火中历经艰险——湖心遇盗，日机轰炸，木船触礁，出水痘遭难，九死一生，大难逃生，最终辗转来到重庆，进工厂当了童工；我们看到了他怎样在白色恐怖的严酷形势下，冒着生命危险为党工作，在党的领导下，15岁就参加地下革命活动，17岁正式参加革命，18岁入党，并担任一个军工厂的支部书记，组织和依靠工人群众英勇护厂，迎接解放；我们更看到了他怎样在重庆市委大院中生活工作了三十多年，在市委组织部、宣传部从事干部人事工作。宣传文教口是知识分子集中，文人荟萃之地，也是一些政治运动冲击的重灾区，他身历其境敢于坚持原则、刚直不阿、遵循党性，贯彻党的干部政策，敢于坚持贤者上庸者下，抑邪扬贤，正确使用干部；在关键时刻敢于挺身而出，维护干部历史清白，平反大批冤、假、错案，体现了一个共产党人光明磊落的胸怀；又到重庆市新闻出版局版权局担任一方实际领导，与党组和同志们一起开拓一片新天地，达十年之久；在离休后进入民企担任领导工作，为民企发展做出了贡献！

在《求索文集》中，他经历的每个历史阶段，都因工作出色受到表彰与肯定，做地下党工作出色受表彰，从教干校受提拔；在市委工作中受到上级党以及中央的文件肯定；在市版权局的工作中名列前茅，受表扬；民企工作获先进等，从实践中我们看到了一位党的干部的积极向上，兢兢业业，任劳任怨，正直热情；我们看到了一位党的干部服从党的分配和调遣，干一行、爱一行、钻一行，与时俱进，开拓进取，拼搏的人生轨迹和奋斗精神。

吴鹏里的追求和奋进的精神，特别表现在他在出版局和离休后到私企工作上。吴鹏里到版权局后，面对陌生的工作，努力学习，积极进修，并抓住实践，在一个个具体案例的分析和解决中提高自己的水平，写出了一篇篇理论与实际结合的文章，赢得了领导与同行的称赞，离休后到了私企，他更以与时俱进的精神，排除偏见，认识到民营企业是老百姓自己出资发展经济实体的社会主义市场经济力量，是富民经济，朝阳经济，欣欣向荣，势不可挡。于是，他满怀热情地投入民营企业的开发之中，为民营企业的发展壮大打下了基础。建立健全了党组织，他同企业家亲密合作，为民营企业带去党的优良传统，也学到了市场经济的规律和企业家的优秀品格。

吴鹏里作为一个老党员，老政工干部，能与时俱进，排除偏见，离休后到私营企业工作，并能同企业家和睦相处，赢得企业家的欢迎。这种开拓创新的精神，是值得我们学习的。知名的文学家、书法家牛翁、魏宇平曾这样评价他，"鹏飞在天，不退惟前，穷达无碍，得失俱妍"，这是很确切的。

二

吴鹏里不仅身入了民营企业，而且心也入了民营企业。他通过多年的亲身实践，亲身观察和体验，在《企业篇》中写出了他所在的金谷集团成长发展的经验及董事长杨长林的精神风采，为我们总结出一个优秀民营企业的成功经验。《民企殿堂》《从知青到企业家》写出了金谷集团董事长杨长林艰苦创业的坎坷经历和宝贵经验，也写出了他个性强悍、睿智聪慧的人品和气质。作者通过杨长林的几件事，写出了他的过人的胆识和魄力：一是在 1993 年四川省开发成渝高速之时，在省级三峡库区含谷镇买下 500 亩土地，很快修建起了垂钓俱乐部和具有知名品牌的天赐温泉度假酒店；二是大胆投资买下在尚未开工的涪陵长江大桥侧畔的涪陵三环路旁的荒地，并在上面修建了"金谷一条街"，建成前即全部销售一空；三是刚听了江泽民 1997 年在十五大的报告中说"可以兼并、租赁、承包、经营国营企业"以后，立即兼并、承包江津江洲大酒店、重庆鑫安商务大酒店、九龙坡区良种场等处，不仅使这些常年亏损的企业停止了亏损，而且迅速增值，盘活了旧有资本，增加了社会财富，促进了社会稳定；四是从建立天赐温泉开始，考察了中国和世界的数十个温泉，投巨资开发天赐金剑山温泉城等项目，积极打造温泉王国。

吴鹏里还以他对杨长林多年的观察，写出了杨长林的独特经历和性格气质。杨长林经历过童年的苦难，有过当知青的经历，养成了要求严格、穷追不舍、精益求精、务求必胜的性格；杨长林思路清晰，才思敏捷，胆识过人，见解深刻，入木三分；杨长林勤奋敬业，常常废寝忘食，夜以继日，是全公司最辛苦、最劳累、最玩命的人。吴鹏里还在文集中总结出杨长林的三条基本经验：一是依靠党的发展政策，善于审时度势抓住机遇，运用给予；二是善于用人，发挥领导班子优势；三是勤奋敬业，求真务实。

应当说，吴鹏里的《企业篇》写出了杨长林的气质和人格魅力。这对我们认识新时期的企业家，起了很好的作用。

三

《求索文集》的一个重要内容是《旅游篇》。吴鹏里曾到苏联、泰国、欧洲等国家和地区旅游，他遂以深情而多彩的笔墨，写出了生动的游记。在《苏联解体的回忆》一文中，作者写出了他在苏联的一些见闻和感受，总结了苏联之所以解体的沉痛教训。在《泰国回来话旅游》中，作者写出曼谷的美丽壮观和民族特色，更写出了泰国的三大国宝：大皇宫，玉佛寺，金佛寺，还写出了泰国旅游产品、游乐活动，以及如何借鉴他国经验，发展重庆市旅游的真知灼见。

在《欧洲有感》中，吴鹏里写出了他的历程：从中国出发，飞行10小时，到欧洲后，又改乘豪华大巴，行程6000多公里，访问了荷兰、德国、奥地利、意大利、梵蒂冈、法国、卢森堡、比利时九个国家，感受到历史悠久的欧洲文化，风土人情。他深切感受到："这片沃土不仅历史久远，而且也是当今世界上最发达的地区之一，它发展均衡，生活富有，文化艺术丰盈，生态环境一流，令造访的人感受颇深。"

在《欧洲见闻》中，作者从欧洲发展史、文学史、美术史、哲学史、雕塑史的深度，更生动深刻地写出了他游历的重要场所的历史渊源、人文精神、名人典故的由来以及鲜活的评价与感受：德国历史名城科隆，莱茵河畔的法兰克福、意大利罗马古城，水域威尼斯，文化艺术宝库与文艺复兴发源地佛罗伦萨，教皇国梵蒂冈，避暑胜地卢塞恩，花都巴黎，以及巴黎的埃菲尔铁塔、凯旋门、卢浮宫、凡尔赛宫，绿色心脏卢森堡，比利时首都布鲁塞尔，水下城市阿姆斯特丹，等等。这篇长达数万字的大作，显示了吴鹏里渊博的知识及组织文章结构和驾驭语言文字的能力。

四

《求索文集》大部分文章，都是吴鹏里在离休后写的，它充分显示了吴鹏里为实现理想求索不已，追求不止的精神，反映了吴鹏里高度的思想水平和写作能力；反映了他们这一代人所经历的抗日战争、解放战争、中华人民共和国成立后的社会主义建设，改革开放大潮的兴起、富民强国的历程；反映了一个时代的辉煌成就和历史经验教训；反映了他历尽灾难、贫困、风险而泰然处之。古语云，"自古雄才多磨难，从来纨绔少伟男"，人生只有在岁月的磨难中才能坚毅地成长与成熟。这也是吴鹏里在人生的晚年奉献给我们的宝贵精神财富。作为先睹为快的读者，我谨向吴老致以真诚的祝贺和感谢，并希望读者能喜欢《求索文集》！

于重庆

2007 年 6 月 1 日

胆识、才识与学识

——读唐德亮《文学的烛照》

　　读到诗友唐德亮《文学的烛照》，深有所感，最突出的感受是唐德亮的胆识、才识与学识。

　　我同唐德亮第一次见面，是在邯郸学院河北省雁翼研究会上，以后在柯岩追思会上，以及重庆吕敬先生主持的国际诗歌研究会上我们也有倾心交谈。他是一位优秀的诗人，出版了多部诗集，特别是他的近4000行的政治抒情长诗《惊蛰雷》，以澎湃的激情，写出了他对中国和世界共产主义运动的忧虑。

　　这位兴趣在诗歌散文的作家，怎么又写起文学评论来了呢？他自己说，有三方面的原因：一是有感而发。读到一部（篇）好作品，深受感染，精神与情感受到冲击，或艺术上受到启迪，于是产生写点评论文字的强烈冲动。二是不平则鸣。看到文坛一些不良现象，如一些不公正的批评，一些混淆是非、颠倒黑白的歪论，忍无可忍，不吐不快，拍案而起，奋笔批之。三是为一些新出版、发表的文学著作、作品写的序评。

　　第一类和第三类评论主要收在《佳作觅踪》之中，里面有对著名诗人吉狄马加的《吉狄马加诗选》的评论，有对周良沛诗论集《诗歌之敌》的评论，有对野曼《中国新诗坛的喧哗与骚动》的评论，有对叶延滨的诗集《年轮诗章》的评论，还有对《贺敬之新古体诗选释》的评析，对晓雪诗集《永远的微笑》的评析，张永健诗集《访台诗草》和丁国成《新旧诗说》及王学忠《我知道风儿朝哪个方向吹·散文、文论卷》的评论。这些评论文章大都写得情真意挚，立论鲜明，分析透彻，既能从宏观入手，高瞻远瞩，知人论世；又能从微观切入，对作品的立意、构思、技法、语言，进行深入剖析。例如，对著名彝族诗人吉狄马加诗选的评析，作者就从色彩的浓烈与情感的强烈、内视与外视的紧密融合及独特的语言方式等三个方面进行阐述，说明吉狄马加诗选"是一部意态纵横、风格独特的诗歌精品集"。《佳作觅踪》中有相当一部分评论是为一些年轻作者写的，表现了唐德亮先生扶持新秀，浇灌新花的爱才之心。

这部分论文充分显示了唐德亮学识才识高人一筹。没有读书破万卷的丰富学识，没有对文学作品的深入理解和研究，没有高度的写作才能，是不能写出那么多卓有见识的评论文章的。但是更能展示唐德亮胆识人品的是收在《文潮辨析》之中的"不平则鸣"的系列文章。在这些文章中，唐德亮或针砭时弊，或批驳谬说。面对鲁迅研究中的一片噪音，唐德亮大胆发表了一些维护鲁迅先生宝贵的思想风骨和精神遗产的论文。而面对当前的"民国热"，唐德亮更理直气壮地予以批驳：唐德亮引用鲁迅先生的话说"中国国民党统治下的连年内战，空前水灾，卖儿救穷，砍头示众，秘密杀戮，电刑逼供"，食不果腹，衣不蔽体，赤地千里，遍野饿殍。20世纪40年代大画家蒋兆和先生的巨幅画作《流民图》就真实反映了当时民众饥寒交迫的社会现实。说民国"有言论自由"，据专家不完全统计，从1912年1月至1949年9月，民国政府共查禁书刊7000种，其中被查禁的文学作品和文学期刊2188种。不仅禁止书报刊，压迫作者，还大量逮捕、围剿与杀戮作者。正如鲁迅所言，"沪上实危地，杀机甚多"（鲁迅《致台静农》1932年6月5日）。左联五烈士就这样牺牲在国民党的屠刀下。其实，暗杀，绑架，坐牢，是有独立思想的知识分子的家常便饭，杨杏佛、李大钊、李公朴、闻一多、邵飘萍、邓演达、杜重远、任光、宋教仁、龚帆……不都是民国时代被杀害的大知识分子吗？"宁可错杀三千，不可放过一个"不就是国民党党魁的名言吗？深受三座大山与四大家族的压迫与剥削，中国下层人民连温饱权与生存权都被剥夺了，更遑论什么自由、民主与人权？1947年，美国驻华大使司徒雷登写给美国务卿马歇尔的信中说："由于粮食问题，中国的经济形势普遍比已知的情况更糟糕，在长江流域的华南，百分之八十的农民现在完全没有大米，大米都在富裕的地主手里。"唐德亮的批驳可谓立论公允，证据确凿，让人耳目一新。

唐德亮的辨析更多是在文学方面。作者对当代文学史编写中的"去主流意识形态化""去革命化"现象给予了尖锐的批评："一个文学史家，编写一本有创意的文学史是应该允许的。但是，有些人编写的二十世纪和当代文学史，对鲁、郭、茅、巴、老、曹、丁等革命作家，对反映革命战争、社会主义建设的名作大加删削、贬损，甚至让其消失，则完全不是历史唯物主义应有的态度。"作者还旗帜鲜明地提出了自己的观点："就一般文学史规律而言，凡入史者首先就是在当时发生过重大影响的作家作品，这是先决条件。尚未正式发表且毫无影响，未被广大读者知晓、接受、认可，只是被几个文学史专家'发掘'出来的作品并非完全不可入史，但不宜以大量篇幅予以吹捧。"

《文潮辨析》还对中国新诗的复兴和繁荣发表了自己的真知灼见："我们要推动中国新诗的复兴，首先要推动广大诗人对优秀民族精神的复兴，让伟大的民族精神、先进文化注入自己的血脉与灵魂。这是复兴新诗的思想基础，是出诗歌杰作与大师的前提。"同时他也指出当前诗坛上民族精神的缺失等现象，并对一些庸俗、灰暗、自私、消极的作品，特别是专写"下半身"的黄色诗歌，提出了尖锐的批评。在当前一些不正之风大肆漫延的时候，唐德亮正义直言，大胆批评诗坛的不良风气，努力提倡"真实、深刻反映我们的时代精神、民族精神、人民群众的伟大创造、中国历史的沧桑巨变、社会主义事业的伟大成就的诗"；努力提倡"反映人民的理想愿望、人民的情感和文化心理嬗变的诗"；努力提倡"振聋发聩、撼人心魄、感人肺腑、引人共鸣、催人奋进、推动社会、历史向前的诗"，显示了作者的正气和胆识，是值得我们学习的。

2017 年 1 月 8 日

文心探秘

WENXIN
TANMI

第二辑
学术论文

XUESHULUNWEN

应该给予传记文学独立的文学文体地位

一

传记文学作为历史与文学结合而产生的文体，是具有悠久的历史传统、深厚的政治内涵、强烈的教育意义、高度的认识作用和审美价值的文学样式。从《史记》产生以来，在两千多年的岁月中，产生了很多优秀的传记文学佳作。新时期以来，传记文学在创作、出版、发行和理论研究方面都得到了很大的发展，并进入大学课堂，成为不少学校本科生、硕士生乃至博士生的必修课或选修课。

然而，与传记文学蓬勃发展的现象错位的是，传记文学在中国当代文坛上却没有受到应有的重视，没有占到应有的地位。

在中国作协及各省市作协下设的各种创作委员会中，没有传记文学创作委员会；中宣部、文化部、中国文联、中国作协及其下属各机构、各协会的各类评奖中，有小说、诗歌、散文、戏剧、报告文学、儿童文学等文体的奖项，就是没有传记文学奖，这是极不公正的。

在比较权威的《中国新文学大系》中，收入了几十年来的小说、诗歌、散文、戏剧、儿童文学、报告文学等品种的佳作，但就是没有把传记文学作为一个类别予以选入。

在大量的中国文学史、中国现当代文学史中，很多都没有传记文学文体的评述，即使有，或者是列入散文，或者列入报告文学，或者以回忆录取代之。

这些现象，实在是与传记文学的悠久历史传统、丰富的创作实绩，及其在社会上、在读者中的重大作用和巨大影响不相吻合，也不利于传记文学创作和研究的进一步繁荣和发展。

五四以来，文学被分为诗歌、戏剧、小说、散文四大文体。此后，随着电影电视的兴盛，影视文学逐渐被确认为一种新文体；随着新闻事业的发展，用文学手法表现新闻题材的报告文学异军突起，并逐渐被确认为一种独立的文学文体。现代以来，传记文学在继承《史记》以来的传统的基础上，大量借鉴了西方现代传记文学的长处及手法、技法，取得了长足发展。到新时期，更是蓬勃发展，一时间蔚为大观。但是，传记文学却仍然没有得到文坛的承认，以至出现前面提到的文学史不论述，作品选不选传记文学作品，各类评奖亦无传记文学奖项的现象。

我以为，现在是彻底改变这种状况，给传记文学独立文体地位的时候了。

笔者作为一个长期从事传记文学写作与研究的传记文学作家，根据自己多年创作研究的体会和认识，从以下几方面谈传记文学应该是独立文学文体。

二

首先，传记文学是一种文学文体。

什么是传记文学呢？

我以为，传记文学是以文学的立意、构思，文学的笔法技法乃至文学的语言和氛围来表现真实的历史的或现实的人物的经历、性格和心灵，表现人物性格形成的生活环境和时代环境，它当然应该是属于文学的范畴。正如报告文学是新闻与历史的结合，仍然把报告文学算作文学类型一样。传记文学同小说的差别仅仅是传记文学因为要表现真实的人物，它可以运用各种文学手法来刻画人物，却不允许其有天马行空般的创造想象和无拘无束的任意虚构。这就使它与报告文学一样，在文学性的发挥上不能不受一些限制，但是，这并不能说它就不属于文学范畴。

中国最早、最优秀的传记文学作品是《史记》，《史记》就是历史与文学的结合。鲁迅称《史记》是"史家之绝唱，无韵之离骚"，就指出了《史记》中的传记文学作品的历史与文学的双重性质。而且《史记》的历史性主要体现在它的表、书之上；作为人物传记的本纪、世家、列传，则主要是用文学手法记叙人物历史，刻画人物性格，它就已经同以记叙个人见闻、感受为主的散文（如当时的《汉赋》）划分了界限。而且，司马迁的这些人物传记的文学水平之高，也是后来许多散文所不及的。

近代以来，胡适、郁达夫、朱东润等人都把传记文学作为文学的一种类型加以倡导和写作，而且绝大多数传记文学理论家都把传记文学当作文学的一个特殊的与历史结合的门类来加以研究。

三

其次，从传记文学发展历史来看，也是一个逐步走向繁荣、独立发展的历史。

其实，《史记》中的传记文学是最早产生的与散文平列的文体。司马迁写《史记》根本不是为写《史记》而写散文，而是用文学手法来记叙历史人物的生平和功过，刻画历史人物的形象。它当时就是卓然一体，通常人们把它叫作史传文学。《史记》中的传记文学作品以其历史的真实性和卓越的思想艺术成就，巍然屹立于中国乃至世界传记文学的源头之上，成为传记文学难以逾越的高峰！只是在当时，它是以历史的面目出现的。

《史记》及《汉书》《后汉书》《三国志》之后，正史中的传记部分的文学性逐渐减弱，文学价值也逐渐减少。但是，里面也不乏优秀的传记文学作品。从西汉末年开始，作家的、民间的传记文学创作却开始兴盛。这种被称为"杂传"的传记文学体裁在唐宋明清得到了长足发展，特别是唐代初年慧立、彦悰的长达八万多字的优秀传记文学单行本《大慈恩寺三藏法师传》更显示了传记文学在题材、人物塑造及传记写作艺术上的开拓、发展及巨大成就。这更是散文文体所难以包容的了。

延至现代，许多作家受西方现代传记意识的影响，都把传记文学当作文学的一个品种，大力提倡并亲身实践。胡适、郁达夫、郭沫若、鲁迅、瞿秋白、沈从文、谢冰莹、沙汀、周而复、张默生、朱东润等人，都创作了大量优秀的传记文学作品。

中华人民共和国成立后，出现了吴运铎的《把一切献给党》、溥仪的《我的前半生》等优秀的传记文学作品。新时期以来，传记文学在改革开放的氛围中得到了更大的发展。传记文学数量极大，门类很多，反映面极广，精品迭出。文学家、学人的自传、回忆录、传记和评传数量最多，艺术水平也很高。政治家、文学家、学者、艺术家、影视明星、科学家、企业家乃至历史人物和普通百姓的传记文学作品都大量涌现。21世纪以来，传记文学的理论研究也有较大突破，取得了很大成效，而且其篇幅往往都很长，动辄30万字。其出版发行的数量和规模大大超过诗歌、散文、戏剧、报告文学，直追小说。用个不完全准确的比喻：散文和报告文学的池塘里，已经或者早就装不下传记文学这条大鱼了。传记文学早就应该成为独立的文学文体了。

四

从传记文学的认识功能和教育作用看，更应该把它作为独立文学文体。

传记文学是从人类纪念前辈、怀念英雄，实现自我的天性中产生的一种古老的文体；它真实地记载人的生平业绩和思想性格及其成因，有着明确的目的性、明显的功利性，因而传记文学较之一般历史著作和文学作品有着更高的历史价值、史料价值和更强的认识功能、教育功能及审美作用。

第一，传记作品可以把本民族、本国家历史上和现实中的伟大人物和杰出英雄的真实形象和丰功伟绩雕刻在自己民族的画廊上，镌刻在亿万人民的心灵中，从而构成民族精神的不朽象征，成为民族宝贵的精神财富。《史记》以来的优秀传记文学作品，为我们真实、详尽、生动地记述和描绘了孔子、屈原、项羽、苏武、诸葛亮、李白、苏东坡、孙中山、毛泽东、周恩来、邓小平、鲁迅等历史人物的动人形象、丰功伟绩和精神风采。这些真实、鲜活的人物成为我们中华民族精神的象征，成为亿万人民学习和效法的榜样，产生了难以估量的历史价值和社会效果。

第二，传记文学作品往往以其强烈的、鲜明的伦理观念贯穿其中，因而具有一般历史作品和文学作品难于比拟的很强的社会教育功能。"榜样的力量是无穷的"，而传记文学主要是通过历史与现实中的榜样人物来实现其教化功能的，因而，不管是过去、现在，以至将来，传记文学都是促进人类道德完善、历史进步的重要文体和重要途径。

第三，传记文学具有高度的史学价值。由于传记文学作品真实地记述和描绘了那些重要的历史人物和现实人物的极其珍贵的生命信息和人生档案、珍贵史料，同时，传记文学作品在描写传主之时，不可能不通过人物命运的描绘展示他周围的人物和社会时代环境。因而，传记文学作品对于帮助人们认识历史的进程及其本质有着十分重要的价值和作用。此外，传记文学可以开拓和发展史学研究的新课题、新思路，可以弥补史学研究中的某些不足和缺陷，从而大大丰富史学研究的内容。

第四，传记文学往往要生动传神地写出一个个独特完整的人生，剖析一个个活生生的灵魂，这就为读者认识自己的同类，认识社会，认识自我，学习前人的成功经验，汲取前人失败的教训，提供了最直观、最生动、最有效的教材。因此，传记文学的认识功能和审美功能特别强烈。罗曼·罗兰用《贝多芬传》《米开朗琪罗传》《托尔斯泰传》中的英雄们的伟大心灵来鼓舞那些孤独的受难者，多年来，这几部传记发挥了多么巨大的作用啊！胡耀邦在读了陈祖德的《超越自我》后说："陈祖德的《超越自我》，我怀着很大的兴趣读过了。我一直以为，看看各类名家传记性的小册子比看那些水平不高的文学作品或电影电视片，得益更多。要帮助青少年特别注意这一点。"

第五，传记文学作品所塑造的人物形象，以其高度的真实性和艺术性，给读者以强烈的美感，给读者以巨大的审美效应，具有感人审美的功能。

第六，传记文学真实生动地再现了历史生活中的富于典型性的人物，因而大大丰富了文学典型形象的画廊，为艺术创作、改编提供了生动的材料。

传记文学的上述巨大作用和艺术魅力，使传记文学受到读者的高度重视和热烈欢迎，使传记文学的出版发行越来越兴盛。从世界范畴来看，传记文学也呈现蓬勃发展之势。有人说，现在传记文学已成为文学中的"超级大国"，传记文学研究也已成为文学主流，传记文学已从文学边缘逐渐进入文学研究的中心。

五

综上所述，笔者认为，应该尽快改变传记文学没有受到应有重视，没有占到应有的地位的状况；应该给予传记文学独立的文学文体地位。

为此，笔者提出并呼吁：

其一，各种新编或改编的中国文学史，均应将传记文学作为一种独立的文体介绍和评论，给予传记文学作家和作品以独立的、公正的评论，肯定其在文学史上应有的地位。

其二，在中国作家协会及有条件的各省市分会中，应增设传记文学创作委员会，组织和指导传记文学创作和研究工作。应该说，传记文学写作由于要用文学手法来描写历史人物或现实人物的经历、性格、成就及其内心世界，因而难度特别大。它不但要求传记文学作者具有史学家搜求、辨析和考证史料的能力，具有哲学家的思想修养，而且还要求有作家的写作能力，所以，更应该给予强劲有力的支持和激励。中国作家协会提出并组织撰写出版的《中国历史文化名人传》就是一个非常有意义的工程，功在千秋！

其三，在中宣部、文化部及中国作协等机构的评奖中，应增设传记文学奖项。

其四，在以后新编的《中国新文学大系》及各类作品选编中，应增加传记文学品种，适度增选传记文学佳作等。

刊《重庆社会科学研究》

文学作品体裁七分法

一、体裁的含义及其重要性

（一）文学作品体裁的含义

体裁又叫文学样式，它指文学作品由于形象塑造的不同方式，艺术结构、语言运用以及审美要求等因素的有机结合，而呈现出的作品的外在形态；或者说，它是由文学作品的不同的表现对象、不同的语言要求、不同的结构形式，以及不同的美学构成要素和审美特性决定的一种文学样式。它是文学作品形式要素之一，它也是文学作品内容的具体存在样式。

（二）文学作品体裁的重要性

文学作品体裁同文学作品的语言、结构、表现手法等都是文学作品的形式要素，但它同语言、结构、表现手法等其他形式要素又有很大的不同，语言、结构、表现手法等形式要素是单独的、具体的形式，而体裁则是文学内容及形式的综合体现。因此，语言、结构、表现手法等形式要素在具体运用时除受作品内容、作家的创作特长和兴趣爱好的制约外，还受着体裁的制约。即是说，语言、结构、表现手法作为形式要素具有个体要素的具体性，而体裁作为形式要素则具有上述诸个体要素的总和的性质。这意味着文学体裁不仅是作品内容的存在方式，也是作品形式诸要素总和所形成的具体形态。

此外，文学作品体裁还不能机械地把它看作是孤立的形式问题，它同文学作品的内容也有很密切的关系，而且在某种程度上还对内容有较大的反作用。比如，一定的体裁就制约和规定着文学作品内容的容量：独幕剧与多幕剧的体裁就限定着戏剧内容的表现；短篇小说、中篇小说、长篇小说的体裁也限制着小说内容的丰富与否。一定的体裁规定和制约着一定作品的表达方式：小说和报告文学、传记文学的体裁就制约着内容能否自由虚构、想象、幻想；而报告文学、传记文学的体裁又制约着其内容是偏重于新闻性或历史性。而且，一定的体裁还规定着文学作品的表达方式，如抒情诗和叙事诗就规定着诗歌以抒情为主或以叙事为主。所以，如果说一定的内容决定一定的形式、一定的形式又反作用于内容的话，其突出的表现就在体裁上。因此，体裁同文学作品的其他形式相比，更具有文学形态学的价值；在文学作品诸要素中具有特殊和重要的意义。

二、文学体裁的分类

文学史上出现过各种各样的文学形式，如神话、寓言、诗歌、戏剧、话本、小说、散文等，各种体裁都有自己的特点和发展规律。为了把握文学的规律，掌握各类文体的写作要领，人们曾对各种体裁进行分析、研究、比较、归类，并做过各种各样的分类的尝试。例如，我国古代根据文学作品语言是否合韵，将文学作品分为"韵文"和"散文"两大类；而古代西方则根据文学作品表现生活和塑造形象等方面的不同特点，将文学作品分为叙事类、抒情类和戏剧类三种。由于这种"两分法"和"三分法"过于笼统，不足以反映不断兴起和发展的各类文学体裁的特点，随着人们对文学体裁的认识不断深入和精细，文学体裁的分类日趋深入，在 20 世纪初，文体分类逐渐发展为"四分法"，即将文学体裁分为四类：小说、散文、诗歌、戏剧。

显然，文学文体的"四分法"对文学作品的内部特点和外部形态的划分比较鲜明，易于区别，其名称与作品的特点也较为吻合，便于掌握，所以很快得到文学界和社会的认同。但是，随着 20 世纪电影电视剧的飞速发展，随着报告文学、传记文学的兴盛，"四分法"又显得不能适应了。于是，文学体裁的分类又产生了新的提法。在电影电视剧兴起之后，人们把电影剧本和电视剧本列为单独的一类文学文体，称为影视文学。报告文学兴起后，开始人们都把它划入散文，可逐渐有人把它划为独立文学文体。现代传记文学兴起后，开始也把它归入散文，也有的把它归入报告文学。至今，传记文学还没有得到文学界的广泛认同。由于传记文学的文学地位尚未确定，故出现了许多优秀的、一版再版的传记文学作品（如郭沫若的几部自传《从文自传》《一个女兵的日记》《徐悲鸿一生》《霜重色愈浓》《超越自我》等）不能进入文学史家的研究和评价的视野之中，也不能参与全国性的评奖。这是极其不利于传记文学发展的。笔者根据自己多年对各种文体的研究，尤其是对传记文学的深入研究，提出了把报告文学与传记文学从散文中独立出来列为独立的文学文体的主张，得到文学界部分同仁，尤其是传记文学界同仁的赞同。由此，笔者提出了文学文体七分法，即把文学文体分为七种文体：诗歌、散文、小说、戏剧、报告文学、传记文学、影视文学七种体裁。诗歌、散文、小说，是文学文体的基础和根基之所在。在此基础上，产生了综合性的四种文体：在文学（剧本）的基础上，融入美术、雕塑、音乐、舞蹈等艺术样式，辅以演员的表演，形成戏剧艺术；在文学（剧本）的基础上，融入美术、雕塑、音乐、舞蹈等艺术样式，加上演员的表演，再加上高科技的拍摄与播出方式，形成电影和电视剧艺术。而文学与新闻结合，形成了报告文学；文学与历史学科的结合，又形成了传记文学。编者认为，目前文学体裁，似以这样划分为七类为宜。

这里首先要指出的是，文学体裁的各种分类不仅有科学性、历史性，而且具有相对性。所谓历史性，是说各种文学体裁都不是一成不变的，而是在历史发展的进程中不断演变发展的，因而是相对的，对文学体裁的划分不可能一锤定音，一劳永逸，一蹴而就。比如，电影、电视剧、报告文学，就是在 20 世纪逐渐兴盛起来的。其次，各类体裁之间并不是绝无关系，相互之间常有一些相同或相似的特点，而且相互汲取，相互交叉，相互交融，随着社会生活与文学的发展变化，文学体裁还会同其他艺术形式和其他学科发生相互影响，相互交融，相互吸引而又相互借鉴，产生新的发展变化。而且，在文学发展中，文学体裁总是由少到多、由粗到精，逐步趋于完善和多样化的。例如，欧洲的诗剧、诗体小说，都是由诗歌发展而来的，"诗剧"则既有戏剧的特点，又有诗歌的特点；再如，"诗体小说"既有诗的特点，又有散文特点；而散文诗，则既有散文的特点，又有诗歌的特点。文学体裁的划分，还应有科学性，即相对客观，合乎事理、情理，合乎文体特点，便于区分。比如，杂文，就应划入议论性散文，而不宜划为一种大的文体；散文诗，就应划入诗歌，而不宜单独作为一种大的文体，网络文学属于写作和发表方式的不同，并未形成新文体（文体还是小说、诗歌、散文）。至于妇女文学、儿童文学、战争文学、少数民族文学等，则属于不同题材概念。还有，纪实文学，这个称谓不是文体概念，而是一个文类的大概念，它是相对于非纪实文学而言的。纪实文学，又称非虚构文学，包括报告文学、传记文学、部分新闻作品以及部分散文作品。非纪实文学，又称虚构文学，主要是指小说、戏剧、影视，以及部分带虚构性质的散文作品。在一些大场合，为了简单，用纪实文学和非纪实文学这一称谓。

三、七种体裁的含义和特点

（一）诗歌

1. 诗歌的含义

诗歌，不管是在东方，还是西方，都是文学中历史最悠久、影响最深远的一种常见文体。笔者根据自己对文体的研究，提出了如下的看法：诗歌是一种饱含着丰富的感情和想象，以精炼和谐而又富于节奏感的语言，直接抒发对生活的独特感受和审美体验的文学样式。

2. 诗歌的审美特点

诗歌是语言的艺术，是语言的黄金。其特点主要有以下几点：

（1）高度的凝练性；

（2）强烈的情感性；

（3）丰富的想象性；

（4）优美的音乐性；

（5）优美的意境；

（6）丰富多样的表现手法。

（二）散文

1．散文的定义

散文的定义有广义与狭义之分。广义的散文指诗歌以外的一切写作文体，包括诗歌以外的文学作品和非文学性的科学论文、应用文等。狭义的散文指纯粹文学意义上的散文，是与诗歌、小说、戏剧文学等并列的文学体裁，即通常所称的文学性散文或艺术散文或美文。

散文是记写"我"的经历见闻，感受体验为主，或记人叙事，或状物摹景，或抒情述怀的一种优美精悍的文学样式。

2．散文的审美特点

（1）题材广泛，形式灵活；

（2）个性鲜明，真诚自然；

（3）讲究意境，富于文采；

（4）形散而神不散。

（三）小说

1．小说的含义

小说是通过相对完整的故事情节及具体环境场面的描写，以塑造人物形象为中心来广泛而深刻地反映社会生活的一种文学体裁。

2．小说的审美特点

（1）深入细致地刻画人物性格，塑造典型人物；

（2）生动感人地描述丰富完整的故事情节；

（3）具体形象地描绘自然环境和社会环境。

（四）报告文学

1．报告文学的含义

（1）报告文学的定义：是用文学手段、文学手法和文学语言来表现现实生活中确实存在的人物、事件或经验体验的报告。

（2）报告文学是一种综合性文体。它是近代新闻事业发展的产物。它是文学与新闻嫁接产生的文体。它既有新闻的真实性、新鲜性、快捷性和重要性，又有文学的艺术性、可读性和思想性。

2. 报告文学的审美特点：

（1）鲜明的新闻性；

（2）强烈的时效性；

（3）重要性、典型性；

（4）高度的文学性；

（5）深刻的政论性。

（五）传记文学

1. 传记文学的含义

传记文学是历史与文学的有机结合，是历史与文学嫁接产生的文体。它是用文学的立意和构思，文学的笔法、技巧和手法，用文学的语言和氛围，来表现真实的历史人物或现实人物的生平、经历、性格、心灵的一种文学体裁，它是文学的一种，有独立的文学文体价值。

2. 传记文学的审美特点

（1）传记文学具有真实性、历史性、科学性；

（2）传记文学具有文学性、艺术性、审美性。

（六）戏剧文学

1. 戏剧文学的含义

（1）戏剧艺术：戏剧艺术是指在一定的舞台空间中，在一定时间内，由演员根据剧本，配合着灯光、布景、音乐、效果等进行的艺术表演。它是一种综合艺术，是文学（主要指剧本）、音乐、舞蹈、美术、建筑、表演等各种艺术的综合体。

（2）戏剧文学：指剧本，它是舞台演出的依据，是戏剧艺术的基础，是戏剧艺术的组成要素之一，是戏剧艺术中的文学部分。

戏剧文学由人物对白（或唱词），舞台说明，以及作为剧本结构形式的分幕分场构成。

2．戏剧艺术的审美特点

（1）舞台的规定性；

（2）表演的直观性；

（3）艺术的综合性；

（4）高度的集中性；

（5）强烈而富于表现力的戏剧冲突。

（七）影视文学

1．影视艺术的含义

（1）电影是以电影技术为手段，在银幕上创作形象活动的画面和声音来表现生活的一种综合性艺术。

（2）电视是传播图像的一种通信方式。电视剧是根据电子技术原理，用摄像机将演员根据剧本要求在导演指导下的演出过程拍摄成活动的画面，经过光电转换，变为相应的电信号，通过无线电发射机发送到电视接收机而同步转换出的活动的画面。电视剧是一种集中了广播、戏剧和电影的长处并加以发展，用现代化的录像手段制作成的形象的戏剧。

（3）影视文学的含义：影视文学主要指影视剧本，就是拍摄影视的蓝本。它是影视艺术的思想和艺术基础。

2．影视文学的审美特点

（1）镜头运动性；

（2）声画结合性；

（3）蒙太奇思维。

中国传记文学发展概论

一、中国古典传记文学的辉煌开端

中国是世界文明古国，也是传记文学大国。中国传记文学有着古老悠久的历史传统，更有着辉煌丰厚的现代成果。

在春秋战国时期，已经出现了传记意识的萌芽和具有传记因素的作品，《诗经》中的《生民》和《公刘》，分别记叙了后稷和公刘的生平事迹，而屈原的《楚辞》更包含着浪漫主义诗人的自传成分。在《尚书》《左传》《战国策》《国语》等著作中，开始记叙人物的活动，揭示人物的性格，《晏子春秋》以生活中的小故事表现了晏子的形象和性格，传记因素更强。

中国真正的传记文学是从司马迁的《史记》开始的。司马迁以他的《史记》中的优秀篇章，把中国的传记文学带入了辉煌的古典时代，也为全人类的传记文学树立了一座不朽的丰碑！

《史记》的出现，既是历史发展的必然要求，又是中国史学与文学发展及史学与文学结合的必然产物，更是司马迁家族的期望与他个人天才和勤奋的结晶。司马迁（前145—不详），字子长，夏阳（今陕西韩城）人。司马迁生活在汉朝的鼎盛时期，其父亲担任了30年左右的太史令，决心写一部历史巨著。临死前，他把宏伟理想和抱负全部留给了儿子。司马迁从小就师从著名学者，游历祖国各地，以后又跟随汉武帝在各地巡视考察。他慨然接受父亲遗命，立志"述往事，思来者"，要"究天人之际，通古今之变，成一家之言"。

《史记》共52万多字，130篇，其中本纪记载王朝大事和帝王事迹，世家记载诸侯大臣的事迹，列传记载各朝代、各阶层、各类型的重要历史人物的事迹。这样，《史记》凭借以人物为中心的历史传记，开创了中国正史特有的纪传体形式。

由于司马迁既是学识渊博、阅历广博的学者，又是才华横溢、情感丰富的作家，善于在历史真实的基础上，调动多种艺术手法描绘人物，因而他笔下的众多历史人物，如项羽、刘邦、韩信、张良、廉颇、蔺相如、屈原、李广等，都既有高度的历史真实性，又有鲜明生动的个性，做到了史学与文学的结合，达到了极高的艺术成就。

《史记》较古罗马的传记名著早一两百年，而且体大精深，结构完善，人物众多，个性鲜明，作者见解深刻，感情丰沛，文采焕然，使《史记》不但成为中国史传作品和传记文学中的典范之作，而且也是世界上最早最优秀的传记杰作，在中国和世界的传记文学史上，都是开天辟地之作，占有极其重要的地位，高标起历史的丰碑！

受司马迁《史记》的影响，在他逝世一百多年后，东汉的著名史学家和文学家班固撰写了又一部重要史书——《汉书》。班固（32－92），生于官僚家庭，其父班彪曾撰《史记后传》。

班固23岁时，开始撰写《汉书》。五年后，有人告他私改国史，他被捕入狱。其弟班超上书辩白，汉明帝读了班固的《汉书》初稿，赞赏其才，命他继续编《汉书》，经过二十多年的努力，《汉书》基本完成。《汉书》是中国第一部由官方下令编撰的断代史。班固所处的时代，正是汉朝国力强盛时期。班固以正统的儒家思想来编写《汉书》，对西汉帝王的功业给以肯定和歌颂，对爱国英雄和忠诚官吏给予表彰，而对腐朽无能的官员则予以揭露和鞭挞。在传记写作的艺术方面，班固不像司马迁那样倾注强烈的感情，注重细节和个性色彩，而是比较冷静客观地写作，显得"怨而不怒，哀而不伤，乐而不淫"；其文学性不及《史记》，但在材料选择上则较《史记》更加严谨、翔实。

班固之后，陈寿（233—297）搜集了三国魏晋时期的各种著述资料，写成《三国志》纪传体著作65篇，为三国鼎立时期（220—280）

政治、军事、经济及文艺、学术、科技领域的重要人物立传，为这一动荡时期的风云人物描绘出动人的画卷。作者善于挑选传主一生中具有代表性的事件及典型细节来刻画人物，史学和文学价值都较高。但是，陈寿在写活着的政治人物之时，采用了隐恶扬善的笔法，开史传文学之先例。

范晔（398—445）的《后汉书》根据历史发展的需要，扩大了传主的数量和范围，其传主达 500 人，大大超过了《史记》和《汉书》；他还增加了《文苑列传》《方术列传》《烈女传》《逸民列传》等七个类传，在广阔的范围内展示了东汉各类人物和社会风貌；由于范晔性格刚直，爱憎分明，又系私家著述，因而敢于直面史实，无所隐讳，褒贬臧否颇有见地；同时，在写作上又注重细节和文采。这使《后汉书》受到后世称赞，谓其颇似《史记》而异于《汉书》。

以上四部称为"前四史"，代表着中国古典传记文学的最高成就。

二、中国史传文学的衰落与杂传的兴盛

"两晋六朝，百家荒芜，而治史者独盛。"（梁启超：《中国历史研究法》）确实，这个时期除《三国志》和《后汉书》外，还有《宋书》《南齐书》和《魏书》三部史传问世。这后三部史传虽然部分篇章写得有个性文采，但总的说来，在写人记事的实录精神或文学色彩方面，均无法同"前四史"相比。

唐王朝建立后，中国社会进入鼎盛时期。唐太宗非常重视编修史书，在他的指导下，唐初陆续编出了《梁书》《陈书》《北齐书》《周书》《隋书》《晋书》《南史》《北史》8 部史书。其修书者，均不乏才、学、识俱优者；可是，由于受到当朝旨意的制约，在各方面都表现出钦定的色彩，缺少个性和独立性，在内容和形式上显得僵化、凝固化。

五代时期，于 945 年编成《唐书》（后改为《旧唐书》），内容充实，叙述详明、生动，有较高价值。

宋朝建立后，国内相对稳定繁荣，薛居正编成《旧五代史》（原

称《梁唐晋汉周书》)。以后欧阳修主修了《新五代史》(原称《五代史记》),并与宋祁合著《新唐书》,其中的传记部分,代表了宋代传记文学的正统和主要成就,有强烈的爱憎和是非感,常用对比法及逸事细节刻画人物,故人物形象生动,成就较高。

元朝时代较短,民族矛盾尖锐,传记作品较少,佳作更少。元朝贤相脱脱奉旨主修辽、金、宋三史。其中《宋史》编得较好,不仅史料丰富,有重要史学价值;而且一些人物传记形象鲜明,颂扬了传主的爱国主义精神。

明太祖于洪武元年下令修《元史》,由于成书太仓促,舛误不少,文学成就亦不太高。

清代的《明史》编纂得非常认真,编写时间长达 90 多年,且经几位总编之手,故史料丰富可靠,文字亦简赅、清俊。在正史中可算精品。但由于明末清初忌讳太多,故缺漏不少,写法上亦时显呆板。

上述正统的二十四史中的史传文学,从《后汉书》以后,因当朝统治者的高度重视和严格控制,日渐僵化和停滞,难于在传记文学发展过程中承担主导作用。传记文学创作的主力军由大量非官方的民间作家取而代之了!从西汉末年开始兴起的各种杂体传记,到魏晋以后,越来越兴盛。唐代古文运动更促进了杂体传记的繁荣。唐宋时期的著名作家都写了不少优秀传记,明清两朝也出现了不少优秀的传记文学作家和优秀的传记文学作品。这些正史之外的传记,打破了正史条条框框的束缚,不受官方的审查删削,而且又多出自进步作家之手,从民间的角度,从各个方面、各个层次,记述了各个朝代形形色色的众多人物的生平事迹,使中国的传记文学呈现出异彩纷呈、繁荣昌盛的局面。

魏晋杂传的兴起,同时代的动荡,思想的解放,个人意识的觉醒有关。

曹操(155—220)的《让县自明本志令》就是一篇极富个性色彩的自传。全文处处流露出曹操"天下英雄舍我其谁"的狂傲及挟天子以令诸侯之野心。

陶渊明（365—427）的《五柳先生传》则写出了自己孤洁清高的情致，勾画出一个超然物外、淡泊名利、书酒自娱的隐逸之士的形象，写得神采飞扬，余韵幽远。

西晋皇甫谧的《庞娥亲传》写烈女为父报仇的事迹，故事紧张、曲折，富于悬念，描写又绘声绘色，富于动作性，且有不少细节，因而人物形象极其鲜明突出。

南朝刘宋宗室、临川王刘义庆（403—444）召集文人编成《世说新语》。全书收录汉末至东晋 200 年间的名士在道德、才能、性格、处世等方面的逸闻 1130 多条。这些逸闻生动地描绘了这些文士们的独特个性，富于典型性和表现力，但还不能算作正规的传记。

魏晋南北朝时期，随着佛教传入中国，出现了不少佛教人士的传记。如僧人慧皎的《高僧传》，凡十六卷，收入公元 58—519 年间高僧乃至印度来的传教者的传记，传主达 257 人，附见 239 人。收录面广，史料价值很高。该书文字简洁，不时采用文学笔法，渲染了一些富于戏剧性的场面，以揭示人物性格。

著名僧人法显之自传《法显传》（又名《佛国记》），详尽记载了他赴印求经典之经过及见闻感受，为中国古典传记增添了异域色彩，提供了珍贵的文化历史地理材料。

在佛教人士的传记中，最著名的当推《大慈恩寺三藏法师传》。该传完整而详尽地展示了唐僧为追求佛教真谛和中外文化交流而不畏艰险，顽强拼搏的崇高精神和爱国热忱，塑造了一位舍命求法的高僧形象。该传将传记和游记这两种体裁相结合，以写人为主，也写出了生动逼真的旅途见闻与西域的浪漫传说故事，增加了传记的异域色彩和生动性，是我国古代传记文学的第一部单传名著，也是我国单行传记发展的一个里程碑。

唐朝时代，由于韩愈、柳宗元的热情投入，中国的杂体传记取得了较大的发展。他们把传主从帝王将相、权门高士扩展到社会底层不知名的小人物，大大扩展了传记创作的领域，增加了传记的人民性和艺术性。

韩愈（763—824）写了八十来篇传记（包括墓志 75 篇，传 4 篇，行状 2 篇），多数写得有特色，有相当的思想艺术水平。其写柳宗元、孟郊、张巡等篇，都能抓住人物最主要的品性或特点，通过生动的、精选的事迹来表现其独特个性；语言口语化，富于感情，常带议论，令人深长思之！

柳宗元（773—819）同韩愈一道领导了古文运动，在传记写作上，取得了重大成就。他发扬了《史记》的优良传统，大都取材于社会中普普通通的下层人物，并通过他们的遭遇，表现社会的疾苦和人民的聪明才智。《捕蛇者说》为其名篇之一，其他如《童区寄传》《段太尉逸事状》等，塑造了生动的人物形象，语言朴实、简洁、生动。

宋代作家欧阳修、王安石和苏轼在传记创作方面成就很高。欧阳修（1007—1072）除撰写《新五代史》外，还写了不少杂体传记。其自传《六一居士传》，其为父母亲所写碑文《泷冈阡表》，及为挚友所写的《石曼卿墓表》等均以散文笔法，写得纡徐委备，流畅圆融，富于情韵。王安石（1021—1086）曾任丞相，实行变法，因守旧派反对而失败。他的传主常为有实绩之政治家、文学家；在写法上则能打破常规，立意卓绝，构思新颖。宋代大文豪苏轼（1037—1101）也写了数十篇传记。他既写了 9400 余字的《司马温公行状》，又写了不到 500 字的《方山子传》，都各有特色。

还应提及的是，南宋著名词人李清照（1084—1151）之《金石录后序》，以沉痛凄楚之笔调，叙述诗文书画、古玩奇器得失聚散的经过，将她与赵明诚的家世、爱好、事业、遭遇和生活情趣、人生感慨倾诉出来，富有强烈的艺术感染力！爱国名将文天祥（1236—1283）为其诗集《指南录》所写"后序"，记叙其奉使北上求救国之策而被元军所俘及逃脱敌手之经过，抒发了山河破碎、无力回天之悲痛及以身殉国之决心。情怀高洁，文辞感人。两位作者均无心为传却都写出了优秀的传记！

明代传记作家宋濂（1310—1381）除主撰《元史》外，还写了百余篇杂传，传记包括官吏、书生、奇士、隐士、僧侣、歌妓等，如

《秦士录》《王冕传》《杜环小传》《记李歌》等篇，人物性格鲜明，语言流畅，有较高的艺术性。李贽的《陈亮传》《青田刘文成先生传》，钟惺的《白云先生传》《断香铭》，李梦阳的《梅山先生墓志铭》，徐渭的《自为墓志铭》，袁宏道的《徐文长传》，袁中道的《李温陵传》，张岱的《自为墓志铭》等，都有较高思想深度和艺术水平。明末以"南京四公子"出名的侯方域（1618—1654）写了《李姬传》，歌颂歌妓李香君的人格和情操；冒襄（1611—1693）更写了悼念爱姬董小宛的自传《影梅庵忆语》，大胆地把一个歌妓、爱妾作为主要人物并予以歌颂，表现了新的传主观点。而在冒襄100多年后的沈复（1763—1809），受他的影响而写的《浮生六记》中，大胆地写出了作者与其并非贤妻孝媳的妻子之间的闺房之乐，伉俪真情，表现了明清传记作家自我意识、民主意识、人性意识之觉醒。

清代的优秀传记主要是顾炎武、黄宗羲、戴名世、方苞、全祖望等文人所写的杂体传记。顾炎武（1613—1682）在清军南下时曾组织义军抵抗；明亡后拒绝出仕清廷，游历祖国各地，写了大量以"天下兴亡"为"己任"之"匹夫"，如《朱姚王硕人行状》《书吴潘二子事》《拽梯郎君祠记》等。黄宗羲（1610—1695）在清兵南下之时，在家乡浙江一带组织义兵抵抗，失败后隐居山中，授徒著述。其传记主要是表彰节义之士和抗清英雄，如《刘宗周传》《兵部左侍郎苍水张公墓志铭》。黄宗羲也为一些普通人物作传，如《李因传》《胡玉台传》《书澹台事》。黄宗羲还为学术界人物作评传性质的传记，如《李杲堂先生墓志铭》写古文豪李文胤，《高旦中墓志铭》写名医高斗魁，《谈儒木墓表》写历史学家谈迁。这些传记似可看作中国学术评传之滥觞。戴名世（1653—1713）之《南山集》中有相当部分传记是写抗清志士的，如《画网巾先生传》《左光斗传》，人物个性鲜明，真切感人。方苞（1668—1749）是桐城派的开山祖师，著作甚多，传记作品就有一百多篇，主要写的忠臣、孝子、节妇、烈妇，多数传记较枯涩；但《左忠毅公逸事》《陈驭虚墓志铭》《石斋黄公逸事》等，以几件动人的逸事和精选的细节，表现了传主的独特个性，深为感人。全祖望（1705—1755）以主要精力写作传记，大部分皆表彰明末忠义之士。他的《顾先生炎武神道表》《明故兵部尚书兼乐阁大学士赠太保吏部尚书谥忠介钱公（肃乐）神道节二碑铭》《明故权兵部尚书兼翰林侍讲学士勤张公（煌言）墓碑》《华氏忠烈合传》等，内容翔实，史料丰富，行文朴实无华，人物形象生动传神，在艺术上取得了很高成就。

戊戌变法前，曾国藩（1811—1872）作为桐城派中兴的宗主，写了不少传记作品，叙事磊磊有生气，人物勃勃有生机，语言铮铮有奇气，对传记文学发展有所贡献。曾国藩还团结造就了一批传记作家，推动了清末的传记文学创作。在他的"曾门四大弟子"中，黎庶昌和吴汝纶的传记文学在曾国藩的基础上进一步体现了近代传记文学的转变：传记文学与时政的结合。

三、中国古典传记向现代传记的嬗变

1840 年中英鸦片战争，拉开了中国近代史的序幕。社会政治的急剧变化和西方经济文化的传入，使中国的传记文学开始了从古代向现代的嬗变。

在中国近代十九世纪末期的传记文学创作中，开始实现了传记文学从古典向现代嬗变的是李秀成和王韬。李秀成和王韬的两部传记的传主，都已不再是传统的帝王将相或才子佳人，而是农民革命的将领和通晓中西方哲学的学者，这标示着中国传记开始进入了一个新阶段。

李秀成（1823—1864）是太平天国后期的军事统帅，1864 年天京失陷被俘，他在狱中写出了三万字的《自述》。作者以太平天国高级将领的身份，以亲身经历和亲见亲闻，既写出了他在太平军中的战斗经历，表现了他既刚强猛勇，又效忠天皇的复杂心理和独特性格；又写出了太平天国从金田起义到定都天京直至天京陷落的战斗历史及内部的矛盾斗争和自相残杀，总结了农民革命的经验教训，显示了强烈的悲剧性。

王韬（1823—1897），曾去英、法、俄、日等国游历，回上海创办弢园书局和致格书院。他主要的传记佳作是《弢园老民自传》。自传毫不掩饰地张扬自我，宣传自我；写作上也纵笔宣泄，不拘一格；标志着中国知识分子自我意识的觉醒。

从戊戌变法失败至辛亥革命到五四运动前，较优秀的传记文学都是为改良者和革命者作传。如萧汝霖的《谭嗣同传》，江标的《前四品京堂湖南学政江君传》，章炳麟的《邹容传》，徐自华的《鉴湖女侠秋君墓表》等，都慷慨悲壮，真切感人。容闳（1828—1912）的回忆录《西学东渐记》，反映了我国第一代留学西方的知识分子为了把西方现代文明传播到中国而做的努力。

20 世纪初期写作和宣传传记，并真正完成了传记革新的作家，是梁启超。梁启超（1873—1929）是中国思想启蒙运动中最重要的思想家之一。他的传记作品多达 40 部，约 45 万字，贯穿着强烈的英雄史观，成为他宣传新思想的重要工具。他在变法失败流亡途中写出了《殉难六烈士传》，随即又写了《南海康先生传》，热情为戊戌变法的烈士和英雄立传！他还选择为古今中外之英雄立传，以弘扬英雄主义，激发民族精神，有着强烈的个性色彩和感人的力量。梁启超既"仿西人传记之体"，又学司马迁之法，语言上则运用半文半白的"新语体文"，开创了传记文学的新体式。

四、中国现代传记文学的突破和发展

从 1919 年五四运动到 1949 年中华人民共和国成立，在这 30 年的岁月中，中国传记进入了现代时期，取得了重大的发展和成就。这一时期，新的传主代替了昔日的帝王将相，传主的范围大大扩展，传记表现的生活面更加宽阔，传记的形式摆脱了古典模式和文言文，风格趋向多元化、多样化，在对人性丰富性和复杂性的探讨上，不少作家做出了巨大的努力，传记的质量、种类和数量都大大超过往昔。

五四以来中国第一位重要的传记作家和理论家是胡适。胡适（1891—1962）写了《传记文学》等论文并做"传记文学"的讲演，他不但自己写了几十篇传记，还提倡并动员别人写传记，推动了中国传记文学的发展。在传记文学的理论建设方面，现代著名作家郁达夫和著名学者朱东润、孙毓棠等人也起了较大的作用。

五四运动促进了知识分子思想和个性的大解放，于是，最便于表现自我、张扬自我的自传和回忆录的写作便出现了高潮。其中的主要作者是郭沫若和郁达夫。

中国现代文学史上的天才作家郭沫若（1892—1978），以充沛的激情，写了大量的自传、回忆录、日记，后来他把这些散篇作品汇编成四大卷《沫若自传》，共 110 万字，表现了他丰富的人生历程和独特的个性，也为我们描绘了一幅波澜壮阔的中国现代史的画卷。

郁达夫的《日记九种》是现代传记文学中，第一部由作者在生前公开发表的私人日记，真诚地展现了自己在一场婚变中的感情纠葛和矛盾冲突；《达夫自传》共九章，作者对自己的性意识进行了自我解剖，这在中国传记史乃至整个中国文学史中都是第一次。鲁迅的《朝花夕拾》是散文式的回忆录，《两地书》则是第一部公开发表的私人通信，具有丰富的思想内涵和很高的文学价值，它应该算是传记的一种。

著名作家沈从文（1902—1988）的《从文自传》，不但表现了一个农村青年的觉醒，还写出了一些极富特色的人物。

谢冰莹（1906—）在大革命时期，写出了《从军日记》，轰动文坛；大革命失败后，又写了《一个女兵的自传》，再次轰动文坛，在文坛上独树一帜。

此时期，还出版了《巴金自传》《庐隐自传》《资平自传》《钦文自传》等，著名新闻记者邹韬奋写了《经历》《抗战以来》《患难余生记》三部回忆录。

瞿秋白的《多余的话》是他在狱中对自己一生的回顾和分析，心理分析坦诚、率真、清醒，文章的风格也沉痛而凄婉。

朱东润的《张居正大传》运用文学手法，塑造了鲜明的人物形象，成为中国传记史上第一部运用现代传记方法写作的传记文学作品。

著名学者张默生（1895—1979）的《苗老爷传》《鸟王张传》《义丐武训传》《厚黑教主传》等均写的平民百姓，人物性格鲜明，人物形象活灵活现、呼之欲出，这在中国现代传记文学史上具有开创性。著名学者吴晗写了《朱元璋传》，经过多次修改，达到了较高水平，写出了明代开国皇帝朱元璋完整的一生。

延安地区的传记文学是现代传记文学的一个重要的方面。沙汀的《随军散记》通过贺龙的言谈举止、生活细节，表现了他豪爽直率、自信谦逊的独特个性。周而复的《诺尔曼·白求恩片段》极其生动地描写了白求恩医生对工作极端负责，对病员极端热诚，对技术精益求精的精神，歌颂了他的国际主义精神和高贵品格。

五、中国当代传记文学的马鞍形发展

中华人民共和国成立以来，传记写作呈马鞍形发展。一九六六年，传记文学得到了一定的发展；"文化大革命"中陷于停滞；"文化大革命"后在更广范围、更大规模、更深程度和更高质量上得到了蓬勃发展。

中华人民共和国成立初期，传记文学主要是为英雄人物立传，其中高玉宝的《高玉宝》，吴运铎的《把一切献给党》，梁星的《刘胡兰小传》，黄纲的《革命母亲夏娘娘》，柯蓝的《不死的王孝和》，雷加的《海员朱宝庭》，陶承的《我的一家》，缪敏的《方志敏战斗的一生》，植霖的《王若飞在狱中》，萧三的《毛泽东的青少年时代》，朱道南的《在大革命的洪流中》，陈昌奉的《跟随毛主席长征》等，都有很强的政治性和较高的艺术性，深受读者欢迎。20世纪60年代出版的《毛主席的好战士雷锋》《县委书记的榜样——焦裕禄》，对广大青少年的健康成长起了很大的作用。由于受当时风尚的影响，一些作品带有一些公式化、概念化的缺点。

这个时期，北大教授邓广铭写了《辛弃疾传》和《岳飞传》，北大另一位著名教授冯志写了《杜甫传》，其学术性和科学性很强。陈寅恪

(1890—1969)的《柳如是别传》，通过诗歌和史实的考证，为柳如是洗冤辩诬，歌颂这位"美人而兼烈女""儒士而兼侠女"的奇女子。

溥仪的《我的前半生》把自己极其特殊、极其罕见的大起大落的人生际遇真实而客观地写了出来；也向我们展示了神秘的宫廷生活，残酷的王室斗争，日满的外交密谋，战犯改造的内幕，具有很高的历史价值、史料价值和审美教育作用。

"文化大革命"中，传记创作趋于没落。只有作为"检查交代"的《彭德怀自述》以及陈白尘在"文化大革命"中秘密写下的日记，才因其真实可信而具有较高的价值。

随着"四人帮"的覆灭和改革开放的实行，传记写作也出现了蓬勃发展的新气象，传记的内容和形式以及数量、规模、质量都得到了极大发展；学术界对传记的研究也开始活跃。

政治人物传记写作取得了很大的成绩。在新时期，毛泽东、周恩来、邓小平等人的传记作品数量很多。其中，权延赤的《走下神坛的毛泽东》《走下圣坛的周恩来》，叶永烈的《国共风云——毛泽东与蒋介石》，邓小平女儿毛毛的《我的父亲邓小平》《我的父亲邓小平——"文革"岁月》，王朝柱的《开国领袖毛泽东》等都有较高的价值。中共历史上的重要人物也都有传记或回忆录，如刘白羽的《大海——记朱德同志》，铁竹伟的《霜重色愈浓》，陶铸女儿陶斯亮的《一封终于发出的信》，罗瑞卿女儿点点的《非凡的年代》，王稼祥夫人朱仲丽的《黎明和晚霞——王稼祥文学传记》《江青外传》，成仿吾的《长征回忆录》，杨成武的《敌后抗战》，李瑞芝的《回忆父亲吉鸿昌》，以及《李大钊传》《张爱萍传》《贺龙的脚印》《任弼时传》《董必武传》《方志敏传》《林伯渠传》《聂荣臻回忆录》等，都是较好的作品；特别是曾志的《一个革命的幸存者》，写得极为真诚、大气、生动感人！

陈廷一的政治人物传记表现了中国现代史上的重要人物及其家庭、家族的历史和风采。

叶永烈勇闯禁区，写出了江青、张春桥、姚文元、王洪文"四人帮"及陈伯达的长篇传记，在反面政治人物的传记文学创作上做出了开创性的贡献。

新时期较早出现且很有价值的传记作品是作家、学人的自传、回忆录和他传。

著名作家茅盾（1896—1981）在粉碎"四人帮"后写了《我走过的道路》，著名戏剧家夏衍写了《懒寻旧梦录》，都有较高的文学价值和史料价值。巴金的《随想录》以沉痛和忏悔的心情，回顾了十年"文化大革命"中的惨痛遭遇并对自己的言行进行了深刻反思，具有震撼人心的魅力。陈白尘的《云梦断忆》，丁玲的《狱中回忆》《我所认识的瞿秋白——回忆与随想》，刘白羽的《心灵的历程》，都有广博的思想容量，高度的历史价值和深厚的文学魅力。写鲁迅先生的传记就出现了好多种，各有风格，各具特色，这反映了新时期传记文学百花齐放的盛况。其他如《闻一多传》《李苦禅传》《弘一法师传》《苏曼殊评传》《巴金评传》《冰心评传》《徐志摩评传》《沈从文传》等，也都有自己的特色。

在新时期，学人作家的自传、回忆录逐渐繁荣，其中影响特别大的，当推杨绛的《干校六记》和《我们仨》，季羡林的《牛棚杂忆》，韦君宜的《思痛录》，王火的《在"忠字旗"下跳舞》，章诒和的《往事并不如烟》等学者作家的回忆录，它们塑造了传主的文化人格，表现了对知识分子生存意义的探究和追寻；他传则有张紫葛的《心香泪酒祭吴宓》，陆键东的《陈寅恪的最后二十年》，王晓明的《无法直面的人生——鲁迅传》，程伟礼的《信念旅程——冯友兰传》，高建国《顾准全传》，李辉的《萧乾传》《巴金传》，俞健萌的《曹禺传》，戴光中的《胡风传》等，也具有深刻的反思性，闪耀着高尚的精神光辉。

艺术家、明星的自传、回忆录和他传也大量涌现。徐悲鸿夫人廖静文的《徐悲鸿一生》，以生死不渝的感情写出了徐悲鸿奋斗的一生及其独特的性格；著名传记文学作家石楠写了著名美术家《刘海粟传》《一代名优舒绣文》《另类才女苏雪林》等传记；刘彦君的《梅兰芳传》，翟墨的《圆了彩虹——吴冠中传》，倪振良的《赵丹传》，杨澜的《凭海临风》，姜昆的《笑面人生》，姜丰的《温柔尘缘》，黄宏的《从头说起》，李东旭、马兰的《东方笑神赵本山》等，都有自己的特色。艺术家的自传也很多：著名电影演员刘晓庆的《我的路》，开启了影视明星写作自传、回忆录的热潮；赵忠祥的《岁月随想》显得平淡、平和、风趣，有较高的思想深度；倪萍的《日子》以散文笔法写作，表现出较强的抒情色彩；邓在军的《屏前幕后》写出了她数十年的导演生涯；著名艺术家新凤霞的《我叫新凤霞》，著名舞蹈家吴晓娜的《我的舞蹈艺术生涯》，也有自己的特色；此外，还有体育明星的自传、回忆录，如陈祖德的《超越自我》，聂卫平的《围棋人生》等，也很受欢迎。

新时期还出现了大量科学家、企业家的传记。

在科教兴国的国策带动下，新时期科学家传记得到了蓬勃发展。九十年代出版了《科学巨匠丛书》《中国国防科技科学家传记丛书》《中国科学家传记文学丛书》和《当代中华科学英才丛书》等，为世界公认的华人科学家钱学森、杨振宁、丁肇中、邓稼先、王淦昌、华罗庚、苏步青、吴健雄、李远哲等树碑立传。在科学家传记中，魏根发、祁淑英的《钱学森》，林沫的《困惑的大匠·梁思成》，聂冷的《吴有训传》，聂冷、庄志霞的《袁隆平传》，张维的《熊庆来传》，吴崇其的《林巧稚》，江才健的《吴健雄传》，余德庄的《世纪情结》等都是优秀的传记。

企业家的传记中，较有影响的有桑逢康的《荣氏家族》，汪卫兴、倪冽然的《船王包玉刚》，傅子玖的《陈嘉庚》，杨国桢的《陈嘉庚》，夏萍的《李嘉诚传》《曾宪梓传》等。

表现中外历史人物的传记和评传也得到了发展。朱东润连续写出了《陆游传》《梅尧臣传》《杜甫叙论》《陈子龙及其时代》等学术传记；匡亚明的《孔子评传》和邓广铭的《岳飞传》均有很高的学术性；陈贻焮的《杜甫评传》，3卷108万字，是中国有史以来最长的学术传记，对杜甫的一生的创作及其思想性格的发展做了深入评述。

写外国历史人物的传记作品也不少，如李显荣的《托洛茨基评传》，解力夫的《纵横捭阖斯大林》《身残志坚罗斯福》《临危受命丘吉尔》《坚韧不拔戴高乐》《盗世奸雄希特勒》等。

在新时期，普通百姓开始更多地登上传记文学的殿堂。朱东润为"文化大革命"中去世的妻子写了《李方舟传》，在"文化大革命"后才得以发表；刘心武的《树与林同在》，陈丹燕的《上海的红颜遗事》，徐光荣的《烹饪大师》，残疾作者赵定军写自己个人奋斗及培养子女经历的《妈妈的心有多高》，冯骥才的《一百个人的十年》等，是其中的优秀者。

以上这些，都反映了新时期传记写作的兴旺和繁荣。新时期传记的繁荣的又一表现是传记作品的"出版热"。在新时期，大型传记丛书陆续推出，影响较大的除前面曾提到的以外，还有中华书局的《年谱丛刊》，湖南人民出版社的《世界名人传记丛书》（翻译），湖南科技出版社的《诺贝尔奖奖金获得者传》《中国现代科学家传记》，《晋阳学刊》编辑部的《中国现代社会科学家传略》，书目文献出版社的《中国当代社会科学家传略》《外国著名文学家传》等。

一些人物辞典和人物传记资料索引，因其高度的史料价值和实用性，受到读者欢迎。其中较有分量的是，北京外国语学院编的《中国作家大辞典》（分古代和现代，已出九卷），上海辞书出版社的《中国人名大辞典》，中国作协编的《中国作家大辞典》，武汉测绘科技大学出版社的《中国当代知名学者辞典》，中国社会科学院近代史研究室编的《近代来华外国人名辞典》，南京大学校长匡亚明主持编写的《中国思想家评传》等。

传记期刊也出版了好几种，主要的有《人物》（双月刊，三联书店）、《传记文学》（季刊，文化艺术出版社）、《名人传记》（月刊，黄河文艺出版社）等。

1992年成立的以刘白羽和王维玲为前后会长的中国传记文学学会对20世纪90年代以来的中国传记文学作品进行了两次评奖活动。中外传记文学研究会自1994年在北京大学成立以来，召开了十余次年会，出版了《中外传记文学通讯》和《传记文学研究》等书刊。它们对推动传记文学的写作和研究，都起了很大的作用。

传记理论研究和评论有较大进展。对传记文学的系统研究，是从20世纪90年代初期出版的李祥年的《传记文学概论》和朱文华的《传记通论》开始的，紧接着出版了郭久麟的《传记文学写作论》和俞樟华的《中国传记文学理论研究》等。进入21世纪以后，这方面的著作有北京大学赵白生的《传记文学理论》，南京大学王成军的《纪实与纪虚》，李战子的《语言的人际元功能新探——自传话语的人际意义研究》。杨正润的《现代传记学》对传记文学理论进行了全面探讨，为现代传记学的建立做出了新的贡献。

中国传记文学史的研究也有所突破。韩兆琦主编了《中国传记文学史》，陈兰村主编了《中国传记文学发展史》，二者均以古代为主。陈兰村与叶志良主编的《20世纪中国传记文学论》和全展的《中国当代传记文学概观》分别对中国二十世纪和当代传记文学进行了较全面的研究。郭久麟撰写的《中国二十世纪传记文学史》则是第一部中国二十世纪传记文学史专著，具有填补二十世纪及现当代传记文学史空白的意义。

对中国古典传记的研究，主要集中于司马迁、韩愈、王安石等人，韩兆琦教授先后编撰了《史记选注集说》《史记评论赏析》《史记人物传记论稿》，陈兰村和张新科编撰了《中国古典传记论稿》，郭双成写了《史记人物传记论稿》，张大可写了《史记研究》，可永雪写了《史记文学成就论稿》，张新科写了《史记学概论》，俞樟华写了《史记新探》《史记艺术论》。

对近现代传记文学作家的研究评析，集中在梁启超、胡适、郭沫若、郁达夫、林语堂、朱东润身上。萧关鸿、陈兰村、郭久麟、李祥年、朱文华、韩梅村、赵白生、全展、王成军、戴光中、耿云志、孙毓茂、傅正乾、万平近、吴晓明、余昌谷、王维玲、王炳根、韩梅村等为主要的评论家。萧关鸿在《中国百年传记经典》（1—4卷）中对20世纪的传记作家作品做了精当扼要的点评；郭久麟的《传记文学写作与鉴赏》选择了从古至今的八十多部（篇）优秀传记文学作品进行了深入评析；全展的《传记文学：阐释与批评》对当代传记文学作家作品做了深度评析；韩梅村的《多棱镜下的人生——张俊彪论》和《理论视野中的著名作家张俊彪》均以较长的篇幅，分析了张俊彪的传记文学创作。

对西方传记的介绍和研究，也有相当进展。杨正润八十年代出版的《传记文学史纲》把中国传记的发展放在世界传记发展的大格局中来比较阐释，资料丰富，议论精湛，具有开拓性和创新性；他的《外国传记鉴赏辞典》首次全面系统地对西方传记作家做了作品介绍和鉴赏；何元智的《中西传记文学研究》，对西方传记及其理论做了扼要的介绍。西方传记理论著作开始在我国翻译出版；在《传记文学》等杂志和报刊上，也陆续刊登和介绍了西方传记文学的一些理论。

对于传记文学的研究，开始进入高校课堂。复旦大学中文系朱东润教授招收了专攻传记文学的博士研究生；不少高校在本科和硕士研究生中开设传记文学必修或选修课；一些高校写作教材有传记文学写作章节。

当然，对传记理论的探讨，面还不够广，深度谈不上，对蓬勃发展的当代传记的研究更不够；对外国著名传记作品和理论著作翻译介绍得不多；对中外传记及其理论的比较研究就更少了。这些，都还有待于学术界同行的共同努力。

六、结语

从《史记》的巨大成就和前四史以后的衰落，以及中华人民共和国成立后传记文学的复兴、"文化大革命"中的寂灭和新时期的大发展，从中国传记文学发展兴衰成败的历程，我们可以总结出以下经验：

首先，传记文学的兴盛，往往是在国家安定、政治开明、经济繁荣、文化昌盛的时代。所谓"盛世修志"，就是这个意思。战乱的年代、动荡的年代、专制统治的年代，是难以出现传记文学的精品和兴盛局面的。

其次，传记文学的繁荣，需要政治的开明和思想的解放，需要宽松的环境和自由的心境。专制的高压、官方的禁锢、条条框框的设置，都是极其不利于传记文学的发展的。

最后，传记文学作家要有很高的思想品德修养、胆略见识修养和学识才能修养。即是说，传记文学作家要有高度的事业心，热爱写作，矢志不移；要敢于坚持真理，尊重事实，尊重历史，尊重科学；不曲意逢迎，不歪曲捏造，要千方百计搜集各种材料，认真核实鉴别材料，做到史实准确，观点正确。同时，传记文学作家还要有胆有识，要有对时代、对社会、对传主的认识、品评、鉴定、抉择和独到的眼光。而且，传记文学作家还要具备相当的学识和写作才能。传记文学作家要有历史学家收集史料，考证和辨析史料的能力，要有哲学家的思辨的头脑，更要有作家高超的写作能力。

以上是传记文学发展和兴盛的主客两方面的条件。

从这两方面来分析，在新世纪，随着中国的改革开放和中国与世界的政治、经济、科技、文化交流的日益深入，随着中国的政治、经济、科技和文化的日益发展以及人民生活和文化水平的大大提高，随着中国人民自主意识、竞争意识和民主意识的强化和提高，随着众多的作家优秀作品的涌现，中国的传记文学肯定会得到进一步的长足发展，取得更大的成就。

21世纪传记文学的曙光已经升起在广阔的地平线，让我们饱含生命的激情，伸出我们的双手，热烈地去迎接它！

刊《大中华二十世纪文学史》

论中国西部传记文学的发展与走向

一

传记文学是从人类纪念前辈、怀念英雄、实现自我的天性中产生的最古老的文体之一。它是人类用笔为自己建造的辉煌的纪念碑。传记文学几乎同人类文明一样古老，而且随着人类文明的发展而越来越发达。

中国，作为人类最早的文明发源地之一，有着悠久、古老而优良的传记文学的传统。而中国西部，也有着悠久、古老而优良的传记文学的传统，而且在"五四"以后，西部传记文学又得到了进一步的发展。

二

作为中国传记文学辉煌开端的《史记》，就产生在西部，由陕西韩城的著名作家和历史学家司马迁以他全部生命和智能所创造的。《史记》的出现，既是中国历史发展的必然要求，又是司马迁个人的天才和勤奋的结晶。司马迁的身世与汉朝开明君主汉武帝相始终，汉朝在汉武帝时代，发展到鼎盛阶段。这个时期，政权巩固，经济发展，文化繁荣，国力空前强盛。这个伟大的时代需要与之相应的文化、历史、文学，也需要回顾历史，汲取经验，总结教训，并从历史和当代的著名人物身上汲取精神力量。同时，和平年代也为司马迁的创作提供了充分的精神的、思想的、物质的条件：学术思想比较宽松，个人著书立说比较自由，而且这时国家统一，资料比较集中，

"百年之间，天下遗闻古书，靡不毕集太史公。"国家的统一和安定，又使司马迁能游历全国各地，进行调查采访，掌握大量活材料。这就使司马迁能够"网罗天下放矢旧闻"，兼系诸子百家，集其大成。

《史记》的成功，除了上述客观条件之外，更靠了司马迁家族的优越条件和他个人的天才及勤奋拼搏精神。司马迁的远祖是著名的历史学家和天文学家。其父更是眼光远大、学识渊博的学者和历史学家，他不但精心培育了司马迁，而且在临终前将写出《史记》的遗愿留给了他。而司马迁慨然接受父亲遗命，立志要"究天人之际，通古今之变，成一家之言"。他不仅要写出无愧于时代的史书，还要有意识地为历史人物立传，通过人物展现民族精神，再现历史风貌。由于司马迁既是思想深刻、学识渊博的学者，又是才华横溢，感情丰富的作家，而他本人又有着可贵的历史意识、进化意识、民主意识、平民意识和卓越胆识及不惜以生命奉献于传记文学的献身精神，因而能写出众多的既有高度的历史真实性，又有鲜明生动的个性且又有立体感的、浑圆的历史人物，做到了史学和文学的统一，取得了辉煌的、开拓性的伟大成就。《史记》较古罗马的传记早一两百年，它体大精深，规模宏伟，结构完备，材料真实，人物众多，个性鲜明，文采斐然，不但为中国传记文学树立了典范，而且也是世界上最早出现的传记杰作。在中国和世界的传记文学发展史上，占有极其重要的地位。《史记》当然也是中国西部传记文学的最早的佳作。由此，我们说中国西部是中国乃至世界的传记文学的发源地，信不为过。

在司马迁的影响下，在司马迁逝世一百多年以后，东汉的著名文学家和史学家、陕西咸阳人班固写出了中国传记文学史上的第二部杰作《汉书》。

班固，生于官僚家庭，9岁能属文，16岁入洛阳太学，博览群书，文笔畅达。其父班彪曾撰《史记后传》，至班固23岁时，父死，班固觉《史记后传》多有疏漏，开始写《汉书》，5年后有人告他私改国史，被捕入狱。其弟班超向明帝上书解释，明帝读了《汉书》初稿，赞赏其才，遂正式任命他继续编《汉书》。《汉书》遂由"私撰"

转入"公撰"。班固继承了司马迁的进步思想，在《苏武传》《晁错传》《司马迁传》《东方朔传》中，歌颂了汉王朝的忠臣义士的爱国情操和高贵气节；对统治阶级的残酷暴行和骄奢淫秽，则给予无情的揭露和鞭挞。但由于《汉书》是官方下令修撰的断代史，不可避免地要打上当权统治者的思想意识，常常站在当权者的立场来评价历史事件和人物的曲直是非。在写作上，班固能运用文学手法刻画人物，通过丰富的历史事件和尖锐的矛盾冲突来展示人物复杂的性格和内心世界，塑造了众多的历史人物；而且，其史料丰富，材料精确，结构安排合理，语言典雅畅达，不失为古代传记文学的经典之作，在中国传记文学史上占有极其重要的地位。

特别有趣而又值得重视的是，中国传记文学史上的第三部杰作，依然出自西部名家之手。陈寿（233—297），是四川南充人。曾在蜀汉和晋朝担任过官职，在晋灭魏、吴之后，他搜集了大量资料，写成魏、蜀、吴《三国志》65篇纪传体著作，为三国时期的政治、军事、经济、文化方面的重要人物立传。作者以三国鼎立、分别记述的办法，按历史发展线索，记述了三国时期著名政治家曹操、刘备、孙权、诸葛亮等，著名军事将领吕布、关羽、张飞等，文化科技人物王粲、华佗、仓慈等。作者在写作时，搜集了大量史料，进行了严格考证、选择和剪裁；而且作者长于叙事，长于挑选传主一生的动人事件及典型细节刻画人物。因而，其史学价值和文学价值都较高，是继《史记》《汉书》之后的优秀传记文学著作。

中国历史上最早的、最好的三部传记文学名著都出在我们西部。这是西部的光荣，也为西部的文学和传记文学的发展奠定了坚实的基础，树立了优良的传统。

三

西部优秀的传记文学作家作品很多。与陈寿同时代的甘肃平凉作家皇甫谧，一生屡受地方官乃至晋武帝司马炎之征召，皆不仕。一生致力著述，尤其热心传记文学创作。著有《帝王世纪》《烈女传》《高士传》《士传》等传记著作，其中《庞娥亲传》描写了一位为父报仇的女性豪杰。作者以复仇为主线，首先，运用对比、反衬、烘托的方法，突出庞娥亲报仇的决心；其次，运用动作描写和细节描写，极力表现庞娥亲像男子汉一样的英勇、机智和果敢；再次，写她提着仇敌之头颅到官厅自首的沉着冷静，写出她知法懂法，要求对她依法行刑的高贵品质；最后，以法官和作者的称赞作结。魏晋时代陕西耀县作家傅玄的《马钧传》歌颂了他同时代的一位科学家的成就和贡献。唐宋八大家之一的四川著名诗人、作家苏轼兄弟，在创作大量优秀的诗、词、散文的同时，也写了不少杰出的传记文学著作。苏轼，四川眉山人，一生写了数十篇散传。他写了官员、学者，也写了僧人、农夫、妇女。传记中既有洋洋万言的长篇传记《司马温公行状》，也有百字左右的精致小品。其《方山子传》，以 400 余字的小小篇幅，以极其灵动的记述、描写、对话、抒情、议论的交互穿插，兴味盎然地写出了一位侠士隐者的奇行怪节，抒发了作家的无穷感慨。其《亡妻王氏墓志铭》则精选了与妻子日常生活中的几件小事，描写了聪明贤惠，见识过人的深闺妇女的形象。苏轼的弟弟苏辙，字子由，号颖滨遗老，他写了自传《颖滨遗老传》，写了兄长苏轼的生平的长文《仁兄子瞻端明墓志铭》，其代表作《巢谷传》，写奇人巢谷在朋友殉难之后不畏风险为其妻儿转送银两及在作者及兄长苏轼被贬至广东之后，还以 73 岁高龄不远万里前往探看，写出了传主的古道热肠和侠肝义胆。

四

　　西部传记文学不仅在古代取得了重大成就，而且在现当代也取得了很大成绩。

　　中国现代文学巨擘郭沫若是四川乐山人。他不仅是著名的诗人、散文家、剧作家、历史学家，而且也是中国现代文学史上最重要、最杰出的传记文学作家。作者从亡命日本的 1928 年 3 月开始写作《我的童年》，以后陆续写出《反正前后》《黑猫》《离沪之前》《创造十年》《创造十年续编》《北伐途次》《洪波曲》《苏联纪行》《南京印象》等。后来，郭沫若把这些零散的自传体文字汇编成 4 卷《沫若自传》，多达一百一十万字，这是中国有史以来最长的一部自传。从传记的历史内涵、思想容量、人物塑造、情感抒发、文字表达等方面看，都达到了很高的水平，取得了突出的成就。《沫若自传》的成功之处和主要价值在于：首先，它为我们展示了一个革命知识分子在革命大潮中的艰辛奋斗和执着追求，表现了他由追求个性解放到参加社会革命直到接受共产主义信仰的心路历程，为我们画出了作家的生动丰满的自画像，画出了他的诗人气质、名士风流，他的热情、真挚、坦然、正直。特别可贵的是，他冲破了中国社会的传统禁忌，大胆地写出了小时候的性觉醒，性意识；郭沫若还敢于自我解剖，真实地写出了自己在勇敢的叛逆时的妥协，在执着追求中的怀疑，写出了作为知识分子的优点和弱点。第二，《沫若自传》以作者的经历和见闻，为我们描绘了一幅中国现代史的历史长卷。作者从小就目睹了旧学校的变革，目睹了保路运动和辛亥革命，参加了北伐战争、南昌起义，亡命日本十年后又回国参加了抗日战争。这一切，作家都以生动的笔墨把它们真实的、栩栩如生地展现在我们面前，具有很高的历史价值和文献价值。第三，作者以自己的亲身观察和感受，为我们生动地描写了现代历史上的著名人物周恩来、蒋介石、朱德、斯大林等，以及现代文学史上的知名的文学艺术家等。可以说，作者为我们展现了一条现代人物画廊。第四，《沫若自传》还有很高的文学价值。郭沫若是卓越的诗人和作家，文笔流畅、清新、优美，叙述、绘景、状物、写人、议论、抒情，均十分自然，富于美感。

在西部传记文学创作中，四川著名作家沙汀的《随军散记》，是十分优秀的一部。沙汀是一位优秀的小说家，是刻画人物的行家里手。他的《随军散记》充分发挥了他观察、理解和刻画人物的杰出才能，以他跟随贺龙将军上前线的亲眼所见、亲耳所闻和亲身感受，运用他犀利的眼光和遒劲的笔力，通过描绘贺龙的外貌、对话、行动，为我们展示了贺龙将军生龙活虎的、有血有肉的形象。作家对贺龙语言的描写最为精彩。作者没有像一般的传记作家那样，把人物语言组织裁剪得天衣无缝，而是按照生活的真实，按人的口气和习惯，把人物最个性化的、最有特点的语言提炼出来、精选出来，从而形成真正地道的、独具特色的贺龙的语言。

出生于成都的著名作家巴金从 1927 年以来，先后出版了长篇小说《灭亡》，激流三部曲《家》《春》《秋》，爱情三部曲《雾》《雨》《电》，短篇小说集《寒夜》《火》《憩园》《第四病室》以及中篇小说《春天里的秋天》和十余部散文集。"文化大革命"中，巴金受到迫害，"文化大革命"结束后，巴金以深沉的忏悔意识解剖自己，也解剖这个时代和社会，写出了五卷集的《随想录》。这五卷回忆往事、怀念亲友的"随想"，很多篇都属于传记文学作品，其中许多篇是沉痛地回忆自己在"文化大革命"中惨遭迫害的经历的；《怀念肖珊》《怀念胡风》《怀念老舍同志》《赵丹同志》等，深情地怀念在"文化大革命"中（有的甚至在"文化大革命"前）惨遭迫害致死的妻子和文坛挚友胡风、老舍、赵丹的；而《怀念烈文》《我的哥哥李尧林》等，则是怀念朋友和亲人的。这些作品，写得极其真挚、亲切、沉痛、深刻。在《怀念胡风》中，作者不仅以自己的亲眼所见、亲耳所闻和亲身感受，写出了胡风任劳任怨、提携后辈、团结同志、爱惜人才的优秀品质，以及他所受到的残酷迫害，而且还反省了自己三次被迫批判胡风的经过，作者沉痛地忏悔："50 年代我常说做一个中国作家是我的骄傲。可是想到那些'斗争'，那些'运动'，我对自己的表演（即使是不得已而为之吧）也感到恶心，感到羞耻。"在这些作品中，作者喊出了"把文艺交给人民""文艺要说真话""往事不会消散，那些回忆聚在一起，将成为一口铜铸的警钟，我们必须牢牢地记住这个教训"。

五

在西部的传记文学中，还有几位从外地来四川工作的作家。

山东临淄人张默生，北京高师毕业后在齐鲁大学任教，抗战后来川在重庆大学及复旦大学任教，中华人民共和国成立后调四川大学任中文系主任。张默生幼承家学，酷嗜传记。入川后，接触了不少奇人奇事，便把其中行为奇异而又有个性的人写入系列传记《异行传》中，如《苗老爷传》《疯九传》《异仆传》和《厚黑教主传》等，而其中最负盛名的当数《义丐武训传》。《义丐武训传》在当时诸多武训传中是最丰富的，最生动的，第二年即译为英、法、俄文，即见其影响之大。《义丐武训传》以严谨的现实主义精神，运用人物独特的语言、行动和心理，刻画了武训独特的、罕见的形象和性格。作者还以武训为筹措义学经费，把自己打扮成丑角及吃蛇、吃蝎子、吃屎喝尿等丑恶的外貌和行动，反衬武训的内心之纯洁和高尚。特别是作者还引用了武训大量的粗糙而通俗的顺口溜来展示他为兴办义学而甘愿忍受一切艰辛的美好品质。

湖北松滋县张紫葛先生1939年在重庆《大公报》工作时，偶然地做了宋美龄的机要秘书，1950年后任西南师范大学教授时，又与吴宓过从甚密。晚年，在开放的氛围中，作者在眼近失明，耳近失聪的情况下，写出了尘封的记忆——《在宋美龄身边的日子》和《心香泪酒祭吴宓》两本书，在文化界引起了巨大的反响，也引起了激烈的争论。

《在宋美龄身边的日子》于1994年完稿，原名《抗战时期的宋美龄》，分别在台北《联合报》与纽约《世界日报》连载。1995年10月改名《在宋美龄身边的日子》分别在台湾和香港出版。2003年由团结出版社出版。作者以惊人的记忆，将半个世纪前在宋美龄身边工作时的所见所闻、所思所感，生动传神地写了出来，具有很高的历史价值、史料价值和文学价值。

《心香泪酒祭吴宓》通过作者与学贯中西的著名学者吴宓几十年交往中的所见所闻，表现了吴宓渊博的学识，崇高的品质，独立不倚的学术精神，以及他忠于民族，忠于学术，忠于友谊，忠于自我，恪守信念的高尚人格；作者更写出吴宓在50年代后期，特别是"文化大革命"中所受到的打击。《心香泪酒祭吴宓》可以说是作者为中国人文精神发出的绝唱。

　　另一位江苏人王火则于 1983 年调至成都工作，任四川人民出版社总编。他在山东工作时采写了《血染春秋——节振国传奇》和《外国八路》两部传记文学作品。作者写出了他在"文化大革命"中的深刻思考，写出了他对自己的严格剖析和真诚反思，写出了他如何地在那样严酷的环境中保持追求真理的勇气和正直、善良、宽容的美好人格。

中国二十世纪诗歌创作流派演变论

中国二十世纪新诗在五四运动兴起后，很快形成了各种流派。从胡适的《尝试集》的现实主义开始，继而是郭沫若《女神》的浪漫主义，再接着是李金发的象征主义，三种主要的文学创作流派登上诗坛。80多年来，这三大流派交替演变；在这三大流派之下，又形成了各种小的派别。多种流派风起云涌，此起彼伏，此消彼长，使中国二十世纪诗坛呈现出繁荣瑰奇、多彩多姿的风貌。各种流派的相互比较、相互影响、相互竞争，有力地推动了新诗的发展。一部中国二十世纪现代诗歌史，夸张一些说，几乎可以说是现实主义、浪漫主义和现代主义三大诗歌创作流派发展演绎变迁史。这同中国二十世纪其他文学体裁的创作相比较，应该说是极其独特的。

在二十世纪初期文学革命发生，新诗占领了诗歌领域的时候，世界文学中汹涌着现实主义、浪漫主义、现代主义三股诗潮，而以现代主义诗潮占据主导地位。但是，在中国这片古老贫穷而动荡的国土上，人们更需要现实主义和浪漫主义的雨露润泽。所以，在整个20世纪，中国现代诗坛始终贯串着现实主义与浪漫主义的创作思潮；而以现实主义诗潮的生命力最为强大，成为主流；而现代主义则时隐时现，只是支流。当然，这三种诗潮又是互相渗透、互相影响、互相竞争的。但是，为什么有时某一诗派雄踞诗坛，而缺乏竞争对手？为什么有时众多流派又能并存共荣？为什么某一诗派在某个时期出现，又在另一个时期消失？考察起来，这里面都有它的根据与条件，也有一定的规律在起作用。这首先是那个特定时代、社会、阶级、民族的影响和制约，这是诗歌流派形成、发展乃至消亡的外部原因；此外，还有诗歌发展规律的内部原因。

本章拟从新诗三大创作流派的演变发展繁荣衰退的角度,论述中国 20 世纪新诗的发展线索。

一、二十世纪新诗的现实主义创作流派

中国新诗是以突破旧体诗词格律的束缚为特征,以诗体的大解放为归宿,以胡适 1919 年《尝试集》出版为标志。在胡适的大力倡导和勇敢实践下,白话新诗发展起来。胡适的《尝试集》在内容上反封建,反军阀,争民主,求自由;形式上反格律,反束缚;语言上废文言,用白话,逐步取代了旧诗的地位。在他的号召下,许多诗人纷纷响应,沈尹默、刘半农、康白情、刘大白等诗人写出了现实主义的诗作。革命前驱者李大钊、陈独秀、鲁迅等人也写了一些新诗。他们都积极尝试用白话写诗,抒真情,吐真意,求自然,求自由。他们冲破了守旧势力的重重阻挠,为新诗发展进行了多种尝试:胡适的《尝试集》朴实无华,刘半农的《扬鞭集》多民间气息,沈尹默的诗直抒情意,周作人的诗清新淡雅。他们以各具特色的现实主义创作,为新诗的发展,竖起了第一面旗帜。

初期白话诗派是真正的自由诗体,篇无定节,节无定句,句无定韵,充分汲取了散文的长处,具有散文美,充分表现了自由诗的审美特性。

左翼诗歌的兴起,为现实主义注入了新鲜血液。蒋光慈、殷夫等人的政治抒情诗;蒲风等人的中国诗歌会诗派,把新诗推向了革命现实主义的新阶段。诗的内容的革命性、鼓动性,形式的大众化、民族化,均受到极大的重视,并成为他们的共同特色。

在无产阶级革命运动不断高涨和发展的形势下,以太阳社的蒋光慈和殷夫为代表的无产阶级诗人,为了战斗的需要,创作了大量的红色鼓动诗。他们以现实主义为主,以炽烈的革命激情,鞭挞黑暗的社会现实,唱出了革命人民的心声。

蒋光慈的《新梦》歌颂了伟大的列宁及其领导下的十月社会主义

革命；《哀中国》则写出了中国人民的痛苦，发出了反对帝国主义和封建军阀的怒吼。殷夫是无产阶级早期的优秀诗人。他的《孩儿塔》以急促的节奏，响亮的语言，歌唱无产阶级的革命斗争，表现了浓郁的生活气息，充满了战斗激情。鲁迅对他给予高度的评价："这是东方的微光，是林中的响箭，是冬末的萌芽，是进军的第一步，是对于前驱者爱的大纛，也是对于摧残者的憎的丰碑。"（鲁迅：《白莽作〈孩儿塔〉》序）。

以蒲风为代表的中国诗歌会是中国现代诗史上第一个有组织、有纲领的革命诗歌流派。它是在世界无产阶级文学繁荣的背景上，在国内阶级矛盾和民族危机非常严重的形势下出现的。它"纠正"了新月派和现代派的"唯美的""颓废的"诗风，积极探求、拓宽和深化着诗的革命性、大众化、民族化，将现实主义诗歌推进到一个新的发展阶段，标志着新诗流派向革命现实主义的深化。蒲风等创作了大量的诗歌作品，开展了积极的诗歌的理论研究，他们在诗歌中发出了民族的反抗的呐喊，提出并表现了阶级意识的自觉。在艺术形式上，他们创造了"大众歌调"，显示出通俗性、音乐性和鼓动性三大特点。

以蒲风为代表的中国诗歌会的诗人们，在对新月派的吟咏风月和对现代派的忧郁颓废诗歌的批判中，明确提出了"国防诗歌"的口号，他们创作了大量紧密配合现实斗争的大众化诗歌，把新诗更进一步地引上了写实主义的大道。艾青、臧克家等，也都是该派的代表诗人，而将写实主义传统推上了新的艺术高峰的，则是艾青的诗作。

从1937年到1949年的十二年间，中国大地上接连进行了民族解放和人民解放战争。为着抗战和解放战争的需要，不但诗的内容，而且诗的形式及审美追求都不得不进行必要的调整、改变，甚至重建。正是在这样的背景下，1937年，在胡风的组织、引导及艾青的榜样作用下，七月诗派逐渐发展起来。七月诗派继承并发展了新诗现实主义的传统，提倡将诗人主观精神与客观对象相融合的美学原则，走上了民族化、大众化、民间化的道路，朗诵诗蔚然成风，民间形式被广泛采用，"散文化倾向"也加强了。

　　七月诗派所取得的成就是辉煌的。首先是涌现了众多杰出的优秀诗人，除了艾青、田间、胡风三位大师级的诗人外，还有阿垅、绿原、牛汉、曾卓、鲁藜等数十位重要诗人。从审美内容看，他们激情地为祖国而歌，为人民而歌，将爱国主义贯穿于自己的全部创作，把全部的爱都献给了"生我养我的祖国。"怀着对祖国深深的眷恋，"七月"诗人的笔下涌现出一个又一个动人的"土地"意象，如艾青《复活的土地》《雪落在中国的土地上》《我爱这土地》，鲁藜《泥土》等。七月诗人热烈赞颂中华民族的高尚品格和伟大的民族精神，阿垅的《纤夫》集中体现了这种思想倾向。"七月"诗人热情歌唱抗战，歌唱人民解放战争，"七月"诗人的抒情基调是：复仇、反抗、战斗，他们描写抗战，鼓吹抗战，他们摄取战争的壮阔图画，描写战争的严峻场面。当然，"七月"诗人也抒写忧患意识，但这不是个人的小我的忧患意识，而是中国进步诗人忧国忧民的忧患意识，它表现为对日本侵略者的愤怒憎恨，对国统区黑暗现实的严厉抨击，对人民疾苦的深切同情，这种忧患意识是中国历史文化脉络的延伸，是时代精神的折射，充满奋进和追求的乐观向上的希望。"七月"诗人怀着对美好理想、美好未来的憧憬与渴望，以崇高的理想来烛照自己所表现、所歌吟的题材和主题。他们歌颂光明与解放，追求光明与自由，歌唱生命和春天，呼唤解放，呼唤新中国的诞生。从审美的艺术追求看，他们坚持战斗的现实主义，并在现实主义的创作中渗入了"主观战斗精神"。他们坚持忠实于生活与忠实于内心感受的一致性，坚持现实性与抒情性的统一性，把社会现实与内心感情"结合"起来，把大我、小我"统一"起来，努力向现实主义的广度和深度"突进"。"七月"诗人自觉地将个人的感情与祖国、民族、母亲、大地、政治、战争联系起来。同时，他们也重视意象的选择与意境的营造。艾青诗中的意象十分感人，无论是土地、田野的意象，还是火把、黎明的意象，都饱含着诗意、诗情。阿垅的《纤夫》的意象既是写实性的，也是象征性的，体现着民族的意志，也展示着人民的力量。"七月"诗人创造了崇高、悲壮的风格特征，在题材、主题的提炼方面，他们努力捕捉和追求事业的神圣、精神的崇高、形象的巨大，从艾青的《向太阳》，到田间的《给战斗者》，到阿垅的《到战斗里去呵》，再到胡征《七月的战争》，这些诗都充满思想的美，行动的美，热情奔放的美。在艺术形式上，七月诗派崇尚自由体与诗的散文美。这一切构成七月诗派凝重、沉稳、奔放与朴实、清朗、隽永相统一的风格。

在七月诗派兴盛之时，在延安和解放区又诞生了新叙事诗派。它以 1946 年李季发表新叙事诗《王贵与李香香》为标志。很快，涌现出阮章竞的《圈套》《漳河水》，张志民的《王九诉苦》《死不着》，田间的《戎冠秀》《赶车传》，严辰的《新婚》，李冰的《赵巧儿》等民歌体叙事诗。这是一个以解放区本土诗人为主、以民歌体为形式、叙人民之事、抒人民之情的诗派。他们从农民身上发掘民族性与社会性，表现农民翻身解放的伟大变革。他们把现代意识与民族意识组合在一起，把民族审美心理与大众审美情趣融合在一起，把史诗品格与地方色彩结合在一起，创造了极具浓郁民族形式的新史诗。

在"国统"区，袁水拍与臧克家等眼见国民政府的腐败，开始写政治讽刺诗。袁水拍出版《马凡陀的山歌》和《马凡陀的山歌续集》，臧克家出版《宝贝儿》《生命的零度》和《冬天》。他们的政治讽刺诗融政治性、社会性、喜剧性、讽刺性于一体，运用大众化的幽默艺术和讽刺手法对社会政治生活"热点"进行曝光，深受群众欢迎，发挥了很大的作用。

进入 20 世纪 50 年代以后，诗歌理论和实践上的主要价值取向是诗的政治功利性。诗的这一性质和功能的规定，使 50、60 年代的诗体，呈现两种基本范式：一是以及郭小川、贺敬之等为代表的直接呼应现实政治运动、强调感情抒发的带浪漫主义气质的政治抒情诗；二是以闻捷、李瑛、未央、张永枚、公刘、白桦、邵燕祥、张志民、严阵、沙白、雁翼、梁上泉等一大批青年诗人强调对"客观生活"，尤其是"工农兵生活"的反映而出现的"写实性"的诗。这些诗热情地表现和歌唱新生活，带有强烈的现实主义倾向，使新诗呈现出较为繁荣的局面。

但"文化大革命"兴起，文坛进入肃杀的严冬。连现实主义的诗歌都几乎没有了。1976年初的天安门诗歌运动，是诗歌现实主义的回归。新时期一开始，各个历史阶段的诗人们陆续放开歌喉，诗坛出现了多元化的艺术新局面，新的诗歌观念不断提出，新的艺术因素陆续产生，具有新的思想内涵和审美价值的作品大量出现。这使新时期的诗歌呈现出繁荣富丽的景象。

以艾青、公刘、流沙河、白桦、孙静轩等诗人为代表的"归来者"的诗，首先恢复并发扬了中国新诗传统的现实主义的美学。现实主义的诗风还体现在50、60年代一直活跃在诗坛的诗人严辰、李瑛、邹荻帆、严阵、顾工、雁翼、梁上泉等人的诗作中；而70年代中期到80年代初出现在诗坛上的新人雷抒雁、叶文福、张学梦、杨牧、骆耕野等在诗歌现实主义传统的恢复中，表现了更多的创新和开拓精神。他们继承传统诗歌的美学内涵，以诗为武器，积极地干预社会生活，揭露腐朽的事物，赞颂新生的力量，显示了诗歌切入时代生活所能达到的新高度。一部分则体现在50年代以来的历次政治运动中，由于政治或政治涉及的艺术原因在"文化大革命"之前就相继从诗坛消失的诗人艾青、公木、吕剑、白桦、公刘、邵燕祥、流沙河、昌耀、孙静轩，以及"七月"派的诗人鲁藜、绿原、牛汉、曾卓、冀访、卢甸、彭燕郊、罗洛等。他们的诗作主要是现实主义的，但渗入了不少浪漫主义或现代主义的因素。

二、二十世纪新诗的浪漫主义创作流派

新诗是以胡适的《尝试集》站起来的，但真正让新诗在中国文坛站定脚跟的，却是郭沫若的浪漫主义杰作《女神》。中国"五四"文学运动所表现出的叛逆精神、个性解放和理想追求与浪漫主义精神可谓一脉相通。《女神》以全新的现代意识和时代精神以及崭新的艺术创造和艺术形式为中国现代诗歌开辟了一个全新的艺术天地。郭沫若于1923年出版的诗集《星空》，抒写了诗人在革命低潮时的彷徨、苦痛的情怀；1925年出版的抒情组诗《瓶》则描绘了一段凄恻的爱情

故事，表现了为爱情献身的浪漫主义的柔情。这两部诗集也都是浪漫主义的佳作。

郭沫若是创造社的主将和灵魂，1921 年 7 月，创造社成立。创造社的浪漫主义诗人除郭沫若以外，还有田汉、成仿吾、邓均吾、穆木天、冯乃超等诗人，还包容了后来的新月诗派闻一多、徐志摩，沉钟社诗人冯至，太阳社诗人蒋光慈等。初期浪漫派的创作以浪漫主义为核心，又融合了象征主义、表现主义的某些要素，构成一种多元复合体。浪漫主义以自我、艺术和自然作为浪漫主义的三个轴心：他们以自我为中心，极力夸大自我的重要性，把自身的小我推广成人类的大我，甚至是宇宙的中心；他们把艺术和艺术创造作为实现自我的最高的创造活动，追求艺术与人生的全与美；他们从泛神论中找到了"自我表现"的独特审美方式，并把自我融入山岳、海洋、星辰、宇宙中去，来实现人的本质力量的对象化。他们注重内心情感、情绪的尽情宣泄，注重内心情感、情绪的表现。他们执着追求理想，用整个身心歌颂理想，歌唱祖国的未来。他们重视诗艺的独特性，并把它与诗体的自觉性结合。他们认为：艺术首先必须是艺术，诗重"自然流""自由地表现自己"。他们主张"以自然流露为上乘"，并将它视为"新诗体的生命"。他们追求"自然流露"和"内在韵律"说，强调"诗之精神在其内在的韵律"，在于情绪的自然消涨。

1922 年，以冰心、宗白华、何植三为代表的小诗派逐渐形成。它是一个跨文学团体和文学流派组合而成的流派，有明确的理论指导与共同的艺术追求。小诗派诗人自觉地从古典诗词中的短诗和民歌中汲取营养，并受日本俳句和印度泰戈尔小诗的影响。它们共同的思想倾向是：（1）抒写对社会人生的哲思与感受，表现诗人对社会、现实、人生的感受、思索和哲理。比如，宗白华的《祖国》，以满腔焦急担忧祖国黑雾弥漫，民族长梦不醒；（2）描绘自然风光，抒发爱的情怀。如冰心与宗白华都把自己的诗歌融入自然的光影与爱的细流之中。冰心创作的小诗，多从爱的哲学出发，写人与人的爱，父爱，母爱、兄弟姐妹的爱、朋友的爱。

小诗派的风格、流派特征是：（1）短小、精练、含蓄，富于浓郁的哲理性。（2）无节无韵，自由恬淡，不拘韵律，自由平易，给人以清新、纯洁的美感。以自然简单的形式，表达自己内心的微妙起伏和对宇宙、自然、生命的点滴感悟，虽然形式短小，但却极富诗情和哲理、意境之美。

几乎与小诗流派同时兴起的另一个浪漫主义流派是湖畔诗派。湖畔诗派的形成有特定的文化氛围。除应修人是上海银行的职员外，潘漠华、冯雪峰、汪静之都是浙江第一师范的学生。他们受当时正在该校任教的国文教师刘大白、俞平伯、朱自清、叶圣陶等开拓者潜移默化的影响，借诗文以倾吐爱情，追求爱与美。

湖畔诗派活动时，正是在新诗发展的开拓期，湖畔诗派以崭新爱情的歌吟和独具特色清新而浪漫的风格引起诗坛的注目，成为最早的新诗流派之一。那时多数新诗用诗宣传反帝反封建的思想，谈哲理，写风景；爱情诗的创作十分寂寞。正因为这样，以表现爱情为特色的湖畔诗派的出现，率先打开了诗歌伊甸园的大门，这是对人的觉醒的发现，拓展了新诗创作的题材和领域，显示了浪漫主义新诗流派的新追求，适应了新诗本身发展的要求。湖畔诗派的诗人心灵单纯热烈，他们睁大爱情的眼睛，从异性世界那里发现了真、善、美。异性的一笑一颦、一举手一投足都对他们有强烈的吸引力，都使他们爱慕不已。汪静之的《不能从命》一反男尊女卑的戒律，把异性视为平等独立的人，表现了崭新的恋爱观。湖畔诗派的诗人常常以直接抒情的方式纵情地歌唱爱情、生命、自然、青春，也谴责暴虐、黑暗、虚伪。这使湖畔诗派的风格显得自然纯净、晶莹透明、明朗婉丽。

新月派是新诗史上一个十分重要而复杂的流派。从 1926 年闻一多、徐志摩等人创办《晨报诗镌》算起，是新月诗派的前期。从1927 年起，新月社成员重新在上海集合，开办新月书店，出版《新月》月刊，编选《新月诗选》，这段时间为新月诗派最兴盛的时期。但随着徐志摩去世，闻一多、陈梦家转向学术，新月诗派失去盟主，新月诗进入后期，至 1937 年 12 月，新月诗派逐步消亡。

新月诗派的出现，有着时代、现实的客观因素，也受着诗歌内部发展规律的推动。"五四"落潮期，再也唱不出《女神》那样奔放、激越的歌声了。"节制情感"就是顺应时代的情势。情感的节制，更适宜于用格律体，于是，新格律诗风行一时。这种"二律背反"规律，使新诗经过"否定之否定"，从打倒古典诗歌又回归古典诗歌（当然这是更高水平上的回归），催促着创建新格律诗的新月诗派的诞生。而新月诗派在1937年底的消亡，主要是随着民族矛盾的激化，新月诗人的内容愈来愈空虚，失去了立足之地。一般以1927年为界，把新月诗派分为前后两个时期。闻一多是前期盟主，他怀抱"领袖一种之文学潮流或派别"的雄心，致力创建中西艺术结合产生的宁馨儿——富于"三美"的新格律诗。他实际上领导了前期的新月的思想；而新月后期，却远离现实，挖掘内心，沉溺于个人的爱情、梦幻，沉醉于自然美景，孤芳自赏，自我陶醉，因而消亡。

如果说自由化是新诗走向现代化的必然脚步，那么格律化就是新诗走向成熟的标志；如果说自由化需要勇气、才气和魄力，那么格律化则需要概括和凝练的力量。从自由化的奔放到格律的规范是一个辩证的探索与巩固的过程，没有海阔天空的探索，新诗就不能打破旧诗束缚；没有及时地创造与之相适应的新格律、新形式，新诗就不能达到成熟的新阶段，也难以达到更高的艺术水平。因此可以说，新月诗人对新诗格律的创建是反映了新诗发展上的历史要求，代表了新诗发展的一个阶段，因而其历史意义是不可轻估的。

新诗的浪漫主义，直到中华人民共和国成立后，在郭小川、贺敬之的政治抒情诗中再次得到发展。郭小川、贺敬之的浪漫主义产生的原因首先是那个激情似火的时代精神。茅盾在《反映社会主义跃进的时代，推动社会主义时代的跃进》中说："震雷疾电、云蒸霞蔚的现实，鼓舞着我们的诗人热情激发，诗兴洋溢。"蓬勃向上的时代精神，赋予郭小川、贺敬之诗歌以革命浪漫主义的激情。而革命的理想主义，又给他的诗篇涂上了奇幻的浪漫主义色彩。郭小川的《向困难进军》《团泊洼的秋天》等诗篇感情充沛激烈，格调高昂豪迈，贺敬之的《放声歌唱》《雷锋之歌》等诗歌的感情奔放，意象阔大，都体现了那个时代特有的革命浪漫主义的特色。郭小川、贺敬之诗歌的革命浪漫主义精神以共产主义思想为基础，借助于浪漫主义的手法——奇丽的幻想、大胆的夸张、强烈的节奏、浓郁的色彩、豪放的语言等表现出来。它们的出现，是那个时代精神的反映，它们既反映了那个时代的要求，也代表了那个时代革命浪漫主义诗歌的高度成就。

新时期的浪漫主义诗歌创作较少，新边塞诗人杨牧、周涛、章德益等则以西北边塞的雄奇风貌为背景，把历史的思考和生命的体验注入其中，显示出宏阔的气象和浪漫主义的风格。杨牧的《我骄傲，我有辽远的地平线》等诗在苍茫雄奇的边塞风景中书写了崇高的开拓和献身精神。周涛在《神山》等诗集中以军人的使命意识描写了大西北独特风物，也表达了他对大西北的挚爱和探求。章德益则在大西北的雄浑辽远之中，展现了民族的乐观精神和奋进意识。

三、二十世纪新诗的现代主义创作流派

20世纪二三十年代，西方现代主义各流派对中国诗坛影响最大的是象征主义、表现主义和意识流。为什么呢？因为，象征主义的表现手法与中国传统诗词多有一致之处，加之，"五四"以后，不少中国知识分子陷入苦闷、彷徨之中，他们难于理解现实的意义及发展方向，往往企图逃回自己的内心世界，长于表现内心感伤情调的象征主义就成为他们很好的选择。表现主义的强烈的主观性和反抗的热情，也易激起中国作家的共鸣。意识流的心理分析方法则给重内心感情抒发的浪漫主义作家提供了心理依据。

随着李金发的《微雨》《食客与凶年》《为幸福而歌》等诗集的出版，19世纪末兴起于欧洲的象征主义诗歌，也在我国传播开来。由于其脱离了中华民族几千年的诗歌传统，加之写得颓废、晦涩，广大读者难以接受和喜爱。1926年留法的王独清出版清象征主义诗集《圣母像前》，留日学生穆木天、冯乃超于1927年和1928年先后出版诗集《旅心》和《红纱灯》，莲子于1929年出版《银铃》，这是象征

主义诗派的第二期，他们在接受西方象征主义时融入了浪漫主义特色和中国元素。象征主义诗派的第三期以胡也频于 1929 年出版诗集《也频诗选》为代表。由于第二期和第三期的象征主义诗歌在创作中注意了将象征主义的艺术手法与中国诗歌的民族传统相结合，因而，在诗的内容表达及形式创新和诗歌音乐美等方面，取得了一些成绩。

上述这些象征派诗着力表现自己的内心世界，抒发自己对爱情和美的追求，对家乡和故园的思念以及对人生与自然的神秘的感悟和咏叹；在艺术上，他们广泛地运用象征、暗示、通感以及远取譬等艺术手法，追求诗的音乐美与绘画美，形成了朦胧凄清、怪诞奇异的独特风格。

中国现代主义诗歌从 1928 年创刊的文学杂志《无轨列车》发表的现代派诗歌和散文开始萌芽，以 1932 年 5 月《现代》杂志出版为标志，以 1935 年《水星》的出版和 1936 年《现代》杂志创刊，把"现代派"诗歌推向高潮。中国现代主义诗歌主要受了三方面的影响：英美的浪漫主义诗歌、法国的象征派诗歌和 20 世纪艾略特的美国现代派诗歌；同时，中国的现代主义诗歌对中国古典诗歌中"比较纯粹"的温庭筠、李商隐的诗也有所继承。属于这一现代流派的诗人有卞之琳、何其芳、废名、李广田、吴奔星、徐迟等。

现代派形成后，从 1934 年至 1937 年，进入了发展兴盛阶段：出现了较多的创作园地；形成了一支力量很强的创作队伍；创作与翻译了一批优秀的现代派诗歌；产生了作为流派代表诗人和实际领袖的戴望舒——戴望舒的创作与理论，影响、指导着现代派的诗歌创作。1937 年 7 月 7 日，全面抗战爆发。现代诗歌派濒临崩溃，原因是现代派同全民抗战的现实太不相容。

戴望舒针对浪漫派诗人狂放不羁的流弊和新月派新格律诗的拘束整齐的局限，在汲取初期象征派诗歌的优点和扬弃其缺点的基础上，融合中国古典诗词的意韵，创立了情境优美，文辞清新，韵味悠然，具有散文美的现代派诗歌。抗日战争爆发后，戴望舒惊醒振奋起来，更以其《狱中题壁》和《我用残损的手掌》等优秀诗篇，把诗歌创作推向了新的高度。

　　流行于西欧一些国家的十四行诗，在中国新诗由最初的向旧诗进攻转向了自身建设之后，也随着大量外国诗体的输入在中国传播开来。郑伯奇首开其端，尔后，戴望舒、闻一多、孙大雨、朱湘、卞之琳、梁宗岱、李唯建等都曾致力于这一诗体的建设，并取得了积极的成果。

　　沉钟社的代表诗人冯至，以其具有柔婉感伤风格的诗篇，赢得了"中国最为杰出的抒情诗人"（鲁迅语）的称号。20世纪40年代，他出版的《十四行集》，在继承前辈和同辈诗人们长期探索与追求的成果的同时，又能够借鉴和汲取中国古典诗词中有益的成分，从而以其成功的实践，建立了中国十四行诗的基础。

　　20世纪40年代中期，一批受过高等教育，特别是受过现代主义熏陶而又有着自己艺术追求的年轻诗人面临现实主义占绝对优势、现代主义彻底衰落的诗坛，决定对现实主义和现代主义进行调整和综合，他们直面严峻的现实，在现实主义的精神和创作方法中，融进现代主义的特质和表现方法，建构了独具特色的诗歌。正如九叶诗派的理论家袁可嘉《九叶集·序》所说："九位作者作为爱国的知识分子，站在人民的立场，向往民主自由，写出了一些忧时伤世、反映多方面生活和斗争的诗篇。内容上具有一定的广度和深度，艺术上，结合我国古典诗歌和新诗的优良传统，并汲取西方现代诗歌的某些手法，探索过自己的道路，在我国新诗的发展史上构成了有独特色彩的一章。"他们既"接受了新诗的现实主义传统"（艾青），注意诗歌跟时代、现实、人民的联系，反映广泛的现实生活；同时又是"自觉的现代主义者"，注重用现代人的思维方式、体验方式和表达方式，来捕捉和表现通过诗人人生体验的过滤、沉淀乃至变形的现实，来表达他们对生活的本质认识。他们采取概括型、隐喻象征型、鸟瞰型、透视型、诉说型等方式反映现实社会的罪恶，表现现代人在文明社会的精神困惑、心理失衡。这些诗的内容，更体现了现代主义诗歌的特质。而在诗歌的艺术方面，九叶诗人强调诗歌观念的现代性，认为诗歌必须

"返回本体"，使诗"重获新生"；从"本体"论出发，袁可嘉又提出了"平行"论，即"艺术与宗教、道德、科学、政治、都重新建立平行的密切联系，而否定任何主奴的隶属关系及相对而不相成的旧有观念"（袁可嘉：《新诗现代化》）。九叶诗人感知、把握世界的方式不同于现实主义与浪漫主义，他们提倡"宇宙意识"（即以宏观的时空观念观照整个自然界，去发现更邈远处的、未被人们感知的事物）。九叶诗人还采取"心理时间"来感知、把握世界。九叶诗人主张表达方式的现代性：既"忠实于时代的观察和感受，也忠实于各自心中的诗艺"，主张反映人生现实性，又与现实世界及内心情感适当拉开距离，使诗写得空灵洒脱。九叶诗人主张"思想知觉化"，提倡在现实中寻找"客观对应物"，让意象成为诗意的核心，并让意象在现代主义诗艺中得到了最大程度的张扬。九叶诗人还提出了"新诗戏剧化"和"语言陌生化"的主张，拓展了读者的想象空间。

中华人民共和国成立后，由于政治及其他外部环境的影响，中国新诗的发展选择了革命现实主义的道路，现代主义基本上失去了发展的土壤和条件。直到新时期开始后，中国的国门打开，世界诗歌潮流蜂拥而入，中国诗坛一下子变成了世界诗歌的博物馆，造成一时期的生硬模仿，现代主义的诗歌开始在中国出现。20世纪80年代以后，以舒婷的《双桅船》《致橡树》，顾城的《一代人》《生命幻想曲》《我是一个任性的孩子》，江河的《祖国呵，祖国》《纪念碑》，杨炼的《大雁塔》《智力的空间》，梁小斌的《雪白的墙》《中国，我的钥匙丢了》等为代表的朦胧诗的出现，打破了中国固有的诗歌秩序，标志着诗歌从观念到艺术都发生了巨大的变化。朦胧诗人提出了新的美学特征：对人的价值、人道主义和人性的呼唤，对人的自由心灵奥秘的探索；而艺术上，则大量运用现代的诗歌手法，如隐喻、象征、通感、变形，打破时空秩序、改变透视关系等。它标志着现代主义在中国诗坛的再度兴起。

当朦胧诗刚刚兴起于诗坛之时，从1984年开始，一批更年轻的诗人喊着"PASS北岛""打倒舒婷"的口号，在一场新的诗的"大爆破"运动中，登上诗坛。他们反对新诗（包括朦胧诗）的传统及其美学原则，形成了具有后现代感的"新生代诗歌"流派。新生代不同于朦胧诗的美学品格，表现在这样两个方面：一是"反英雄""反崇高"的价值观念；二是"反意象""反优雅"的艺术观念。新生代比较有成就和影响的诗人群体主要有两个：一是以海子、王家新、骆一禾、西川等为代表的"后朦胧"诗人；二是以韩东、于坚、杨黎、李亚伟等为代表的"第三代"诗人。

"后朦胧"主要指在朦胧诗影响下成长起来的"校园诗人"，他们关注社会，抗拒世俗，他们在商业大潮中寻找新的精神家园，希望保持知识分子的精英意识；他们受西方现代主义文学的影响，注意从哲学角度探讨人生的价值和诗歌的终极意义，其作品比朦胧诗更深邃，人们称他们为深度抒情诗人。海子、骆一禾是他们的代表。海子显得纯洁热烈；骆一禾表现得壮阔显豁。第三代诗人的主要代表是韩东和于坚，他们把"日常生活"带进诗中，通过口语来完成个人的诗化形式，有意消解文化及诗歌的"诗意"。

进入20世纪90年代以后，年轻的诗人又有了分化：以王家新、西川、于坚、欧阳江河为代表的诗人提出了"中年写作"与"知识分子写作"的追求，表现出知识分子的人文精神；而于坚、伊沙等人则以"民间写作"为口号，倡导民间的、日常生活的口语化写作。20世纪90年代末，这两派诗人还发生过一场公开的激烈论争。20世纪80年代中期以后，诗坛还出现了以翟永明、伊蕾、唐亚平为代表的女性诗人，她们以女性生命的独特体验形成了带有强烈的女性意识的诗歌世界。

文学创作灵感的激发模式

　　灵感，是一种宝贵的创造性的思维活动形式，也是人类思维发展过程中出现的一种极其复杂隐秘的、综合性极强的、最富于创新性的心理活动过程。对于它的本质和诱发机制，前人一直迷惑不解。现代哲学、文艺学、美学、哲学、心理思维科学和脑科学的发展，促使人们用系统论、耗散论等方法来对它进行深入的、系统的、科学的分析和研究。多年来，笔者从自己文学创作中强烈、真切而生动的灵感体验出发，综合了古今中外的作家、艺术家、科学家对灵感的研究成果，并从文艺学、美学、哲学、心理思维科学及脑科学的角度，对灵感的本质特征及其孕育和诱发机制进行了系统的、全方位的研究，出版了《文学创作灵感论》一书。

　　笔者认为，灵感，是创作主体经过长期学习、反复实践、不断积累和艰苦探求之后，在某种诱因的偶然触发下，突然出现的思想特别集中、信息特别活跃、情绪特别亢奋、想象特别丰富、创造力特别高涨的一种心理状态；同时，它又是与逻辑思维、形象思维并列的一种重要的思维方式，是创造者经过形象思维、逻辑思维和潜意识阶段的孕育之后，在某种契机之下突然间产生的主体思维与客体世界的高度协调和高层次遇合，以及显意识与潜意识的相互沟通和左右脑的高度协调，并在一瞬间产生思想认识上的量变到质变的飞跃，从而达到对事物的整体洞察和对问题的豁然解决的一种特别富于创造性的思维方式，是人脑特别奇异而又特别富于独创性的高级思维功能。

　　基于对灵感的本质认识和对灵感孕育、激发的深入研究，笔者提出了文学创作灵感的激发模式见图1。

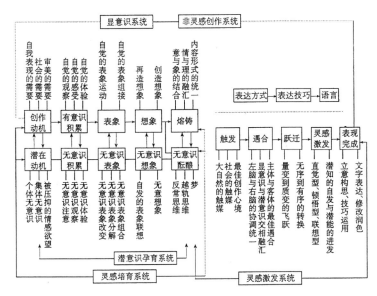

图1 文学创作灵感激发模式

该模式较为全面深刻而又形象直观地说明了文学创作灵感的孕育过程、激发原理和激发机制，同时也说明了灵感创作和非灵感创作的联系和区别，有助于我们全面地、直观地认识和把握形象思维和灵感思维。

这个文学创作灵感的激发模式包含了灵感激发系统和非灵感激发系统。在灵感激发系统中，又分为灵感孕育系统和灵感激发系统。而这两个大系统之间，以及两个大系统和两个子系统之间，又有着密切的错综复杂的联系。只有用这个模式图，才能把它们之间的本质特征、联系、共同点和差别，比较直观而又明确、完整、细致地显示出来。

这个模式的上部，即从打有方框的"创作动机""有意识积累""表象""想象""熔铸"，再到表达方式、表达技巧、语言，直到"表现完成"，这是非灵感创作，即一般的形象思维的创作模式。在这里，创作主体由于社会的需要或审美与自我表现的需要，从事文学创作，经过自觉的观察、感受、体验，进入自觉的表象组接和表象运动，再经过联想、再造想象、创造想象，进入熔铸过程。在这个过程中，潜意识的积累和思考——比如，潜在的创作动机、从事创作前的无意识注意、观察、体验和无意识的联想、想象等，都可能融入创作的总体思考之中。

但是，如果创作主体主要是经过显意识的孕育与思索，即完成了立意构思，实现了意与象的结合、情与理的融汇、内容与形式的统一，再经过表达方式、表达技巧及语言运用的阶段，完成了全部作品，那么，这就是非灵感创作，或者说是一般的形象思维创作。

而这个模式的下部，即从打有方框的"潜在动机""无意识积累""无意识表象""无意识想象"到"无意识酝酿"，再经过触发遇合、跃进、灵感激发，到表现完成，这是潜意识系统。该系统与上部的显意识系统（即刚才阐释过的创作动机、有意识积累、表象、想象、熔铸）联合为一体，构成了灵感孕育系统。也即是说，灵感的孕育，是包含着显意识与潜意识两个方面的。当创作主体在显意识阶段未能完满地完成构思立意的任务的时候，创作主体并未停止对作品的思考，他一方面在显意识中进一步思索，一方面也可能把这个思考的任务交给了潜意识，让它在冥冥的思考中协助孕育、完成。潜意识由于显意识的导向和影响，在创作主体并不完全自知的情况下，调动其潜在的动机（包括集体无意识、个体无意识、被压抑的情感欲望），无意识的注意、观察、体验，以及无意识的表象分解组合和无意识的表象的想象、联想，经过梦境、幻觉、越轨思维和反常思维，继续进行着酝酿。潜意识的酝酿与显意识的构思，可以是同时的，也可以是交错进行的。而对潜意识的酝酿，有许多作家也许是不自觉的，而有的作家却比较自觉。比如，陈建功在谈到他写作中篇小说《丹凤眼》的体会时，就明确地说，他看过、听过不少矿工"搞对象"的悲喜剧，他心中不平，想为他们呐喊，但又不愿肤浅地、常规地编一段故事，而是希望比别人看得更深、更透，然而，绞尽脑汁，又做不到。于是他把这个题材搁置在心里，继续贮存着，"又像放在北方人摇元宵的向壁筐箩里一样，摇啊摇，也不知哪天能摇出个满意的元宵来。"把文章交给摇元宵的潜意识，就是作者比较主动地把构思的任务交给潜意识去思考了（当然他在显意识中也会思考）。而这个时候，就往往需要触媒和诱因了。触媒和诱因是诱发灵感的有关信息。当创作主体进入显意识和对潜意识的深层次的、全方位的思考时，其左右脑也都在深入酝酿，这时候，就需要沟通和梳理，需要全盘的整合和贯通。而触媒和诱因，也就成为十分关键的因素了。笔者在《文学创作灵感论》一书中谈道：文艺创作和科学发现中的大量事实告诉我们，当科学思维或文学思维活动在经过长久的酝酿接近高潮而又百思不得其解时，寻求触媒，借助诱因，就成为极为重要的乃至极为关键的事情。这种偶然的触发，可以一瞬间调动和联通起创造者长期储存于左右大脑中的显意识和潜意识的各种信息和感受，从而沟通左右脑，并使显意识与潜意识迅速结合，引起创作主体意识上的突变和飞跃，从而激发灵感。笔者认为：如果说，灵感是作家主观世界同客观世界的愉快的邂逅，那么，触媒就是这种邂逅的桥梁和媒介；如果说，灵感是作家左右脑以及头脑中显意识和潜意识的豁然贯通，那么，触媒就是这种贯通的渠道和阀门；如果说，灵感是作家思维中量变到质变的飞跃，那么，触媒就是这种飞跃的最后的跑道和契机；如果说，灵感是偶然与必然的结合，那么，触媒就是这种结合的黏结剂。正是创作中的这个偶然因素使作家长久酝酿的必然因素展现出来。笔者把触媒分为人生激流的冲击、大自然的触动、阅读借鉴、意象旁通、约稿激励、烟酒刺激、适当放松等，在这个灵感激发模式中，我把它概括为最佳的创作心境、社会的触媒和大自然的触媒。刚才举到的陈建功的小说，在经过一段时间孕育后，终于受到了来自社会生活的触媒的触发，而形成了《丹凤眼》的灵感。这时，平时百思不得其解的难题迎刃而解，作者神思飞跃，兴会淋漓，把笔如走龙蛇，恍惚如有神助，新的构思、立意，新的技巧、结构，都在一瞬间解决了。这所谓的神，不是什么唯心主义的上帝，如来或菩萨，而是创作主体本真的生命意识被充分调动和瞬间激发所产生的特别创造力。

这个灵感激发过程，笔者在模式上部（显意识的熔铸）和下部（潜意识的酝酿），用两个箭头共同指向"触发""遇合""跃迁"到"灵感激发"直至"表现完成"的这几个图像中表现出来，这就构成灵感的激发系统。

上述的文学创作灵感激发模式直观地展示了灵感创作和非灵感创作这两种创作方式的全过程及其本质、异同和联系。它表明：

其一，非灵感创作主要是在显意识的范畴内完成的，尽管其中也有潜意识的参与和介入，但毕竟主要是以显意识的孕育思考完成的。所以，笔者在模式中从熔铸到表现完成以一根直线相连。

其二，灵感创作则是显意识系统与潜意识系统长期孕育后的突然契合和瞬间激发，它必然要有潜意识和参与和配合，它是左右脑的高度协调一致，是创造主体与客体的高层次遇合，是理性与非理性的统一，是量变到质变的飞跃，是偶然性与必然性的统一，是长期孕育，一朝得之，是长久积累后的瞬间触发。所以，笔者把灵感创作分为了灵感孕育系统和灵感激发系统。两者的转折和连接在"触发"。而在灵感的激发中，潜意识起着很大的作用。首先，潜意识是人的意识不能自主地支配和把握的意识，因此，它不完全是循轨思维和正常思维，它往往是跨轨思维和反常思维，这恰好可以弥补显意识中循轨思维和正常思维的不足，促使作者打破常规、打破框框，实现突破和创新。其次，潜意识往往是极其活跃的、不安定的因素，因而它常常表现为触媒，诱发灵感，在意料不到的时刻给作者带来意外的突破和发现；它又表现为偶然性因素，使必然性得以展现。这正如钱学森所指出的："……好像灵感是形象思维扩大到潜意识。所以我说，如果逻辑思维是线性的，形象思维是二维的，那么灵感思维好像是三维的。……所谓灵感，恐怕是人脑有那么一部分对于这些信息再加工，但是人并没有意识到，……那么，假设一个很难的问题，在这些潜意识里加工来加工去，得到结果了，这时可能与我们的显意识沟通了，一下得到了答案。整个的加工过程，我们可能不知道。这就是所谓的灵感。"因此，创造者在进行创作时，在艰苦探索的同时，要重视对潜意识的开发，对左右脑功能的充分使用，要注意适当放松，注意从自然界和其他艺术形式中寻求触媒，而且一旦灵感突现，还要及时地发现和捕捉。

其三，刚才我们谈到潜意识的重要性，可以说，没有潜意识就没有灵感。但是我们还是应该看到，显意识是第一位的。首先，显意识是灵感的基础和必然性部分，没有显意识，没有创作主体的创作动机，没有创作主体的观察、感受、体验的积累，没有创作主体头脑中的表象运动，想象、联想和构思熔铸，当然就谈不上任何创作的基础，当然就更没有灵感一说了。其次，潜意识再重要，但是也只能在显意识的指导和影响下进行，潜意识酝酿的结果，也要受显意识检验和认同（这在梦中表现得最清楚：创造者一生要做多少梦，但是，只有与创造者思考的问题相吻合的时候，才会被创造主体接受，成为灵感）。所以，灵感的产生，归根究底还是离不开显意识，离不开创作主体从创作动机出发进行的自觉的观察、感受、体验，离不开创作主体丰富的想象、联想，艰苦的构思孕育和熔铸（就是潜意识的酝酿，也是与创作主体的执着追求分不开的）。所以，创作者绝对不能幻想不经过艰苦的努力、长期的积累，而天真地期待灵感的光临。

海涅曾经说过："人们在那儿高谈阔论着天赋和灵感之类的东西，而我却像首饰匠打金锁链那样精心劳动着，把一个个小环非常合适地连接起来。"让我们记住海涅的话，始终精心地锻造自己的金锁链吧！

论文学创作灵感的触发和捕捉

文学创作灵感既有强烈性、专注性、高效性、独创性，又有突发性、偶然性和易失性。它往往是突如其来，转瞬即逝，因此，我们不但要注意敏感地发现灵感的闪现，还要总结灵感诱发的规律和方法，以期有效地诱发灵感，及时地予以捕捉。

一、敏锐地发现灵感

查理·尼科尔说："机遇只垂青于那些懂得怎样追求她的人。"

要懂得追求机遇和灵感，首先要善于敏锐地辨别和发现机遇和灵感。

当代大量科学家发明创造的事例告诉我们，识别偶然情况下出现的某种机遇，对于创造性的发明是多么重要！剑桥大学教授贝弗里奇在《科学研究的艺术》中指出：认识了机遇在做出新发现中的重要作用，研究人员应该对此加以利用，而不应把它看作一件怪事而忽略掉，或者更糟的是，看成有损发现者的声誉从而不予考虑。虽然我们无法有意制造这种捉摸不定的机遇，但我们可以对之加以警觉，做好准备，一旦机遇出现，就认出它，从中得益，仅仅意识到机遇的重要作用，对初做研究的人就可能有所帮助。我们需要训练自己的观察能力，培养那种注意意料之外的事情的心情，并养成检查机遇提供的每一条线索的习惯……

"留心意外之事"是研究工作的座右铭。

在文学艺术创作中，这种敏感同样是十分重要的。当我们在生活之中有所感悟和积累之后，就要使自己尽可能地进入一种神动天随，废寝忘食，精凝神聚，耳目兼聪的境界。在这种时刻，往往外界的一种偶然刺激，就会掀起感情的涟漪，荡起心海的浪花。这时候，千万不要轻易放过，要仔细在心灵中过滤一下：这是否就是灵感？是否应该抓住？如果是灵感，就要立即抓住，不要轻易放过！

诗人徐刚在《诗海泛舟》中说，他写作《窗户》一诗，就是在与艾青观赏窗外景致时，受艾青一句话的启迪，而抓住灵感，写出来的——

记得今年四月的一个晚上，我和艾青在他寓居的住所小坐。片刻后，因为屋里人太多，我们又有抽烟的习惯，便一起来到了走廊里，靠窗站着，各自点燃了一支烟。

这是二楼的一个窗户，又值春夜，天上的星月清晰可见，几朵浮云在飘动，温柔的夜风从纱窗里徐徐而来……

艾青脱口而出：窗户是很美的！

我的心为之一震！……

我忽而发现：这窗户都像是一个个镜框——镶着夜的宁静、大自然的美好，是一幅幅无论怎样的高手也无法比拟的风景画！

就在这样的夜晚，我写下了这样一些诗句……

二、把握触媒和诱因

触媒和诱因，是指诱发灵感的有关信息。灵感的产生，大都是由于某种偶然事件、偶然因素的刺激和触发而产生。这种偶然的触发，调动了创造者对长期储存于大脑的信息感受的迅速联想，引起显意识与潜意识的结合，从而使人的思维出现突变和飞跃，产生高效率的创造成果。

科学研究和文艺创作的大量事实告诉我们：当科学思维或文学思维的活动在经过长久的酝酿渐近高潮，而又百思不得其解的时候，寻求触媒，借助诱因，就成为十分重要的乃至极为关键的事情，有时甚至关系到研究和创作的成败。

如果说，灵感是作家的主观世界同客观世界的愉快的邂逅；那么，触媒就是这种邂逅的桥梁和媒介。

如果说，灵感是作家从生活感受到文学创作的转折点；那么，触媒就是这种转折的推动力。

如果说，灵感是作家思维中的量变到质变的飞跃；那么，触媒就是这种飞跃的契机。

如果说，灵感是作家头脑中的显意识和潜意识的豁然贯通；那么，触媒就是这种贯通的渠道和阀门。

如果说，灵感是偶然与必然的结合；那么，触媒就是创作中的偶然因素，它使得作家长久酝酿的必然因素透过偶然机遇表现出来。

因此，我们在创作中，除了立足于艰苦的积累，执着的追求，着意的提炼之外，还要留心于意外的刺激，偶然的触发，会心的感触，借以敏感地引发那积蓄于脑中的江涛海浪，干柴石油。

灵感的触媒，主要来自生活激流的冲击，大自然的触动，阅读学习的启发，艺术的借鉴，约稿的激励，烟酒的刺激，适当的放松以至梦中的求索等。

（一）生活激流的冲击

生活是创作的源泉，也是灵感的主要触发诱因。沸腾的生活，丰富的人生，生动的形象、斗争、建设和生活的场景，都可能诱发我们的感受，激发我们的情思。钟嵘《诗品·序》云：

> 嘉会寄诗以亲，离群托诗以怨。至于楚臣去境，汉妾辞宫，或骨横朔野，魂逐飞蓬；或负戈外戍，杀气雄边；塞客衣单，孀闺泪尽；或士有解佩出朝，一去忘返；女有扬蛾入宠，再盼倾国；凡斯种种，感荡心灵，非陈诗何以展其义；非长歌何以骋其情？

杨朔在《东风第一枝·小跋》中说："你在斗争中，劳动中，生活中，时常会有些东西触动你的心，使你激昂，使你欢乐，使你忧愁，使你深思，这不是诗又是什么？凡是遇到这样动情的事，我就要反复思索，到后来往往形成我文章的思想境界。"这里谈的在斗争中，在劳动中、在生活中，触动我们心的东西，往往就包含着触动灵感的触媒。

马克思年轻时献给燕妮的爱情诗，鲜明地写出了他的诗的"灵感的源泉"是他对燕妮的真挚的爱情："燕妮啊，欢笑吧！你也许要惊奇：为什么我的诗篇都用同一的标题《致燕妮》？世界上唯有你呀！是我灵感的源泉。快慰之神，希望之光！照耀着我的心灵之窗。从你的芳名中我看到你美好的形象。"

诗人梁上泉曾给我讲述《阿妈的吻》的写作灵感：

> 1954 年底，当川藏公路全线通车之时，我正随西南军区慰问团在昌都慰问筑路部队。有一天黄昏，我从新修的昌都人民医院门前经过，看见一位藏族阿妈，一会儿脸庞紧贴玻璃窗，一会儿又亲吻着怀里的孩子，眼含泪花，久久不愿离开。她这个不被人注意的行为，却深深地触动了我，使我想起了一年前，我在阿坝做民族工作时所遇上了另一位老阿妈，她曾生养过九个儿女，由于缺医少药，都一个个夭折了！可怜的老阿妈，独自一人在又黑又小的牛毛帐篷里，度过孤苦无依的残年。有一回她病了，我和卫生员一起送药上门，并给她喂药，她感动得直摸我们军帽上的八一星徽和红十字药包，什么话也说不出来……眼下，我在远隔千里的昌都，似乎见到的又是那位阿坝的老阿妈！于是，我随声轻吟出："阿妈哟阿妈，你为什么不说话？眼望着新修的医院，为什么噙着泪花？"我在黄昏的雪光中，走着吟着，吟着走着，两眼潮润，不知所归……

文艺复兴时期的著名画家拉斐尔想创作一幅新的圣母像，但酝酿很久都未能动笔。有一天，他在公园里散步，突然看到一个美丽、纯真、丰满而温柔的姑娘在花丛中剪枝。这一富于魅力的人体形象瞬息间同他心目中孕育已久的圣母形象结合起来了。灵感就这样被触发了！他立即拿起画笔，画下了她的优美形象，不久，以这个姑娘为模特儿的名画——《花园里的圣母》诞生了。

（二）大自然的触动

人是自然的产儿。人在自然之中看到自己的形象，看到自己的心灵，能求得心灵的解脱和自我发现，能唤起对未来世界探求的热情。因此，大自然常常是灵感的催化剂。而灵感则是大自然创造力的迸发。

《乐记》云："人心之动，物使之然也。感于物而动。"

《文心雕龙·明诗》篇云："人禀七情，应物斯感，感物吟志，莫非自然。"

古代作家张实居说："古之名篇，如出水芙蓉，天然艳丽，不假雕饰，皆偶然得之，犹如书家所谓偶然欲书者也。当其触物兴怀，神来兴会，机栝跃如，如兔起鹘落，稍纵即逝矣。"

翻译家江枫在他翻译《雪莱诗选》的注释中介绍说：雪莱的名诗《西风颂》就是被大自然激发起灵感，一挥而就的——

这首诗构思在佛罗伦萨附近阿诺河畔的一片树林里，主要部分也在那里写成。那一天，孕育着一场暴风雪的暖和的、令人振奋的大风集合着常常倾泻下滂沱秋雨的云霭。不出的我预料，雨从日落下起，狂风暴雨夹带着冰雹，并且伴随南阿尔卑斯山所特有的气势宏伟的闪电雷鸣。

笔者也经常从大自然中获得灵感。1980年我登泰山，一路上，庄严宏伟的泰山如巨幅画卷在眼前展开，我情绪欢畅极了。看到迎客松，我感到她在召唤我再接再厉，登上十八盘；欣赏泰山夕照，我仿佛面对着大自然这位最伟大和天才画家的杰作；晨观泰山日出，我犹如置身于庄严的盛典！……这些景观，都成为诱人的触媒，唤起我的灵感，使我在两天的浏览之中，写下了四首诗歌，一篇散文。大自然是多么珍贵的触媒啊！

（三）阅读借鉴法

阅读和学习，常常给人以启发，使人触发灵感。康·巴乌斯托夫斯基在《金蔷薇》中说：

几乎每一个作家都有自己的鼓舞者，自己的守护人，一般说这些人也是作家。

只要读上几行这个鼓舞者的作品，自己便立刻想写东西，从某几本书中好像能喷出醇浆来，使我们心神陶醉，感染我们，使我们不自主地拿起笔来……

俄罗斯伟大作家列夫·托尔斯泰十分重视文学艺术上的学习和借鉴。他特别对普希金的天才创造有强烈兴趣。在《托尔斯泰作品全集》中记录了托尔斯泰对夫人索·安·托尔斯泰娅说的话："我向普希金学习许多东西，他是我的父亲，我们应该向他学习。"他还在给戈洛赫瓦斯托夫的信中谈到普希金作品时说："作家应该不断研究这个宝藏。"而他的《安娜·卡列尼娜》的几次灵感爆发，都是受了普希金的作品的触动而引起的！

法国著名作家司汤达有一天早上在报纸上看到法院公布的案子：青年裴尔特在一家很有钱的人家里当家庭教师，不久成了这家主妇的情人，后来，他在一种嫉妒和绝望的冲动下谋杀了她。司汤达看了这个案子，心情激动，思潮起伏，很快构思了长篇名著《红与黑》。

郭沫若在《我的读书经验》中也谈到这种现象：

我自己在写作上每每有这样的一种准备步骤。譬如，我要写剧本，我便先把莎士比亚或莫里哀的剧本读它一两种；要写小说，我便先把托尔斯泰或福楼拜的小说读它一两篇，读时也不必全部读完，有时候仅仅读得几页或几行，便可以得到一些暗示，而不可遏止地促进写作的兴趣。

记得笔者在川大中文系读书的时候，读了一篇关于三峡的散文，文章中描写了巫山神女帮助大禹治水之后又从天降下巫山为船工导航的传说，使我心情激荡，神思飞扬。晚上，我久久不能入睡，刚入梦，巫山神女的形象就在脑海闪现！"你娟娟地伫立在万仞峰巅，披风沐雨，万载千年……"诗句涌流出来了。我慌忙起身，在路灯下写成了一百来行的《巫山神女赞》的诗歌。

（四）意象旁通法

他山之石，可以攻玉。艺术家的大量创作实践证明，许多艺术家往往不在自己本行而在别种艺术范围中寻求意象，经过潜意识的酝酿，从而激发本行艺术的灵感，然后用自己擅长的艺术形式表现出来。朱光潜教授把这种诱发称作"意象的旁通"。

著名学者阿诺·理德在《艺术哲学》中说："'灵感'可以是一个艺术家自己所习惯媒介形式的一个典范作品，但更常见的是另外的一些东西。画家并不需要事先看一些绘画作品或自然对象才能推动他的创作，他的创作可以被音乐、被诗，被一些观念、被一些人，或被一些自然对象或非视觉的东西所激发。所以音乐家也并不仅仅只通过听觉所暗示的东西的刺激而去进行作曲。德彪西说："对于一个音乐家来说，去看一个日出的优美景色要比去听《田园交响乐》是更为有益的。"

杜甫的诗《观公孙大娘弟子舞剑器行》的灵感，就是由剑器舞蹈激发的。他在此诗序文中说："大历二年十月十九日，夔府别驾元持宅见临颍李十二娘舞剑器，壮其蔚足支，问其所师，曰余公孙大娘弟子也。"杜甫由此联想到他小时候看公孙大娘剑器舞的情景（即由现实的见闻激发了他潜意识中的回忆）；"开元五载，余尚童稚，记于堰城观公孙氏舞剑器浑脱，浏漓顿挫，独出冠时。"杜甫还由此联想到几十年国家社稷的兴衰及人事变迁，不由得"抚事慷慨"，灵感触发，"聊为剑器行"——写下了这首著名诗篇。

白居易极负盛名的《长恨歌》，不也是在"琵琶女"的"仙乐"般的琵琶音乐的感召和琵琶女的凄凉身世的触动之下写出来的嘛？他在序文中留下了珍贵记录："元和十年，余左迁九江郡司马。明年秋，送客湓浦口，闻船中夜弹琵琶者，听其音，铮铮有京都声。问其人，本长安娼女，尝学琵琶于穆、曹二善才。年长色衰，委身为贾人妇。遂命酒，使快弹数曲，曲罢悯然，自叙少时欢乐事，今漂沦憔悴，转徙于江湖间。予出官二年，恬然自安，感斯人言，是夕始觉有迁谪意，因为长句，歌以赠之。"

唐朝著名诗人王维，擅长美术、音乐，从美术、音乐艺术中汲取不少诗的灵感！宋代著名诗人苏东坡也十分擅长美术，他也从美术中汲取了诗的灵感。也正因为如此，他们都做到了"诗中有画，画中有诗"。

印度伟大作家泰戈尔也从音乐中获得灵感。他出生在充满音乐气氛的家庭，从小就受到印度古典音乐和民间乐曲的熏陶，对音乐有浓厚的兴趣。他一生创作了一百多首有名的歌曲。他经常把音乐创作融入自己的文学、戏剧等创作之中，他说："从与音乐的接触中，我找到了心灵难以接近的最高主宰。"

（五）约稿激励法

不少作家都谈到编辑部约稿对创作灵感的激发作用。

爱克曼在《歌德谈话录》中记录了歌德谈席勒约稿对他创作民歌体诗《柯林特新娘》的灵感激发作用：

这些诗在很大程度上要归功于席勒，是他怂恿我写的，因为他当时主编《时神》，经常要组织新稿。这些诗原来在我头脑里已酝酿多年了。它们占住了我的心灵，像一些悦人的形象或一种美梦，飘忽来往。我任凭想象围绕它们徜徉游戏，给我一种乐趣。我不愿下定决心，让这些多年眷恋的光辉形象体现于不相称的贫乏文字，因为我舍不得和这样的形象告别。

鲁迅在《阿Q正传的成因》一文中，高度评价了孙伏园的约稿对他写《阿Q正传》的灵感的激发作用：

那时我住在西城边，知道鲁迅就是我的，大概只有《新青年》，《新潮》社里的人们罢；孙伏园也是一个。他正在晨报编副刊。不知是谁的主意，忽然要添一栏称为"开心话"的了！每周一次，他就来要我写一点东西。

阿Q的影像，在我心目中似乎确已有了好几年，但我一向毫无写他出来的意思。经这一提，似乎想起来了，晚上便写了一点，就是第一章：序。

……伏园善于催稿了。每星期一回，一有机会，就是："先生，《阿Q正传》……明天要付排了。"于是只得做，心里想着"俗话说：'讨饭怕狗咬，秀才怕岁考。'我既非秀才，又要周考，真是为难……"然而终于又一章……

富有编辑经验而又尊重鲁迅的孙伏园的约稿，使鲁迅灵感激发，把酝酿已久的阿Q形象写了出来。

蒋子龙在《〈乔厂长上任记〉的生活账》一文中，更突出了编辑约稿的"逼迫"力量——

今年四月，我因割痔疮住进了医院，手术后的痛苦期尚未过去，两个编辑顶着雨到医院来看我，使我非常感动，其中《人民文学》的一位编辑还当面向我约稿，而且要求写反映实现四个现代化的题材。我已经有两年多没有拿笔，肚子里存了不少东西，都是工厂的现实问题。

把编辑送走后，我却躺不住，也坐不住了，这不是因为伤痛，而是进入了构思的痛苦期，一会儿起来，一会儿躺下。……过了几天，一位工人作者又给我带来了一个新消息，有的人说："像蒋子龙那样的人是写不出好作品来的"，这又给我鼓了一把劲，我没等伤口长好，就提前出院了。回到家里用一天多的时间，把几个人物的线条在脑子里理了理，再用了四天的时间就把初稿拉出来了。……

笔者也有类似的体验。从1979年到1984年，经过几年的采写，《罗世文传》脱稿了，出版了。在欣喜之余，我又时常有一种欠账感，负疚感，这就是罗世文妻子王一苇的革命经历和不幸遭遇未能写出来，甚至连她的冤屈都还未得以洗雪！不久，我接到了四川省委组织部发的《关于王一苇同志的革命事迹》的文件，我感到十分高兴！一天，我到重庆妇联办事，同妇联宣传部及《重庆妇女》的几位编辑同志谈起王一苇在二十年代参加中国共产党，并先后同前中共四川省委书记、革命烈士穆青及罗世文结婚，可是中华人民共和国成立后却在四川省高级人民法院被审查而含冤去世的经历，也谈了我在采写《罗世文传》的过程中为了解她事情的真相而遇到的各种困难和挫折。他们听到了都非常感动，热情地鼓励我尽快把这些以报告文学的形式写出来，他们好立即在刊物上连载。我被他们的热诚感动了！我看到了这个事件背后所寓含的意义！我的写作热情被调动、激发起来，灵感降临了！当天晚上，报告文学的初稿就酝酿成熟了！我花了一个多星期的时间，一口气写出了一万多字的报告文学《不应被遗忘的绿叶》，在《重庆妇女》连载后，又由《报告文学选刊》全文刊载，获得人们的好评。

有时候，命题作文也能激发人的灵感。比如，我在给电大学员上写作课时，出了一个作文题《当我接到录取通知书的时候》。几位历经沧桑，备受磨难的中年学员，一见到这个题目，不禁感慨万千，思绪翻腾，几十年的酸甜苦辣，希望的破灭和复生，一时间涌向脑海，触发了灵感，写出了优秀的作文。

为什么约稿和命题可能激发灵感呢？这是因为作者早有丰富的积累和深切的感受；只是这些积累和感受一时还未找到突破口，一旦编辑约稿，或老师命题，就会使作者增加成功的信心，受到创作的启示，从而在大脑中很快形成兴奋中心，迅速地将各种意识，潜意识调动起来，从而促成灵感的到来。

（六）烟酒刺激法

在灵感的触发中，有的作家常常借助烟酒或其他刺激物来振奋大脑的功能。诗人李白经常借酒的刺激写出优秀的诗篇，书法大师张旭也是酒后兴会淋漓。杜甫在《饮中八仙歌》中生动地描写了这种情景："……李白斗酒诗百篇，长安市上酒家眠。天子呼来不上船，自称臣是酒中仙。张旭三杯草圣传，脱帽露顶王公前，挥毫落纸如云烟。……"

苏东坡经常从饮酒中获得灵感。他的名词《水调歌头》（"明月几时有"），就是在醉中写成。有序为证："丙辰中秋，欢饮达旦，大醉，作此篇，兼怀子由。"苏东坡在《题醉草》中说："吾醉中能作大草，醒后自以为不及。然醉中亦能作小楷，此乃为奇耳。"

著名的爱国歌曲《马赛曲》也是法国音乐家德利尔在酒意刺激之

下创作出来的。那是 1792 年的一个寒冷的冬夜，法国正在抵抗奥地利的侵略，全国处于贫困之中，斯特拉斯堡市长在招待音乐家德利尔时，拿出了仅有的一瓶葡萄酒。市长在祝酒时说："德利尔应当从这最后几滴酒中获得启示，谱写一首从人民的心灵中喷涌出来，给人民带来振奋的歌曲。"德利尔趁着浓重的酒兴，回到独居的寝室，捕捉了艺术的灵感！他毫无睡意，激昂地写着，奏着……《马赛曲》就这样诞生了！

为什么烟和酒能够激发灵感呢？从心理学和脑科学的角度来看，首先，是因为烟酒能刺激人的神经系统的活动；其次，是酒的生物化学作用麻痹了部分神经，使人的意识减弱，根据神经系统的负诱导机能，潜意识的活动就增加。而作家艺术家长期艺术实践所形成的审美能力和艺术的心理积淀，就可能诱导潜意识围绕显意识的兴奋中心活动，当潜意识活动与显意识沟通，就激发灵感，迸发出艺术创造的欲望！最后，更为重要的是，创造主体在烟酒刺激和麻醉之下，显意识活动减弱，潜意识活动增加，其长期处于束缚和压抑状态的、根植于潜意识深处的生命的创造潜能得到了解放和发挥，从而突破显意识的心理积淀，打破理性的逻辑规则，冲破社会所要求的道德规范，使自己的作品闪耀出真诚而独特的艺术和审美之光！

（七）适当放松法

科学家在研究中，有时候遇到一个问题，始终解决不了，就可以把它暂时搁置一下，使脑子适当放松一些，或者换一个新的课题进行研究，过一段时间再回到原来思考的问题上来，或在某个时刻，你会突然不自觉地想起你原来思考的题目，悟出解决的办法。

从哲学上说，这是一张一弛的辩证关系。《礼记》说："张而不弛，文武弗能也。弛而不张，文武无为也，一张一弛，文武之道也。"一个作家如果长期让大脑处于紧张状态，很可能出现疲惫甚至迷糊；而如果长久不思考问题，也会一事无成；只有有张有弛地使用大脑，顺应人的心理和生理机制，灵感才能经常激发。刘勰在《文心雕龙·养气》中说："是以吐纳文艺，务在节宣，清和其心，调畅其气。烦而即舍，勿使壅滞。得意则舒怀以命笔，理伏则投笔以卷怀，逍遥以针劳，谈笑以药倦。"怎样才能"清和其心，调畅其气"呢？刘勰说："是以陶钧文思，贵在虚静，疏瀹五藏，澡雪精神。"因为"水停以鉴，火静而朗"。

艾克曼在《歌德谈话录》中记载了歌德对这个问题的看法："……干什么都不要勉强，在创作力不佳的时候，宁肯逍遥或睡觉，也不要硬挤，硬挤出来的东西过后是不会给你带来任何乐趣的……刺激创造性的力量还寓于睡眠，休息和运动中。"

（八）梦中求索法

科学家和文艺家常常在梦境之中或似睡非睡的时刻迸发出灵感。因此，重视对梦中的灵感的探求是有意义的。美国一所学校在其《科学教学方案》中要人们"必须为有利的'做梦'提供机会——Kekule 精神"。

美国一些科学家的研究报告说：一个人身心进入似睡非睡的状态时，脑电图上显示出一系列长长的、脑电波频率为四至八周的西托波；此时，一些意象会呈现在心目中。人脑的活动规律告诉我们，人在显意识和潜意识中得到大量的感性材料，又经过理性的认真思考，在大脑皮层上留下了星罗棋布的表象痕迹，刻下了一道道思路痕迹。当作者对某个问题经过长久的、反复的思索，在进入梦中的无意识思维的时候，神经细胞受神经系统的相互诱导规律的作用，潜意识就可能像脱缰的野马一样，按照白天的思维定式，进行无意识的越轨思维，就有可能取得突破性的进展，留下精彩的美梦，创造动人的奇迹。

梦中作诗，古诗人多有记载。杜甫的《梦李白》，就是作者对李白的强烈的思念和担忧之情在潜意识中化为梦境，而又同显意识结合起来，形成灵感，而立即写出的。周邦彦说，他的《瑞鹤仙》是"梦中作此词，既觉而不知所谓。"刘克庄在《沁园春》词序中说："癸卯佛生之翼日，梦中有作。既醒，但易数字。"

请看下面这首诗："蛾眉皓齿楚宫腰，花易飘零叶易凋。更有年华如逝水，春光未老已潜消。"何其芳在诗后自注道："一九七六年九月五日梦中得句云：'蛾眉皓齿楚宫腰'醒后足成一绝。"这就是说，何其芳在梦中得到了佳句，醒后才补足而成。何其芳著名的《爱情》，就是他当大学生的时候，根据梦里做成的一些诗的断片写出来的。

三、及时地捕捉灵感

请看金圣叹评点《西厢记》的一段妙语：

文章最妙是此一刻被灵眼觑见，便于此一刻放灵手捉住，盖于略前一刻亦不见，略后一刻亦不见，恰恰不知何故，却于此一刻忽然觑见，若不捉住，便更寻不出。今《西厢记》若干文字，皆是作者于不知何一刻中灵眼忽然觑见，便疾捉住，因而直传到如今。细思万千年以起，知他有无限妙文，已被觑见，却不曾捉得住，遂总付之泥牛入海，永无消息。

这段看似玄虚的文字，却道出了一个重要的写作规律，就是灵感突然在某一时刻被作者的"灵眼觑见"之后，一定要立即"放灵手捉住"，方能完成作品，流传后世。而万千年来许多作者虽已窥见了妙文锦字，却没有及时抓住，因而泥牛入海，再难寻觅！

苏轼在《腊日游孤山访惠勒惠思二僧》诗中说："作诗火急追亡逋，情景一失永难摹。"苏轼虽然天才卓逸，但依旧十分重视及时记下稍纵即逝的情思。他所到之处无不以笔砚自随。他在黄州之时，路途间见路旁有奇特的丛竹老木，尽管在鸡栏猪圈之旁，也要把它们画下来，所以他的作品随意挥洒，富于生气！

徐增在《而奄诗话》中说："好诗须在一刹那上揽取，迟则失之。"

茅盾在《创作的准备》中对文学青年说：

应该时时刻刻身边有一支铅笔和一本草薄，无论到那里，你要竖起耳朵，睁开眼睛，像哨兵似的警觉，把你所见所闻随时记下来。古今中外的作家、艺术家，总是很重视及时捕捉灵感的。

相传著名剧作家汤显祖住在遂昌时，有时坐轿出去拜客，在轿上冥思苦想，每有奇句，便立即下轿，到街上人家借来纸笔，及时录下，粘在轿顶。有时甚至"数步一书，不自知其劳也"。往往外出一趟，回家时纸片已贴满轿顶。在家里，为了及时记下瞬间闪过心头的灵感，他在住宅中到处放着笔砚，甚至鸡栖豚栅之旁，也放着笔砚。

诗人李瑛有一个小本子，一有灵感袭来，他便在小本上记下。有时灵感袭来之时，小本子不在身边，他就立即记在台历上，纸页上，甚至写在报纸的空白角上。

艾克曼在《歌德谈话录》中记载，歌德灵感一至，就立即记在身边的纸上，有时纸完全歪斜地摆着，到了统统写好的时候，他才察觉。因此，歌德有许多这样对折线地写成的纸张。

果戈理的一本"手头百科辞典"，是他十分珍爱的创作材料仓库。这个"辞典"就是他随时随地记录生活中有用的材料，生动的语言的结晶。有一次外出旅游，进一家酒店用餐，突然灵感来了，他立即拿出纸片，在喧闹中写成了《死魂灵》第一章。

笔者在三十余年的创作中，经常在梦中及凌晨醒来时爆发灵感，有时在汽车上、飞机上、轮船上，也时有灵感闪现，我总要尽可能地记下来，常常这就是一首诗或一篇散文的雏形！然而，也有时因意外原因或一时疏懒，没有及时记下这电光石火般的灵感，而使一些珍贵的构思或诗句泥牛入海，再也无法写出。这又是自己深以为憾的！正是这三十余年创作的经验和教训，使自己认识到敏锐地发现和诱发灵感的重要性，认识到及时放手捉住灵感的重要性！

四、迅速地完成灵感

诗人艾青说："灵感是诗的受孕。"而作品的完成则还要经过怀胎和分娩。

一旦灵感触发，就要及时捕捉，迅速跟踪，有意识地将心理活动推向高潮，或是促使其向纵深发展，务求达到高度的效果，写出优秀的作品！

如果说，灵感的激发往往靠的是机遇和才情；那么，艺术作品的完成则离不开技巧和勤勉。

科学家在机遇（灵感）到来之时，往往只解决了重大发现或突破，但是，要使这种发现或突破成为科学的结论或新的定律、定理、创造，还必须经过进一步实验的论证，这就要求科学家迅速追踪机遇之所得，把自己的机遇形成科学的见解。如牛顿在受到苹果落地及孩子用绳子拴石头甩圆圈的启发，产生了万有引力的灵感之后，并未停步，而是继续进行深入的分析，精确的计算，克服巨大的困难，吸收了刻卜勒和伽利略学说中的合理内涵而舍弃了其中不正确的部分，最后才得出具有普遍意义的万有引力定律。

艺术作品的完成，也不能仅仅依靠灵感的火花，还要依靠一定的物质媒介来体现。而这种媒介的手段总是和一定的技巧或技艺相联系，例如，小说的人物刻画，散文的技法和语言，诗歌的韵律，音乐的旋律，绘画的色彩和造型，等等。这些都必须在灵感火花的照耀下，"继之以躬行力学"才行。

因此，作家必须抓住灵感爆发的那一瞬间的心灵交感，立即进行全面构思，尽快写出作品。

让我们记住托尔斯泰的一句名言吧：

> 灵感是忽然出现了你能够做到的事情。灵感越鲜明，就越须细心地工作来完成它。

于四川外语学院

2002 年 11 月

论文学创作灵感诱发的心理势态

灵感的激发，需要把握最佳的思维状态，心理态势。最佳的心理态势，主要指强烈饱满的创作热情，锲而不舍的探索精神，顽强刻苦的拼搏意志以及最佳的创作心态。

一、饱满强烈的创作热情

从事文学创作，一定要有饱满的热情，要有长久而执着的、高度自觉的艺术创作需要。李贽在《杂说》中更鲜明地强调了强烈的感情对于创作灵感之重大作用：

且夫世之真能文者，比其初皆非有意于文也。其胸中有如许无状可怪之事，其喉间有如许欲吐而不敢吐之物，其口头又时时有许多欲语而莫可所以告语之处，蓄积既久，势不能遏。一旦见景生情，触目与叹；夺他人之酒杯，浇自己之垒块；诉心中之不平，感数奇于千载。既已喷玉唾珠，昭回云汉，为章于天矣，遂以自负，发狂大叫，流涕恸哭，不能自止。宁使见者闻者切齿咬牙，欲杀欲割，而终不忍藏于名山，投之水火。

许多作家艺术家，往往在童年时就在心灵上播下了文学艺术的种子，并萌生出经久不衰的力量。这种长期扎根于童年时期的生活经验和文化修养之中的艺术需要，逐渐在作家艺术家身上形成一种自觉的艺术心理定式，使作家艺术家的创作热情犹如山间的清泉，长流不止。

比如，法国著名作家维克多·雨果，从小就对文学有浓厚的兴趣，早在十二三岁的时候，就写出了成百上千首诗、一部歌剧、一部散文剧和一部史剧。而且他在十岁的年龄，就在日记中写下了那样的豪言壮语和献身文学的决心，"我要成为夏多勃里昂，要不就一事无成"。正是这种罕见的勇气和强烈的创作热情，使他激情喷发，灵感显现，很快写出了《读书乐》一诗，获得法兰西文学院诗歌征文奖。他一生都充满了对人类的爱和对文学创作的迷恋，创作了《巴黎圣母院》和《悲惨世界》等世界名著。

中国现代著名作家巴金，也是从童年起，就由他慈爱温柔的母亲给他播下了对文学的爱好和对不幸者的同情。当他从青年时代开始写作的时候，那种写作的热情和高尚的动机是何等强烈啊！他在《灵魂的呼号》一文中说：

我没有一点自由，我没有一点快乐，一根鞭子永远在后面鞭打我，我不能够躺下来休息。这鞭子就是大多数人的受苦和我的受苦，这种受苦是无终局的，我一直被他鞭打了这许多年，被他赶了许多路程。即使前面就站着死亡，我也只得向前走去，哪里还顾得健康和名誉？你不知道，当热情在我的身体内燃烧起来的时候，那颗心，那颗快要炸裂的心是无处安放的，我非得拿起笔写点东西不可，那时候，我自己已经不存在了，许多惨痛的图画包围着我，他们使我的手颤动，他们使我的心颤动，你想我怎么能够放下笔，怎么能够爱惜我的精力和健康呢？我一点也不能够节制，我只有尽量地写作，即使明知道在这种情形下面写出的东西会得到一个不好的命运，而且没有永久存在的价值，我也只得让他去。因为我并不是一个文学家，也不想把小说当作名山盛业。我只是把写小说当作我的生活的一部分。……我只是一个在暗夜里呼号的人。

二、锲而不舍的探索精神

文学创作是一个复杂而奇妙的心理过程。有时，作家尽管有强烈的创作欲望，也有了深刻而丰富的感受，可就是写不出作品来，或者是构想中的东西不如人意。这就需要作者有锲而不舍的探求精神，不急躁，不气馁，在头脑中反复酝酿和思索，在显意识和潜意识中长期孕育，一旦灵感激发，就立即写出来。

郭沫若在《〈虎符〉写作缘起》一文中，为我们留下了他受偶然买来的"虎符"激发起灵感，写出酝酿了二十多年的《虎符》的例子：

> 我想把故事（指信陵君的故事——引者注）写成剧本，差不多是二十年前的事，但因为如姬的事迹太简略，没有本领赋予以血肉生命，因而也就不敢动手。现在我又提起兴会竟又公然把它写出来了，这不用说是目前的戏剧运动的活跃促进了我，但事实上也是我书案上摆着一个虎符，不声不响地在催促我。
>
> 我所得的虎符，是由一位轿夫手里花了十块钱买来的。据说是由轰炸后的废墟中掏捡出来的东西，以前不知道是什么人的搜藏品。……不问它是真是假，我是很喜欢它的。它很重实，而且也古器盎然，我把它当成文具在使用。
>
> 但是就是这个铜老虎事实上做了我这篇《虎符》的催生符。……

你看，二十多年前就想写的一个剧，居然在二十年后，在重庆的话剧运动中由一个偶然买到的虎符催生出来了！然而，如果郭沫若没有对信陵君窃符救赵的素材的大量积累及创作这个剧本的强烈愿望，偶然买到一个虎符，是怎么也激发不出灵感，写不出《虎符》这部历史剧的。

三、顽强刻苦的拼搏意志

对于艺术家来说，顽强刻苦的拼搏意志是激发灵感的重要精神条件。

傅雷在《贝多芬的作品及其精神》中说：

音乐家，光是做一个音乐家，就需要有对一个意志集中注意的力，需要西方人特有的那种控制与行动的铁腕。……在这一点上，把思想握得如是紧密，如是恒久，如是超人式的，恐怕没一个音乐家可和贝多芬相比。因为没有一个音乐家有他那样坚强有力……

……贝多芬的力不但要控制肉欲，控制感情，控制思想，控制作品，且竟与命运挑战，与上帝搏斗。……倘没有这等持久不屈的"追逐魔鬼"，挡住上帝的毅力，他哪还能在"埃森耿希格脱遗嘱"之后再写《英雄交响乐》和《命运交响乐》？哪还能战胜一切疾病中最致命的——耳聋？

耳聋，对平常人是一部分世界的死灭，对音乐家是整个世界的死灰。整个的世界死灰了而贝多芬不曾死！并且他还重造那已经死灭的世界，重造音响的王国，不但为他自己，而且为着全人类，为着"可怜的人类"！这样一种超生和创造的力，只有自然界里那种无名的、原始的力可以相比。

诗人臧克家也是把诗歌当作生命来追求的。他在《我的诗生活》中说：

我拼命地写诗，追诗，我的生命就是诗。我真像东坡眼中的孟郊一样，成了天地间的一个"诗囚"了。推开了人生的庸俗，把一个理想投得很远，拒绝了世俗的快乐（其实就是无聊的残忍的口腹耳目之欲），我宁愿吃苦，看破世事人情，我才觉得事业是唯一"不空"的东西，它是一支精神的火炬，虽在千万年后也可以发热发光。一切皆朽，唯真理与事业永存。诗，就是我以生命力去倾注的唯一事业。

正是由于他这样呕心沥血的追求，他的灵感之花不断盛开，他也才写出了《老马》《有的人》《罪恶的烙印》等脍炙人口的诗篇。

顽强刻苦的拼搏精神，使尼古拉·奥斯特洛夫斯基写出了名著《钢铁是怎样炼成的》。当他的健康一天一天坏起来，身体愈来愈瘦弱，下肢再不能支持他走下床的时候，他把满腔的热诚化成了创作的动力，在病床上写出了自己亲身经历过的火热的战斗生活及自己熟悉的各种各样的人物。可是，非常不幸，书稿写成寄给战友征求意见时，又在邮递途中遗失了！这时候尼古拉不仅两腿不能行走，而且已经双目失明，他怀着无比的热情和坚强的毅力，克服了难以想象的困难，废寝忘食，重新写出了《钢铁是怎样炼成的》这部巨著！

没有强烈的创作激情、锲而不舍的探索精神和顽强刻苦的拼搏意志，也就没有灵感，没有创作可言！

四、最佳最好的创作心境

灵感是大脑的一种思维方式，是一种生理和心理现象。同人的思维方式、精神状态、思维势态，有极其密切的关系。

灵感的产生，往往是作家处于最佳精神状态的时候。因此，作家总是尽力寻求着最佳的精神境界。这正如演员在表演时总追求最佳临场状态，以达到出神入化、神韵天成的效果；也正如运动员在比赛中总追求最佳竞技状态，以达到发挥自如，克敌制胜的效果。

（一）高涨的情绪和机敏的头脑

最佳的精神状态，首先指高涨的情绪和机敏的头脑。文学创作是感情的激发，是情感的倾诉，特别要求旺盛的激情。如果自己没有激动，是很难以进入创作，也是难于激发起灵感的。然而，光是激动也不成，还得热中有冷，沸腾中有清醒，狂热中有理智。

陈世旭在谈其创作《小镇上的将军》的甘苦时说：

> 去年下半年，忽闻彭德怀同志平反昭雪，我同几位情趣相投的朋友在一起谈及此事，感慨万端。……而我在发表了一通激烈的议论之后，就沉默起来。脑子常常出现一种幻觉：一位老军人，精瘦、佝偻、跛着一条腿，拉着一根发亮的茶木棍，铁一样沉默而倔强地迎面走来，终于清晰地站定在我面前。这以后足足有几个月时间，我寝食不安，酝酿着一篇腹稿，这就是后来我写的《小镇上的将军》。

> 必须写自己所爱，写自己被真正感动的人物，而这种爱与感动，同人民的感情是相通的。

笔者在创作中也有这样的体会：当你情绪高涨、头脑清醒之时，灵感最容易光临你。1977年夏，我因一个写作任务到了长沙。怀着对杨开慧烈士的敬意，我在一个清晨乘车拜谒了板仓故居，刚刚粉碎

"四人帮"，我情绪很高，思想也很清醒。我随着络绎不绝的人流，观察着板仓故居的一切，倾听着讲解员热情洋溢的讲解，深深地思索着。一批游人去了，我又随着第二批参观者，从头到尾，再参观一遍。看到天井中的栀子花，看到开慧烈士生前用过的梳妆镜，我的诗情被触发了，灵感飞腾起来，我迅速地写下了《栀子花之歌》和《明镜高悬》等六首诗！

（二）旺盛的精力和健康的身体

最佳的精神状态，还指旺盛的精力和健康的体魄。

文学史上留下了许多杰出作家以其旺盛的精力和顽强拼搏的精神从事写作的动人事例。

"我把所有精力都花在有成效的工作上了，我活着就是为了工作，早已把其他享受置之度外了。"——这是果戈理给朋友的信中所说的话。他的确是这样！他把文学创作视作"为人类服务的手段"，以极其艰苦的，长年累月的写作来培植和发展自己的艺术天才和灵感。他常说："一个作家应当像画家一样，身上经常带着铅笔和纸张。一位画家，如果虚度了一天，没有画成一张画稿，那很不好。一个作家如果虚度了一天，没有记下一条思想，一个特点，也很不好……"而他自己每天总是很晚才睡。他动笔之前，先是沉思，沉默地在屋里踱步，一旦灵感到来，思路理清，他就立即动笔起来。果戈理的创作精力特别旺盛，他不但在生活中学习和汲取，还给自己的亲人写信，要他们提供创作素材。一次，果戈理给普希金写信，请普希金给他一个题材。普希金很快给果戈理回了信，提供了两个关于骗子的素材。这些有趣的材料，触发了果戈理长期的生活积蓄，使他联想到俄国官场上的种种腐败和丑恶。灵感引发了！果戈理以充沛的创作热情和强烈的憎恨，写出了著名喜剧《钦差大臣》，"把那时所知道的俄罗斯的全部丑态，把一切非正义的东西集中到一起，统统加以嘲笑"。

作家的旺盛热情和拼搏精神，有时是非常惊人的。世界著名作家巴尔扎克，就是富于拼搏精神的文学大师。在他的书房的壁炉架上，立着一尊拿破仑的小雕像，在雕像的底座上，贴着巴尔扎克的座右铭：

彼以剑锋所未竟之业，我将以笔锋竟其业。

巴尔扎克从小就有着远大的理想和宏伟的抱负。从少年时代开始他就勤奋地写作，每天的写作量由二十页增加到三十页、四十页，以至三天就得重新装满墨水瓶。成名以后，为了完成规模宏大的《人间喜剧》，他更以非常人所能及的精力进行冲刺；他每天深夜十二点起床，开始写作，他的文思如山间的泉水，奔流不息。这样一直工作到早上八点钟，仆人才送上简单的早餐，于是，他从创作的境界中回到现实，洗完热水澡之后，于九点钟又开始校对和增补刚刚送来的各种文稿。中餐后他也不休息，一直忙到下午五点钟，他才开始读报，接待客人，并思考第二天的工作。晚上八点，他上床睡觉，到十二点钟，仆人又准时唤醒他，他又点起六支蜡烛，开始了第二天的工作！

正因为巴尔扎克有罕见的写作热情和惊人的拼搏精神，因而，灵感也就特别的偏爱他，使他写出那么多传世之作！

艺术家旺盛精力往往需要健康的体魄、强健的身体。这是创造力的基础，也是在创作时拼搏和冲刺的后盾，因而也是灵感产生的有利条件之一。

但是，事情也有例外，有的作家虽无强健的身体，有的还患有严重疾病乃至成了残疾，但由于他们有高度的事业心、刚强的毅力和顽强的拼搏精神，因而能够战胜病魔，以惊人的努力，从过去的生活中获得灵感，创作出优秀的作品。

塞万提斯青年时代就在战争中三次负伤，左手被截，成了残废。但是他没有消沉，而是凭着自己丰富的生活经历和渊博的生活知识，创作了世界名著《堂吉诃德》。

英国著名诗人弥尔顿在四十四岁时不幸因病双目失明。他以顽强的意志，用口述的方法，完成了光彩照人的诗篇《失乐园》及其续篇《复乐园》。

德国优秀诗人海涅在五十岁时不幸中风，全身瘫痪。眼睛也接近失明，可他在床褥之上还创作了《罗曼采罗》等著名诗篇。

（三）专一的心境与必成的信念

最佳的精神状态，还指专一的心境与必成的信念。作家灵感爆发前后，往往有一种必胜的信念和必得的决心，同时还要聚精会神，摒除杂念，心志专一，物我交融，入乎其中，出乎其外。

鲁彦周《天云山传奇》的写作灵感，就诞生在 1977 年春节刚过去。但是，作家却以大胆的追求和必胜的信念，以他专一而深入的思索，实现了创作上的重大突破，完成了思想和艺术上的巨大飞跃——

灵感，正是倾心于鲁彦周这种有专一的心境和必成信念的作家。

必成的信念，高度的自信心，确实是很重要的。神经心理学家研究发现：积极的自我暗示不但可以促进大脑中化学递质乙酰胆碱的释放，从而促进记忆活动效率的增加；而且积极的自我暗示产生的神经冲动对 PNA 的合成，从而对信息的贮存产生催促作用。而消极自我暗示则恰好相反。因此，在写作前，要有高度的自信心，要相信自己必然成功，这样就可以促使灵感的爆发。

笔者也有这样的体会，如果在旅游之时抱定一定要写出作品的念头，那么在游途中就会格外地注意观察、体验、想象、思索，灵感也往往会因此光临自己。比如，1986 年秋，我在杭州编写大学教材，离开杭州的前一天，正是中秋佳节后的第二天，我决心好好游一下九溪十八涧，写几首诗。在簌簌秋雨之中，我独自一人，撑着雨伞，走向了九溪十八涧。那是怎样的优美迷人而又朦胧迷离的秋雨秋山图啊！我摆脱了世俗的烦恼，沉醉于这绝妙的秋景。我入迷地、专注地、自在地观赏着，端详着，诗情就像路旁的小溪，潺潺地涌流出来；灵感就像身边的秋风，不时拂动我的心旌！行走在诗画的境界，一个下午，我就写出了四首诗。而当到了游人众多的地方，人声嘈杂，心志不专，我的诗情飘散了，灵感也再不降临了！

回顾漫游九溪十八涧的旅途中灵感频频出现的罕见情景，我发现灵感对专一的心境和必成的信念，是格外的垂青！

（四）理想的写作时间，写作环境和习惯方式

从写作时间来看，往往每个人都有自己的最佳时间。现代脑科学告诉我们，每个人的"生物钟"是不完全一样的，加之后天生活、环境的影响，更造成了每个人不同的用脑习惯，并形成了"百灵鸟型""猫头鹰型"和"全天候型"。每个作家，都应根据自己的工作条件、生活环境、身体状况及自我习惯，选好自己的"最佳用脑时间"，集中精力于创作，这就最利于激发起灵感，写出成功的作品。

歌德把清晨当作最佳写作时间。他说，早上睡醒以后那平静的几小时最利于新发现。

卢梭、狄更斯、列夫·托尔斯泰也习惯早上工作。

艾青也认为：清晨醒来，脑子里像凝满了露水，思维非常灵，也没有什么干扰，这个时候，就是他产生诗的时候。

姚学垠写作长篇小说，也是每天上早上三点钟起床，一直写到上午。

著名作家海明威在回答记者访问时说，在写作的过程中，早晨的时间叫人非常愉快。

但是，另外一些作家却习惯晚上写作。

前面提到，巴尔扎克在每晚十二点起床写作，即感到文思泉涌，下笔不辍。这就是他的最佳写作时间。

法国作家福楼拜也习惯晚上写作。他住在卢昂附近塞纳河畔的克鲁阿斯，他的书房的窗户面临着塞纳河。他总是在夜里写作，终夜都点着有绿罩的灯，直到晨光熹微的时候灯光才熄灭。这通宵达旦的灯光，竟成了塞纳河上渔夫们的灯塔；甚至成了从哈佛尔到卢昂溯流而上的海轮的灯塔；这些海轮的船长们都以"福楼拜先生的窗户"为灯塔！

鲁迅也常常是在晚上送走客人，家里安静之后，他再动笔，一直写到深夜。萧红在《回忆鲁迅先生》中说：

客人一走，已经是下半夜了，本来已经是睡觉的时候了，可是鲁迅先生正要开始工作。在工作之前，他稍微合一合眼睛，燃起一支烟

来……

全楼都寂静下去，窗外也是一点声音也没有了，鲁迅先生站起来，坐到书桌边，在那绿色的台灯下开始写文章了。

……

人家都起来了，鲁迅先生才睡下。

还有一些作家是"全天候型"，即无论是什么时候都可以写作。

写作的最佳时间有时还与季节有关。

普希金最喜欢在秋天写作，秋天就是他灵感最容易激发的季节。1830年秋天，普希金在幽静的乡村生活中，文思泉涌，灵感迭至，短短三个月时间，他写完了著名的诗体小说《叶甫盖尼·奥涅金》，写出了优秀短篇小说《别尔金故事集》以及三十来首抒情诗和一些散文作品。俄罗斯文学史，把这称为"波尔金诺的秋天"。

我国新诗奠基人郭沫若，在日本留学的1919年下半年至1920年上半年也有一个"诗的创作爆发期"。郭沫若在《创造十年》中说：

但使我的创作欲爆发了的，我应该感谢一位朋友，编辑《学灯》的宗白华。……那时候，但凡我做的诗，寄了去他无有不登。说来也奇怪，我自己就好像作诗的工厂一样，诗一有销路，诗的生产便愈加旺盛起来。在1919年与1920年之交的几个月间我几乎每天都在诗的陶醉里，每每有诗的发作袭来，就好像生了热病一样，使我作寒作冷，使我提起笔来战栗着有时候写不成字。

从写作的环境上看，从事写作的人最好有一个比较幽静、方便的生活、工作环境。环境幽静，可以集中精力于写作；条件方便，手头图书资料便于检索，这对于激发灵感，写好作品，是很有利的。

古人很重视写作环境的清静。袁枚在《随园诗话》中谈到陈后山写诗时，要"家人为之逐去猫犬，婴儿都寄别家"以求灵感到来时，思绪不至中断。隋朝诗人薛坚衡，专门为自己准备了一张"吟榻"，每当作诗之时，便往这张床上一躺。在冥思苦想之中，灵感常常会来光顾他。南朝画家顾骏之"常结高楼以为画所，每登楼去梯，家人罕见"。

外国一些作家也很强调写作要有一个安静的环境。如阿·托尔斯泰在写作时，往往让妻子对外宣称说他已经死了。马雅可夫斯基创作长诗《列宁》时，也是足不出户，闭门谢客，把自己关在家里三个月。

不少中国当代作家也如此。古华在《闲话〈芙蓉镇〉》中说："1980年7、8月间，正值酷暑，我躲进五岭山脉腹地的一个凉爽幽静的林场里，开始写作《芙蓉镇》草稿。"在这个清静的环境中，作者"当时确有点'情思奔涌，下笔有神'似的，每日含泪而作，嬉笑怒骂，激动不已。"

安宁的环境，轻松的心情，是创作者追求的最舒心、最欢畅的心理条件。

可是，也有少数作家，特别是一些新闻记者，不太看重环境的清静。欧阳修在《归田录》中曾记载过宋代作家杨大年的写作习惯说：

……每欲作文，则与门人宾客饮博、投壶、弈棋，笑语喧哗，而不妨构思。以小方纸细书，挥翰如飞，文不加点。每盈一幅，则命门人传录，门人疲于应命，顷刻之间成数千言，真一代之文豪也。

灵感的激发，不仅与写作环境的宁静有关，还与环境的气氛和色彩有关。

雪莱夫人玛丽在《〈伊斯兰的起义〉题记》中说：

作为一个诗人而言，他的才华与气质受着外界环境的强烈影响，特别是居住环境的影响……

1817年，我们定居于布金汉郡的马洛镇。……他往往驾一叶扁舟，荡漾于笔香河上毛榉树的林荫里，或是在风光绮丽的邻近郊野信步漫游，这首诗就是在划船和漫步时写成的。……荒野里草木苍郁，美丽无比；耕地尤其肥沃。马洛镇四郊虽然得天独厚，……然而居民却十分贫困……雪莱尽力给他们以慰藉。他对同胞们的那种无微不至的积极同情，从种种方面触动了他的思绪，并且也标志着他为民请命的实际行动。

《伊斯兰的起义》写的起义的故事，因而乡野的环境和农民的生活给了他诗的灵感。他的《解放了的普罗米修斯》是以希腊神话传说为题材，歌颂热爱人类的先知普罗米修斯同代表邪恶的暴君朱比特的斗争，因而他自觉地选择了充满神话气氛的、万山丛中的、卡拉卡拉古战场残留的遗址。

著名童话作家安徒生，在构思童话作品时，经常跑到怪石兀立、古木丛生的大森林中，在那神秘幽深的环境氛围中，去寻觅童话的意境，激发奇妙的想象，触发创作的灵感。

从写作的方式看，许多作家都有自己的独特习惯。而且一些作家常常要在特别的习惯和气氛中，才能产生灵感，产生作品。

诗人海涅要躺着身子才有灵感。

诗人雪莱要把头放在火炉旁或太阳的照射下才有灵感。

诗人席勒在创作时喜欢嗅烂苹果，而且还爱把脚放在冷水里。

卢梭在构思时，要让赤热的太阳晒头顶。

美国著名作家海明威习惯于站着写作。

中国作家柳青也说："人家都是坐着写书，我是站着写的。"

有的作家习惯于即兴创作，一气呵成。

莱蒙托夫的诗篇常常是突然间在他的意识中形成的。灵感到来之时，一些诗句就在他的灵魂中歌唱，他就急急忙忙地把这些诗一字不改地记下来。

阿·托尔斯泰也是一位即兴作家。他曾自豪地说：假如在他的面前摆上一令洁净的上等质量的纸，他就能写作。他往往在坐下时还不知道写什么，脑子里只有一个生动的细节，但他却可以把这个细节当作魔术棒一样，逐渐引出全部故事来。

鲁迅在写作前不写提纲，却要打腹稿。许广平回忆说："那张躺椅是他构思的好所在。那早晚饭前后的休息，就是他一语不发，在躺椅上先把所要写的大纲起腹稿的时候。"而写作的时候，他总喜欢点燃香烟，用他的"金不换"毛笔在最喜爱的稿笺纸上很工整地写下已经想好的文字。他往往一次写成，很少涂改。

有的作家则习惯于反复酝酿，精雕细刻。

　　法国杰出的现实主义大师福楼拜为了写《包法利夫人》，他以一个"临床医学者"的严谨态度调查了爱玛·包法利的悲剧中的一切细节；为了写《萨朗波》这部历史小说，他不仅阅读了大量有关史料、书籍，还亲自到小说发生的地点去游历；为了写反映从事科学试验的职员，他集中精力研究了化学、园艺学、医学、地质学等。在创作中，他也精益求精，反复推敲。他十分重视文字的准确性。他说："我宁肯狗一般地死去，句子不熟，也不肯少用一秒钟赶出来。"就是这样，他创作《包法利夫人》，用了五年；《萨朗波》，也用了五年；《圣·安东的诱惑》，前后写了四个稿本，经过了十六年。正是因为他在创作上如此呕心沥血、精雕细刻，所以他成为法国最伟大的文学家之一。评论家李健吾把他同另外两位文学大师相比较说："司汤达深刻，巴尔扎克伟大，但是福楼拜完美。"

WENXIN
TANMI

第三辑
创作漫谈
C H U A N G Z U O   M A N T A N

我的传记文学创作与研究

一

2016 年 4 月 17 日，西南大学一百一十周年校庆，学校隆重举行《袁隆平传》首发式。中国工程院院士、杰出科学家、杂交水稻之父袁隆平亲临大会并向学生代表赠送《袁隆平传》。我作为该传作者，在会上发言，表达了我对袁隆平院士的敬意和写作《袁隆平传》的初衷。会后，我在西南师大出版社服务部签名售书，受到学生的热烈欢迎。此前两天，《重庆晚报》以一个整版介绍宣传《袁隆平传》。2016 年 4 月西南师大出版社还同时推出我前两年撰写的 50 万字的《梁上泉评传》，当年 5 月重庆作家协会和重庆参事室又联合举办了《梁上泉评传》的首发式和研讨会。我感到十分欣喜。我不由想起，我从 1976 年开始写《随卫敬爱的周副主席》，到现在刚好四十年。四十年来，我同传记文学真是结下了不解之缘。四十年来，我天南海北地奔走，绞尽脑汁地构思，殚精竭虑地写作，反反复复地修改，出版了十来部传记文学著作和四部传记文学专著！

也许是受父亲热爱读书的习惯的熏陶和中华人民共和国成立期朝气蓬勃的时代风潮的影响，我从小就喜欢上了文学，尤其是描写英雄人物的武侠小说和传记作品。我从小学四、五年级开始看《说岳传》《七侠五义》《三侠剑》等武侠小说，并到茶馆听评书。考入重庆一中以后，又把兴趣转向了英雄人物的传记，看了《罗蒙诺索夫》《卓娅和舒拉的故事》《古丽娅的道路》《高玉宝》《把一切献给党》等传记作品，而李锐的《毛泽东初期的革命实践》一书，我竟一连看了两遍，对我的读书学习、立志修身，都产生了重大而深远的影响，也对我写作传记文学产生了直接的作用。考入四川大学以后，我在系统地学习古今中外文学经典和读诗写诗的同时，仍然保持着对传记文学的爱好，读了《史记》和《忏悔录》等中外传记文学名著。大学毕业时，我的毕业志愿书上填写了新疆、云南、贵州，我渴望到边疆、到异域去建功立业，写出我们民族的英雄人物和异域风情。谁知，川大却把我分到了故乡重庆的一所高校。我决定走一条学者兼作家的道路。看书、写诗、写散文、写小说，我渐渐成了四川、重庆小有名气的作家。

二

粉碎"四人帮"，思想大解放，我被压抑的创作热情像火山的岩浆一样喷射出来！1976年11月下旬，重庆市委宣传部领导组织作家为几位老红军撰写怀念周恩来的文章。我被分配为重庆特钢厂的廖其康同志写文章。他在抗战初期曾担任周总理的警卫副官。几天之内，我听他讲述，写出了文章，发表在人民日报上。不久，我院党委书记王丙申突然通知我，说市委书记要我为廖其康整理回忆录——原来是廖其康找到市委书记，要我为他整理回忆录。于是，我每天到他们厂招待所听他谈，晚上回家记录整理。就这样，我们一连谈了将近一个月，我整理出十多万字的初稿，取名为《随卫敬爱的周副主席》。稿子很快由市委印刷厂排印出一百本，分寄邓颖超等有关领导同志和有关部门。而我则带着几份稿子，去到北京，送给童小鹏等同志审阅。小鹏跟随周恩来多年，曾担任总理办公室主任。他对此书非常重视，用几天时间看完全书，并当面给我提出了修改意见。为了补充、核实和印证材料，修改好此书，我又到廖其康跟随总理工作过的西安、桂林、武汉原八路军办事处及延安等地进行参观访问。回到家中，我连夜进行修改补充。书稿于1978年2月——即周总理八十诞辰之前出版。1978年四五月间，山西省出版局党委邀请廖其康到山西旧地重游。廖老要我与他同行，为他记录整理。当时，我已报考了中国社科院文研所的研究生，正在复习功课。但是，为了写好回忆周恩来的传记，我忍痛放弃了复习，也即等于放弃了读研究生的机会，陪同廖老去了太原、汾阳及西安等地，实地考察周恩来抗战时期在山西的革命活动，写出了《随卫周副主席到山西》一文，收入山西人民出版社出版的《周总理在山西》一书。我还对《随卫敬爱的周副主席》做了修改补充，此书于 1979 年 11 月再版。

三

1977 年 4 月，四川省委宣传部指定我为北京一家出版社撰写一篇家乡人民怀念陈毅元帅的文章。我在四川省委、重庆市委、内江地委宣传部同志陪同下，去到陈毅故乡乐至县，参观了他的旧居，访问了家乡亲人和乡亲。在采访中，人们告诉我：中华人民共和国成立以来，还从来没有人来了解过陈毅的事迹，却只有北京、成都来的红卫兵调查陈毅"反党反毛泽东思想的罪行"。我听了非常气愤。我一下想起少年时读过的有关毛泽东青少年时期的传记。我想：我应该写一本陈毅青少年时期的故事，以回击和批判林彪、"四人帮"诬蔑和陷害陈毅同志的卑劣行径。于是，我扩大了采访的内容和范围，不但访问了陈毅家乡的亲人和乡亲，还到成都、重庆访问了他的哥哥陈孟熙和弟弟陈季让等亲友，去了他当年读书学习和游历过的地方。我在写好并发表了《家乡人民怀念陈毅》一文之后，又写了《陈毅青少年时期的故事》初稿。在上海人民出版社决定出版此书之后，我又专程再去乐至，采访了陈毅的一位表弟，他给我讲述了陈毅小时候的一些故事，还提供了陈毅少年时写的几首诗、对联；我还专门到苏州采访了陈毅的胞妹和妹夫，到北京征求陈昊苏、陈丹维等人的意见，然后用十多天的时间到上海出版社改稿。1979 年 11 月，《陈毅青少年时期的故事》出版，1980 年团中央将此书作为优秀读物，向全国青少年推荐。这可以说是全国第一部陈毅的单本传记文学著作。

四

我是重庆人，在沙坪坝重庆一中读高中时，就听过《红岩》作者罗广斌、杨益言关于革命烈士斗争事迹的报告，并多次到烈士墓瞻仰扫墓。1979年初春，四川省和重庆市领导组织作家撰写烈士传记，指定我撰写《罗世文传》。我到展览馆资料室查阅了罗世文及有关烈士的资料——那时罗世文等烈士的资料非常少，现在的资料绝大部分是我以后搜集起来的。当年春节前，展览馆即派出资料组戚雷同志（他不幸才二十多岁就去世，谨在此向他表示诚挚的吊唁）协助我去罗世文家乡威远县与自贡市交界处的观音滩搜集资料。罗家是一个大家族，19世纪在自贡是很显赫的，到罗世文出生时候才衰败下来。罗家旧居是一个很大的院落，有几十栋房屋，有大花园，有小溪、荷池，还有藏书阁等建筑。虽然因为土改后分给许多家农民居住而破损不堪，但仍能依稀想见当年的豪华。从大门旁倾倒的石柱上的对联，"有钓鱼情船归不系，无出山意云与俱闲"，让我隐约窥见了罗家长辈的旷达胸怀。在自贡，我们还在罗家后人中找到了罗世文的家谱。知道罗世文的妻子叫王一苇。在重庆，我找到了罗世文的堂弟罗世良，他给我提供了很多材料。暑期，我到罗世文战斗和工作过的川陕苏区及延安，查阅资料，并到北京访问了廖承志、魏传统、韩子栋（小说《红岩》中华子良的原型）等老同志。我写出《罗世文传》初稿后，市委宣传部为我聘请的顾问、原四川地下党省委秘书长、时任西南政法大学党委书记的张文澄同志指出：你在传记中称王一苇为罗世文妻子，但是，罗世文在1938年提出要同王一苇结婚，省委并没有同意；因此，现在如要称她为罗世文妻子，须要得到党中央批准。

张文澄同志的话，使我大吃一惊，也让我感到了任务的艰巨。但是，既然选择了，我就不能退缩，只能迎难而上了！

当时，连展览馆的同志也不知道王一苇的情况，只是听说她好像在重庆法院工作。我多方向重庆市法院和西南政法大学的老同志打听，终于从一位老同志口中得知：王一苇中华人民共和国成立后在重庆高分院工作，后来调到四川省高级人民法院工作，是否健在，不太清楚。

1980 年暑期，我利用高考阅卷的机会，开好介绍信，到成都省高级人民法院。高级人民法院政治处的同志一听是了解王一苇，非常冷漠地说：她早已死了。我说明我在写罗世文烈士的传记，王一苇是罗世文的妻子，我非常需要了解王一苇的情况，请他们务必提供王一苇的档案。他们依然冷淡地说：那你过几天来吧。几天后，却得到一个意想不到的结果：王一苇的档案不在了！我想，这怎么可能呢？我只有请他们再仔细找找！他们非常勉强地说：那你就再过几天来吧！过了几天，我再去高级人民法院，得到的回答依然是没有！我又请他们再找。过几天再去，他们说，没找到，你到四川省档案馆或成都市档案馆去查一下吧！我只好去了这两个档案馆，还是没有！一个暑假就这么折腾过去了。第二年暑期，我又去到省高级人民法院，政治处同志说：王一苇的档案可能是"文化大革命"中借调到原成都军区了；几天后，他们又告诉我：是原成都军区的两位同志借去未还，让我自己去找。我到原成都军区打听这两位同志，谁知他们早已转业到山东，军区也不知他们的单位和地址。线索就这么断了！我没有灰心，我想：王一苇是"文化大革命"前去世的，应该有同事了解她的情况，单位也应当知道她家的住址呀！于是我再次去到高级人民法院。令我惊奇和愤怒的是，对我提出的两个问题，他们的回答竟然是不知道！他们是真正地拒绝提供任何帮助了！但是，我还是不死心！我在省作协的朋友中打听有无省高级人民法院的朋友。一位作家给我提供了一位高级人民法院的老同志。我拿着他的私人介绍信到高级人民法院找到了这位老大姐。当她听我讲政治处同志说不知道王一苇生前的住址和朋友时，气愤地说："一苇生前住在线香街，离我们高级人民法院只有几十步，高级人民法院谁人不知，哪个不晓！我现在就带你去一苇的家。"果然，没走几步就到了！正当我庆幸找到了新线索时，我又碰到了新问题：罗世文和王一苇没有儿女，她死后，房主已另换住户，现在的住户都不知道她的任何亲人！我到派出所、街道

225

办事处打听，也都不知道她有任何亲人。我再次陷入了困境！但我不甘心，再次走到王一苇旧居，挨家挨户地询问。终于，一位刚下班的青年女工告诉我，她小时候经常到王一苇阿姨家玩，王阿姨经常给她讲罗世文烈士的故事。王一苇死时，是她拿着大人们给她的信，去通知王阿姨的弟弟来料理的后事。我一听，高兴得差点跳起来！——她该知道王一苇弟弟的地址了！可是她回答说，那时候她才十来岁，现在已记不得王阿姨弟弟的名字和地址了！我再次失望。我失望地走在成都的大街上。我想，跑了一年多，没取得任何效果！就这么算了吗！不行！我不能放弃！我得再去启发那位送信的姑娘！暮色中，我再次走进姑娘的家，向她详细说明了了解王一苇对写好罗世文传记的重要性！请她再仔细想想！她被我感动了，表示愿陪我去找王一苇的弟弟：他家好像住在红星路，他肯定姓王，是个老人，我们从红星路一号找起，肯定能找到。于是，她冒着夏日的余威，陪我一家一家去问：你们这儿有没有一个姓王的老人。可是，找了两百多家，走了两个多小时，还没找到人。眼看已是晚上 10 点多钟了，我必须送她回家了。送她到家门口，她对我说，明天她休班，还同我一起去找！我真的被她感动了！第二天早上八点，我去到她家，她已站在家门迎接我，一见我，她就非常高兴地说："有线索了！有线索了！"原来昨天晚上回家，在屋门口乘凉时，一位下夜班的女工回忆说，王一苇常有个叫"奶妹"的侄女来看她，这个"奶妹"好像在战旗文工团工作！现在我就带你到战旗文工团。到了文工团，果然找到了"奶妹"——原来她真是王一苇的侄女。她带我去了她爸爸家——果然就在红星路。他是一位中学外语教师。他讲述了王一苇家的历史，也讲了王一苇与罗世文相爱的过程。他介绍我去访问王一苇的小弟弟王众音——他是山东省委副书记，王一苇的回忆录也在他那儿。我立即把情况给省委宣传部副部长陈文汇报了，他同意我去山东访问王众音，并到北京向中组部请示王一苇能否称为罗世文的妻子。我冒着 38 度的酷热去到济南，赶到威海，见到了王众音，他给我讲了王一苇丰富曲折的经历：她 1925 年加入共青团，1926 年参加广州妇女运动讲习所，是邓颖超的学生，26 岁加入共产党，参加了广州暴动。王众音说：王一苇在中华人民共和国成立后为什么被审查？是因为她曾在中华人民共和国成立前被捕，后来报上登出了她的"脱党"声明，但是，这个声明不是她写的，是她爸爸帮她女儿写的——为了让自己的女儿出狱。一苇出狱后，罗世文相信她没有叛党，想为她恢复党籍，可当时地下党省委没有同意。中华人民共和国成立后，她被审查，她受不了这种屈辱，自杀了——落下个自绝于党的罪名。说到这里，王众音沉挚地说："人都已死，夫复何求？只求组织上为她恢复名誉，还她一个清白！久麟同志，请你回川给省委组织部反映一下，给任白戈同志（时任四川省顾问委员会主任）谈谈——我同一苇三十年代在日本搞党和妇女工作，都是白戈同志领导的！拜托了！"

　　带着众音同志的嘱托，我去到北京，拜会了中组部部长陈野萍和老干部局局长郑伯克同志。他们对我的工作非常支持，专门派人把"文化大革命"中分散到外地的中组部的档案库中罗世文的有关资料调回北京让我看。郑伯克还告诉我："38 年罗世文提出同王一苇结婚，因为王一苇脱党的问题没搞清楚，再加上罗世文是公开的中共省委书记，而王一苇却主要从事统战工作，成天和地方军阀的太太小姐在一起，身份悬殊太大，所以没有批准。在'抢米事件'后（'抢米事件'是 1940 年春国民党特务策划的一场抢米活动，企图嫁祸共产党，并以此为由逮捕了罗世文、车耀先同志——郭注），罗世文和车耀先被捕，省委很担心罗世文家里的文件被国民党特务查获造成党的重大损失，决定派人前去销毁罗世文家的全部材料。这是一项非常危险的工作，因为罗世文的家很可能已被特务监视起来了！我们只好把这个任务交给王一苇——因为她和罗世文一直同居。我找到王一苇，把这个任务交给了她。第二天，她如约告诉我——罗世文家的材料已全部销毁。'抢米事件'后，除了罗世文、车耀先被捕外，四川地下党确实也没受另外的损失。就从这件事，也可说明王一苇是个好同志。"郑伯克最后说："我现在可以郑重地告诉你，你在《罗世文传》中可以称王一苇为罗世文的妻子！"

以后，我还采访了时任中共中央军委秘书长的杨尚昆同志，他两次接见我们，给我们讲了吴玉章、罗世文的事迹。《罗世文传》写了五稿，陈文副部长审阅了三次，并写了序言。此书出版后，即获四川省和重庆市首届哲学社会科学三等奖。

在此前后，我两次给任白戈同志和四川省委组织部反映了王一苇同志的情况，请他们尽快为她平反、落实政策。不久，四川省委组织部连续发出两份文件，给王一苇平反和恢复党籍。王众音看到文件后非常高兴地来信说："你为了真理，为了正义，不辞辛劳，天南海北地奔波，终于把家姐的事弄了个水落石出。你的这种精神，值得我们学习。世文、一苇九泉有知，也会感激你的！"二十年代末参加革命的苏雁秋在审阅初稿后题笔写诗："每望陵园百感多，英雄伟迹恐消磨。耐君挥笔成青史，月桂天仙舞婆娑。"以后，我应四川少儿出版社之约，写了《少年罗世文》一书。我运用了文学的手法，文学的想象，在尽可能还原历史背景和场景的情况下，生动地描写了罗世文在苦难中出生，在屈辱中成长的艰难历程和他刻苦学习、追求真理的精神，详细描写了罗世文母亲卖身葬父，忍辱负重培育儿子的坚强性格和动人形象。

同时，在采访罗世文事迹的过程中，我了解到女烈士张露萍的事迹，率先将其写入传记，《新华文摘》转载了其中章节，引起四川省委的重视，专门成立一个小组，调查张露萍等人事迹，并追认其为烈士。后来，我又将《罗世文传》改编成电视剧《雕像的诞生》，荣获中宣部文艺局和中央电视台全国优秀电视剧奖。

五

《罗世文传》出版前，我向四川省委宣传部陈文副部长提出为吴玉章写传的计划。他十分支持，让我约几位朋友一起来写。我约了一位亲戚、两个朋友，组成了《吴玉章传》写作组。我们到北京、武汉、广州等地档案馆查阅材料并访问了大量知情人，搜集到大量材料。就在我们紧张编写《怀念吴老》《吴玉章文集》《吴玉章年谱》之时，我却受到无端的批判，并被排挤出写作组；在《怀念吴老》《吴玉章文集》《吴玉章年谱》的前言后记中，也抹杀我三年多的辛劳和贡献。这件事深深地伤害了我。我沉痛地中止了革命家传记文学的写作，而转向文学批评和理论研究。陆续出版了《文学创作灵感论》《论贺敬之的诗》《散文知识与写作》等理论专著，创作出版了诗集《爱的琴弦》《新编女儿经》《郭久麟散文集》《当代西南企业与企业家》；还创作并拍摄了电视剧《沉默的情怀》和《雕像的诞生》及三部电视专题片。

但是，对传记文学的热爱之情依然不时地冲击着我的胸怀。有鉴于传记文学理论研究的滞后，而自己既有传记文学创作的体验，又有在高校工作和热心从事理论研究的条件，我决定从事传记文学理论研究，为传记文学的发展做出力所能及的贡献！我于1995年向四川省教委申报了《传记文学写作论》的课题，得到了批准。我有计划地阅读、学习和研究了古今中外的大量传记文学著作，写出了"传记文学的性质""传记文学的发展历程"及"传记作家的修养"等章节，提出了传记文学可以在细节上虚构和运用再造想象乃至在细节上适度夸张的观点；然后，我融进了自己十多年来从事传记文学写作的经验教训和心得体会，对传记文学写作中面临的传主的选择、材料的搜集考证和使用、主题的提炼、结构的安排、技法和语言的运用等问题，做了具体论述。

1999年初，《传记文学写作论》出版。我又撰写了《传记文学写作与鉴赏》一书。该书上篇论述了传记文学写作的规律和方法，下篇对从古至今的中国传记文学名篇进行了评析，在以传记文学真实性、历史性、科学性同文学性、艺术性、审美性相结合的标准及以现当代为主的原则下，选取了八十余部（篇）传记文学名著进行了赏析和评论。

《传记文学写作与鉴赏》出版后，鉴于中国尚缺乏20世纪传记文学史的研究，而我在撰写《传记文学写作论》一书的过程中，已经对中国现当代传记文学进行了较全面扫描和初步研究，我决心趁热打铁，写一部《中国二十世纪传记文学史》，以填补传记文学研究的空白。我的这个计划再一次得到重庆市社会科学规划办公室领导的支持。三年多的时间里，我反复阅读、比较、挑选 20 世纪的优秀传记文学作品，一部一部地进行分析、评论；然后又在总体上对 20 世纪传记文学进行系统观照和梳理，研究其总体的发展趋势和脉络，经过三次修改补充，写出了 40 多万字的《中国二十世纪传记文学史》。史传出版后，受到学术界好评。中国传记文学学会前会长、中国青年出版社前总编王维玲指出，"该书对中国 20 世纪传记文学做了历史性、系统性、科学性地研究和评价，对中国 20 世纪传记文学的精品做了比较、分析、综合、归纳……该书气势宏大、内容丰赡、见解独特、论述深刻。它的出版是传记文学史上一项开拓性的工作，具有填补空白的意义"。著名传记文学评论家全展教授认为，"该书具有宏阔的学术气象、扎实的理论品格以及很强的现实指导作用"。

2009 年，我到深圳采访原深圳文联主席张俊彪，并为其写传。他约我同他主编一部包括港澳地区及海外华人文学的《大中华二十世纪文学史》。这正和我心。因为我在教学中几次参与编写中国现当代文学史，自己有一些新观点、新想法，始终未能实现，现在我做主编，就可实现自己的学术抱负了。于是，我提出了把传记文学作为独立文学文体，并按七种文学文体建构这部文学史的新观点，即按诗歌史、小说史、散文史、报告文学史、传记文学史、戏剧史、影视文学史和中国港台地区及海外华人华文史八个篇章构建全书。我们约请全国高校中的几位专家，用了近两年的时间，撰写出这部大型史典，我独自撰写了其中的"中国二十世纪传记文学发展史"和"中国二十世纪诗歌发展史"两篇共 40 多万字。该史典是一部有独创性的大型史典。

我认为传记文学应该是与纯散文和报告文学并列的、独立的文学文体。因此，我专门写了《中国二十世纪传记文学史》，并在《大中华二十世纪文学史》中把传记文学与散文、报告文学都作为独立文体为之写了百年发展史。我还在《文艺报》和《中国人物传记》上发文阐述这个观点，希望能早日让传记文学被文学界、文化界公认为独立文学文体，以取得更大的发展。

我的这个愿望基本上实现了。2016 年 8 月，中国作协出版集团同中国报告文学学会召开了中国传记文学首届创作会议。会上，中国作协副主席何建明宣布成立"中国传记文学创作研究专家指导委员会"，何建明、陈晋任正副主任，我荣幸成为专家指导委员会的专家。这标志着传记文学作为一个独立文体列入中国作家协会的管理领导之下。

六

在撰写传记文学理论专著的过程中，我更认识到，在传记文学写作中，选择传主最重要的是选择同自己兴趣爱好比较接近而又最熟悉的人。我是学文学的，同我兴趣爱好比较接近而又最熟悉的人，当然是诗人作家了！刚巧，70 年代带领我编撰诗集《红岩村颂》的著名诗人雁翼来到重庆，几位诗友约我去看望他。他给我讲述了他六十来岁时舍弃天伦之乐，一个人到深圳深入生活、进行创作；七十多岁高龄还一个人住在北京，拿出自己的稿酬约请世界各国首脑写歌颂和平与建设的诗，编辑《世界和平圣诗》。我深深地感动了！我觉得，在他身上体现了中华民族最优秀的性格，那就是永不停顿地攀登！因此，我决定写他的传记。雁翼非常高兴，给我寄来了他的全部作品，并在信中说："相信你会突破一般传记的写法。人，都是感情的载体，有美亦有丑，我亦然。"这封信使我对写好他的传记充满了信心，因为他尊重传记的真实性，不要求把他写成完美的人，不忌讳表现他的缺点和弱点，不忌讳写他的感情生活。我感到，我选择雁翼作为传主，选对了！

我阅读了他的全部著作，我一次次在重庆、北京、成都同他倾谈。我感到，要想使这部传记有突破、有创新、有深度、有高度，就不仅要生动形象地描写出雁翼波澜壮阔、曲折丰富的人生历程，还要紧紧抓住雁翼之所以能从半文盲成长为海内外都有相当知名度的诗人作家的主观原因和客观条件——主观原因，就是他对文学事业的挚爱和孜孜不倦的求索精神；客观条件，则是颜氏家族（雁翼原名颜洪林，是颜回的后代）的遗传基因，爷爷和母亲的言传身教，家乡民间文化艺术的熏陶，部队熔炉的培养教育，时代风潮的激荡磨砺，等等。于是，我详细地描写了雁翼是怎样在爷爷、祖母、母亲和教师影响下参加了八路军走上了革命的道路；更详尽地写出了八路军这座革命熔炉对他的培养和熏陶，使他走上了文学创作的道路；我还详尽描写了雁翼在"文化大革命"中的遭遇，这不但没有动摇他对文学事业的信念，反而让他更多地、更深地认识了生活的真实，促使他写出了更加深刻、深入地反映人民生活和历史真相的作品，一步步走向自己人生和事业的高峰。

我感到高兴的是，我不仅写出了一个鲜活的人物在大时代的成长发展，并通过他的成长发展来反映这个波澜壮阔、缤纷多彩的时代；而且还突破了当代传记文学不敢表现内心情感的禁忌，大胆地、深入地揭示了传主的内心世界、感情世界，甚至是隐秘的感情领域。在写法上，我尽量描述生动的故事，选择典型的细节，并运用富于情感的、具体生动而又流畅典雅的语言，创造文学的氛围，文学的意境，以使传记显得生动活泼，有较强的艺术魅力和吸引力。传记出版后，邯郸学院举办了《雁翼传》研讨会，中国传记文学学会会长万伯翱、中外传记文学研究会会长赵白生、社科院文研所研究员桑逢康等给予了高度评价。

后来，我应邀参加贺敬之国际学术研讨会，见到了我十分尊敬又十分熟悉的贺老。我在川大读书时就喜欢他的诗，毕业后写了《论贺敬之的诗》的理论著作，并多次到他家，同他和柯岩畅谈诗歌、人生。我想，我应该写贺敬之、柯岩合传。贺敬之高兴地接受了我的意见。他让我先写柯岩传，并同柯岩邀请我去北戴河中直机关招待所畅谈了近十天，还介绍我采访了他们的十多位朋友。我仔细阅读了柯岩文集和柯岩评论集，经过一段时间的酝酿、构思，我用一年多时间，写出了《柯岩传》。曾任《文艺报》副主编的文学评论家严昭柱说："郭久麟在传记文学领域笔耕不辍30多年，以作家的才华和学者的睿智，在创作和研究中都获得了丰硕成果。他新近创作的《柯岩传》，熔真实性、思想性、艺术性于一炉，是当前传记文学创作难得的上乘佳作。"

2008年到2009年，我又应深圳文联前主席及党组书记张俊彪之邀，两次到深圳同他详谈，并阅读了他的全部著作，以第二人称的笔法，创作了《从牛圈娃到名作家——张俊彪传》，表现了他从农村苦孩子成长为著名作家的传奇式经历。该传运用了小说刻画人物的手法，受到评论家的好评。

从2013年1月至2014年5月，我又采写了讲述中国著名诗人和歌曲、歌剧作家梁上泉的《梁上泉评传》。梁上泉是建国初期从西南边疆军民生活的熔炉中培养出来的年轻诗人。我用了双线复式结构，即从创作生涯和诗意人生两个方面来展示他的创作成就、人生经历及心路历程。我对他坚持民族化、群众化的诗歌道路，对他在叙事诗、诗剧及传统诗词创作上的成就给予了较高评价。在写这部传记时，我再次运用了第二人称的笔法，希望把第二人称的写法予以巩固。

这四部长篇传记都是写的当代著名诗人和作家，每部都是40多万字。在创作中，我突出了他们对文学事业的热爱和坚持深入生活、为人民创作的共同特点，又以大量生动的细节描写展示他们不同的个性和风采，充分再现了这个伟大时代是怎样培育和锤炼了他们，而他们又怎样以自己的创作回报祖国和人民。

七

2015年2月，我在西南大学散步时，突然产生了撰写袁隆平院士传记的灵感。我把这个想法同西南师大出版社社长米佳德汇报后，竟同他不谋而合：西南大学2016年4月庆祝建校110周年，正准备请人撰写学校杰出校友袁隆平的传记！于是，出版社决定请我写《袁隆平传》。

我在西南大学查阅了袁隆平读书时的档案材料，采访了他在重庆读书12年的同学校友，然后又到长沙杂交水稻研究中心、袁隆平故乡德安及袁隆平发现和研究出杂交水稻的基地——安江农校采访袁隆平及其夫人、子女，以及他的助手、同事、学生，搜集了近千万字的文字资料。在阅读、整理、消化、提炼这些材料的基础上，反复酝酿，精心构思，安排结构，然后我住进一个山庄，避开一切干扰，潜心写作，用5个多月的时间，一气呵成，写出40多万字的初稿。我带上初稿到长沙送袁隆平审阅，并再次深入采访袁隆平和他的同事。半个月后，我返回重庆，认真修改，反复打磨，再交给出版社。出版社派出精兵强将，精心编辑，四个月内高水平、高质量地编印出版。

怎样才能写出一部较以前出版的传记有新意、新看点、新内容，有新的深度和广度的传记呢？

其一，我尽力挖掘和表现了袁院士的故乡德安，他读书求学的重庆及他从事科研的安江，长沙的高山大川及人文精神对他的熏陶、教育和影响。

其二，我尽可能全面、全方位、多角度、多层次、形象生动地展现袁院士是如何在偏远的农校独立发现科研项目，并以非凡的眼光、顽强的毅力、睿智的思考，在那个动乱的年代完成杂交水稻三系配套的研究工作并在全国推广；又怎样在以后近40年的艰苦奋斗中，从三系法到两系法到超级稻，把杂交水稻研究一步步引向深入，夺得一个又一个新成就，使中国的水稻研究始终走在世界前列。

其三，我力图站得更高，想得更深，看得更远，力图站在科学史、民族史、外交史、民族文化史的高度，来认识和表现袁隆平院士为中国和世界粮食的巨大增产和安全所做的伟大贡献。

其四，我用了较大篇幅充分表现党和国家领导人以及湖南省各级领导对袁院士的指导、帮助、关心和支持；用了很多生动事例表现他的助手、学生、同事、下级如何在他的引导和团结下，围绕杂交水稻事业呕心沥血，顽强拼搏，共同奏响了杂交水稻事业步步向上的协奏曲；共同谱写了杂交水稻走向全世界的奋斗史。

其五，我还尽力写出了他的爱情、婚姻、家庭、子女，他的大师情怀和百姓心态，展现出他独特的人格和风采，他丰满而纯真、博大而细腻的内心世界和情感波澜。

其六，我以较大篇幅，详尽而深入地阐释、总结和提炼出他成功的主观原因和客观因素。

在艺术表现上，我以纵横交错的结构——即前半部用时间线索，充分而完整地展示袁隆平杂交水稻的研究过程；后半部以事件和性质为线索，表现他取得的成就及如何在领导支持和同事、助手的共同努力下取得这些成就的。

我还以第二人称的新颖手法，以同袁隆平对话的方式，以讲故事的方法，在生动的情节叙述和细节描写中，表现出袁隆平波澜壮阔的一生；描绘出原汁原味、真实可信、自然朴实、可亲可爱的袁隆平的形象。

我希望通过对他的人生经历和感情世界的描写，通过对他成功原因的挖掘以及笔者的抒情议论，提炼出丰富的成功经验和深切的人生体味，以潜移默化地帮助、陶冶和启迪广大的青年学生和全国亿万青少年。

《袁隆平传》得到了专家学者的首肯。中国作家协会副主席、全国著名报告文学作家何建明认为，"本书较其他一些袁隆平传记作品更真实、更全面、更生动"。袁隆平在出席首发式后也对他的大学同班同学表达了同样的看法。这使我感到十分欣慰。

八

就这样，四十年来，我由革命家传记创作而进入传记理论研究，又由传记理论研究转向文学家传记和科学家传记的写作，并在这两个方面都取得了较好的成绩。我还在我供职的高校建立了传记文学研究机构，把传记文学引入了本科教育。我的这个特点受到文艺界的注意和重视。中国作协主席团委员、重庆作协主席陈川先生在2010年11月召开的"郭久麟传记文学研讨会"上说："我们知道，郭久麟先生长期从事传记文学的创作和研究工作，积数十年之辛劳，笔耕不辍，著作颇丰，名满巴渝。他以一个创作者的身份去研究传记文学，尽得个中滋味，论述自然贴切，读来生动顺畅；同时又以专家的理论高度来创作传记文学，视野宽阔，形象之中蕴含着丰富的思想。这在文学界，恐怕并不多见。"中国传记文学学会会长万伯翱在致"郭久麟传记文学研讨会"的贺词中也说："郭久麟不愧为中国当代集传记文学创作与研究于一生的优秀的传记文学作家与研究家。"在2015年12月中外传记文学研究会在北京主持召开的"传记作家郭久麟专题研究"会上，与会专家也对我的这个特点给予了关注，并对我的传记文学创作及研究进行了深入探讨，给予了较高评价。何建明在《袁隆平传》序言中说："郭久麟是当代中国集传记文学创作与研究于一身的为数不多的几位有影响、有成就的专家之一。"我深深感谢作协各级领导对我的关怀和鞭策！深深感谢各位专家学者对我的鼓励和支持！

我在其他文学活动中也把创作和研究结合起来。我写散文，出版了《郭久麟散文集》和《探秘女儿国》；同时我也搞散文研究，出版了《散文知识与写作》。我写诗歌，出版了诗集《爱的琴弦》《锦江恋歌》；同时我也搞诗歌研究，出版了《论贺敬之的诗》，并在我主编的《大中华二十世纪文学史》中独立撰写了20多万字的《中国二十世纪诗歌发展史》；我创作拍摄了电视剧《沉默的情怀》《雕像的诞生》，也写了不少影视评论；我搞了几十年文学创作，我又把创作体会、心得、感悟予以深化、升华和提炼，撰写了《文学创作灵感论》的专著，臧克家还亲自为该书写了热情洋溢的序言。

就这样，大学毕业五十年来，我圆了一个梦：由一个大学生成长为教授、作家、学者、专家；成长为一个传记文学作家、理论家。

我还想再写几部传记，并且写出我的长篇自传。

我要用我的生命来实践自己的誓言：为神圣的文学事业奋斗终生！为我热爱的传记文学奉献出全部的心血和智慧！

写于重庆北碚西南大学学府小区

2016年5月28日

刊《重庆文化研究》

《罗世文传》后记

为了宣扬老一辈革命家和革命先烈的光辉业绩和崇高精神，为了继承和发扬革命传统，加强精神文明建设，促进四化建设，在四川省委和重庆市委宣传部及省市党史研究室及其前身省市现代革命史资料组的关怀指导下，在重庆中美合作所集中营展览馆的组织下，在我所在的四川外语学院党委的热情帮助下，我接受了《罗世文传》采写工作。从1979年到1981年，我利用几乎全部的寒暑假，到罗世文家乡威远、自贡一带和他从事过革命活动的重庆、成都、南充、达县、贵州以及北京、山东、云南等地访问了曾同罗世文战斗、工作和生活过的杨尚昆、廖承志、童小鹏、孔原、郑伯克、魏传统、荣高棠、胡绩伟、韩天石、王众音、张秀熟、余洪远、陈文、刘披云、张昔畴、周钦岳、张文澄、邓止戈、林蒙、刘连波、苏幼农、韩子栋、郝谦、吴均、王叙伍、陈翰屏、杨绍轩、梅子乾、黄远湘、周源江、李元杰、朗明钦、李任夫、施文淇、罗世良、苏雁秋等许多老同志，并到中共中央组织部、中国历史博物馆、军事博物馆、四川省档案馆、四川省博物馆、重庆博物馆和川陕革命根据地陈列馆等处查阅了罗世文的有关档案材料。1979年底，用了三个多月的业余时间，我写出了征求意见稿。以后，又经过四次较大的补充修改，写出了这部传记。

在采访过程中，各级党组织和老同志以及广大群众怀着对革命烈士的崇敬和怀念，给了我热情的支持和帮助。特别是廖承志同志在病中审阅稿件、题写书名，陈文同志三次审阅初稿和修改稿并为传记写序，张文澄同志作为本书顾问给予了具体指导和帮助，黄友凡、卢光特、乔毅民、魏国桢等同志都给了我不少帮助，罗世良同志作为烈士家属代表，提供了不少重要材料。钱学文、张健和周西平等同志给了我指导和帮助。重庆市文联杨土元同志在文字上做了整理加工。一位二十年代参加革命的老同志苏雁秋教授审阅初稿后还题了一首诗，对我的写作工作给予了热情鞭策："每望陵园百感多，英雄伟绩恐消磨。赖君挥笔成青史，月桂天仙舞婆娑。"所有这些，都是自己永难忘怀的。

正是各级党组织的关怀教育，革命前辈和广大群众的帮助指导，促使我怀着庄严的责任感和对历史、对后代负责的精神，用了四年时间，尽可能广泛地进行采访，尽可能详细而全面地搜集材料，尽可能深入细致地分析、选择和鉴别材料，然后认真地进行写作，虚心地听取各方面的意见，反复地进行修改，严格地尊重历史的真实性，做到确有其人，实有其事，只在环境、心理活动及少数对话方面，根据当时历史情况进行适当描写，以便使历史背景更鲜明，人物形象更生动。

撰写老一辈革命家的传记，对于研究党史，继承和发扬革命传统，鼓舞广大群众，特别是一代又一代青年为实现共产主义伟大理想而奋斗，具有重要的历史和现实意义。如何运用传记文学这一文学形式，在忠于史实的基础上生动形象地表现历史、刻画人物，也是当前文学和史学中的一个重要课题。自己在这方面刚刚起步，殷切期望广大读者，特别是革命前辈和文学、史学专家给予关怀、指导和帮助！

于四川外语学院
1983 年 3 月 1 日
郭久麟

《少年罗世文》后记

1997年除夕，我写完了《少年罗世文》，心里感到一阵轻松和欣喜。

18年来，我和罗世文结下了不解之缘。许多人问我是不是他的亲戚，否则为什么对他这么了解，为什么这么多年来花这么多的精力来写他？我回答说，我与罗世文不是亲戚。我写他，完全是出于对前辈的尊重、怀念和神圣的责任感！

1979年春，我写完《随卫敬爱的周副主席》和《陈毅青少年时期的故事》两本书不久，即接受当时担任中共四川省委顾问委员会主任的任白戈同志的指示，开始到全省和全国各地搜集了解罗世文同志的材料。经过一个寒假一个暑假的奔波，回家后又经过三个月的写作，我写出了《罗世文传》征求意见稿。从那以后到1984年，我在参与四川省委宣传部组织的《吴玉章传》写作组的调查采访中，到全国各地深入调查搜集了更多更详尽的材料。这期间，我采访过杨尚昆、廖承志、童小鹏、孔原、郑伯克、魏传统、荣高棠、韩天石、王众音、任白戈、张秀熟、余洪远、陈文、刘披云、张昔畴、周钦岳、张文澄、韩子栋、郝谦、罗世良等上百位老同志和知情人士，并到中共中央组织部、中国历史博物馆、军事博物馆、四川省档案馆、博物馆、重庆市博物馆、档案馆及川陕革命根据地陈列馆等处查阅了罗世文的有关档案材料。在陈文、张文澄、罗世良等同志指导帮助下，经四次修改，于1983年写出了《罗世文传》。

该书出版后，即荣获首届四川省暨重庆市哲学社会科学优秀科研成果三等奖。令我特别高兴的是，经过艰苦的调查采访，我查清了受到多年冤屈的罗世文妻子王一苇同志和被埋没多年的张露萍烈士的革命事迹，我把这些材料给各级党组织反映，协助党组织为她们恢复了党籍和荣誉，使她们受到了党和人民的尊敬和怀念！许多革命前辈写信写诗给我，对我所做的这些工作给予了高度评价和热情赞扬。

从1989年到1991年，我又在重庆市委宣传部领导下，根据《罗世文传》改编创作了电视剧《雕像的诞生》（上下集）。让罗世文的形象走上了荧屏，让更多的人了解到他的事迹和精神。该剧荣获了中宣部文艺局与中央电视台全国优秀电视剧展播奖和首届巴渝文学奖。

1997年，我应四川少年儿童出版社之约，撰写了这本《少年罗世文》，用了更多的文学手法和笔法，描写了罗世文少年时代热爱学习、崇拜英雄、富于正义感、好打抱不平、追求救国救民的理想的形象，希望少年儿童们能从罗世文艰难奋进的少年生活中受到启迪和激励！

于重庆

1999年除夕

《雁翼传》题记

一

一个只读过一年多小学的农民的儿子，怎样成为具有世界影响的著名作家？

一个多次负伤的荣誉军人，为什么还在七十多岁的高龄，舍弃天伦之乐，为中国文学走向世界而奔波不息？

一个坚毅的奋斗者，究竟能焕发出多大的潜能？

一个不懈的攀登者，究竟能攀登上怎样的高峰？

在著作、奖章、鲜花和成功的背后，有多少智慧和拼搏，心血和辛酸？

成功的喜悦和跋涉的痛苦，胜利的微笑和奋斗的艰辛，热烈的赞美和巨大的挫折，博大的情怀和淡泊的人生，温馨的家庭和命定的漂泊，诚挚的友谊和卑劣的暗算……这一切交织成一个怎样鲜活的独特的灵魂？奏响了一曲何等高亢的时代乐章！

让我们走进这波澜壮阔的人生历程，去认识和亲近这颗平凡而伟大的心灵！

二

雁翼在将近六十年的文学创作活动中，不但出版了七十几部诗集、散文集、小说集，以及戏剧、电影、史论、评论及美学著作，其中一些作品被翻译成英文、法文、德文、西班牙文、日文、俄文、朝鲜文、印度文；其文学成就已载入英国剑桥《世界名人录》《世界杰出名人传》和美国的《世界优秀名人传》。他还荣获英国剑桥国际名人传记中心颁发的"世界杰出文学家"证书、金质奖章和银质勋章，以及国际诗人笔会授予的"中国诗魂奖"，并认为他"为推动当代文学的发展起了不容忽视的作用。"

雁翼曾经说过："我只是中国的一寸泥土，长出什么庄稼，全是社会运动的耕耘。"他又说："那一寸泥土便是我的心灵，由中国20世纪的战争和各种'运动'深犁，用血泪浇灌，便长出了诗、小说、散文、戏剧等七十二部著作，这些书稿记实着我心灵土地受耕耘的过程。这些著作也许有着人类生活的一些共性，便被翻译成日、英、法、俄等国的文字出版。于是，一个中国的穷孩子便成了世界性的作家，佐证着中国发展为世界强国的过程，从这种意识中我才意识到我生命的重量，我的声誉是生我养我的祖国的光荣。"

我以为，这也是这部《雁翼传》所欲展示的主题。

三

艰难困苦，玉汝于成。雁翼的成功，首先得力于他艰难曲折的人生道路和丰厚扎实的生活积累。雁翼曾经对我说过："文学之花，总是靠肥沃的泥土的。而文学的肥沃的泥土，便是作家苦难的、丰富的生活。而人生的各种各样的遭遇，便是作家宝贵的财富。"雁翼出生在农村，对农村生活十分了解；他很小就参加了八路军，参加了抗日战争和解放战争，对部队生活更是熟悉；中华人民共和国成立以后，他大部分时间都在祖国各地各条战线调查采访，积累了大量的生活素材和人生感受；"文化大革命"中，他又被抓进监狱，备受折磨，却看到了许多稀奇古怪的人和事；80年代以后，雁翼又独自去到改革开放的前沿阵地——深圳工作、生活、观察、采访。所有这些，都使雁翼较一般作家有更丰富的、广泛的、深入的生活积累和生命体验。

雁翼的成功，更得力于他对文学的痴迷和他的勤奋，得力于他的文学才华。他在铁路文工团当团长，周围是熟悉的战友和同事，地位高，工资高，又有官职，又有职权，有车有房。可是他却毅然放弃这一切，调到重庆作协去当连最基本工资都没有的专业作家，到一个生疏的、陌生的环境中去开辟人生的新天地，这完全是出于对文学的痴迷！到作协以后，在将近半个世纪的岁月里，他都是那样执着地、忘我地、不计任何条件、报酬和得失地抓住一切机会和条件，走南闯北，深入生活，从事创作。雁翼的这种追求甚至还持续到他70岁以后，70岁高龄的他还独自离开妻子儿女去到改革开放的前沿阵地深圳去创作。这一切都是因为他太热爱文学，太痴情于文学！这种痴情的程度、热爱的浓度、追求的强度，是许多作家所难以比拟的。我们看到有几个作家在七十岁以后还独自离家几千公里去体验生活搞创作，自己拿出全部稿费甚至借钱搞世界性的大型诗歌编辑工作的？

雁翼的成功，还得力于他倔强的个性、高度的自信和不服输的精神。雁翼告诉我，他的创作很多时候是来自于反动力——即他把别人对他的攻击、打击、诬蔑当作前进的动力。走上文学创作道路以后，由于文化基础较差，受到不少文人的轻视、讥讽与打击，更遭遇过很多委屈、挫折和冤枉。当了专业作家不给他工资，这不仅是经济上的打击，更是精神上的歧视，但他却仍然矢志不移地选择了文学之路，毫不犹豫，毫不动摇；有的作家劝他少写诗，因为诗是文学中的文学，最难写好，他就不信自己写不好诗，坚决要攻下这文学中的文学。最后，他很快在人民文学发表了组诗；这以后，他又专攻诗歌，终于成为中国著名诗人。

雁翼的成功，还得力于他既充满了理想，又扎根于现实；得力于他虚心学习、勤于读书、勤于探索，不断地开发生命的矿山，不断地开拓创新的奋斗精神。雁翼给我讲：人生就是一座矿山，需要你不断地用知识去开采。而知识，就是开发人生的风钻。雁翼从一个小学生，通过刻苦自学，成为文坛的多面手，就是他不懈地以知识的风钻开发自己生命矿山的结果。他不仅写诗，而且写散文、写小说，还写电影剧本、话剧剧本，甚至还不断把自己的创作经验上升到美学理论的高度，写出文学评论、美学论文。这在中国文学史，乃至世界文学史上，都是一个奇迹！也是对人的生命潜能无限的佐证。著名作家韩素英称雁翼为中国的高尔基,从这个意义上讲,并不为过。

雁翼曾给我讲:"我做人有两条原则:一个是平等待人,尊重人。你不尊重别人,也就是不尊重自己;第二条是不害人,不做害人、整人的事。当官不自由,上面命令你整人,你就不能整人,所以我坚决不当官,转到作协当作家。"我认为,这是雁翼身上非常令我尊崇的两大优点。其他,还有他的勤奋探索,他的刻苦学习,他的对理想的毕生追求,他的大度宽容,他的和蔼可亲、平易近人……在他身上,我看到了自己所追求的美德。因此,我决定要花大力气写好《雁翼传》。

四

雁翼,作为一个具有七情六欲的人,不可能没有弱点和过失,甚至错误和缺点。对此,雁翼本人是有清醒认识的。当我一提出要为他写传,他就写信给我,希望这部传记能突破一般的传记,同时他还明确指出:"人,都是感情的载体,有美也有丑,我亦然。"明确表示可以写他的美,同时,也可以写他的丑;可以写他的成就与优点,也可以写他的过失和缺点。这是一种很高的见识,对我写好他的传记,也是极大的鼓舞。因此,我想,要写好《雁翼传》,就不仅要写出雁翼成长的曲折、辉煌的人生经历和卓越成就,写出他独特的人格个性,丰富的心灵世界,广阔的感情天地,还要写出他之所以成功的家庭和社会环境,写出各种各样的人物对他的影响,写出孕育他、培育他、磨砺他的那个波澜壮阔的伟大时代;还要写出他成长过程中的曲折和挫折,他在感情生活上的起伏和波澜,他在婚姻恋爱中的痛苦和欢乐,等等。而这一切,最终是要写出一位诗人丰富复杂而又广阔幽深的内心世界;写出一个真诚的、充实的、具体的、活灵活现的、有血有肉的诗人形象,写出其独特的性格和风采。

还有,雁翼的成功,绝对不是孤立的现象。从高玉宝、吴运铎到雁翼,他们都是中国社会剧烈变革的产物,他们也都是在父母、亲友、师长、战友、同事,在家庭、学校、部队、社会的哺育、培养、教育、影响下成长起来的。因此，还应该写出他成长的环境，影响他的家庭、部队、文坛、社会环境和众多人物，从而通过雁翼七十多年的生命历程，展示中国社会发展的宏伟历史，展现中华民族独立、解放、发展、复兴的壮丽历程。

这是我的希望和追求。至于做到没有，就请读者来评判了！

于重庆

2004 年 9 月

《雁翼传》后记

　　1998年新春，雁翼来到重庆，住在重庆宾馆，我去看望了他。他送给了我他的四卷集《雁翼选集》，并给我讲述了他在深圳将近十年的生活、工作、创作。他还告诉我，花山文艺出版社最近将推出"雁翼名作系列"：《深圳奇情录》《商人悟语》《雁翼说古》《雁翼的情诗》《囚徒手记》五本，主要都是他在深圳创作的。眼下，他正在约请世界各国首脑写和平的颂歌，准备编一部世界和平圣诗。我被他锐意进取的精神所感动。他都已是七十多岁的人了，还是多次负伤的荣誉军人；"文化大革命"中又饱经折磨，可是却依然创业不止，笔耕不已。而且他本来在成都有一个温馨的家，可是他却放弃天伦之乐，一个人到深圳、北京，住在旅馆，吃在饭店，顶风冒雨，往来奔波，熬更守夜，读书写作，并以自己的力量，编撰世界诗歌史上的一部大作。真是不简单，真是值得敬佩呀！

　　我称赞他老当益壮，他却说："每一个人都是一座矿山，就看你是不是能用知识的钻机，不断地开发生命的矿藏。"他这一句话一下点燃了我的灵感。回家后，我写了一篇文章《不断地开发生命的矿山》在报上发表。

　　那时候，我正在写学术著作《传记文学写作论》。我在总结自己十多年传记文学写作经验教训的基础上，研究古今中外传记文学作家的写作经验和规律，总结出了一些规律性的东西。在传主的选择上，选择自己最熟悉、跟自己很接近，也很了解、很热爱的人，是古今中外优秀传记文学成功的重要条件，也是传记文学作家取得成功的重要经验。司马迁写《屈原列传》，马可写《冼星海传》，约翰生写《塞维奇传》，鲍斯威尔写《约翰生传》，都给了我以启发。从我来说，我最应该写，又比较了解、比较熟悉的人应该是雁翼。我 60 年代读他的诗，70 年代初，在他带领下编辑《红岩村颂》，跟他有一年多的密切接触，对他的事业、才华、人品，乃至他的家庭，均有所了解。分别二十多年来，我们经常通信，也不时从文学界朋友口中了解到他创作的情况；1997 年 6 月在成都举办了雁翼创作五十周年纪念活动，我虽然未能去参加，但是，却从去参加了会议的杨山、刘扬烈、杨永年、王长富口中知道了那个盛况。我最佩服他的，是他不屈不挠的奋斗精神，他从一个只读过一年小学的八路军战士，自修成为一个全国闻名的大诗人，他在"文化大革命"中又惨遭迫害，却依然奋斗不止，到了人生的晚年，还离妻别子，一个人到深圳，到北京，向着人生的高峰、事业的高峰登攀！还有他平等对人、宽容待人的品质都令自己钦佩。这样的作家，应该写！而且我也是学文学的，对他的事业，对他的这种性格、这种精神，也特别能够理解。所以，我写雁翼，是一定能写好的！

于是，我给雁翼去了一封信，说了我想写《雁翼传》的意图。很快的，我收到了他寄来的资料（关于他五本"雁翼名作系列"的评论及"世界和平圣诗"的有关报道和评论）。他的那封信更使我增强了写好《雁翼传》的信心：

　　久麟文友：你要写《雁翼传》，就把这些剪报寄你参考。过些日子，待这些书印出再寄。相信你会突破一般的传的写法。人，是多种感情载体，有美也有丑，我也然。《圣诗》出版后，我会去渝和你畅谈。

雁翼　1999 年 5 月 6 日

1999 年底，我到北京出差，冒着纷飞的大雪，到苏州宾馆采访了他。

2000 年春节前两天，雁翼从北京飞来重庆，约我到重庆宾馆谈了一天，并送给了我一本刚出版的《世界和平圣诗》。不久，我在报上发表了一篇长文《让世界洒满和平的阳光——记著名诗人、〈世界和平圣诗〉主编雁翼》。

2002年2月春节，我到成都拜望雁翼。他把厚厚的一本尚未写完的《第三个档案袋》的复印件送给我，并郑重地在上面提上字，"送郭久麟先生使用"。他说："你写我的传记，可以自由的、自主的运用这里边的所有的材料，包括我的全部文章和所有的回忆录，还有我给你讲的以及你访问了解的材料。你尽管运用这些资料，根据写作的需要，自由地组织、运用、引用、抄录、摘编这些材料，写好《雁翼传》。"

就这样，我从2003年初开始了《雁翼传》的写作。直到2004年4月，写出了四十多万字的初稿。

雁翼在给我的信件和谈话中，多次提到希望我能突破一般传记的模式，写出新水平。我也渴望能写出新时期第一流的、甚至是最优秀的传记文学作品。

我想，要突破，要写出高水平的传记，首要的、最主要的，就是敢于写出真实的人物，写出传主的成就和经历，写出传主丰富复杂的心灵世界，不但要写出他的优点，还要写出他人生的挫折和曲折，写出人物丰富复杂的感情世界和心灵世界，塑造出个性鲜明的、有血有肉的、栩栩如生的、活灵活现的、富于立体感的人物。

其次，是要通过雁翼的一生，写出他周围的人物和环境，写出促成他成为今天的雁翼的客观条件、时代氛围，从而通过雁翼写出这个时代，又透过这个时代更好地显示出雁翼的独特性和典型性。

其三，是要有文学的氛围、文学的描写、文学的结构，以及富于诗意的、流畅典雅的文学语言，也即是说，要写成真正的文学传记。

2004年8月，我到成都，把传记交给了雁翼，请他审阅修改。雁翼再次表示："《雁翼传》是你的作品，我只是你写作的材料，我只看你材料用得实不实，其他是你的权力，我不能干涉。"2004年11月，雁翼寄回了《雁翼传》，他非常认真地审阅了全稿，对事实乃至文字，都做了仔细推敲、修改，并指导我联系出版社出版，请他的子女支持出版，这使我十分感动！……

2005年6月，河北省雁翼研究会成立大会和雁翼文学馆揭牌仪式在邯郸学院隆重举行。我同重庆文学界的诗人、诗评家陆棨、邹雨林、刘扬烈、万龙生、黄兴邦、刘江生应邀参加了会议。看到几百人的大礼堂挤得满满当当，听到来自河北省、邯郸市、馆陶县以及全国各地的领导、专家、学者、文朋诗友们热情洋溢的发言，特别是听了邯郸学院院长、雁翼研究会会长王金廷博导讲起雁翼研究会成立的经过，我才更真切地理解了雁翼在中国诗坛上的地位，尤其是在家乡人民心中的分量！这使我更加深刻地认识到，雁翼从一个只读了十一个月小学的农民的儿子，一个八路军战士，在农村这片沃土上，在人民军队这所大学校里，在社会这所大熔炉中磨炼成长，经过自己的顽强拼搏，终于成长为具有世界影响的大诗人的重要意义！他的人生，是光荣的、辉煌的一生；他见证了中华民族的百年巨变，佐证了中国由东亚病夫转变为世界强国的历史，向全世界显示了中国人民不屈不挠、奋发向上的意志和毅力。同时，他的一生，受到过不少坏人、恶人甚至是好人的误会、诬陷、打击，迫害，他的人生是极其丰富饱满、错综复杂的，称得上大起大落，大悲大喜，大灾大难，大功大名，大德大善……因而，他的人生又是极富于美学意义和审美价值的。而且，他的曲折坎坷、饱受苦难而又光辉荣耀、成就辉煌的人生历程，更深刻地反映了中国人民和中国共产党人在大半个世纪中探索国家独立、人民幸福、社会富强、民族复兴的道路上所进行的探寻和摸索，所经历的曲折和反复，所付出的代价和鲜血，所取得的胜利和辉煌！这是值得我们珍惜和记取的。我觉得，这也是我写这部传记的价值和意义所在。

邯郸学院领导还聘请我和与会专家为雁翼研究会顾问和雁翼文学馆特聘研究员，并将《雁翼传》作为雁翼研究会和雁翼文学馆的研究成果。邯郸学院院长、雁翼研究会会长王金廷教授认真审阅了书稿，并为《雁翼传》写了热情洋溢的序言。这使我十分感动。雁翼文学馆副馆长、雁翼的小儿子又代表家属审读了《雁翼传》。

2009年10月初，中秋节的晚上，雁翼溘然仙逝。

惊闻噩耗，我同妻子去了雁翼家，在雁翼妻子徐靖的陪同下，在雁翼遗像前焚香三鞠躬。很遗憾，雁翼未能见到他的传记出版。徐靖感伤地对我讲：雁翼走得很平静。去世后，肌肉都还很有弹性。她简直不敢相信他真的去了。她说，明年忌日，将举行小小的追思会。

2010年10月，我同重庆作协副主席兼秘书长陈川和重庆市前文联主席陆棨，以及冉庄、杜承南、刘扬烈、邹雨林、徐国志、万龙生、黄兴邦、王长富、胡永方等从重庆乘专车去到成都。到宾馆后，徐靖和她的几个儿子接待了我们（女儿颜小丽因事未能前来参会）。第二天开了一整天的会，会议由四川省作协和重庆作协召开，来自全国各地的诗人、作家、评论家，以及雁翼家乡的各级政府部门和高等院校的乡亲共约一百余人参加了会议。著名诗人晓雪、唐大同、陆启、严肃等发了言，追忆了雁翼的人生和创作，给予了雁翼高度评价。

最后，还有几点需要说明：

第一，这部《雁翼传》不是作家评传，更不是雁翼创作的评论，而是雁翼的人生和心灵的传记。对雁翼五十多年的创作，西南师范大学教授刘扬烈先生写了一部《雁翼创作论》，从雁翼抒情诗、儿童诗、散文、小说、戏剧电影创作到美学理论，做了全面论述，很有水平。我这部传记，是追寻雁翼七十多年的人生道路和心路历程，描写雁翼的独特性格、人格风采、心灵世界，探索雁翼是怎样在家庭温情、社会风云和时代潮流的多重作用和影响下，通过个人的艰辛奋斗，而成长起来的。也即是说，我要描绘一个鲜活的人物和心灵在大时代中的成长发展，并通过他的成长发展来反映这个波澜壮阔、缤纷多彩的时代。

第二，在这部传记中涉及不少健在的或已去世的领导同志和作家、艺术家。他们都是我十分敬重的人。我在传记中并未评价这些人，仅仅只从雁翼同他们的交往中来写了他们的某一个侧面、某几句话、某一件事，有时是雁翼批评一些作家，但这绝不代表我对这些同志的全面评价，也不代表我对他们的意见。希望能予以理解和谅解。

第三，关于传主的称谓问题，看一些传记，因传主前后称谓不同，常常产生混淆；雁翼也有这个问题：他名字叫颜洪林，发表作品以后才用笔名雁翼，但什么人在什么时候怎么称呼他，是很难辨析的事，对广大读者，又没有多少实际的意义，反而还影响其阅读和接受，所以我在这部传记中就基本上只用雁翼一个名称，只在他成为作家前别人称他时才用颜洪林或小洪林。特此说明。

感谢多年来关心和支持我写作的亲朋好友，感谢雁翼的妻子徐靖老师和雁翼的儿女，感谢雁翼的战友胡远方等老同志，感谢邯郸学院和河北省雁翼研究会、雁翼文学馆的领导和同志们，感谢出版社的同志们的热情工作。

虽然自己尽了很大的努力，但是，不足之处乃至缺点和错误，仍然难免，敬请各位专家和广大读者提出宝贵意见，以便再版时修改。

2005 年 6 月初稿于重庆白市驿菊香斋
2012 年 3 月再改于西南大学育才学院

《从牛圈娃到名作家——张俊彪传》自序

——致张俊彪

有人问我：为什么要写你的传记？你既不是伟大的政治家，又不是著名的企业家，也许今天还算不上全国第一流的文学大师和名家，为什么要选你作传主呢？

是啊，我为什么要写你的传记？我想，这首先是因为你那苦难的童年，还有你那富于传奇色彩的、曲折坎坷的经历，是那样的令我感动；其次，是你那罕见的正直、热情、坦荡、真诚、善良的性格，你特别顽强的意志和艰苦拼搏的精神，更令我有相见恨晚之感；此外，你有我刚刚写过的雁翼的憨厚和朴实。虽然，我是在大城市长大的，可是，我却特别喜欢雁翼和你这样的农民作家的诚恳和正直，热情和朴实。再加上，我觉得我们都有着共同的人生信仰和追求，都有着为文学事业奋斗不息的理想、信念和矢志不移的追求！正是这最后一点，使我觉得我虽是在写你，但又像是在写我自己，在挖掘着我的回忆，在表现着我的信念，意志和追求！

同时，在你身上，又有着父亲和母亲的双重影响。你身上流淌着母亲的血液，也遗传着她善良、勤劳，克己待人，宽容和蔼的美德；同时，你又承袭了父亲正直、刚毅、坚韧、倔强的品德，承传了他"车子不倒只管推，认准的道儿走到底"的韧劲，以及重知识、重文化，讲究忠孝节义，不向权势弯腰的秉性。我想，我应该在传记中把你成长的家庭环境、社会条件及时代背景充分展示出来，以揭示人物成长同家庭和社会的辩证关系，让读者更好地认识和了解家族遗传基因对人的成长的重要意义，给读者以启迪和教益。

　　而且，在与你通信和交谈的过程中，在对你进行深入采访的过程中，我越来越发现，你在边远的、贫困的山区出生，没有任何背景，却从农村走向部队，又从部队走向政府机关，再由内地走向沿海，走向改革开放的前沿阵地；你从痛苦和不幸的深渊，一步步走出泥泞，走向胜利的坦途，走向成功的辉煌。这一切，靠的是什么？靠的是善良的品性、豁达的态度、宽阔的襟怀、坚忍的意志，靠的是踏实的工作、顽强的拼搏、艰辛的奋斗、不懈的追求！你的人生，经受了常人难以想象的艰难和困苦，也付出了较常人更多的汗水和艰辛，因此，你才取得了较常人更大的成就和辉煌。

　　你从十七岁发表第一首小诗开始步入文坛，迄今已出版长篇小说《省委第一书记》《幻化》三部曲（第一部《尘世间》、第二部《日环食》、第三部《生与死》）《山鬼》《风流乾隆》，长篇传记文学《刘志丹的故事》《血与火》《董振堂》《最后一枪》《黑河碧血》《董振堂的故事》，长篇报告文学《鏖兵西北》《崛起在特区线外》，儿童文学集《我走过的路》《一篇未讲完的故事》《牛圈娃》《没有陨落的太阳》《孩子和牛》《牛角墨斗》《苦涩集》，以及诗集《情感与魂灵》，散文集《张俊彪散文选》，美学随笔《精神与精神性》。2010年底，你又捧出了长篇小说《现实与梦幻》，你的作品集共二十八部，约八百多万字；你的创作从长篇传记文学、长篇报告文学到长篇小说，从诗歌到散文，从中短篇小说到影视文学，从儿童小说到文艺理论，创作成果丰硕，在文学界产生了相当大的影响，先后十六次获得国家和省级优秀文学奖，并被国内外十多种大型辞书收录，作品介绍到十多个国家和地区。文艺理论界已经出版对你的专题研究著作《多棱透镜下的人生——张俊彪论》《理论视野中的作家张俊彪论》《张俊彪研究文集》《长篇小说〈幻化〉评论集》等专著四部，约两百万字。特别难得的是，你的这些创作，都是在繁忙的政务工作之外完成的，而且你的机关秘书工作和文联领导工作也做得那样好，受到各方面的好评：你才38岁就被破格评聘为文学创作一级（正高），同时担任了甘肃省文联专职副主席，并兼任全国青联委员等多种社会职务；1990年8

月 21 日，在中南海怀仁堂受到江泽民、宋平、丁关根、李铁映等党和国家领导人亲切接见；1992 年夏，你又被选调到深圳市文联主持工作，对深圳文艺界的团结和稳定，对深圳文艺体制和机制的改革，对深圳文艺事业的繁荣和发展，做出了突出的贡献，受到中国文联领导、广东省、深圳市领导的很高评价；现在又到深圳市政协，为深圳发展出谋划策，建言献策。这些成就的取得，你付出了多少心血和汗水，多少艰辛和代价呀！你使我想起冰心写过的一首诗：

> 成功的花，
> 人们只惊慕她现时的明艳！
> 然而当初它的芽儿，
> 浸透了奋斗的泪泉，
> 洒遍了牺牲的血雨。

正因为如此，所以，你的成长和成功，特别令人感动、激动，特别集中地体现了成功的秘诀，体现了人的品德和奋斗在成才道路上的重大意义。同时，你的经历和成功，还深刻地反映了我们时代前进的艰难曲折，反映了我国社会由小农经济过渡到现代社会的特别艰难而漫长的历程！从这个意义上讲，我觉得你的传记更富有深刻的思想和时代意蕴！对于广大青少年，富有丰富的启迪和教育作用；对于更好地认识和了解我们的国情和时代，也有重要的价值。而本传的意旨，就是想通过解剖你，通过解剖你走过的半生经历，揭示出中国人民所走过的共同道路，揭示出共和国光荣而艰难的历程和丰富而深刻的经验和教训，也为广大的青少年提供学习的榜样！

最后，我还想说的是，你虽然也许暂时还算不上全国第一流的大师，但是，你已经取得了很高的成就，拿出了《血与火》《董振堂》《最后一枪》《黑河碧血》《鏖兵西北》《崛起在特区线外》《牛圈娃》《没有陨落的太阳》《情感与魂灵》《张俊彪散文选》《精神与精神性》《省委第一书记》《幻化》《现实与梦幻》这样的杰作；而你还很年轻，你的潜力还很大，我觉得你还可以写出更好的作品，攀上更高的巅峰！名家和大师也并非不可企及的美梦！

我期盼着那一天的到来！

于重庆

2010 年 12 月

我写《柯岩传》

　　撰写《柯岩传》，缘于我同贺敬之与柯岩的忘年交和对贺敬之、柯岩的敬重和了解。

　　早在我读高中和大学的时候，我就喜欢读贺敬之和柯岩的诗歌。1965年，撰写毕业论文时，我选了著名诗评家尹在勤的《论贺敬之〈雷锋之歌〉》，那段时间，我如痴如醉地背诵着、研读着贺敬之的诗歌，很快写出了这篇论文。1972年，著名诗人雁翼应重庆市"革命委员会"邀请，带领我们几位业余作者编辑出版了《红岩村颂》，诗集出版后，我通过分配到人民日报工作的同学转给贺敬之，请他指导，贺敬之用毛笔给我回了信，对诗集给予了肯定。那以后，我又把自己写的诗寄给他看，他总是热情回信给予指点。1975年，贺敬之被"四人帮"一伙弄到首钢"监督劳动"，我仍然给他通信，并表示我们广大读者会永远喜欢他的那些壮丽动人的优秀诗篇。粉碎"四人帮"以后，我读到他的《中国的十月》和《"八一"之歌》，非常兴奋，去信祝贺。怀着对他的诗歌的热爱之情，我写出了理论专著《论贺敬之诗》。我把初稿寄给了他。他邀请我到他家，他和柯岩热情接待了我。他给我详细讲述了他的人生经历和创作历程，特别是《回延安》《放声歌唱》《雷锋之歌》等代表作的创作构思过程。以后，这本书由华岳文艺出版社出版。柯岩1983年到重庆出席诗歌座谈会并在重庆发表演说，我又见到了她。这以后，文艺界一些舆论对贺敬之柯岩有不少流言蜚语，甚至说他们带坏了诗坛；甚至还有人说柯岩的《周总理，你在哪里》是抄袭的，等等。我感到完全不能接受！我认为，对待诗歌等文学作品，都必须坚持马克思主义的历史唯物主义和辩证唯物主义的观点，都必须实事求是，一分为二，不能否定一切，打击一大片，把新中国成立以来的文学艺术轻率地否定。那以后，每到北京出差开会，我都要去看望他们，倾心交谈。我在完成了三部传记文学理论著作《传记文学写作论》《传记文学写作与鉴赏》《中国二十世纪传记文学史》及著名诗人雁翼的长篇传记《雁翼传》之后，即萌发了撰写贺敬之、柯岩合传的想法。在贺敬之国际学术研讨会上，我把这个想法给他讲了，他表示欣然接受。2005年8月，他们邀请我去北戴河同他们一起住了一个多星期。贺敬之表示，鉴于贾漫的《诗人贺敬之》刚刚出版，建议我先写《柯岩传》，以后再写《贺敬之柯岩合传》。我听从他们的建议，详细采访了他们，以后到北京采访了柯岩的同学、同志、朋友，以及北京公安部门和少管所的一些同志。回渝后，我阅读了柯岩的全部著作和评论、访问记及有关声像资料，等等。经过几年的酝酿孕育，我于2006年开始动笔写作。2009年8月，柯岩邀请我出席了"柯岩创作六十年暨柯岩文集首发式"，我看到了四川文艺出版社社长黄立新代表出版社赠送给大会的精美的十卷集《柯岩文集》；我看到并聆听了那么多领导专家学者对柯岩的高度评价，使我对柯岩有了更深的了解；而柯岩在会上做的《我是谁》的发言，更让我看到了她那一颗水晶般纯洁美丽的灵魂！回渝后，我于2010年初写出了《柯岩传》初稿，柯岩披阅后提出了修改意见；我根据她的意见，做了较大修改；2011年初，柯岩对修改稿做了仔细的润色，并请赵鼍将军写了序言。

《柯岩传》力图写出柯岩八十多年的人生历程，八十多年的人生追求；写出她深入人民生活、写出人民生活的创作历程；展示她多彩的创作成果和巨大的文学成就；写出她与贺敬之一见钟情、一生相爱、志同道合、肝胆相照的美好爱情和幸福生活；写出她旗帜鲜明，爱憎分明，刚正不阿，热情爽朗的独特性格；写出她作品的思想深度和艺术魅力。我越是深入了解柯岩，就越为她对祖国人民的热爱和对文学事业的执着而感动！

她从小就热爱文学，喜欢创作。在建国初期，在学习了《延讲》

以后，在参加了改造妓女的工作之后，在同贺敬之结婚，并同郭小川、李季等革命作家熟识之后，她就坚持自觉主动地深入生活，站在时代的潮头，呕心沥血，披肝沥胆，写出那样多、那样好、那样为人民大众所需要和热爱的作品。作为一位女性作家，她对儿童、对青少年，对特殊群体（如工读学生和癌症患者）有着特殊的爱，倾注了极大的热情为他们写作，为他们编书，为他们编辑报纸杂志。特别令我感动的是，她对文学事业的挚爱，真正是到了废寝忘食，不顾一切的程度。她生孩子的当天，还在与同事讨论剧本，赶到医院，竟然昏倒在产房门口；生下孩子才一个多月，她又主动要求到农村体验生活！她经常是在做大手术前和刚做完手术不久，都在忘命地写作！

今年四月，她在电话上告诉我，她正在编《与史同在——当代中国散文选》，非常紧张。我一听，就知道这是一部大工程，因为《与史同在——当代中国诗歌选》就是上下两部，一百万字，散文选更会是一百多万字！我忙劝她不要累坏了。她说，没有办法呀！必须得做呀！六月份到邯郸参加河北省雁翼文学研究会成立暨雁翼文学馆揭牌大会，才听胡笳先生讲，柯岩为编这部一百三十多万字的大书，从选题、构思、选文、修改，花费了多少心思，付出了多少心血！她不是编一部普通的散文选，而是要编一部与史同在的表现新中国历史的经典事件、经典人物、经典景观，从而展示新中国六十年辉煌历程的优秀的经典散文，以表现中华民族的光荣传统在当代的传承和发扬，表现新中国社会主义革命建设和改革开放的伟大成就。因此，她不仅要从浩如烟海的散文中选出符合她选择标准的、具有历史价值和美学意蕴的优秀散文，还要对这些作品进行适度打磨和精心修改，那种认真负责、一丝不苟的精神，真是令人敬佩不已！须知，这时她已是八十多岁，是动过多次大手术才从死神身边抢救过来的老人啊！八月初，就在我收到她主编的《与史同在——当代中国散文选》之时，我就接到贺敬之同志秘书的电话，说柯岩已经重病住院，正在全力抢救！我在为她难过担忧的时候，不禁想到，柯岩这是累病的呀！但这就是柯岩的性格！柯岩的本色！柯岩的追求！柯岩就是这样一位为文学事业奋斗终生的人哪！胡笳还告诉我，柯岩还想编当代报告文学集！她还想做很多很多事情！她真正是"烈士暮年，壮心不已"；她真正是"春蚕到死丝方尽，蜡炬成灰泪始干"啊！

2011年12月11日，柯岩在同病魔抗争4个多月后，驾鹤西去。12月19日，柯岩遗体送别仪式在北京八宝山公墓礼堂举行，上千名文学界及社会各界人士与柯岩做最后的告别。党和国家领导人胡锦涛、李长春、习近平、刘延东、李源潮、陈奎元、宋平、曾庆红、丁关根、迟浩田送了花圈，时任中共中央政治局委员、中央书记处书记、中宣部部长的刘云山及全国政协副主席张梅颖前来送别。

柯岩得到了党、国家和人民的高度评价。这正如刘云山同志在致"柯岩创作生涯60周年暨《柯岩文集》首发式座谈会"的贺信中所说：

> 柯岩同志的艺术实践证明，一个文学艺术家只要心随时代、情系人民，时代就会真诚地拥护她、馈赠他，人民就会真诚地欢迎他、厚爱他。

我在传记中增加了《无尽的怀念》一章，选载了柯岩去世后诗人作家以及各界人士对她的哀悼、怀念、评价和赞扬的诗歌和文章。

现在，我把《柯岩传》奉献给广大的读者，希望读者能够同我一样喜欢她，理解她，接受她！

于重庆西南大学育才学院
2011年8月21日

《梁上泉评传》后记

2014 年 5 月 28 日，上泉寄来了一封信。

久麟诗兄：您好！辛苦了！历经一年半的艰苦劳动，五易其稿的顽强精神，终于成就了五十多万字的《评传》。传主虽然平凡，文章却笔下生花。十分感佩，并向您表示谢忱！

同时，他还寄来了写给出版社"同意出版"的亲笔签字。至此，历时一年多的《梁上泉评传》的写作基本上告一段落。我完成了一件很有意义的工作。我感到欣慰。

其实，评传的准备工作从 2012 年 10 月就开始了。那时，我正在筹备由重庆市作家协会、四川外国语大学、重庆人文科技学院、中国传记文学学会和四川大学重庆校友会联合召开的"郭久麟作品研讨会"。我想请我们重庆走向全国的著名诗人梁上泉莅会。他接到电话以后，欣然同意莅会发言。他在电话中谈到他正在编辑六卷集的《梁上泉文集》。我听了非常高兴。我想到，这几年，我写了《雁翼传》《柯岩传》《张俊彪传》，他们都是外地人。我为什么不为我们巴山蜀水的诗人立传呢，为什么不给同我一起在重庆生活了六十多年的著名诗人梁上泉立传呢？我把这个想法告诉他后，他兴奋地反复问我：你是著名传记文学作家，我值得你写传吗？我说，你是我们重庆第一流的诗人、作家，为我们重庆文学增光添彩，我愿意为你写传。于是，我到他家进行了多次采访，并采访了他的夫人蒲心玉和儿子梁芒、梁果。他又为我准备了他的全部著作和对他的全部评论、报道，还找出了他从 1950 年开始记载的日记和记事本二十几本。

看了他的著作和日记，我受到深深的震撼！他从中学时就受语文老师李冰如教导和熏陶，爱上了文学，这点同我受黎功迪老师教育和指导爱上了文学和写作，简直如出一辙！但是，他写出边疆生活的诗，是吃了多少苦、流了多少血汗，经受了怎样的磨难啊！可是，他却从不把这些苦当作苦，而是当作对自己意志和人格的考验和锤炼，当作走进边疆军民心灵的阶梯，当作培育自己诗情和灵感的摇篮！他在冰雪风霜中孕育诗，在枪林弹雨中孕育诗，甚至在被造反派绑起来吊鸭儿浮水时都还在吟诗写诗！正是这种不怕一切艰难险阻、不怕一切磨难和挫折的奋斗精神，正是这种罕见的、强烈的、持续终生的对诗歌艺术的执着和追求，造就了今天的梁上泉，成就了梁上泉今天高度的诗歌艺术成就！于是，我以此为纲，按时间线索，很快写出了初稿。梁上泉审阅了书稿后，我再做修改。

第三稿出来后，我同上泉在市作协找了一间办公室，一起讨论了一个星期稿子，从头到尾进行了补充修改。午餐后，我们在重庆人民大礼堂前的广场上散步，摆谈。他83岁了，还是那样健康、健谈、精神饱满，这与他年轻时在边疆生活的磨炼分不开！这以后，我又对书稿进行了两次修改，才最后定稿。他看了定稿后给我写了上面那封信。

现在看《梁上泉评传》，我觉得有几点值得谈一下：

第一，是对上泉及其诗歌的评价。我前几年在主编《大中华二十世纪文学史》并撰写其中"中国二十世纪诗歌史"时，就觉得最近这些年来，文学史对上泉及其诗歌的评价不够高，有的文学史甚至提都不提他和他的诗。我当时就为他不平，专门为他写了专节。这次写评传，我对他的抒情诗、传统诗词、叙事诗，都给予了公允的、较高的评价；对他坚持民族化、群众化的诗歌道路，给予了充分肯定和赞扬。我对他的每一部诗集（包括叙事诗和儿童诗）、歌曲集、歌剧影视集、古体诗词集、散文和散文诗集的代表作都做了分析和评论。特别对他的叙事诗、古体诗词和书法艺术，给予了较高的评价！

第二，是结构的创新。在修改第三稿时，我发现，用单线结构不太好处理他的文学历程、艺术成就同他的人生经历之间的矛盾，这个困惑在写《雁翼传》《柯岩传》时就出现了，但是没有很好地解决。怎么办好呢？突然，我想到了我在写作课上给学生讲过的"双线结构"！对，评传必须用双线结构（复式结构），即把全书分上下篇：上篇写他的创作生涯，写他的诗歌创作，歌词创作，传统诗词创作，歌剧影视创作，散文与散文诗创作；下篇写他的人生经历和感情世界（家乡情、爱情、父子情、友情、山水情、艺术才情）。上篇中又使用纵横交织的结构，即对他的主要创作——抒情诗创作用纵式结构来梳理和论述，按时间顺序来分析和评价；而对他的歌词、歌剧、传统诗词、书法和散文诗、散文，则用横向排列，按体裁进行分析和评价。想到这里，我顿感纲举目张，思路豁然开朗。于是，我把结构改过，材料重新组合，丰富的内容就很顺畅、很充分地表现出来了。我既对上泉艺术创作的心路历程和成就地位做了充分的描述和高度的评价；同时，也对他的人生历程，他的故乡情怀，他与蒲心玉幸福美好的爱情，他对儿子的慈爱和精心引导，他的朋友情、山水情，他的艺术才情，做了详尽而生动的描写。这是结构创新带来的好处。

第三，是再次大胆地使用第二人称。在五十年的大学写作、文学理论和现当代文学的教学中，经常涉及人称问题。第一、第二、第三人称都各有优势和局限。第一人称特别自然可信，但只能写自己的亲见亲闻，较受局限；第三人称是全知全能，写起来无拘无束，最自由，但易给人不可信的感觉；第二人称可以推倒作者同读者的距离，特别亲切，但只能写较亲近的或去世的人，所以使用很少，长篇作品更是没人用过。我在采访张俊彪时，倾心交谈，非常惬意，就萌生了大胆使用第二人称来一个创新的想法。写出来后，虽然一些读者觉得有点别扭，不习惯，但多数读者和评论家都说好，阅读时如面对传主，亲切、自然。写《梁上泉评传》，我与上泉更熟，更亲近，所以决定再次使用第二人称。我想，既然是开创，难免有人不习惯，甚至有人反对，但可能多数人会接受或逐步接受。希望读者能理解我的苦心。

把书稿送出版社后，我又请诗评家刘扬烈和斯原写了序言。刘扬烈毕生从事诗歌研究，卓有成效，应当称得上是重庆第一流的诗歌理论家，我最欣赏他论七月派、公刘和雁翼的诗歌艺术的专著和他的新诗史。他在序言中对《梁上泉评传》给予了好评。斯原长期在部队院校担任领导工作，又是一位杰出的作家和诗评家，给上泉写过评论。他在序言中对评传的纵横交织的结构给予了较高的评价和精辟的分析。这里，我要深深感谢刘扬烈和斯原先生为我撰写序言，为评传增色不少。同时，还要感谢西南师范大学出版社社长米加德、总编辑李远毅、总编室主任任剑乔及编室主任李玲等人对评传出版的支持和厚爱。还要感谢重庆作协党组书记王明凯和主席陈川对《梁上泉评传》和我的传记文学创作及研究工作一贯的大力支持！

　　虽然修改了几遍，但错误和缺点肯定不少，敬请各位专家和读者不吝赐教！

《袁隆平传》后记

一

2015 年 4 月 10 日。

三亚。浩浩荡荡的碧波，飘逸袅娜的椰林，青翠碧绿的田野，高插天际的楼宇……

我们驱车来到山下的稻田，弥望的大片丰收的稻谷，吸引了我的眼球，激起了我的惊叹！

"郭老师，你见过这样的稻谷吗？"旁边传来一个充满了幸福感的声音。

我激动万分地说："我可是从来没见过这样好的谷穗啊！这是世界上最最高产的稻穗啊！"

同行的人都畅笑起来！

问我话的人，就是享誉中国、蜚声世界的"杂交水稻之父"袁隆平院士！而我们正站在杂交水稻实验田旁边。看那一片片金黄色的稻田，稻穗结得密密的，每个穗子都有 10 多厘米长，沉甸甸的，整个稻田，像一片金色的稻穗的海洋，金灿灿，绿艳艳的，太美观，太迷人了。

袁院士精悍瘦长的身板，古铜色的脸庞，两眼炯炯有神，宽阔的额头刻下了岁月的沧桑。他衣着朴素，平易近人，走起路来很有精神，一点不像 85 岁的老人。

我与西南师大出版社社长米佳德、西南大学校友会秘书长龚常智怀着崇敬而兴奋的心情，同袁院士在丰收的杂交水稻实验田旁一起合影。他站在丰收在望的稻田旁，高兴地说："日有所思，夜有所梦。我曾梦见杂交水稻的茎秆象高粱一样高，穗子像扫帚一样长，籽粒像花生米一样大，我和助手们一块在稻田里散步，在稻穗下面乘凉……后来我把这个梦称为'禾下乘凉梦'。1999年，我又做了一次梦。那时我们到云南去验收一块高产田里我们的品种。我们去的头一天，我就做了梦，这次不是一株水稻了，而是梦见一棵大树，哎呀，上面全部结的有花生米那么大的稻谷，那个树好大啊！树冠半径有 30～40 米，我好兴奋！这是我的新的梦想：杂交水稻覆盖全球梦！我把这个梦给人说过，后来我们长沙市芙蓉区政府请人用湘绣精心绘制了大幅画屏《禾下乘凉梦》赠送给我。"

汽车载着我们驰向又一块实验田。车上，袁隆平院士谈兴甚浓。他说："我的杂交水稻的研究起源于一次偶然发现的、特殊的、卓然挺立的杂交水稻。这激发了我的灵感，使我看到了杂交水稻具有杂种优势，我由此开始从事杂交水稻的研究。这一搞就是五十多年。"

听袁隆平谈到灵感，我格外高兴，因为我三十多年前就对灵感特感兴趣，经过多年研究，于1990年出版了《文学创作灵感论》一书。我说："你的发现，说明灵感太重要了！不管是诗人、作家，也不管是科学家、艺术家，灵感都很重要。"

他说："是啊，灵感是汗水、经验、追求、智慧，突然在一瞬间受到外物的某种刺激而出现的。它往往会使你豁然醒悟，茅塞顿开！"他兴奋地给我们讲述起灵感在他杂交水稻研究中发挥的重要作用。我想，我一定要把他的灵感的精彩事例和他的精辟论述补入我的《文学创作灵感论》中，重新修订出版。

他给我们讲：他很喜欢音乐，喜欢拉小提琴，喜欢欣赏古典音乐和外国古典音乐，比如舒伯特的《小夜曲》……我一听，这也是我最喜欢的乐曲呀！我于是轻轻地哼起来：

> 我的歌声穿过深夜，
> 向你轻轻飞去。
> 在这静静的小树林里，

爱人我等待你。

没有人来打搅我们,

树梢在耳语……

他也情不自禁地一起哼起来。车厢里,充满了我们的歌声,充满了欢声笑语……

他说,我在重庆读书十一、十二年,从小学到初中,以后又在重庆读大学。我喜欢在长江边、嘉陵江边游泳,也喜欢说重庆方言。重庆人说话最爱带把子,说"老子"。我学一段重庆人的话给你们听,一个重庆崽儿对他爸爸吼道:老子不是看到你是老子的老子,老子今天不拿起板子捶死你个老子的老子!

他一面说,一面还绘声绘色地表演,一车人笑得前仰后合,笑痛了肚子。

想起他在南繁基地门口等我们时,电视台来了个电话,他接过手机,就在院子里的石梯坎上坐了下来,拿着手机大声地说着。龚常智悄悄对我说:"你看,一位世界级的科学家,竟然随意坐在街边梯坎上打电话,硬是没有一点架子,一点傲气呀!这点你一定要写下来!"

是的,这就是袁隆平的本色!

回到重庆后,米佳德社长送来了十余部有关袁隆平先生的传记,我在阅读这些资料的同时,又到龙门浩小学进行了采访,到西南大学校史展览馆、档案馆、相辉学院校史展览馆查阅了有关资料,并访问了向仲怀、吴明珠院士及袁隆平院士的其他同学、校友刘先齐、陈德久、黄梅、罗信媛等,并到成都采访了林乔等人。同时,我酝酿着传记的写作,对传记的提纲进行了反复思考。

二

一个多月后,5月28日。

长沙。国家水稻工程技术研究中心主任袁隆平办公室。我应约采访袁隆平。他同我握手后,就对我讲:"你昨天送给我的《文学创作灵感论》一书,我很感兴趣。昨晚上就读了臧克家为你写的序言。写得太好了！我让秘书辛业芸把我对灵感的看法打印出来，请你指教。"

辛业芸立即拿出她刚刚打印出的材料送给他，上面摘录了两段袁隆平对灵感的论述。袁隆平接过后，马上在上面签上字："请郭久麟教授指教。袁隆平，2015 年 5 月 28 日。"然后交给我。袁隆平院士好学和谦逊的精神，令我无比感动！

交谈中，袁隆平又给我谈了他的两个梦。

他说："前年，在印度召开了国际粮食会议，全世界有几十个种子公司出席会议并展出了他们的优秀种子，世界第一流的美国的先锋、拜尔等大公司都参加了会议。但是，经会议鉴定，全世界前三名最高产的水稻种都是我们中国的杂交水稻！大面积亩产七八百公斤。但那是还是我们二三流的水稻，今天，我们大面积亩产 900 公斤、1000 公斤的都已经做出来了！我们依然领先全世界。而且我们是绝对的优势！我还在追求高产、更高产！实现'禾下乘凉梦'。这是永恒的主题！"

"习总书记在人民大会堂给我颁奖时说：'祝贺你取得的新成果！希望你再接再厉，再攀高峰！'这是总书记对我的希望和嘱咐！所以，实现亩产一千公斤后，我还要再努力，再攀高峰！我还想实现杂交水稻覆盖全球梦。现在，全世界有 15 亿公顷的土地种植水稻，我们已在世界各国推广杂交水稻 560 公顷，平均每公顷增产 2 吨左右，每年增产 1 千多吨稻米。如果全世界有一半种杂交水稻，每公顷增产 2 吨，每年可增产 16 亿吨水稻，就可多养活 4~5 亿人口。这个梦实现了，会为世界和平发挥重大作用！为保障世界粮食安全发挥重大作用！还可以提高中国的国际地位，可以多交更多的朋友！并且，还可以给我们国家带来可观的经济效益！"

袁隆平讲到他的母校，很怀念。他说："博学中学出了两个院士，我和林华宝，我们还是同桌。中大附中出了 40 多个院士。西南农学院我们年级出了我和吴明珠两位院士。"

袁隆平给我讲述了他的父母亲，他的夫人，他的三个儿子；讲述了他在西农时对一位女同学的暗恋，特别详细地讲述了在安江农校时的初恋。讲到他的初恋，袁隆平特别动情，眼里闪着晶莹的泪光。他说：我们是"爱情的牺牲品"……

我又多次去到他的小院，同他、同他夫人邓则交谈，在气排球场上，在办公室，同他的儿子交谈。我还亲眼看到他同妻子和两个孩子登上杂交水稻研究中心举行的气排球比赛的赛场，同职工们一起打气排球。他们队还得了冠军。

我采访了杂交水稻研究中心的党委书记、副主任、有关部门负责人及袁隆平的同事助手、学生，李必湖、尹华奇、谢长江、周坤炉、全永明、罗闰良、辛业芸、彭继明、李继明、廖伏明、徐秋生、方志辉、杨耀松、戴牛松等，他们热情地给我讲述了很多很多的故事，讲了袁隆平对他们的关心、支持、指导和帮助，讲了他们对杂交水稻研究工作的热爱和贡献。

我乘坐动车，前往怀化职业技术学院采访，在袁隆平学生、助手李必湖陪同下，到他工作、生活了十九年的安江农校，在他当年的故居徘徊流连……

又到龙门浩小学、到西南大学校史展览馆、档案馆、相辉学院校史展览馆查阅了有关资料，并访问了向仲怀、吴明珠院士及袁隆平院士的其他同学、校友刘先齐、陈德久、黄梅、罗信媛等，并到成都采访了林乔。

从6月初起，我开始了《袁隆平传》的写作。六月底，我结束了重庆人文科技学院的课程，辞去了全部教学工作，全力以赴地从早到晚地进行写作。我夫人李龙燕给我创造了最好的环境，让我全心全意地投入创作之中。从6月到10月，我一口气写出了40万字的初稿。

三

2015年10月26日，湖南杂交水稻研究中心会议室。袁隆平院士接待了来自东南亚的几十名外国记者。他用英语，在电视屏幕上给记者们讲述杂交水稻的历史和今天的成就，然后回答记者提出的问题。他不时地搔着头上稀疏而发白的短发，显得意态葱茏。

第二天上午 9 时，他再次在办公室接待我。我拿出刚写好的初稿，请他回答我在写作中遇到的一些问题。他愉快地讲述着，不时还给我讲一点生活工作中的小秘密——我现在还不能透露的喜事。

然后，我又更多、更深入地采访了他的学生、助手、同事——邓华凤、朱运昌、符习勤、邓启云、邓小林、赵炳然等人；并且还在他的堂弟袁隆怀等的带领下，坐高铁经南昌转车到他的家乡江西九江德安县河东乡后田村进行了采访，访问了德安县委副书记，德安县博物馆，访问了他的宗亲族人，了解到袁隆平的家族的有关情况，并游览了袁隆平宗亲在袁家山建立的爱国主义教育基地，以及袁隆平大道，袁隆平广场，和广场上雕塑的 8.2 米高的塑像。看到了也亲身感受到了家乡人民对袁隆平的尊重和厚爱。

我还拜访了热情支持袁隆平的前湖南省委书记熊清泉，并专程飞到海南拜望了对袁隆平杂交水稻推广做出了巨大贡献的陈洪新老同志。

返回重庆后，我对初稿进行了补充修改，把有关章节分别寄给、发给有关同志审阅，请他们给予修改补充后发还给我。然后，我再对全传做了认真修改。

四

40 年来，我虽然写过周恩来、陈毅、罗世文等革命家的传记，写过柯岩、雁翼、张俊彪、梁上泉等著名诗人、作家的长篇传记，及画家江碧波、李际科、晏际元，翻译家杨武伦，学者董味甘、黄宗模、黄新渠、杜承南以及一些企业家的中短篇传记和报告文学，但是，写科学家的长篇传记，还是第一次。面对这个新任务，我感到荣幸和兴奋，同时，仍然感到相当的压力。我一面写，一面思索几个问题。

我思考的第一个问题是：袁隆平院士的伟大贡献是什么？

首先，他冲破"水稻无杂交优势"的理论束缚，大胆进行杂交水稻研究，从三系到二系，到超级稻，取得了杰出成就，为解决中国粮食问题做出了巨大贡献；其次，他怀着造福世界人民的博大胸怀，向世界推广杂交水稻，为解决世界粮食安全问题建立了伟大的功勋；第三，他在半个多世纪的科研工作中，不断总结、提升，创立了"杂交水稻学"，在科学上做出了新发现、新发明、新创造。他使中国一直站在世界水稻研究的最前沿，引领世界杂交水稻科研几十年，成为中国当代最杰出、最伟大的世界级科学家，对中国人民贡献最大、最实在的科学家。

但是，仅仅认识到这些还不够，我还应该站得更高，想得更深，看得更远，还应该站在科学史、民族史、外交史、民族文化史的高度，来认识袁隆平院士为中华民族所做的贡献。

从科学史的角度看，我们中华民族，曾经有过光荣的历史，曾经有领先世界的四大发明。可是，这一百多年来，我们却落后了！世界上重大的发明创造，几乎没有我们的份！在粮食的生产和科研上，我们也常常落后于人。但在杂交水稻的研究和生产上，我们几十年领先世界！以至国际上称杂交水稻是中国的第五大发明；国际水稻研究所所长称袁隆平院士为"杂交水稻之父"；美国前总统顾问、农业部长助理帕尔伯格教授说，东方农业科学的成就，已经超越了西方各国。

从我们民族现代史看，中华民族几千年来，有过辉煌的历史，但是，近百年来，我们却受尽了帝国主义列强的侵略、掠夺和欺辱。但是，新中国成立后，我们通过自力更生，艰苦奋斗，一步步强大起来，成为世界强国，逐步领先世界。而杂交水稻，就是我们走向世界强国的一个代表，一个象征，一个成功！

从外交史的角度看，世界强国的兴起，往往通过战争来解决，而中国的崛起，则是通过和平的方式，共赢的方式来解决。而杂交水稻的成功，就是最好的体现。19 世纪下半叶以来，帝国主义对我们输入了多少鸦片、枪炮、灾难，而我们强大起来后，却向世界提供杂交水稻、高铁，送去的是粮食、建设、安全、温馨和友谊！杂交水稻成为我们和平崛起的象征，和平外交的名片，体现了中华民族博大的情怀和博爱的精神。

从文化传统角度看，袁隆平院士在没有任何背景的情况下，从一株鹤立鸡群的天然稻株产生灵感，从而矢志投身于杂交水稻的研究，经过五十年的拼搏奋斗，探索创新，不懈创造，一步步攀上科学的高峰，终于成为世界"杂交水稻之父"，成为世界一流的大科学家！他身上表现出的爱国主义和国际主义精神，敢于创新，勇于探索，脚踏实地，艰苦奋斗，不怕失败，不畏艰险，筚路蓝缕，无私奉献，大爱无疆的精神，不就是我们民族的优秀传统的体现吗？他和同事、学生、助手们在奔赴亚非拉美，向全世界推广杂交水稻的过程中，头顶烈日，脚踏稀泥，反复试种，培育新品种，夺取高产，不也向全世界展示了我们民族精神的魅力和风采吗！

袁院士为我们大长国威，为我们迎来了荣誉，成为我们引为骄傲自豪的国宝！

我思考的第二个问题是：袁隆平院士读的是普通高校，毕业后分配到一所偏僻的农校，可他却在没有任何背景的情况下挑战并解决了世界级的难题，取得了举世瞩目的伟大成就。他取得成就的个人原因是什么？或者说，他取得成就的主观因素是什么？促进他取得这些成就的客观原因，或者说，促使他成功的社会的、时代的、外在的因素又是什么？

他走过了一条什么样的人生道路？他的家族和父母的遗传基因如何？他从小到大受到了什么样的教育和熏陶？他的禀赋、人格、性格和气质如何？他获得成功的原因是什么？中国当代的时代环境和社会环境如何影响和造就了他？他又给予时代和社会以怎样的推动和影响？他是如何以一粒种子影响世界，造福人类的？

我思考的第三个问题是：我怎样写出一部较以前出版的传记有新意、新看点、新内容，有新的深度和广度的传记？

首先，我想以第二人称的新颖手法，以同袁隆平对话的方式，以讲故事的方法，展现出一个原汁原味的、真实可信的、自然朴实的、可亲可爱的袁隆平的形象；在生动的情节叙述和细节描写中，描绘出一个伟大而质朴、崇高而平凡、聪颖而厚道，为国家和人类做出了那么卓越的贡献却又那么谦逊和蔼、活泼天真、可亲可近的科学家和老农民的形象。

其次，袁院士的传记大多是湖南的同志们写的，而我这部传记是袁院士母校西南大学邀请我写的，而袁院士又在重庆生活了十二年，从小学到中学到大学，基本上是在重庆读的。所以，我尽力采访了袁院士在重庆读书时的同学和校友，比较详尽地写出了他在重庆的学习生活，表现出重庆的高山大川，重庆的人文精神对他的熏陶和教育。

再次，我想多方面、全方位地展现袁院士是如何在偏远的农校独立开展科研项目，并以非凡的眼光、顽强的毅力、睿智的思考，在那个动乱的年代完成杂交水稻三系配套的研究工作；又怎样在以后近四十年的艰苦奋斗中，从三系法、两系法到超级稻，把杂交水稻研究一步步引向深入，夺得一个又一个新成就，使中国的水稻研究始终走在世界前列。

其四，我想充分表现党和国家领导人以及湖南省各级领导对袁院士的帮助、关心和支持；表现他的助手、学生、同事、下级如何在他的指导和团结下，围绕杂交水稻事业共同拼搏，团结协作，共同为杂交水稻事业的成功呕心沥血，共同奏响了杂交水稻事业的社会主义的协奏曲。为此，我以较大篇幅，以"情深谊长共创辉煌"一章，表现了赵石英、陈洪新等如何支持袁隆平，表现了李必湖、罗孝和、周坤炉、邓华凤、邓启云、谢长江、全永明、符习勤、辛业芸、罗闰良、邓小林、徐秋生、廖伏明、彭既明、邓启云、李继明、赵炳然等人如何在他的指导下共同推动杂交水稻事业，以及他们同袁隆平的师生情、战友情；表现方志辉、杨耀松、张昭东、陈毅丹、杨炬等人历尽艰辛，把杂交水稻推向全世界的奋斗史。

其五，我还想写出袁隆平院士的爱情、婚姻、家庭、子女，展现出他丰满而纯真、博大而细腻的内心世界和情感波澜。

其六，我以较大篇幅写出袁隆平院士成功的主观原因和客观因素。

最后，我希通过对袁隆平院士的人生经历和感情世界的描写，通过他和战友们的描写，通过对他成功原因的挖掘以及笔者的抒情议论和对照描写，提炼出丰富的成功经验和深切的人生体味，以潜移默化地帮助、陶冶和启迪广大的青年学生和全国亿万青少年。我希望本书能够雅俗共赏，老少咸宜，让更多的人了解袁隆平，了解我们的时代，了解我们的祖国，从而赢得更加幸福和美满的人生。

写作《袁隆平传》的过程，是一个学习的过程，研究的过程，探索的过程，也是一个艰难而又神秘的探索之旅，更是一个兴奋而愉悦的过程。我不仅亲自拜会了一位世界顶尖级的科学大师，而且还不时在文字上、在心灵里同我最崇敬的一位伟大的人物进行深入的对话和交流，这是多么光荣而自豪的工作啊！所以，我怀着最大的虔诚和爱心，全身心地投入神圣的写作之中！我辞掉了重庆人文科技学院的教授职务，放下了四川外国语大学督导听课的工作，每天六点多钟起床，直写到晚上十一点左右，除了一日三餐和三餐之后的半小时锻炼以及一小时午睡之外，全部的心思都用在传记写作上了。虽然没有焚膏继晷——因为这是一个大工程，我不敢熬夜！确也算得上呕心沥血，殚精竭虑了！在传记快完成时，幸运地出现了几次灵感，写出了几首小诗。《赠袁隆平院士》表达了我对大师的敬佩之情：

> 卓越稻株激灵感，
> 创新探索开新篇。
> 坎坷磨难步不停，
> 地震台风志弥坚。
> 华夏大地金浪涌，
> 世界各国口碑传。
> 大师情怀百姓心，
> 禾下乘凉美梦圆。

五

在传记付梓之前，我还不能不表达对西南大学、西南师范大学出版社以及湖南杂交水稻研究中心的感激之情。2015年初春的一个傍晚，我在西南大学校园散步，又一次走到了吴宓园。瞻仰着吴宓的雕像，阅读着介绍吴宓的文字，我不禁想到：西南大学是真正的历史悠久的重点大学。几十年来，有多少博学鸿儒在此传道授业，在这片沃土上又培养出多少杰出人才、著名大师？享誉世界的杂交水稻之父袁隆平以及世界蚕业专家向仲怀、甜瓜大王吴明珠等院士，不都是从这儿走向世界的！作为一个传记文学作家，我为什么不写写这些造福人类的科学巨匠，这些值得后代学子学习仿效的大师呢？于是，第二天上午，我到出版社社长米加德的办公室，给他谈了我想写《袁隆平传》的打算。他正在编辑出版我写的《梁上泉评传》，对我也很了解。听了我的计划后，米社长十分高兴地说："你的设想太好了！同我们不谋而合！明年4月，我们西南大学要隆重纪念建校110周年，我们正想请人撰写《袁隆平传》，由你这位全国著名传记文学作家执笔，那真是再好不过了！"4月初，米加德和西南大学教育基金会秘书长龚常智陪我到三亚拜望袁隆平，并向袁隆平推荐我为他写传。之后，西南师大出版社和西南大学校友总会又资助我几次到三亚的杂交水稻研究试验基地和长沙的湖南杂交水稻研究中心及安江农校和九江德安采访。《袁隆平传》初稿写出后，米加德社长即派出了卢旭、吕杭和李晓瑞等编辑此书，著名文学评论家蒋登科先生调到出版社之后，也非常关心此书的编辑宣传工作，提出了不少建议和方案。出版社把此书作为重点书籍，精心编辑，倾情打造，表现了高度责任感和使命感，表现了对袁隆平校友的深厚感情！西南大学宣传部部长潘洵、副部长郑劲松以及校友会、档案馆、校史室也对传记写作给予了全力支持。传记写作还得到了重庆相辉学院校史研究会和重庆南岸区龙门浩小学的支持。袁隆平西南农学院的同班同学刘先齐、王运正、林乔等给我热情介绍了袁隆平同他们一起学习的情景以及袁隆平与他们之间的同学情谊。湖南杂交水稻研究中心是袁隆平直接领导的全国一流的研究所，湖南杂交水稻研究中心的领导及专家李必湖、周坤炉、邓华凤、罗闰良、全永明、谢长江、辛业芸、方志辉、杨耀松等给予了我大力支持和热情接待！中国作家协会副主席、中国报告文学学会会长何建明为本书撰写了热情洋溢的序言；重庆作家协会主席陈川先生也十分关心传记写作，在此一并致谢！

由于本人水平有限，加之时间紧迫，传记肯定有不少疏漏和缺点，敬请各位专家学者和广大读者批评指正，以便再版时修改。

于西南大学学府小区

2015 年 12 月 20 日

在《袁隆平传》首发式上的发言

尊敬的袁隆平院士、尊敬的黄蓉生书记、各位领导、朋友们、老师们、同学们：

你们好！

在这个隆重的《袁隆平传》首发式上，作为一个传记文学作家、作为《袁隆平传》的作者，我首先要向专程前来参加校庆并出席首发式的、我尊敬的袁隆平院士表达我衷心的敬意和感谢！是你半个多世纪的探索创新和艰苦拼搏所创造的丰功伟绩，给了我创作《袁隆平传》的珍贵灵感和强大动力；是你在三亚实验基地和长沙杂交水稻研究中心对我的热情周到的接待和亲切细致的讲述，给我写好《袁隆平传》打下了坚实的基础；在向你学习的过程中，我越来越真切、深刻地认识到：作为新中国第一代大学生，你是怎样在中华大地上，在重庆这片沃土上成长起来的；分配到安江农校后，你又怎样凭着"让人民吃饱饭"的朴素心愿和敢闯、敢干、敢创新、敢探索的精神，脚踏实地、艰苦拼搏、筚路蓝缕、呕心沥血，研究出了三系法杂交水稻，两系法杂交稻和超级杂交稻，破解了世界难题，创立了杂交水稻学，登上了水稻研究的最高峰。使中国的杂交水稻技术在数十年间一直引领世界，独占鳌头！杂交水稻技术在全中国和世界20多个国家推广，为解决中国人民的吃饭问题和世界粮食安全问题建立了卓越的功勋，做出了伟大的贡献！你的杂交水稻已成为中国和平崛起的一个象征，成为中国和平外交的一张名片！在你身上，体现了我们大国崛起的时代风范，彰显了中华儿女博大的情怀和博爱的精神，彰显了中华民族生生不息的优良传统！你为我们大长国威，是我们引为骄傲和自豪的国宝!

正是袁隆平院士的那种拼搏奉献精神以及袁隆平和他所做的伟大贡献，激励我怀着最大的虔诚和爱心，全身心地投入传记采访写作之中，我多次在西南大学档案馆、龙门浩小学调查采访，又三次到三亚、长沙、安江农校、江西德安等地采访调查，搜集了 1000 多万字的资料，然后阅读辨析，斟酌筛选，爬罗剔抉，构思立意，安排结构，精心写作，认真修改，在今年年初写出了传记，交给了出版社。

在这个隆重的《袁隆平传》首发式上，我还要向西南大学领导和西南大学出版社、宣传部、校友会、档案馆、办公室的领导和同志表达我的谢意。西南大学是历史悠久的百年名校。学校领导十分重视校友工作，对袁隆平传的写作非常重视。西南大学出版社作为全国的优秀出版社，更把袁隆平传作为重点书籍，紧抓不放。米加德社长和校友总会会长龚常智先生同我一起到三亚实验基地向袁院士汇报传记写作事宜；米社长给我提供了大量资料；出版社和校友会又资助我到长沙、安江等地采访；传记写出后，出版社又派出精兵强将编辑排版，编辑们兢兢业业、勤勤恳恳、加班加点，在最短时间内，高质量、高水平地出版了此书！

作为一个传记文学作家，我以能有机会向袁隆平这样造福人类的科学巨匠学习，亲聆他的教诲，目睹他的风范，写出他的传记，感到十分的欣慰和荣耀！在写作传记的过程中，我写了一首诗，在这里献给袁隆平院士：

卓越稻株激灵感，创新探索开新篇。

坎坷磨难步不停，地震台风志弥坚。

华夏大地金浪涌，世界各国口碑传。

大师情怀百姓心，禾下乘凉美梦圆。

谢谢大家！

2016 年 4 月 17 日

《传记文学写作论》后记

　　传记文学是我的良师益友。早在少年时代，我就受酷爱读书的父亲的影响，养成了读书的习惯，并且喜欢武侠小说及《史记》《左传》《东周列国志》《水浒》《三国演义》《红楼梦》《聊斋志异》《说岳传》《杨家将》等古典名著。我中学的语文老师又指导我读了《把一切献给党》《高玉宝》《毛泽东同志青少年代的革命实践》《卓娅和舒拉的故事》《古丽雅的道路》等传记作品。这些作品犹如温煦的春风春雨，滋润了我少年的心灵，对我人生理想的树立和正直人格的形成，对我热爱读书写作的习惯及良好的治学态度、治学方法的形成，都产生了很大的作用。

　　在川大中文系读书时，我更加热爱文学和文学创作，特别喜爱司马迁、李白、苏东坡等伟大作家，渴望走遍天下名山大川，结交天下名人贤士，渴望用自己的心灵和笔墨描绘祖国的锦山秀水，雕塑我们民族的英雄俊杰。我以满腔的热情，投入老一辈革命家的传记文学的采访写作之中。经过将近十年的长途跋涉、艰苦采访和精心写作，我先后出版了《随卫敬爱的周副主席》《陈毅青少年时期的故事》《罗世文传》（获四川省暨重庆市首届社科三等奖）和《怀念吴老》《肖三同志的青少年时代》等传记作品；以后，我又将《罗世文传》改编成上下集电视剧《雕像的诞生》（获中宣部文艺局、中央电视台全国优秀电视剧展播奖）。

　　在采写传记作品的过程中，我有意识地读了不少中外传记作品，从中寻求启发和借鉴。我感到，传记作品丰富浩瀚，但传记理论研究却显得很单薄，很苍白。作为一个热心传记写作的作家，我觉得应该把几千年来传记写作的诸多问题做一些探讨、研究，也把自己近十年来的创作体会做一番总结和梳理。我的这个想法得到了著名教授、学者李敬敏和傅德明先生的首肯，四川省教委和四川外语学院也将《传记文学写作论》这个课题定为省教委和学院重点学科项目，并拨款资助。

在研究中，我融合了自己多年来从事传记文学写作的一些经验和教训，心得和体会。正如我写《文学创作灵感论》时引用了自己多年创作中的灵感体验和认识一样，这样做的目的是为了使论述更生动具体，也更有个人的特色。我读北大教授李长之《司马迁之人格与风格》一书的《自序》，深有所感。他说："现在的大学里就是有'史记研究'的课，也不许有这样讲法，他们要的是版本，是训诂，是'甲说乙说''自己不说'……"这引起我深深的共鸣。我已在大学执教三十多年，现在的大学不是也还有类似的毛病吗？教师在课堂上大讲特讲，大都讲"甲说乙说"，"而自己不说"，不能也不敢讲自己如何看，自己如何做，教写作的不能也不敢讲自己如何写作，而只能讲别人如何写作，这样的课，学生听起有多么乏味。所以我讲课，我开讲座，往往要讲我怎么说，我怎么看，我怎么做，我怎么写！我以为只有这样，才能避免空泛，才能讲得真切具体，才能讲得生动活泼，才能给学生以更真切的启发、更具体的帮助，也才能讲出自己的特色。写书也是一样，不能写出自己的体会，自己的亲身体验，自己的独到见解，自己的一家之言，只能照搬甲怎么说，乙又怎么说，而自己不说，没有自己的深切体验和真知灼见，这样的论著，多么乏味！正是基于这种认识，我才在这部论著中把自己传记写作与研究的一孔之见，一得之识，一些作法，一些体味，奉献给大家。我觉得，这也算本书的一个特色吧！

大学毕业30多年来，我几乎舍弃了一切业余爱好，舍弃了一切休息时间，兢兢业业地致力于教学、科研、创作，出版了十几部传记文学、文艺理论、诗集、散文集、报告通讯集，也参编过大学教材、翻译过科普作品，创作过几部电视剧、电视片，其中不少作品获中央和省市奖。但我发现，我真正的事业、最大的兴趣还是在传记文学的写作和研究上！目前，中国的传记文学正在蓬勃发展，但是，在思想观念和文体创新方面，离世界优秀传记还有不少距离；而且真正愿意为传记文学的发展付出艰苦劳动，巨大心血和长期努力，并且又有很高的文化修养和写作才华的传记作家并不多见！作为一个热爱和热心传记文学写作的作家，我决心继承和借鉴中外传记作家的优良传统和宝贵经验，以更大的努力，更顽强的奋斗，写出真正优秀的传记作品；同时对中外传记发展历史及传记理论做更系统、更全面、更深入的研究，写出新的传记理论著作，在传记文学创作暨理论研究两个方面，为中国传记文学的发展做出自己独特的贡献！

现在，《传记文学写作论》终于出版了，我谨向热心支持我申报科研规划，并热心支持我出版此书的四川省教委、四川外语学院表示真诚的感谢，向认真阅读清样、提出宝贵意见并写出热诚中肯的序言的李敬敏和傅德岷教授敬以衷心的谢忱！向关心、支持、帮助我从事传记写作和研究的前辈和朋友致以崇高的敬意！并请传记作家、理论家和广大读者提出宝贵意见！

于山城重庆

1999 年春节

《传记文学写作与鉴赏》后记

经过了将近五年的艰苦努力，我终于完成了《传记文学写作与鉴赏》（包括前期工程《传记文学写作论》一书），喜悦之情是难以言表的。这几年的夏天，除了随作协组织的采访团到云南、广西采风，随教研室同事去海南岛旅游以外，几乎所有的暑假我都把自己关在开着空调的书房里读着、想着、写着；这几年的冬天，几乎所有的寒假我也都把自己关在书房写作。我除了上课以外，每天从早上七点多钟一直搞到晚上十一二点钟，中午小睡片刻。我的几千册藏书根本不够用，于是，过些天，我又不得不赶到新华书店去买书，到市图书馆和学院图书馆去借书，去查阅资料。有时深夜写完文章（我用的汉王笔，所以虽然用了电脑，也还是用"笔"写），我走到露台上做做操，活动一下筋骨，仰头看着天上的星星，似乎也在疲倦地眨巴着眼睛。这时候，世界是如此静谧，人们都睡着了，连我的妻子和孩子。

望着天上闪烁的群星，我的心不禁飞向了我的青少年时代，飞回了我心灵中的圣地——重庆一中的校园。那时候，好像也是在灯光下面，我贪婪地、兴奋地读着李锐的《毛泽东同志的初期革命实践》，读着读着，我的心，飞向了韶山冲、岳麓山、橘子洲，我真切地感受到青年毛泽东的博大理想和宏伟抱负，领悟着他的人格魅力，领悟着他听课、读书、学习乃至锻炼身体的方法，我真切地感到了传记文学作品的榜样作用和教化作用。在这之前，我从小学四年级就开始如痴如醉地看《水浒》《三国演义》《说岳传》《包公案》等书，初一、二年级开始读诗写诗，上高一后，在语文老师的支持和推荐下，我参加了学校的鲁迅文学社，参加了校刊的采编工作，爱上了新闻采访和文学创作，开始写消息、通讯，写诗，写散文，写电影剧本。而《毛泽东青少年时期的革命实践》这本传记的阅读，更使我爱上了传记文学。于是，我又读了《把一切献给党》《高玉宝》，读了高尔基《我的童年》《我的大学》，读了《卓娅与舒拉的故事》《古丽娅的道路》《罗蒙诺索夫》等传记文学作品。就是这样，我产生了当一个诗人、作家、记者的理想和抱负，我渴望去采访我们时代的英雄，讴歌我们英雄的时代，写出我们民族的精英。正是怀着这样的理想，我考上了四川大学中文系，向着我的作家梦飞翔。在川大读书时，我饱读古今中外名著，也重点阅读了《史记》《汉书》《三国志》，以及屈原、李白、韩愈、柳宗元、欧阳修、苏东坡、宋濂、张岱、梁启超等人的诗歌、散文和传记文学作品，阅读了郭沫若、郁达夫、沈从文等现当代作家的诗歌、散文和自传，还读了卢梭的《忏悔录》、歌德的《诗与真》等外国传记名著。大学毕业时，我在毕业志愿表上填上了新疆军垦建设兵团、云南基层、贵州铁路局，为的是到边疆去，写出异域的风采，塑造民族的脊骨，唱出时代的强音！谁知母校却把我分配回故乡重庆的四川外语学院。

三十多年过去了，我的梦实现了，又没有完全实现——我的梦实现了：经过多年的采访与艰苦的写作，我先后出版了《随卫敬爱的周副主席》《陈毅青少年时期的故事》《罗世文传》《少年罗世文》《文学创作灵感论》《散文知识与写作》《郭久麟散文集》《爱的琴弦》等十余部著作，主编和参编了几部教材，创作了几部电视剧和电视片，圆了自己的教授、作家、学者梦。但是，我的梦又没有完全实现：我还没有写出我梦想的杰作，我还必须继续努力！

我为什么特别钟情于传记文学写作和研究呢？我想，这首先是因为自己的爱好和兴趣：我从小就喜欢看传记，看那些描写我们民族英雄的传记，从中受到潜移默化的熏陶和教育。其次，则是缘于我自小就有的英雄情结，对英雄人物的尊敬和崇拜：我从小对那些为国家民族的独立统一、繁荣昌盛或对民族的文学艺术科技文化教育的发展做出杰出贡献的政治家、军事家、科学家、文学家、艺术家、教育家、企业家等优秀人物特别敬佩！我认为他们是我们民族的精英、时代的栋梁、社会的中坚、人民的榜样，是我们社会、时代发展前进的推动力量！我非常渴望能用自己笨拙的，但却是真诚的、热情的笔触把他们写出来！第三，则是基于对传记文学作品的认识作用、教育作用和审美作用的高度评价和认识，我以为：由于传记文学写的是真人真事，因此，他的榜样力量、认识功能和教化作用都是最强烈、最直接，而且还是最深远、最有效的！因此，我希望用我的传记文学写作，参与到中国传记文学写作的历史长河中，为中华民族的精神文明建设，竭尽自己的绵薄之力。第四，则是时代和环境的促成：粉碎"四人帮"以后，重庆市委宣传部组织我为老同志写回忆录，写周恩来、陈毅、罗世文、吴玉章等革命家的传记，当时的时代、群众也迫切希望看到他们的传记。正是这些因素，促成我走上传记文学写作的道路。

而在写作这些传记的过程中，我看到中国写作传记的人较多，但研究传记的人很少，尤其是既写传记而又研究传记的人更是少而又少！而传记文学的研究对传记文学的发展又是十分重要的！于是，我感到自己应该在写作传记的基础上，进一步从事传记文学的研究工作，并希望通过总结上升到理论的高度。《传记文学写作与鉴赏》正是我十多年对传记文学研究心血的结晶，也是我多年来学习、研究和写作传记文学的心得和经验的总结。

我于1997年向四川省教委和四川外语学院申报了"传记文学写作研究"的科研项目，经过两年多的努力，该项目完成，1999年在香港出版了《传记文学写作论》一书。该书致力于全面系统地论述传记文学的性质、特点、作用及中国传记文学的发展历程，论述传记作家的修养和传记文学的采访写作的规律和方法。在此基础上，我又向重庆市社科规划办公室、市教委和四川外语学院申报了"传记文学写作与鉴赏"的科研项目，经审批立项后，我把《传记文学写作论》进行了一些修改补充，作为课题的上篇，而把主要精力放在了传记文学的鉴赏和评析上。我为本书挑选传记文学精品设立了一个标准，那就是名人名家名篇。所谓名人名家名篇，就是名人写名家，写出来的又是精品；所谓名篇，就是历史上已有定评的或历史上虽无定评（甚至是刚出版的）但确实在传记文学发展上起过某种作用、占有某种地位，或者是在思想艺术方面确有特点、确有独创性的传记文学作品。在这里，重点和落脚点又应该在名篇上。即是说，如果是名家写名人的名篇，那肯定选；但如果虽然是名家写名人，但算不上名篇，在思想艺术方面又缺乏特色和独创性，成绩不高，影响不大的，也就不选；可是，如果作者虽非名家，写的也不一定是名人，但传记写得特别好，思想艺术方面确有特色和水平，也可以选。从传记的体裁来看，有短篇、中篇、长篇，有标准的传记体，也有散文的写法，也有报告、通讯的写法，但不管怎样，只要写的是真实的人物的经历、事迹、心理、性格，写出了人物独特的身世和个性，在艺术上很有特色，也都可以选入。基于对传记文学的这种比较宽泛的、开放的观点，我又再次有意识地阅读了大量散文和通讯报告文学作品，从中挑选了一些内容确实精彩，而又写出了真实的人物性格和心灵的作品。在数量的安排上，考虑到读者的承受能力，我拟选一百篇以内，古典、近代传记约占三分之一，现当代则占大部分。古代二十四史中的传记及各种散传，成千上万篇，当然只能花中选花，保留精粹了。而现当代，特别是当代，又尤其是最近这些年，佳作不少，但无定评，我就只有凭自己对传记文学的理解和认识来进行选择了。我个人认为，传记文学是史学和文学的有机统一，是史学和文学嫁接而产生的宁馨儿。优秀的传记文学，应该具备真实性、历史性、科学性；同时，还必须具有文学性、艺术性、审美性；而且这二者还应很好地结合。当然，这种结合可以是多彩多姿的，有的更偏重于历史（如吴晗的《朱元璋》），有的则偏重于文学（如刘白羽的《大海》，廖静文的《徐悲鸿一生》），但总要二者能水乳交融，珠联璧合。我主要是以这个标准来选择我要评析的传记作品的。我感到高兴的是，我在现代传记文学作品中，发掘出张默生的《义丐武训传》和谢冰莹的《一个女兵的自传》，丰子恺的《怀李叔同先生》等被埋没了近半个世纪的佳作；在当代传记文学作品中，则大胆地选择了曾志的《一个革命的幸存者》，郭保林的《高原雪魂——孔繁森》，刚出版的杨二车娜姆的《走出女儿国》，关愚谦的《浪，一个"叛国者"的人生传奇》及赵定军的《妈妈的心有多高》等新著。在传记作品的评析上，主要是分析传记的真实性、艺术性及其在同类传记作品中的独特点及其在传记文学发展史上的地位和影响，希望能对读者有一定的启发和帮助。

还要补充说明的是，本书主要是论述中国的传记文学作品，所以在论述传记发展史时，主要是写中国传记文学的发展历程；鉴赏篇则全部赏析中国传记文学作品，而没有涉及外国传记的作品。

四川外语学院、重庆市教委、重庆市社科规划办公室热情为本书立项，并对本书的写作给予了大力支持和热情指导，这是我永志难忘的！中共中央文献研究室主任逄先知，中国传记文学学会会长、前中国青年出版社总编王维玲，中外传记文学研究会会长、北京大学赵白生博士，著名传记文学作家叶永烈、郭保林、张林岚、东方鹤、余德庄、田天、美籍华人作家陈香梅等，都对我的写作给予了热情支持，谨向他们致以诚挚的谢意！

于重庆

2002 年 4 月

《中国二十世纪传记文学史》后记

20 世纪，是中华民族探索奋进的世纪；

20 世纪，是中华民族改天换地的世纪；

20 世纪，是中华民族摆脱奴役和压迫，赢得独立和解放的世纪；

20 世纪，是中华民族告别贫穷和愚昧，走向繁荣和文明的世纪。

时势造英雄，英雄造时势。

这个翻天覆地的世纪造就了无数伟大的英雄和杰出的人物。这些伟大英雄和杰出人物同亿万人民一道，推动了这个伟大的时代。

20 世纪的中国传记文学也取得了极大的成就，迎来了长足的发展，获得了丰富的经验。

站在时代的高度，回顾 20 世纪传记文学的发展历程，正确地评价其主要的作家作品，梳理其主要的脉络和流变，寻找出其中的某些规律，总结其经验和成就，也指出其缺点和不足，从而为新世纪传记文学的发展提供有益的借鉴和指导，就成为 21 世纪初叶传记文学研究的重要课题。

本书就是回答这个问题。

我认为，20 世纪的中国传记文学是中国两千多年来传记文学的继承、创新和发展，属于中国近代和现当代文学的一部分。它受到时代风潮的激励，受到西方传记文学的影响，摒弃了封建主义的思想内容，发展了新民主主义和社会主义的时代内涵，在政治思想、题材范围、传主性质、表现内容等方面，都有划时代的发展；在表现方法和艺术形式及语言运用等方面，也告别了陈旧的一套，吸收了西方新的技法和手法，呈现出崭新的面貌。而其发展又经过了旧民主主义、新民主主义、社会主义三个阶段，在中华人民共和国成立后，又分为中华人民共和国成立初期和改革开放后两个时期，而以改革开放 30 多年来的成就最高。尤其是 90 年代以后，出现了许多优秀的、高质量的传记文学作品。应该说，20 世纪的传记文学是中国几千年传记文学发展的新高峰。在新的世纪，我们应更好地继承民族的优良传统，汲取和借鉴世界各民族的长处和优点，把传记文学的创作推向新的高峰！

我为什么要写这本书呢？

我从小喜欢阅读英雄人物的传记，在四川大学中文系读书时又大量阅读了古今中外，特别是中国现当代的传记文学作品。粉碎"四人帮"以后，我开始从事传记文学的写作与研究。30 多年来，我先后采写、出版了 5 部传记文学作品（其中《罗世文传》获得省市社科优秀奖，《陈毅青少年时期的故事》由团中央向全国青少年推荐）；出版了研究传记文学写作规律和评析从古至今的传记文学名著的两部专著——《传记文学写作论》（四川省教委科研立项项目，香港天马图书有限公司出版）和《传记文学写作与鉴赏》（重庆市社科规划立项项目，2003 年由中国三峡出版社出版）。这两部专著的历史篇，都专门论述了中国传记文学的发展历史，特别论述了中国近代及现当代传记文学的历史；《传记文学写作与鉴赏》的鉴赏篇，则不但对古代传记文学精品进行了评析，而且对中国近代、现代和当代的传记文学精品进行了深入评析。这些，使我对中国 20 世纪近代和现当代的传记文学的作家作品有了相当程度的了解，也为写作《中国二十世纪传记文学史》一书奠定了坚实的基础。在 20 世纪刚刚过去、21 世纪刚刚起步的时候，来回顾 20 世纪传记文学的发展历程，总结其经验教训，对 21 世纪传记文学的进一步发展，显然是十分重要而又很有现实意义的。因此，我决定趁热打铁，再接再厉，一口气写出这部《中国二十世纪传记文学史》。

在本书的写作中，我力求遵循辩证唯物主义和历史唯物主义以及实事求是、一分为二的观点，力图运用中外对比、前后对比的方法，循着 20 世纪历史发展的脉络，在准确、全面、深入地评析其各个时期的主要传记作家及其优秀传记作品的基础上，深入研讨 20 世纪中国传记文学的发展轨迹，梳理出其主要的规律和脉络，分析其成功和不足，总结其经验和教训，为 21 世纪传记文学的发展提供有益的借鉴。

研究工作开始之后，我才感到工作量之大，工程之艰巨。原以为一年能完成，结果三年多才完成。重庆市社科规划办公室、重庆市教委和四川外语学院批准我申报这个课题后，我即反复比较、挑选 20世纪的优秀传记文学作品，一部一部地进行分析、评论；然后又在总体上对 20 世纪传记文学进行了系统的观照和梳理，研究其大的发展趋势和脉络，思考并写出本书的大致纲目。这是一个双向互动的过程：对 20 世纪前后具体的传记文学作品的研究评论深化了我对 20 世纪传记文学的总体认识；而对 20 世纪传记文学发展的总体性的深入认识又升华了我对具体的传记作品的深层理解。在这个双向互动的探索、比较、分析、研究和写作过程中，在不断地寻找、借阅、购买、研读有关传记著作和资料的过程中，评析的作品越来越多；而目录（即大纲）也一次又一次地增删、改动、补充，渐趋完善；对各章节及章节之间的关系的认识也越来越清晰；对整个 20 世纪传记文学的发展轨迹、脉络和规律性的理解也越来越深刻。

最后，我确定把全书分为 6 篇 17 章。第一篇绪论部分分两章，第一章论述传记文学的性质、作用及分类；第二章论述中国传记文学的发展历史。第二篇分两章，论述中国传记文学由古典到现代的嬗变，主要论述从 19 世纪末期到五四时期中国传记文学的发展历程及其主要的作家作品。第三篇分三章，论述了中国现代传记文学的突破和发展，主要是评析了以鲁迅、胡适、郭沫若、郁达夫、沈从文为主力军的自传文学和以朱东润、张默生、吴晗为主力军的他传文学，以及以沙汀、周而复为代表的解放区的传记文学。应该说，现代传记文学是中国 20 世纪传记文学创作的第一个高峰，它显示了中国传记文学的高度成就。中国当代传记文学以其辉煌业绩赫然成为文学百花园中的一朵奇葩！当代传记文学因其规模巨大而又呈马鞍形发展，我把它分成了第四、五两篇。第四篇论述新中国成立初期的传记文学。我把这篇又分两章，第八章论述新中国成立初期传记文学的兴盛——大量涌现的革命英雄传记、回忆录和几部非主流的优秀传记作品；第九章论述"文化大革命"中传记文学的衰落。第五篇论述新时期传记文学。这是中国 20 世纪传记文学的又一个高潮，也是 20 世纪传记文学发展的最高峰。禁锢的解除和思想的解放，经济的发展和个性的张扬，给中国的作家、专家、名人乃至平民提供了丰沃的土壤和广阔的天空；于是，传记文学创作的队伍空前壮大，传记文学的传主和题材范围大大增加，传记的品种大为扩展，传记的形态日益多样化、多元化；传记作家在艺术创造方面大胆探索，不断突破，勇于创新，传记创作在人物刻画、艺术构思、艺术手法及语言表达等方面都达到了新的高度，提高到新的水平。传记文学的历史性、真实性，与文学性、艺术性相结合的个性特征越来越鲜明，已然成为一个独立的文学体裁。正是从这个认识出发，我把新时期的传记文学分为了七章，第十章总论新时期传记文学在创作和理论研究方面的成就，第十一章论述新时期政治人物传记，第十二章论述新时期作家、学人传记，第十三章论述新时期艺术家与明星传记，第十四章论述新时期科学家、企业家传记，第十五章论述新时期中外历史人物传记，第十六章论述新时期普通百姓传记。第六篇，论述港台及海外华人的传记文学。这样，笔者就对整个 20 世纪中国传记文学进行了全面论述。而且，笔者认为，要了解中国 20 世纪的传记文学，就应该了解 19 世纪末期中国传记文学的情况，因此，笔者把 20 世纪传记文学的研究向前延伸到 19 世纪后半期的李秀成和王韬；同时，笔者还发现，21 世纪前几年，传记文学的发展势头极好，佳作迭现，精品纷呈，预示着 21 世纪中国传记文学将出现更加兴盛的局面，传记文学必将成为文学园地中的一枝奇葩，成为文学大潮中的主流。于是，笔者又把 20 世纪传记文学的研究向下延伸到本书截稿时的 2006 年。

读者可以清楚地看到，第五篇是全书的重点、难点。其论述的作家多达 60 多人，作品上百部，几乎占全书的一大半，而且这些作家作品均少有人评论，作品篇幅又长，完全要靠自己去阅读、去学习、去感悟、去体味、去研究、去写出评论。因此，其研究难度之大，所需时间和精力之多，都是可想而知的。为此，我不得不舍弃一切的娱乐和爱好，把除了上课以外的精力全投入传记文学的研究写作之中。在 2006 年暑假，我顶着 39℃以上高温，熬更守夜，呕心沥血，精益求精，足不出户，天天夜以继日地工作，终于在 8 月底完成了全书的撰写工作。我感到由衷的喜悦！此外，作为前期的研究成果，《论中国西部传记文学的发展与走向》《论毛毛的邓小平传记创作》《论叶永烈的传记文学创作》《还张默生在传记文学史上应有的历史地位》《论陈晋的领袖影视传记片的创作》等论文，已在几家很有水平的刊物（包括核心刊物）上发表，这也是令我非常欣慰的。

本书的立项和写作，得到了重庆市社科规划办公室、重庆市教委、四川外语学院、西南大学育才学院的鼎力支持，谨表真诚的谢意！著名诗人贺敬之为本书题写了书名；中国传记文学学会会长、原中国青年出版社总编辑王维玲长期关注我的传记文学研究工作，为本书写了热情洋溢的序言；著名美籍华人作家陈香梅、赵浩生，德籍华人作家关愚谦，著名传记文学作家叶永烈、陈廷一、王火、柯岩、韩石山、张紫葛、许渊冲、陈晋、廖静文、钱理群、桑逢康、戴煌、陆键东、张俊彪、东方鹤、胡辛、王晓明、张维、余德庄等给了我热情的帮助，或寄书给我，或来信来电指教；中外传记文学研究会会长、北京大学赵白生博士，南京大学博导杨正润，北京师范大学韩兆琦教授，浙江师范大学研究生导师陈兰村教授、俞章华教授，复旦大学李祥年教授，荆州职业技术学院学报主编全展教授，四川外语学院何元智教授，南京大学王成军博士，西南大学许德金博士，都十分关心和支持我的传记研究和创作工作；西南师大育才学院李学春、王长楷、张卫平、曹廷华、胡国强，重庆著名作家冉庄、李显福等对本书写作十分关心，经常来电支持鼓励；山西人民出版社社长李广洁先生、第四编辑部主任孔庆萍女士及编辑张胜强、魏美荣等对本书的出版付出了许多心血。在此，谨向他们表示深深的谢意！

于重庆白市驿

2006 年 8 月底初草

2009 年 6 月再改

《锦江恋歌》后记

诗，是生命的灿烂的开放，是青春的白帆的高张，是爱情的火焰的炽燃，是生活的浪花的怒绽，是灵感的激情的喷射，是夕阳的温馨的微笑。

我从小就迷上了缪斯的琴弦。小时候，父亲母亲和外公、叔叔教我背诵唐诗，初中阶段，我开始到学校和市区图书馆借阅艾青、普希金、泰戈尔的诗集来阅读。吟诵着那些精美的诗句，聆听着老师迷人的讲述，凝望着皎洁的夜空，我开始编织少年的幼稚梦幻。进入高中，我开始在校刊上发表诗文。进入四川大学中文系，我更是入迷地读诗、写诗、评诗，与同窗好友张永权、郑模卿、钟文森等切磋诗艺。大学毕业以后，我在校园和青年学生一起生活，也经常到工厂、农村，到全国各地采访，到名山大川游览，沸腾的生活激荡着我的诗情，壮丽的山川孕育了我的灵感。登泰山极顶，上华山，游九溪十八涧，访杨开慧故居，在圆明园旧址，到北戴河游泳，灵感之神都会翩然降临，使我一口气写出了好几首诗歌。

1992年，我在香港天马图书公司出版了诗集《爱的琴弦》，请著名画家吴凡题写了书名，请著名诗人梁上泉和知名诗评家尹在勤写了序言。

近二十年来，我在倾注主要精力采写文学家传记作品的间隙，仍然读诗、评诗、写诗。我感到欣慰的是，在年过半百，年过花甲，甚至年过古稀之后，我还不时有诗情激荡，灵感光临，还能谱写上百行的抒情诗。今天，我从五十多年来创作的上千首诗歌中选出近百首诗，编成这本诗集。它们记录着我青春的恋情，抒发了我对祖国河山的迷恋，倾注着我对生活的赤诚，歌唱着我的祖国和人民。我喜爱古今中外的优秀诗歌，尤其酷爱屈原、曹操、李白、李贺、苏东坡、辛弃疾、张孝祥，热爱普希金、泰戈尔、歌德、雪莱、裴多菲、庞德、纪伯伦，喜爱郭沫若、闻一多、艾青、徐志摩、何其芳、郭小川、贺敬之、闻捷、李瑛、余光中、覃子豪，也喜欢当代诗人舒婷、昌耀、杨牧、海子，我还喜爱毛泽东、陈毅、赵朴初等人的新古体诗，喜欢吟咏和高唱四川民歌、云南民歌、新疆情歌和信天游……它们都以清醇的乳汁，培育了我，熏陶了我，感染了我。

我在大学执教 50 年，主要讲授写作学、文艺理论和现当代文学，都要讲到诗歌。同时，我也喜欢诗歌评论和赏析，出版了《论贺敬之的诗》《中国二十世纪诗歌发展史》等著作。我认为，诗是一种饱含着丰富的感情和新奇的想象，以精练和谐而富于节奏感的语言，以分行排列的方式，直接抒发对生活的独特感受和审美体验的文学文体。因此，我在写诗的时候，总是追求意象的新鲜独特，意境的优美动人，语言的典雅华美，形式的整饬，音韵的流畅上口。可以说，写诗几十年，我都自觉不自觉地追求着格律体的形式。在诗歌创作方法上，我喜欢现实主义和浪漫主义，但更倾向于浪漫主义，也适当吸收现代主义的表现方法和技巧。

在我学诗的道路上，著名诗人臧克家、贺敬之、柯岩、孙静轩、雁翼、梁上泉、张永枚、陆棨、杨山、张继楼等都先后给了我很多的指导、支持和帮助，在此谨向他们致以诚挚的谢意。

此刻，窗外正是初春。百花齐放、万花争艳的季节正在向我们走来。衷心希望我们的诗坛姹紫嫣红，让各种各样的美丽诗歌都大放异彩。

于重庆北碚西南大学学府小区

2015 年 1 月 20 日

292

《探秘女儿国》后记

2015 年早春，是我的大喜日子！《雁翼传》和长篇历史小说《风流帝王》相继出版。同时，我还整理好了我的散文选，诗选和研究文选。1 月 27 日凌晨，我突然在梦中惊醒，想起自己真的是爱诗如命，把文学当作生命，把诗歌当作灵魂，70 多岁了，还在为文学事业夙兴夜寐，爬罗剔抉，呕心沥血，殚精竭虑。忽觉灵感袭来，很快吟成了下面这首诗：

> 文若命兮诗如魂，沥血呕心意纵横。
>
> 振衣独攀千峰顶，探胜深入百姓心。
>
> 雕塑民族英雄像，抒发中华腾飞情。
>
> 欣逢盛世文思畅，长江入海万里行。

1992 年，我 40 岁时，出版了诗集《爱的琴弦》；1996 年，我 44 岁时，出版了《郭久麟散文集》。我在散文集的《后记》中说，古人曾云，"人到中年万事休"，我在《上金顶》中则说，"人到中年正金秋"。是的，秋天，是收获的季节，溢彩流芳的季节。望长空，天高云淡，大雁南旋；看大地，稻穗铺金，枫叶如丹……经过了春的播种，夏的孕育，金秋捧出了丰硕的果实，展示出蓬勃的生机。对我个人来说，又何尝不是如此？我是在人生的中年、人生的金秋，圆了我少年时代的作家、教授梦，并入选英国剑桥国际传记中心的《世界名人录》及其他十余种中外名辞典的。这金秋的收获，离不开春的播种，夏的耕耘，凝聚着我几十年的学习积累，几十年的不懈追求，几十年的艰苦攀登，几十年的顽强拼搏……

　　这以后，我虽然把主要的精力放在了传记文学作品的采写和传记理论著作的撰写上，但是我仍然继续写作诗歌和散文。只要外出采访游览探亲访友，我都会抓紧时间观察、感受、记录、思考，寻找契机，寻觅意象，孕育诗情，培育灵感。一旦灵感袭来，我会立即抓住，写出新作。所以，这些年，我仍然热爱诗歌和散文，而且随着年龄的增长，还越来越喜欢阅读和写作散文。我的散文，主要分为三大部分：一是游记散文，为祖国山河立传；二是人生经历、阅历和感受；三是写人物、事件的速写、特写、小传、通讯、报告文学等。今天，在我72岁之际，我又编辑了这本《探秘女儿国》，从我近五十年创作的几百篇散文中挑选了60来篇自己较为喜爱的一些篇章。这部选集，是纯散文，没有包含我写的人物速写、特写、小传、通讯、报告文学等类的作品。那些作品，我想有机会时，再编选一本吧！

　　出生在祖国的母亲河——长江之滨的壮丽重庆，长江的碧波，天天从我窗前流过；涂山氏呼唤大禹归来的涂山，夜夜在我心空耸立。从母亲的摇篮曲里，从中小学的课本和老师的讲授中，我迷上了祖国雄奇壮伟的河山和光辉灿烂的历史。考入四川大学中文系以后，我更对司马迁、李太白、徐霞客等大师遍览天下名山，结交天下豪俊，写出不朽文章的豪迈生涯倾慕不已。大学毕业以后，我在教学之余，在全国各地采访和开会的时候，我总是不辞辛劳，到名山胜水或不知名的山野大泽中去探访，去游览。我饱览黄山云海，畅游青岛海滨，我沉醉西湖风月，流连三峡画廊。我为祖国母亲的仪态万方和壮丽辉煌而骄傲，也为中华民族邈远神异的历史文化而自豪。我常常忘情地沉溺其间，静观默察，浮想联翩，匆匆记录。在劳累的旅途之中，在旅舍、车站、餐厅、火车、飞机、轮船、汽车之上，我不时地捕捉住闪烁的灵感和沸涌的思绪。回到美丽宁馨的校园，那些难以忘怀的奇山异水和见闻感受又常闪现脑海，促使我提起笔来，写出一篇篇游记。我力图以细腻的观察、敏锐的感受、充沛的激情、广博的知识、绚丽的色彩，描绘出祖国河山的壮丽容颜，讴歌民族文化的灿烂光辉，展示美好深远的诗情画意，抒发属于自己的真知灼见。我从大量的游记中挑选了一部分，编辑成《情漫山海》。

同时，我还经常在自己的人生阅历和见闻中汲取诗情画意。我在半个多世纪的学习、工作、教学、创作、科研、追求、探索、拼搏中，时时感受到父母、爱人、弟妹、亲友、老师、同学、同事那真诚而炽烈的爱，我的每一点进步、每一点成绩，都离不开父母亲人的关怀和体贴，离不开老师朋友的指导和帮助。我总是不时地忆念着、回味着、铭感着这一切……同时，我在人生道路上的经历和阅历，有很多珍贵的见闻和感受，也时时搅动我的回忆。这些珍贵的情谊，难忘的往事，常常在夜深人静之时，突然地从脑海中闪现出来，激起我心灵的涟漪，漾起我情感的波澜，令我激动、兴奋，令我提起笔来，记录下心灵的律动，采撷下人生长河中的浪花。我从中选了几十篇，编辑成《意溢人间》。

现在，当这部散文选集结出版之时，我又重新修改、审读了两遍。我觉得，我这些写山水和写人生的散文，各有特色，都倾注着我的心血、情感和爱恋。《情漫山海》是我几十年来走南闯北，放情山水，倾诉真情的成果，我在锦山秀水的欣赏陶醉之中，为中华河山立传存照，并透过山水展示历史内涵，抒发生活感受。也即是说，在《情漫山海》中，我是把山水当作人生的知己和参照物来观照描绘，是由自然而及人生，由外及内。而《意溢人间》则不同了，它是我挖掘内心秘密，回顾亲身经历，追忆亲朋好友，抒发人生体验。换言之，我是把自己当作了观照和审视的对象，通过对自身的挖掘和描绘，展示出时代的变迁和社会的风情，是由我达于社会，是因内而及外，因而更深切地表现了我的人生和心灵。因此，从这部散文选中，读者可以从字里行间看到我对祖国山河的热爱之情，对祖国历史文化的珍视和挚爱；还可以看到我们这代知识分子走过了怎样一条艰难的奋进之路，看到我们这代知识分子执着的追求、顽强的拼搏和火炽的情怀。

我终生热爱诗歌，所以在写作散文时，我总是选取生活中的美的事物和人物，美的风景和意象，追求诗的意境和诗的语言，诗的激情和诗的氛围。在写法上，或抓住景观或人物的特点进行开掘和升华，或抓住某些情节事物，生发联想。在语言上，则力求朴实、畅达、优美，富于情感和文采。

50多年的经历、见闻和感受，自然远非这几十篇文章所能完全表达。还有许许多多的人物、事件、感触和忆念，在大脑中回荡、奔突、冲撞，呼唤我把它们展现出来，奉献给我的父老乡亲。为此，我正在酝酿和写作我的长篇自传，还在编辑我的中短篇纪实文学作品集。我殷切地期待着前辈、专家、同行、亲友和读者的支持和帮助！

谨向一切关心、指导、帮助我的人，致以诚挚的谢意！

于山城

2015年3月8日

《风流帝王》自序

这是我的第一部长篇历史传记小说。

我从事传记文学的写作与研究已近四十年，出版了多部传记文学作品和几部传记文学理论著作。在传记文学创作上，我都遵循真实性、历史性、科学性、文学性、艺术性、审美性的原则。人物、事件、环境、时间，都尽量追求真实，符合历史原貌；但是，由于写的是传记文学，是文学性的传记，所以，写作中不能不运用想象、联想，以便把分散的素材凝聚起来，组合起来，构成完整的人物形象和连续的故事情节以及贯穿全书始终的完美结构；而且在细节描写上，我也不时运用一些夸张和虚构，以便把人物塑造得更丰满，更有个性。但是，这种想象是再造性想象，而非创造性想象；而且，这些虚构和夸张也仅限于个别细节、个别时间、地点或修辞方面。

《风流帝王》是历史传记小说，说它是传记，因为全文塑造了南唐后主李煜的真实形象，描写了他一生传奇而坎坷、幸福而悲惨、由天堂而地狱的一生，表现了他性格形成、发展、变化的过程；而且全书主要的人物形象，人物经历，主要的情节线索，故事情节，都是真实的。说它是小说，是因为在主题的提炼、结构的布置、情节的发展、人物的性格描写方面，都是运用小说的笔法，运用了想象和虚构，倾注了我的激情和理想，表达了我的爱憎和褒贬；在人物刻画、情节安排方面有不少虚构，个别人物的事迹上有所增减，基本上遵循"大事不虚，小事不拘"的原则。因此，称之为"传记小说"。即是说，它既是李煜的一部真实可信的人物传记，又是一部运用了较多想象和虚构、可读性极强的历史小说。

在这部传记小说中，我倾全力塑造了我心目中理想化的李煜的形象，一个在文学史上光彩夺目的诗人、艺术家的形象。李煜在历史上褒贬不一，长期以来大家都把他看成腐化的、昏庸的君主，一个无能的亡国之君；对他的诗词，也当作亡国之音，消极之作。但是，在写作的过程中，经过深入研究，我认为，应该对他的人格、人品及其在文学和书画艺术上的贡献和成就有更高的评价。我的主要观点是：

第一，李煜不爱权势，爱文化。历史上，我们对陶渊明"不为五斗米折腰"的言行评价极高，可是，对李煜不但不迷恋太子地位，甚至连皇帝宝座都不很感兴趣的思想和行为，却没有给予应有的、公正的评价。陶渊明不为五斗米折腰呢？让他当宰相他当不当呢？我们不知道。但李煜却确确实实是在祖父、父亲都是皇帝的情况下，在哥哥当了太子担心他不满时，为躲避争权夺位的纷争而跑到庐山上去当居士，去写诗作画的；哥哥暴死之后，父亲要他当太子，他再三推辞；父亲去世，传位于他，他仍然推辞。当了皇帝后，他仍然把主要的精力和兴趣都放在文学创作和书画艺术上，仍然以诗人自居，而且对文房四宝的发展做了大量工作。我们可以说这是他的缺点，甚至于是南唐的不幸，然而，他就是这样的人，是一个爱诗词、爱艺术（琴棋书画、歌舞、文房四宝）而胜过爱权术、爱皇位的人！这样的人，在那权欲熏天、军阀混战的年代，比起那些为争权势，为争官位，为争皇位而尔虞我诈、相互残杀的政治家、野心家来，不是高尚得多吗？

第二，李煜宁愿个人名誉受损，也要让国家百姓太平。李煜继位之时，大宋刚刚建立；李煜父亲败在周世宗手下，割地赔款；而赵匡胤更胜过周世宗。李煜知道自己不如赵匡胤，南唐打不赢宋朝，他就向赵匡胤称臣，自称国主，让赵匡胤不攻打南唐。他虽然称臣，但他的大臣并未降格，他以他个人的屈辱换来了南唐十几年的安宁。南唐的经济、文化、文学、艺术，也都得到了蓬勃发展。他比起明知打不过魏国却偏要六出祁山、结果搞得蜀国百姓痛苦不堪的诸葛亮不是对百姓有利得多吗？他在劝刘怅向赵匡胤称臣的信中也表达了这个观点："愿修祖宗之谋，以寻中国之好，荡无益之忿，弃不急之争，知存知亡，能强能弱，屈已以济亿兆，谈笑而定国家，至德大业无亏也，宗庙社稷无损也"。"屈已以济亿兆"，这就是他的观点，他的出发点。这应该得到更高的评价。

第三，李煜善待大臣，关爱百姓，尊重人才。他担任国君期间，对大臣是比较宽容、宽松的，允许大臣发表不同意见，有的大臣在进谏时甚至掀翻他与皇后的棋局，他都没有生气。他尊重宫女的人格和尊严。他在被俘之后告别故国之时，还那样沉痛地同宫女告别："最是仓皇辞庙日，庙堂犹奏别离歌，垂泪对宫娥。"他把皇宫中最底层的下人，当成最舍不得的朋友，放到了心灵中极高的地位！他对僧人，也是真正的尊重。他不但捐钱捐物给寺庙，而且还到寺庙里给僧人削竹简，甚至于削好后还用它在自己脸上刮一下，看划不划脸！——虽知，这竹简是和尚们解大便后擦屁股用的，他竟然亲手给他们制作，并在自己脸上试一试！其善心、爱心何等感人！

第四，李煜以自己的真情和血泪写出了最优秀的诗篇，他是诗歌史上真正为诗而献身的人！李煜在词创作上的贡献是大大扩展了词的表现内容，大大提高了词的表现技巧和艺术魅力，把词由民间艺术提升到士大夫的高度，并为宋词开辟了一条宽阔的大道，从而使词上升到与楚辞、唐诗并肩的地位。同时，他本人的词，尤其是晚年的词，倾注了他的真情和血泪，真挚深沉，凝练浑厚，纯洁自然，含蕴深广，可谓篇篇血泪，字字珠玑，堪称词中冠冕。王国维在《人间词话》中称之为神品，确不为过！更可叹的是，他归为臣虏之后，如果像刘禅那样没有心肝，没有情感，不写诗词，他可以再活几十年。可是，他却离不开诗词，必须写诗词，他难道不知道宋高祖容不下他的诗吗？他难道不知道写这样的诗有生命危险吗？但是，他却偏要写，必须写，诗词就是他的生命，胜过他的生命！他要用诗歌来抒发自己的悔恨伤感，真情实意，要用诗来倾诉自己的故国之思，血泪之情！他是因为抒写真挚美好的诗词而被宋高祖用毒酒害死的！他是中国乃至世界诗歌史上真正因为坚持写诗而被迫害至死的伟大诗人，是中国乃至世界诗歌史上真正为诗歌创作而献身的不朽诗人！

基于这样的认识，我在传记小说中用了想象和虚构等艺术手法刻画李煜的形象。例如，强化李煜对文房四宝的改善和提高，李煜对大小周后的矛盾的处理，等等。我还虚构了宋高祖要画家画出他临幸小周后的画，引起南唐画家顾闳中的抗议，虚构了小周后对李煜诗词的高度激赏和对他诗词创作的激励，虚构了李煜词被传到南唐后引起强烈反响，虚构了李煜被毒杀后小周后在他坟前自尽，等等。我特别虚构并强调了小周后以李白"屈平词赋悬日月，楚王台榭空山丘"的诗句和司马迁宁愿忍受宫刑之痛苦屈辱而保住生命写出《史记》来激励李煜保住性命写出不朽诗篇，并预言李煜的词将流传千秋万代。这些，实际上都是表达了我对李煜的评价和感情。

小说还浓墨重彩地刻画了赵匡胤的形象。小说通过赵匡胤千里送京娘表现他的豪侠仗义和古道热肠，通过智取涂州表现他虚心请教，善于学习、重视人才、机智聪颖的性格，通过佯醉斩功臣表现赵匡胤登基前后对朋友的不同态度，表现了赵匡胤复杂而深沉的内心世界。对赵匡胤的陈桥兵变和杯酒释兵权，我也给予了正面评价。古人往往指责赵匡胤这样做是犯上，是篡权，是不仁不义。我认为，衡量一个历史人物的是非功过和正确错误，应该有新的标准，这就是：对国家民族的团结统一有没有好处；对社会生产力发展是否有推动作用；对人民生活水平是否有提高；对社会进步、对科学文化艺术事业的发展是否有促进作用。我认为，赵匡胤在陈桥兵变中用和平方法取代了柴荣儿子的皇位，从现象上看确实有些不符合道义，但是，这样做让雄才大略的赵匡胤提前掌握了国家政权，避免了以后的纷争，有利于国家的统一和社会经济的繁荣发展。从国家民族的角度讲，这是极大的好事！杯酒释兵权也是以和平方式解决了军权集中于少数武将的问题，避免甚至根除了历史上藩镇割据的悲剧重演，大大有利于国家的长治久安。我在小说中以饱满的激情歌颂了这位乱世英雄和开国英主，展现了他的宏图大略和丰功伟绩。

李煜同赵匡胤是历史上同时出现的一文一武的绝妙典范。我在这部传记小说中用了平叙手法，双线结构，把李煜同赵匡胤的性格、人格、品格及其历史命运，在尖锐激烈的矛盾冲突和强烈鲜明的对比中刻画出来、凸现出来。希望能给读者留下较深印象。

2014 年 10 月

《散文知识与写作》后记

《散文知识与写作》一书与读者见面了，我们感到十分欣喜和激动。

我们都是热心散文创作的写作课教师。郭久麟从 20 世纪 60 年代开始发表诗歌、散文和传记作品，在大学从事了二十余年的写作教学。董小玉在大学毕业后，留校从事写作课教学多年，陆续发表散文三十余篇。我们从写作教学中深深体会到加强散文的指导和练习对于提高学生写作水平的重要性，也从散文创作实践中感到学习和借鉴古今中外散文大师们的宝贵遗产和丰富经验的紧迫性，而这两方面结合起来进行散文写作研究的作品又不多。鉴于此，郭久麟提出了本书的编写设想，草拟了初步提纲，经二人几次讨论，修改，然后分头执笔：由董小玉写前三章散文知识部分，郭久麟写后六章散文创作部分。郭久麟在散文创作部分力图用系统论、信息论、控制论的科学方法及心理学、思维科学、美学的新成果来研讨和总结古今散文作家的创作经验，并结合个人二十余年散文创作的经验教训和心得体会，结合学员们的写作实际，尽可能深入浅出、生动具体地论述散文创作的规律和方法，以帮助大学生和文学青年有效地提高散文写作水平，还希望对从事语文及写作教学的老师有所裨益。只是由于我们水平不高，难免有不少缺点及遗漏，我们诚恳希望前辈专家、同行和读者提出宝贵意见。

中国写作学会副会长董味甘教授在百忙中审阅书稿，撰写序言，热情鼓励，充分体现了写作界老前辈对我们中青年教师的殷切厚望及振兴写作的满腔热忱。在此，我们谨表示深切的谢意！

郭久麟、董小玉

1987 年 9 月

《论贺敬之的诗》后记

严寒的早晨，我打开教室的电灯，面对窗外的芙蓉，如醉地背诵着《放声歌唱》《雷锋之歌》，沉醉于诗情画意之中，忘记了周围的一切；初春的夜晚，我在图书馆修改着评论《雷锋之歌》的毕业论文……

这一切，已经是"文化大革命"前我大学读书时的往事了，可是，我对贺敬之诗歌苦心钻研的情景，却还历历在目。正当我大学毕业，准备继续研究贺敬之和其他新诗人的诗歌，写一部中国新诗史时，一场暴烈的风雨扑向我们的文坛！贺敬之同其他文艺工作者一起受到了批判。1972 年，当我打听到贺敬之回到人民日报文艺部工作之后，我立即把我协同其他诗人编辑的《红岩村颂》诗集寄给了他。他立即回信给予了支持和指导。这以后，我又陆续把自己写的诗寄给他，他也热情地回信指导。他的态度是那样热诚、谦逊，使人感到老一辈革命文学家对后辈的关怀和希望。

粉碎"四人帮"以后，我从 1979 年春天开始，利用教学之余的时间，撰写了《论贺敬之的诗》。1980 年夏，贺敬之和柯岩同志在家里给我详细讲述了贺敬之同志的经历和创作体会，对我修改书稿提供了很好的意见。在这个基础上，我对《论贺敬之的诗》做了修改。在写作中，我力图发表经过自己认真探索和思考之后得到的真知灼见，尽管这些观点也许是幼稚的，不成熟的，但它们毕竟是自己的见解，总可以起一点抛砖引玉的作用！特别是文坛上出现一股贬低甚至是否定贺敬之等人的诗歌潮流之时，我仍然是不改初衷，认为贺敬之的诗歌是中国 50、60 年代中国新诗的翘楚！

不过，由于自己才疏学浅，难免力不从心，甚至出现偏颇和错误。恳请文艺界的前辈、专家和广大读者予以指导和帮助。

八十岁高龄的茅盾同志在百忙中对本书给予了关心，并亲笔题写了书名。不料书未出版，而茅公已然作古！重睹遗墨，更增添对热情奖掖后进的茅公的崇敬和怀念！

于四川外语学院

1983 年

《文学创作灵感论》后记

　　1987 年初夏，我带着刚送出版社的《散文知识与写作》书稿中的《散文的灵感》一章的手稿，到系上参加"五四"学术讨论会，走过图书馆大楼前的小花园，蓦然一个念头在心中闪现：我既然花了那么大的功夫写出了一万多字的"散文的灵感"一章，为什么不趁热打铁，进一步深入地钻下去，写出一部当前还没有人写过的论述文学艺术灵感的专著呢？就在这一瞬间，关于这部书稿所要论述的主要问题（灵感的现象、特点、本质，灵感的培育、诱发、捕捉等），以及应涉及的主要学科（文艺学、美学、思维学、心理学、脑科学、系统科学等），乃至于这本书的特点（要全面、系统、深入，要有古今中外作家艺术家的丰富例证，也可以有我自己的创作体验等）和自己应深入阐述的独到见解（灵感是理性与非理性的结合等），都闪电般袭上心头。就在这次讨论会的当晚，我拟出了这部书稿的提纲，列出了主要参考书目，并且放下手中已经开了头的书稿，跨入了艰难，然而又是令人迷醉的写作航程。

　　我在 5 月 6 日的日记中写道：

　　　　我决心正式开始此项写作计划！暂时放下刚开始的另一部书稿的写作，因为写灵感论更有意义！这是我对创作研究的进一步扩大和深化，进入理论研究的更深层次——它将涉及文艺学、美学、写作学，还涉及思维学、心理学、脑科学、自然科学。我有我的优势，我从小喜欢文学，又喜欢科学，既有长期的文学创作的实践经验，又有较为系统的写作理论武装，还有较多的灵感体验。这样，就可以把文学与科学，自然科学与社会科学，写作实践与写作理论，古今中外作家的典范论述与我个人的实际体验结合起来，这不是最大的优势，最大的特点吗！

就这样，经过半年的拼搏，我写出了十多万字的初稿，我既非常兴奋，也感到不足！我在10月30日的日记中写道：

> 修改灵感论，要读的书，要学的东西太多了！真是"学然后知不足"啊！为了改得好一些，深一些，我只得多学些东西，消化一下，慢一点！

于是，又经过了将近半年多的学习，钻研，我对初稿进行了较大的补充、删削、调动、润色，二十多万字的灵感论完成了！

在写作过程中，我得了许多作家、诗人、美术家以及专家学者的支持和鼓励。八十多岁高龄的臧克家先生，热情地为本书撰写序言，题写书名，并介绍他的《谈灵感》给我学习，高缨到我家详谈了他们对灵感的认识及灵感激发的生动事例，唐大同、梁上泉、杨山、吕进、林亚光等也给予了我真诚的帮助。我的母亲、妹妹和好几位朋友，为我赶抄书稿。

写完书稿后，我拟写一篇后记。就在四月的一天早上，我从睡梦中醒来，突然回忆起二十多年写作过程中灵感光临的情景，以及近一年来写作灵感论过程中灵感激发的情景，想象的羽翼把我托向了泰山、黄山，感情的轻舟把我载到了西湖、黄果树瀑布……我在大自然的胸怀中灵感激发，兴会淋漓的心境又出现在眼前，我在书斋中忘命地撰写灵感论的情境又浮现脑海。呵！"来如惊鸿去如风，鸿篇杰构现梦中"，流畅的诗句滚滚地流了出来！我又一次体验了灵感到来时那诗情澎湃，想象飞越，文思泉涌，佳句迭现的幸福情景。我抓过早就准备好的、放在枕下的纸笔，趴在床上，一口气写下了五首诗！我感到意外的惊喜，也感到意外的偶合：这部灵感论的写作，始于灵感的突发，也杀青于突发的灵感，而且在写作过程中，还数度激发灵感，不仅促进了书稿的写作，而且创作出了一些诗歌和散文。我深深地感到：越是写作灵感论，越是深入地探求灵感和直觉，就越是有灵感激发。通过这部书的写作，我从理论和实践上对灵感的本质、培育，诱发、捕捉有了更加深切的体验。

最后，让我把这五首诗献给本书的读者吧！

一

来如惊鸿去如风，鸿篇杰构现梦中。

不因平日耽思苦，何来今宵瞬时功？

二

泰山登临意气豪，俯瞰群峰志弥高。

江山壮伟激灵兴，诗情飞腾上九霄。

三

独擎雨伞入画中，秋雨迷离诗绪浓。

九溪琴弦奏心曲，满林金桂熏诗风。

四

数年孕育一夕开，国色天香夺魂魄。

千年成语挥笔改，"昙花一现"何伟哉！

五

不信神灵信才情，博览精研万里行。

一卷《灵感》盼珍重，几多体验心血凝！

歌乐山下之四川外语学院

1988 年 5 月 4 日

我编《修身养性新增广》

　　小时候，受父亲影响，我就喜欢吟诵古典诗词，背诵唐诗、宋词，读《增广》《百家姓》《三字经》《幼学琼林》之类的书。这些，对我树立人生理想，热爱生活，热爱文学，走上文学创作研究的道路，也许产生了潜移默化的影响。20 世纪 90 年代，我以旧《女儿经》三字一句的形式，编写了一本《新编女儿经》；请重庆籍的全国妇联副主席黄启璪写了序言，由中国妇女出版社出版。余兴未尽，我又借用《增广》的对联形式，按理想信念、勤奋学习、艰苦奋斗、待人接物等内容，精选古今中外典籍和诗词谚语中的两句一联的格言警句，选编了一本《新增广》。在编选时，我保留了旧《增广》中一些好的内容，删去了大量消极、过时的内容，又对其中的一些内容做了适当修改（如将"各人自扫门前雪，休管他人瓦上霜"改为"既扫自家门前雪，也清他人瓦上霜"；将"害人之心不可有，防人之心不可无"改为"害人之心不可有，爱人之心不可无"）；同时自己也编写和改造了一些格言警句（如"月到十五分外圆，人到中年正金秋""生也有涯，知也无涯，求索奉献，终生奋发""宁要好诗千行，不要黄万"等）；更从中国古典诗词、经典名著、民间谚语中选择了很多名言警句，吸纳了革命前辈和世界名人的许多经典箴言，以提升作品的品位及格调，增强其思想教育和社会教化作用。我按爱国爱民、理想信念、勤学求知、奋进实践、团结和谐、爱情家庭、处世待人、强身健体八个方面的顺序，再做补充修改调整润色，编成了这本《修身养性新增广》。市委宣传部部长何事忠同志三次审阅书稿，亲自动笔增删，并指示我反复斟酌补充修改，还为本书写了序言，向干部职工和青少年推荐，使这本书增色不少。对何部长的支持帮助，谨致谢忱！

我是土生土长的重庆人，是家乡的人民养育了我，培养了我。如果这本小书能为青少年提供经常吟诵阅读的格言警句，提供一些精神上的滋养，我就非常满足了！

于重庆

2010 年 12 月 1 日

《沉默的情怀》创作札记

　　《沉默的情怀》在党的十三大召开的前后，在中央及四川、重庆等电视台陆续播放，这既是我们向党捧出的深情献礼，也是我们献给烈士的一瓣心香。

　　1986年10月底，成都电视台导演唐毓春到重庆找到我，要我撰写一部反映成都十二桥烈士的电视剧本。他在四川省委宣传部开具介绍信把我从川外借调出来之后，我俩一起到成都、重庆、北京等地进行了调查采访，然后他陪我回到川外，经过一个多月的创作，写出了剧本。在成都采访时，我住进了原成都军区某招待所。我惊讶地发现，这个招待所竟是过去关押十二桥烈士的牢房。偶然的历史巧合，使我思绪万千。十二桥烈士，用鲜血染红了新中国的朝霞。然而，在十年浩劫中，他们却再度蒙难。党的十一届三中全会以后，成都市委组织十二桥烈士调查组经过两年多深入、细致、广泛的采访，了解了烈士们的光辉事迹，为电视剧的创作提供了坚实的基础。

　　在成都、重庆、北京等地，我和导演访问了烈士亲属，同狱难友、知情人士，还到省市及北京等地档案馆查阅了有关材料，还到中央电视台、新闻电影制片厂等单位录制了有关史料。越是深入调查了解，我们越是被烈士的动人事迹和高尚情怀所感动，我们越是感觉到极"左"思潮的危害和十一届三中全会路线的英明！我们的创作热情越是旺盛！我和导演唐毓春反复商量、酝酿，决心写一部具有厚重历史感，内容丰富，表现形式新颖的电视报告剧，既要忠实于历史，以丰富、新鲜而真实的史料再现烈士们的生活、斗争、情怀和风采，又要充分发挥电视艺术的特点，运用新颖别致的表现手法，大胆创新。

　　恩格斯说：两门学科的交界处，是新的学科最有希望的生长点。

我们如果把电视新闻与电视剧、电视表演结合起来，不是可以创造出一种新的既有电视表演，又有电视报告的"电视报告剧"吗？我和导演都被我们的这个新设想所感动了！于是，我们摒弃了平铺直叙的电视剧叙述方法和用史料来表现历史的专题片的方法，而是抓住人物的独特个性和特殊情节故事，用演员来演出，并借鉴意识流和拼贴画的手法，把我们现实的采访、历史资料与现实场景及编导的叙述评议结合，在历史和现实中恣意回旋，在广阔的空间自由驰骋，即在电视新闻报道和现场采访实景同演员的片段表演结合起来。选出几场最重要的故事情节的表演，反映这个人物的主要经历及其性格和风采。而在整个大构思上，又把十二桥 30 多位烈士按其职业、门类分为几大类分单元演出。而在具体创作上，又尽可能提炼烈士富有个性的语言和行动，融进我们的深切感受，把编导的评述与人物的内心独白结合和现场采访中烈士亲属及各级领导的评价结合起来，让热情的讴歌和深沉的议论交融，让客观的介绍与生动的表演融合，尽可能做到新颖生动，富于感情和哲理，富于艺术感染力。

这样，全剧既保留了电视报告的特点，以大量史料和现场采访，真实地、历史地介绍了烈士们生活战斗的历程及历史功勋；又汲取了电视剧的表演艺术，巧妙地、精炼地穿插演员的特写、模拟和表演，艺术性地再现了当年的历史场景和烈士们的人物形象和生动个性和风采。在剧本的创作和剧本的拍摄中，我们都非常注意报告和表演的有机结合；努力把握好演员表演的力度、长度和分寸感；掌握好新闻与表演的衔接和转换，使电视报告与电视表演艺术结合得自然和谐，水乳交融。

该剧在中央台及地方各台播出后，收到了超过预期的反响，极受欢迎，好评如潮。不少专家撰文对这种新形式给予了称赞和肯定。我作为剧作者，把它取名为"电视报告剧"。这种形式综合了电视剧和电视片的优点，既有电视专题片的报告性和真实感，又富于形象性和艺术性，在表现某些特定的历史题材和新闻事件方面，具有特殊的效果，是大有发展前景的。

1986 年

写作教学与写作实践

在三十多年大学汉语写作的教学和科研创作的实践中，我深深地感到：写作教师的写作实践对写作教学有很大的促进；反过来，写作教学对写作实践也可以起到推动作用。这二者的双向互补促进告诉我们：写作教师应把握好这二者的关系，促进自己写作教学与科研创作的全面提高。

一、写作教师的写作实践对写作教学的促进作用

汉语写作学是一门综合性很强的实践课。不像中国文学史、外国文学史、美学、文艺理论、语法修辞等课程，偏重于知识与理论的传授；它更接近于美术创作和音乐创作课程，不仅要求学生掌握写作基础知识和基本理论，而且要求学生能运用写作知识与理论于写作实践，写出像样的文章。写作课程本身的实践性就要求写作课教师不但要掌握全面的写作知识与理论，而且热爱和善于写作，有较强的写作能力和一定的写作水平。

写作理论是从写作实践中总结、提炼、升华出来的；而在从实践到理论的抽象过程中，写作过程中的丰富性、生动性、独特性被扬弃了，只留下了一条条深刻的，然而却是抽象而空洞的理论。要使学生深刻地掌握和理解这些写作理论，最好是还原于写作实践的丰富性、生动性和独特性之中。而这，只有具有丰富写作实践的老师才能做到。有科研和创作实践的教师，有写作中的真切感受和实际体验，就能更真切地理解和吃透写作理论，并结合自己科研与创作的丰富体会和经验给学生讲授，把抽象的理论还原到自身丰富生动的写作活动中

去，从而把写作课讲活、讲深、讲透，把学生带入写作的境界之中；把写理论讲得深入浅出，生动具体，鞭辟入里，给学生以较大的启发和具体的帮助。

其次，写作课要让学生把写作理论与知识转化为写作的技能技巧和本领，而这个转化过程中有许多奥秘是缺乏写作实践经验的人所难以体验和认识到的。比如，如何在生活中注意观察、积累写作素材，如何在阅读时借鉴和学习别人的写作经验，如何构思，如何炼意，如何选用技法，如何实现"物—意—文"的双重转化……对于这些，有写作实践的老师，都有较为具体而真切的体验，有过成功和失败的经验和教训。这样，在写作教学中，教师就可以结合自己的创作实例，把自己的真切体会、独到见解，生动具体地传授给学生，从而大大提高教学的效果。比如，在讲授立意构思的时候，我经常举自己创作散文《独攀巫山最高峰》的过程：一次，我同几位作家到万县采访后，去到了巫山。一听说县城与大宁河隔岸相对的那座高山叫作巫山最高峰，就立即产生了攀登绝顶的想法。——因为这是李白当年攀登过且留下了诗篇的名山，而且此峰高踞于巫山十二峰之上游，可以远眺巫山十二峰。但同行诸君见山路太险，路程太远，又担心错过明天中午返回重庆的轮船，都不愿同行。我只好一个人登山了。第二天凌晨，我独自一人乘船渡过大宁河，开始登山。一个多小时以后，我汗流浃背地独自在山间攀行，前面峰高路险，旁边大江危岩，是上还是不上？这时，我想起王安石《游褒禅山记》里的名言，鼓足勇气，奋力向山顶攀去！"大自然没有辜负我的殷勤。她展开那雄奇壮伟的画卷，一刹那间就震慑了我的心灵！"在纵情地饱览了巫山的壮丽风光，缅怀古人关于三峡的动人传说壮丽诗篇之后，我在纯洁而优美的境界中，提炼出一个思想来："不停地跋涉，不懈地登攀，哪怕山高水深，路远道险，哪怕孤身一人，没有同伴，你也要坚定不移地向着你认定的高远目标挺进！只有这样，你才能登上一座又一座高峰，领略一程又一程美景，饱享艰辛攀登之后的极度幸福，实现人生的最大价值，达到生命的光辉顶点！"我在给学生讲述这篇散文构思立意的经过和体会之后，又满怀激情给学生们朗读这篇散文，学生们不仅对文章构思立意的理论有了更真切的了解，而且受到老师创作热情的感染和美的熏陶，常常禁不住热烈鼓掌，课堂气氛格外活跃而又和谐。

我在出版《文学创作灵感论》之后，在讲写作思维时，就补充讲授灵感思维，并用自己在生活中敏锐地发现并及时地捕捉灵感，写出《写在板仓故居》组诗的事例，启发和帮助学生认识和捕捉灵感，对提高学生的理论水平和写作水平有很大帮助。

再次，学生的作文练习，是学生重要的写作实践。如何出题命题，如何批阅和评改学生作文，对学生写作能力的提高有很直接的作用。喜欢写作的教师，理解写作中的酸甜苦辣，更善于发现学生写作中的优点与缺点，长处与不足，在评改和评讲时，就更能选出优秀的范文，指出学生的不足和努力方向，给他们以亲切而具体的指导。比如，在给国际新闻专业学生上新闻采访与写作课时，他们的第一次新闻写作大多写得不像样，或像散文，或是摘抄一些过时的报道。由于自己经常采写新闻，其时又担任了香港《文汇报》的特约记者，所以，我就针对学生作文中出现的问题，结合自己采访和写作的经验给他们评讲，给他们具体而深入的指导。在第二次、第三次作文练习时，大多数同学的新闻基本像样了。几个月后，不少同学的新闻作品就在报刊上发表了！

二、写作教学对写作实践的促进作用

上面谈到，写作教师的写作实践对其写作教学有很大的促进和推动作用；反过来，写作教师的写作教学对其写作实践也会有促进作用。

写作教学有助于写作教师钻研和熟悉写作理论，发现写作中的新问题、新课题，并激发教师理论探索的兴趣和写作的激情，从而促进和推动写作教师的科研和创作工作。比如，我的《散文知识与写作》一书（西南师大出版社），就是从写作教学的需要中激发起写作动机的。在长期的写作教学中，我感到散文是学生经常使用的文体，应该让学生更好地把握它。于是，我总结了散文教学的经验和心得，又融入自己多年散文创作的感受和体会，写出了这本书。这本书的写作，又促进了自己的散文研究和写作教学水平的进一步提高。

再如，我的理论专著《文学创作灵感论》，也是在写作教学的促进和激励之下写成的。长期从事写作教学，经常遇到"灵感"这个问题，学生也经常问到这个问题，这就促使自己结合创作实践中对灵感的体验，思索这个问题，搜集了不少资料。在《散文知识与写作》一书中，我开辟了一个专章来讲"散文的灵感"。一次，我参加学术讨论会，就"散文的灵感"发言时，突然，一阵灵感向我袭来：你为什么不在散文灵感研究的基础上，写一部关于灵感研究的专著来呢？你有对于灵感的真切体验，又有对写作学、文艺学、美学、哲学的理论修养，还有对心理思维科学和脑科学的兴趣和涉猎，完全可以写一部完整的、系统的、全面的、深入的、论述文学创作灵感的著作来！而就在这一瞬间，关于这部书稿的大致轮廓也在大脑中飞速地展现出来了！我感到无比的兴奋和激动——灵感来了！我赶快在花园里把这个科研规划记了下来。开完学术会后，我立即投入了《文学创作灵感论》的写作之中。经过一年多的艰苦写作与修改，《文学创作灵感论》问世了。不久，即获得省市社科奖。

写作教学还可以促进写作领域的拓展。前两年，我们系开设了国际新闻专业，系上让我讲授新闻采访与写作。为了上好这门实践课，我应该有新闻采写的新鲜经验（我读高中和在五七干校时编过报刊），于是，我应邀担任了香港《文汇报》的特约记者，积极为该报采写新闻稿件，丰富了新闻采写的经验和能力。这样就使新闻采访写作课教得生动活泼，得心应手，对学生帮助启发较大，让他们在短期内在新闻采写上得到了较大提高。

三、正确掌握写作教学与写作实践的辩证关系，促进写作教学与科研、创作的全面提高

如前所述，写作教师有丰富的写作实践，热爱理论研究和创作，

将有助于教师更好、更深入地掌握写作理论，并结合自己写作实践中的切身体验和深入感受，把写作理论讲活、讲真、讲深、讲透，并且很好地指导学生的作文练习；反过来，写作教师的写作教学活动又可以使教师掌握写作理论，指导自己的写作实践，还可以促使教师发现写作教学中的可资研究的新问题、新课题，拓展教师的写作领域，激发教师的写作激情和教理论课的兴趣，促进自己写作水平的提高。因而，写作教学和写作实践是一对双向促进的良性循环，也是一种双向提高的良性效益。

《用生命耕耘文学——聚焦郭久麟》后记

今年 11 月 23 日晚，我在审读《聚焦郭久麟》书稿时，突然，脑海里涌现出几个大字："用生命耕耘文学！"这句凝练而精粹的格言，像一道电光，一片祥云，掠过我的心海！好呵！就用这句话作为本书的标题！

"用生命耕耘文学"，很好地概括了我的一生，也精辟地涵盖了本书的内容。

我的一生，何尝不是用生命耕耘文学的一生。我从小学三四年级开始阅读小人书，读武侠小说，听评书；进入初中以后，开始读诗，学写诗，到高中阶段树立当作家、记者的志向，考入大学以后，五载时光，"积学以储宝，酌理以富才，研阅以穷照"。大学毕业后，半个世纪以来，我投入全部心血和智慧，舍弃了所有的节假日，放弃了个人的业余爱好，殚精竭虑，呕心沥血，持之以恒，矢志以往，五十年如一日，精心培育诗的花朵，散文的绿荫，传记的乔木，影视的苗圃，理论的园林。文学界的朋友戏称我是作家中的劳动模范、高产作家、多产作家，文坛上的多面手，

编完《聚焦郭久麟》，涌到心头的是四个字"感激"和"感奋"。

首先是感激。我从小学三四年级开始热爱文学，看小人书、看长篇武侠小说、听评书，初中开始学写诗，高中当记者，开始学写电影剧本，考上大学中文系，系统攻读文学，毕业后从事文学教学、科研、创作，五六十年来，在文学的道路上，有多少长辈、亲友，多少恩师、领导，多少专家、学者，多少文朋诗友给了我指导、关怀、帮助、支持、鼓励、赞赏、表扬和鞭策啊！我写《随卫敬爱的周副主

席》，就得到了国务院总理办公室主任童小鹏的指导和关怀。写《罗世文传》又得到了四川省委宣传部副部长、省党史研究室主任陈文和中共四十年代四川省委秘书长、时任重庆市人大常委会主任张文澄同志的指导，陈文同志还写了序言；沙坪坝文化馆召开了座谈会，省市社科联为《罗世文传》颁了奖。彭斯远、黄宗模、陈兴无对我的革命家传记的写作给予了很高的评价；我的作家传记和科学家传记以及传记文学理论著作，得到了中国传记文学学会会长王维玲、万伯翱与中外传记文学研究会会长赵白生以及两个学会的专家桑逢康、全展、王成军、张俊彪，以及重庆作家协会主席陈川、书记王明凯和李敬敏、傅德明、刘扬烈、斯原、杜承南、张庆豹、张旺、马忠、李金坤、韩梅村、刘佩伟、张莉花等专家学者的好评；令我高兴的是，我的文艺理论专著《文学创作灵感论》是八十多岁高龄的诗坛元老臧克家和中国写作学会副会长、华东师大出版社总编尹均生教授写序，评论家何宗文、何元智、朱兴榜等写评论；《散文知识与写作》由重庆师大教授、中国写作学会副会长董味甘先生写序；《论贺敬之的诗》由中国著名作家孟伟哉先生写序；而诗集和散文集由中国著名诗人梁上泉、著名诗评家尹在勤、冉庄、万龙生以及著名散文评论家曾绍义、孙善齐写序；我撰写的通俗读物《新编女儿经》和《修身养性新增广》由四川省委原副书记、全国妇联副主任黄启璪和重庆市委宣传部部长何事忠写的序；我的两部电视剧受到了文艺界好评，《沉默的情怀》获成都市优秀电视剧奖，《雕像的诞生》获中宣部文艺局与中央电视台全国展播奖，受到著名诗评家沙鸥及尹安贵、周益华、吕岱、宋海常、袁智忠、邹定武、虞吉、非人等评论家的关注；我写的著名科学家、杂交水稻之父袁隆平的《袁隆平传》由中国作协副主席、中国报告文学学会会长、著名报告文学作家何建明写序，并给予了充分的肯定。这些，都体现了各级组织和各位领导、专家、学者对我的关怀、爱护、支持和帮助，还有一些学者、专家、作家，写了我的报告文学、通讯、专访，如邯郸学院党委书记杨金廷专门从河北飞来重庆采访我，以后又在邯郸学院主持《雁翼传》研讨会，张华、斯原、张庆豹、王乃考多次采访我，写出了我的长篇报告文学，王红升、秦光龙、谭丕龙、杨华平、陈挚、舒心、钱巧丽等人写了我的通讯。我对他们都深怀感恩之情、感激之心！

为了表达我的感恩之情和感激之心，我特把长辈、恩师，文朋诗友对我的指导、关怀、帮助、支持、鼓励、赞赏和表扬，为我写的书信、访谈、评论、报告、通讯、文章，都搜集整理出来，献给大家；同时，我也想通过这些珍贵的文字（对我来说，真是字字珠玑呀）向大家展示，我是怎样在各级领导、各位恩师和文坛专家学者以及文朋诗友的指导、关怀、支持、帮助、鼓励、鞭策下，一步步成长起来的。遗憾的是，许多老师、前辈和文朋诗友对我的指教和帮助没有留下文字，无法展现出来，只有以后在我的自传中把我对他们的感激之情、爱戴之意、尊敬之心表达出来了！

编辑这本书，自己真的是感奋多多！各级领导、各位恩师和文坛专家学者以及文朋诗友对自己创作研究的指导、帮助、批评、欣赏和赞扬，也是对自己的激励和鞭策，催促和警醒，是希望我写出更多更好的作品，更好地报答我的祖国和人民。

我因此时时告诫自己，不忘各位专家学者和文朋诗友的关怀和帮助，不忘初心，不断奋进，攀登生命和事业的最高峰！

本书分四辑：第一辑，聚焦文学创作，其中又分为聚焦传记文学、聚焦诗文小说、聚焦影视文学三个板块；第二辑，聚焦理论批评；第三辑，新闻传媒中的郭久麟，其中又分为通讯报告专访、研讨会贺电、发言、报道、新闻报道及鸿雁传情四个板块；第四辑，学生心目中的郭久麟，其中又分为良师益友、四川外国语大学学生心目中的郭久麟及重庆人文科技学院学生心目中的郭久麟三大板块。在编辑第四辑时，我常常心生感动，我为学生们对我的肯定、爱戴和怀念所感动。我心头常想：金杯银杯，不如学生的口碑；金奖银奖，不如学生的褒奖。我在大学执教五十年（川外三十九年，西南大学育才学院十一年），其间还给重庆职大、电大、社大、夜大、函大及农业大学、教师进修学校等各类业余学校上过课，确实付出很多。我总是把学生当朋友、当弟妹、当亲人，我尊重他们，热爱他们，体谅他们，理解他们，我恨不得把自己的知识、才能、理想、信念，以及人生的体验、感受，创作科研的经验、教训都传授给他们，帮助他们早日成材！我为他们的进步和成长高兴，为他们取得的成功和成就自豪。读到他们所写的那些真挚、热情、充满感情的文字，我感到，我几十年的教育生涯是值得的，我生命的价值不仅传承在我几十部著作之中，也传承在我那么多学生的身上。我的人生是幸福的、充实的、有价值的！

在编辑此书的过程中，我的川大校友、重庆人文科技学院刘佩伟先生做了大量工作。重庆文坛好友、解放军重庆通讯学院原副政委斯原先生热情作序。四川大学出版社社长熊瑜慧眼识珠，热情支持出版此书。在此一并表示谢忱！

2016 年 11 月 30 日

第四辑
佳作鉴赏
JIAZUO JIANSHANG

泰戈尔《两亩地》鉴赏

这是一首饱含苦难而又充满激情的小叙事诗，描写农民被地主夺走赖以生存的两亩地，在流浪多年后，重回故乡，竟因捡了两个芒果而被抢了他土地的地主诬为盗贼。诗写得极为朴实而又极为深情。诗人以第一人称，即以抒情主人翁巫宾的身份来写，直抒胸臆，特别动人。

第一句就直接切入正题，引出矛盾："我只有两亩地，其他的一切都在债务中失去。/王爷吩咐我：'知道吗？巫宾，我要买你这块地！'"巫宾哀求他："王爷，您是大地的主人，您的土地无边无际，/我呢，我只剩下了这小小的一块站脚地。"无耻的王爷只狞笑一声："好！我等着你。"诗人的叙述极为简洁："一个半月过后，法庭判决了，我从自己的家里被赶了出去，/我卖光了一切，偿还那假造的借据。"巫宾失去了唯一的土地，也失去了生活的根基，只有"换上了苦行者的衣履，变成了出家人的徒弟"，他"走遍了高山、海洋、城镇和乡村，/看见过无数惊人的豪华，多少美丽的景致，/但是日日夜夜忘不了的还是那两亩地"。就这样，"在市场、在旷野、在路上度过了十五年、十六年"之后，他"终于在渴望中回到了故乡的园地"。这一段包含了无数辛酸和痛楚，但是叙述精练简洁，含蓄隽永。一回到故园，巫宾的感情就流畅了，诗人的抒情也展开了："顶礼，顶礼，顶礼！美丽的母亲孟加拉大地。/恒河岸边柔和的凉风，是你轻轻的呼吸，/你脚下的尘土，那苍天低吻着的原野一望无际，/浓荫下静谧的小村庄，像鸟巢般躺在你的怀里……"正在热烈地赞美孟加拉大地的时候，"我"突然诅咒起自己最珍爱、最迷恋的故园来："可耻，可耻，一千个可耻啊，你这不贞的土地，""你曾经是幸福、繁荣的化身，赶走了饥饿，把甘露赐给我们，/如今你只会笑，只会打扮；昔日的女神，现在变成了奴仆。"这心酸的咒骂显示了"我"失去土地的无尽痛苦和对抢夺了自己心爱的土地的强盗、骗子的憎恶和痛恨！可是，这咒骂，正反衬出我对这土地的无比眷恋！无比珍爱！你看，正是在这芒果树下，"我"找到了童年的记忆和美好的岁月！就在"我"陶醉于神往的童年的时候，奇迹出现了："忽然微风叹息着摇动了芒果树的枝芽，/两只熟透的芒果落在我的脚下。""我"被这神圣的天赐惊呆了，感动了："噢，母亲，你毕竟认出了自己的儿子，/捧起这深情的赐予，我一再虔诚地叩下头去。"这几句简直是神来之笔，把"我"对家乡的热爱，对土地的深情，强烈地、震撼人心地表现出来了。全诗的感情，达到了高潮。可是，不幸却突然出现了，灾难也再次降临了，诗歌突然陡转："这时，园丁像阎罗的使者一般突然跑来，……扯开了喉咙高声辱骂。"王爷更怒骂说："我宰了你!""我"含着泪哀求说："就这两只芒果，我求你施舍。"/王爷笑着说："这家伙披着袈裟，原来却是个惯窃。"/我听了只有苦笑，眼睛里滚出泪水，/"你，王爷，如今是位圣贤，我倒成了盗贼"。全诗到这里戛然而止，为我们留下了深沉的思索和不平的思考：人间的是非竟如此颠倒，世界的黑白竟如此混淆！被剥夺者成了盗贼，而抢夺者却成了圣贤！令人不禁悲痛不已，愤愤不平。

全诗叙事抒情浑然一体，极为精当，叙事时惜墨如金，抒情时用墨如泼。特别是在礼赞孟加拉大地和诅咒故园背叛时，更是把"我"，也把诗人对祖国的热爱，对故乡的挚爱，对抢劫者的愤慨，对变节者的憎恶，都尽情倾泻而出，可谓字字珠玑，感人肺腑！而精心营造的结尾更显得深刻隽永，含蓄蕴藉，发人深省，耐人寻味，含不尽之意于言外。

艾青《礁石》鉴赏

艾青（1910—1996），原名蒋海澄，浙江金华人。著名诗人。

《礁石》是艾青的一首优秀诗篇。诗人抓住礁石的特点，以简洁而生动的笔触，写出了礁石的特点，描绘出在浪花的冲击下岿然不动、含笑自若的形象。这是本诗的现象层。但《礁石》不仅仅是描写了礁石的形象，更主要的是突现了礁石坚定、自信、宽厚、博大等特点，并赋予礁石一种象征意义，那就是笑看生活、坦然面对人生磨难的人生态度。首先，礁石象征着诗人饱经沧桑而永远笑对人生。艾青在 20 世纪 30 年代被国民党抓进监狱，1957 年又被打成"右派"，在人生道路上碰到过那么多挫折和屈辱。但是，诗人从来没有屈服，没有消沉，诗人始终以坚强的意志战胜人生道路上的重重困难，以乐观的态度笑看人生。这满身刀伤的礁石，不就是诗人的化身吗？其次，礁石还象征着中华民族历尽艰险而不屈不挠、顽强奋进的精神，象征着祖国的形象。第三层是推理层，表现了人生和世界的哲理：含笑面对人生的一切打击和磨难。

这首诗在艺术上非常成功。主体情感与景物特征交融一体，情与景、意与象达到了高度的统一。语言刚健有力，简短明晰；一韵到底，朗朗上口。

卞之琳《断章》鉴赏

卞之琳（1910—2000），江苏海门人。

《断章》是著名现代派诗人卞之琳30年代的名篇之一。诗人在回忆这首诗的创作过程时说："此四行无意中得之，原拟足成一首完整的诗，接着感到说不完了，也无须多说，可独立成篇，故名《断章》。"全诗虽只有四句，但意境完整，内容丰富，含蕴深广，雾中赏花，水中观月，朦胧迷离，感受各异，意味无穷。让我们像著名作家、理论家李健吾说的那样，根据自己的感受、理解和想象，进入这个小小的艺术世界中去做一番遨游，构建自己"灵魂的海市蜃楼"吧！

此诗只有四句两节，用两幅独立的图景并列地展示了两幅图像，暗喻和传递着诗人的哲思冥想。第一幅是完整的图画："你站在桥上看风景，/看风景的人在楼上看你。"在第一句中，"你"是画面的主体人物，可在第二句中，你却成了被观察的客体了。但是，在这两句中，"你"都是画面的中心视点，围绕着"你"的，有桥、有风景、有楼上看风景的人，俨然是一幅水墨丹青小品。第二节诗，是现实与想象结合的图景："明月装饰了你的窗子，/你装饰了别人的梦。"这幅画面中的"你"和别人已不在同一个层面，同一个构架里，可大的时间与空间还是同第一节的画面相似。透过这两幅视点不断变化的错落有致的画面，我们似乎看到了、理解了作者的哲学沉思：在宇宙与人生中，一切事物，包括人与自然，人与人之间，都是"相对"的，都是互为依存、互相关联、互相沟通、互相变化的。两节诗里的"看"和"装饰"两个动词，显示了丰富的内容，把看似互不相关的人和物、人与人、人与自然，巧妙地联系起来了；而且把两个动态的画面也巧妙地联系起来了。诗人通过这两幅似乎互不相涉而实则有机相连的隽永的图画，留下很大的空白，启人遐思，耐人咀嚼，传达了诗人智性的思考所获得的人生哲理和感情体验：在宇宙万物乃至整个人生旅途中，一切都是相对变化的，又都是互相关联、互相依存而制约的。

　　这首诗在艺术上独具特色，有着引人入胜的、令人揣摩不尽的艺术魅力。它为我们提供了一首小诗却能表现复杂内容和深刻哲理的成功典范。不同的读者从不同的角度去阅读、欣赏和品味它，又可能生发出不同的想象和联想，得到不同的感受和理解。情窦初开的读者看了这首诗，也许会把它当成一首情诗：你站在桥上看风景，爱你的人可能在楼上悄悄看你；而在明月升起在你的窗户之后，你却成了爱人的梦中人。而有了一定阅历的人也许会把它理解成人生的悲剧。富于哲思的人还可能想到：在人生与道德的领域中，生与死，喜与悲，善与恶，美与丑，都不是孤立的存在，因此，我们不应斤斤计较于世俗的利害和一时的得失……《断章》启示我们，我们应该在阅读中展开想象和联想，在自己的精神世界中筑起一座"灵魂的海市蜃楼"。

何其芳《听歌》鉴赏

何其芳（1912—1977），四川万县（现重庆万州）人。著名诗人，评论家。

古今中外有不少描写音乐的作品，但是，此篇却独具一格，极其优美生动。诗人以丰富的意象、丰美的比喻、深挚的情感、满腔的喜悦，写出了听歌的感受，以及歌声的美好。诗人首先以"金色的阳光，/因为快乐而颤抖在水波上，/春天突然回到了园子里，/花朵都带着露珠开放"来状写歌声带给人的无比喜悦和光辉灿烂的感受，写出了音乐的迷人的力量。接着，诗人以新颖的意象表现了音乐的各种风采：低咽时，"像夜晚的喷泉细声飞射"，而更妙的是，诗人用"圆圆的月亮从天边升起，/微风在轻轻摇动树叶"，写出了对音乐微妙而细腻的感觉。写音乐的高亢更为豪放而潇洒，诗人把歌声比作"与天相接的巨大的波浪"，这已经很奇倔了，更辅以"把我们从陆地上面带走，带到辽远的蓝色的海洋"，就更把诗人的感受有力地、形象地展现出来了！而写音乐的温柔更令人拍案叫绝："像少女的眼睛含着忧愁，/和裂土而出的植物一样，/初次的爱情跃动在心头。"诗人以含着忧愁的少女的眼睛来表现歌声的温柔，是何等的绝妙，优美；更用初次的爱情和裂土而出的植物来状写它的朦胧迷离而又初始幽微，美丽迷人而又邈远悠然。诗人还以首尾两节的描写，把这美丽的歌声与共和国的青春联系起来，赋予歌声以象征的意义。

覃子豪《追求》鉴赏

覃子豪（1912—1963），四川广汉人，1947 年去台湾。著名诗人。

"大海中的落日/悲壮的像英雄的感叹"，诗歌一开头便显示了诗人超拔的心力与功力。落日是拥抱过光辉的白昼的，但是，此刻，他却不能不向大海上落下去，落下去！这是多么悲壮而又无奈的事啊！诗人以他敏锐的感受，体会到英雄悲壮的感叹如同大海中的落日一样，不禁发出了英雄的感叹。"感叹"两个字极为传神地写出了整个生命带着声音沉落的景况，仿佛让我们看到了大海中悲壮的落日，也听见了英雄的感叹。接着诗人写道："一颗星追过去/向遥远的天边。"这一意象，写出一个已入暮境的生命之星向永恒奔去，留一条光迹在天上，并由此引出"一个健伟的灵魂"——即诗人自己，"在苍茫的夜里，跨上了时间的快马"而去，潜向永恒的渺茫的时空。这种表现闪烁着灵智的光辉，让我们看见了他在诗中所欲传达的那种超越了悲剧而顽强存在的人生境界，应该说是平凡而伟大的。

这首诗运用了大量原型意象，如大海、落日、黑夜、时间、快马等。因此，虽然看似平淡，但却具有非常深邃感人的内涵，可谓力透纸背，感人至深。诗人以大海中的落日，写出了英雄晚年的悲叹。可是，诗人却并未绝望，没有像陈子昂那样独怆然而涕下，而是像一颗星追过去一样，跨上了追时间的快马，潜向了生命的永恒，让生命的本质超越了个人生命的领域，而与天地大自然合而为一了。

《追求》用字精练，意蕴丰富，表现了诗的密度。诗的密度的实现是由博而约，由繁而简，由演绎而归纳。这首诗充分显示了诗的密度，在短短的九句诗中表达了诗人的无限追求。此外，在诗的广度方面，这首诗也表现得非常成功。诗中的思想和情感都能借自然形象以喻自己的心境，从而从有限达到无限的境界，也就是从自我出发而达到物我合一、人神合一的境界。

这首诗语言相当平实，没有炫奇的句子，而且节奏明快，朗朗上口。这首诗大约受杜甫诗歌的影响。杜甫晚年漂泊湖湘，仍发愤欲有所作为，写了五言律诗《江汉》，其后四句云："落日心犹壮，秋风病欲苏。古来存老马，不必取长途。"以落日秋风写晚年自强不息、锲而不舍的进取精神。《追求》的前两句"大海中的落日/悲壮的像英雄的感叹"就有这种精神；杜甫以老马自励；覃子豪欲跨上时间的快马，也可能是脱胎于此。

牛汉《夜》鉴赏

牛汉（1923— ），山西定襄人。

这首诗以强烈的对比、尖锐的反衬、有力的烘托，表现了诗歌在人生道路上的重要作用和巨大的精神力量。夜，是一个象征的命题。诗人一开始就展示了黑暗的恐怖和威胁，面对它，诗人只能"关死门窗"，试图把黑暗挡在门外。这是对黑暗势力的第一次渲染。可是，关死门窗并不能减轻诗人的恐怖。于是，诗人点起了灯——灯是驱逐黑暗的利剑。可是，即使点上了灯，也不能驱散黑暗。窗外的黑暗像一群狼，用它们的"千万只爪子/不停地撕裂着我的窗户"。这是对黑暗的再一次渲染。面对着连灯光本身也可能被吞噬的危险，"我"终于拿起了"诗"——这最后的强有力的"武器"。诗人在颤抖的灯下，"在不安的灯光下我写诗"。诗人深深相信，只有诗才可以引领他抵御黑暗、寻求光明。果然："诗不颤抖！"最后一句画龙点睛，升华提炼，以鲜明的态度，明确地、突兀地、强劲地表现了诗歌的巨大的生命力、感召力和凝聚力！它有强大功能以及追求自由的意志，它可以抵御黑暗、抗拒黑暗，引领人们走向光明！置身于无边的黑暗中，门窗可能颤抖、灯光也可能颤抖，只有"诗不颤抖"！诗人用象征的手法，描写了诗歌的伟大作用，歌颂了精神力量的巨大作用。读到这里，令人不能不联想到张承志的中篇小说《北方的河》："他举起自己的诗稿，在粗砺的风啸声中朗读起来。他读着，激动地挥着手臂。狂风卷起雪雾，把他的诗句远远抛向河心。他读着，觉得自己幼稚的诗句正在胸膛里升华，在朗诵中完美，像一支支烈焰熊熊的火箭镞，猛烈地朝着那冰河射去。"就在他朗诵诗歌的声音中，一个神奇的景象出现了："刹那间一声巨响，大地震颤，雪原复苏，冰河解冻，春水奔腾，万象更新……"读着这首诗，让我们不能不佩服诗人的想象力，也深感诗歌的巨大作用和象征能力。

余光中《当我死时》鉴赏

余光中（1928—　），祖籍福建永春，生于江苏南京，1949年去台湾。著名诗人、散文家。

流沙河曾说：如果用"当我死时"来做一道考题，那最能表现出一个人的品格高低和气质美恶。的确如此。在一个人临死之时，是视死如归，还是壮志未酬？是因碌碌无为而羞愧，或因虚度年华而悔恨？而余光中写的《当我死时》，却是别开生面，立意高迈，一片热诚，万分挚爱！该诗抒发了他对大陆、对故国的无比赤诚！这首诗是他1964年在美国密西歇州讲学之时写的。诗人从1948年离开大陆去香港，随即移居台湾，到写这首诗时，已历时十六年。他思念大陆，山隔水阻，担心着永无回归大陆故乡之日。缠绵的思乡之情孕育多年，积蓄为这一深情动人的诗篇。

这首诗构思新颖别致，曲折含蓄。诗人不直接说他思乡心切，却设想许多年后自己死了，能有幸安葬遗体于大陆，以消乡愁。不能生还，魂归也好。全诗分两节，第一节6句，前3行和后3行，各是一个完整句；看似6行，朗读起来却是两句。诗人用这长长的句子，造成强烈的、一泻千里的气势，以便先声夺人、震撼人心。从诗中可见诗人古典文学修养的深厚，其思想、感情、语言，全是中国作风、中国气派。诗人善于推敲词句，并把炼词同炼意结合起来，深化思想感情的表达。首先是"枕"字用得好，把名词动词化，显得新颖而又典雅。母亲本是名词，诗人又把它形容词化了，写成最像母亲的国土。诗人还运用了对比鲜明的色彩："白发盖着黑土"，表达对母亲的依恋。这首诗气魄宏伟，豪情满怀：他用一个"张"字作量词，便把浩浩的九州微缩成一张小床,小床两侧,一边是万里长江,一边是九曲黄河,卧听江声滔滔朝东流去。这想象真是惊人的奇特瑰丽,使人叹为观止!

在第一节中,诗人用陈仓暗度法,以"我便坦然睡去,睡整张大陆",就从今天悄然过渡到了未来,他已然在大陆睡下了!在第二节中,诗人写自己站在未来,回头遥看现在:"从前,一个中国的青年曾经/在冰冻的密西根向西瞭望/想望透黑夜看中国的黎明。"诗人用笔含蓄,不说祖国温暖,异国寒冷,不说祖国可爱,自己时刻思念故国,而说他当年在"冰冻的密西根向西瞭望"。诗人写游子的怀乡,也用了新鲜的意象和比喻:写他像古代传说中的贪食的怪兽那样"饕餮地图",从西湖吃到太湖,直吃到多鹧鸪的重庆,"代替回乡"。诗人热爱家乡的情怀,表现得何等感人。诗人深深怀念重庆的生活、重庆的岁月,怀念那鹧鸪的啼鸣:"行不得也,哥哥!"诗写到这里,戛然而止,把曾在他心中时时鸣唱的鹧鸪的啼鸣,长久地留在了读者的耳边,久久缭绕,永远缭绕……

李瑛《黄河落日》鉴赏

李瑛（1926— ），河北丰润人。著名军旅诗人。

《黄河落日》是组诗《黄土地情思》的第二首。在《黄土地情思》中，诗人热情歌颂了质朴凝重的古老的东方文化，讴歌了我们中华民族坚毅沉雄、辉煌灿烂的不朽精神。《黄河落日》以黄河的意象，以雄健的笔力和象征的手法，集中表达了诗人的这一创作意图。

《黄河落日》何等大气和豪迈，又何其深沉和悠远！诗人简直就是一位高明的画家，用了大泼墨大写意的手笔，尽情渲染了太阳的辉煌和凝重：等了五千年之后，在染红一座座黄土源之后，太阳，风风火火，终于落下了！它辉煌地、凝重地沉入了滚滚浊波。请看，意象，多么博大；色彩，多么绚丽；语言，又多么凝重！

在这个背景上，在沉默的大地、凝思的树、严肃的鹰、倔强的土壁和枯黄的蒿艾的期盼之中，诗人以更加粗犷、神奇的巨笔，描绘了黄河"绛红的狂涛/长空下，站起又沉落/九万面旌旗翻卷/九万面鼙鼓云锣"的惊心动魄的画面，描绘了太阳"坐在大河上回忆走过的路/……/黄土层沉积着古东方/一个英雄民族的史诗和传说"。值得称赏的是诗人以大开大合的泼墨手法，描绘出黄河落日的精彩画面，勾勒出诗意盎然的独特的绘画美。它让人想起黄河的光荣历史，不朽的功勋。

这首诗的成功还在于诗人采用了象征手法。诗人明写黄河落日，实际上却暗有所寓。黄河落日是一个象征体，象征着这个古老的民族的丰功伟绩和灿烂的文化；象征着它面临的巨大蜕变；象征着古老民族将在黄河的浪涛中洗去旧日的创伤和积淀的尘垢，以新的形象再一次升起于东方。这个寓意是深远的，给人以强烈的审美感染力。

雷抒雁《蚕》鉴赏

初读《蚕》，给人一种耳目一新的感觉；再读《蚕》，又有一种领悟更深的感受；多次读《蚕》，更有一种常读常新、浮想联翩、领悟愈深、玩味无尽的体验。我不能不说，这真是一篇纸短情长、言简意深、隽永含蓄，宛如水晶一般晶莹剔透的散文诗！

在短短的四五百字中，作者那样艺术地写出了蚕织茧变蛹、又破茧化蝶的悲壮而艰辛的生命历程；并从中挖掘、提炼出了极其深刻的人生哲理。当蚕在自己的生活中，"用一种细细的、柔韧的、若有若无的丝"，为自己织下了一个厚厚的茧时，她曾经埋怨、气恼、焦急，甚至"想用死来对这突不破的网表示抗议"。但是，她终于被疲劳征服了。在梦里，她看到了花和草地，阳光和彩虹，她得到了力量和热情，知道了生的可贵。于是，她明白了："拯救自己的，只有自己。"于是，她用牙齿"咬破了自己织下的网"。于是，她获得了新生。她告诉子孙："你织的茧，得你自己去咬破！"蚕就"这样一代一代传下来"。

作者写的是蚕，但又不仅仅是蚕。作者运用了拟人化的手法，通过蚕的作茧自缚和破茧而出获得新生的现象，寄予了他对于人生命运乃至社会发展规律的深刻思考和清醒认识，从而赋予这篇散文诗以深刻而广阔的哲学内涵和审美意蕴。一些文艺家曾提出"空筐理论"，就是说，一部作品能否像空筐一样，让读者不断地往里面装进自己的感受和理解，引发读者的想象和联想，是衡量一部作品思想内涵是否深邃的重要标志。从这个角度看，《蚕》无疑是有其特殊的深远意蕴的佳作。作者从蚕的作茧自缚和破茧而出获得新生的现象中，所发现和发掘出的哲理具有很大的概括性和很高的代表性。蚕的作茧自缚和破茧而出获得新生的现象，形象地体现了人类自身乃至社会的某种生存法则和发展规律，因而，蚕的生命历程也就体现了人生乃至社会的某种生存法则和发展规律。其中，我们可以读到自己救自己的观点，可以读到冲破旧有的局限追求新的天地的思想，可以读到不屈服于命运而英勇抗争的精神，……于是，历史学家可以联想到中国人民通过辛亥革命咬破几千年封建制度的蚕茧而化蝶奋飞的历史；经历过曲折的人可以联想到自己通过痛苦的思索冲破原来的错误的束缚而走向新生活的历程；一个学者可以联想到如何冲破自己多年辛劳所建立起来的旧的学术体系而创建新的学术体系的问题……总之，不同的人都可能在其中找到自己需要的东西。深奥的、宽泛的人生和社会哲理，就在一只蚕的生命历程的形象而生动的描绘中，栩栩如生而又含蓄不露地呈现出来，并且悄悄地潜入我们的心灵。

《蚕》的象征意义不可谓不深也。

作者能写出这篇意趣幽远的作品，也是他打破传统，勇于创新的结果。"春蚕到死丝方尽，蜡炬成灰泪始干。"对蚕的无私奉献精神的描写和概括早已延续千年，深入人心。雷抒雁却大胆地、聪颖地打破了这一传统，从一个全新的视角来诠释蚕的生命历程，从而表现了一种全新的、富于时代气息的观念和精神。

作者运用拟人和象征的手法是那样纯熟，作者的描写是那样的生动和凝练，那样的富于哲理和诗情。短短的几百字中，竟有几句格言和警句，如："拯救自己的，只有自己""你织的茧，得你自己去咬破"！

《蚕》的艺术魅力不可谓不强也。

《蚕》的成功告诉我们：散文诗的生命力，不在于它的长短，而在于它的灵魂，在于它的深度、它的广度、它的新颖度，在于它的思想和艺术的不朽魅力。

因此，我把它郑重推荐给广大的文学界的朋友。

于四川外语学院
2004 年 1 月 1 日

巴金《怀念胡风》鉴赏

巴金（1904—2005），原名李尧棠，四川成都人。现代著名小说家、散文家。

《怀念胡风》是《随想录》中的一篇。它充分地体现了《随想录》的特点，写得极为真挚、亲切、沉痛、深刻。作者回顾了他与胡风数十年的交往，用自己的亲眼所见、亲耳所闻和亲身感受，表现了胡风的优秀品质。作者写了胡风在鲁迅先生丧事期间任劳任怨，顾全大局；写了胡风在1925年"五卅"运动中就是积极分子，巴金本人就是受了他的演说的鼓励而到工厂去的；作者还写了胡风对鲁迅先生的尊重和友谊；写了胡风对编辑工作的严肃认真，并善于把许许多多有才华的作家、诗人团结在自己的周围；还写了他因为爱替知识分子说话而经常受人误解和责难。在此基础上，作者才着重写了他对胡风的几次不得已的批判和他终生的悔恨，并进而通过胡风的冤案及其惨痛后果，从历史的高度，为我们及后辈敲起了警钟。而当巴金在中国现代文学馆开馆时再见到胡风，只见他已由"一个有说有笑、精力充沛的诗人变成了神情木然、生气毫无的病夫，他受了多大的迫害和折磨"！

作者怀着沉痛、内疚的心情，回忆了自己3次被迫批判胡风的经过，面对胡风，面对读者，做了深刻地反省和检查。作者深刻地表示："五十年代我常说做一个中国作家是我的骄傲。可是想到那些'斗争'，那些'运动'，我对自己的表演（即使是不得已而为之吧），也感到恶心，感到羞耻。"巴金还写出了自己在政治运动中的胆怯："文化大革命"期间，他想打听胡风的消息，却不敢行动。这是作者深刻的自我批评和反思。作家正是以个人深刻的忏悔，从而与民族共忏悔。作家以深刻真诚的自我反省，主动地将自己推上灵魂的审判台，拷问自己性格乃至灵魂中的弱点：过于听话，过于软弱，过于胆怯。作家由对自己的反省和解剖转到对社会的反省和批判，进而大胆地、勇敢地发出了深刻的警示："往事不会消散，那些回忆聚在一起，将成为一口铜铸的警钟，我们必须牢牢记住这个惨痛的教训。"

这篇回忆录保持了《随想录》的审美特点，达到了随兴所至，顺势行文，涉笔成趣，炉火纯青的境界。文章以对胡风的回忆为线索，以情感为纬线，以自由自在的笔法，写出了对胡风的回忆和怀念，更写出了自己的忏悔和反省。情感真挚诚恳，文笔朴实畅达，具有很高的审美价值。

范曾《何期执手成长别》鉴赏

  这篇散文写得气势磅礴，内容丰赡，情深意挚，高贵华丽，开阖自如，委婉流转。

  作者写了他与陈省身、杨振宁的友谊和交往，重点是表现他与陈省身的友情及陈省身特立独行的性格和高洁耿介的情操。作者写出了陈省身作为一个世界闻名的大数学家的"神圣的自尊"。法国数学研究所所长伯冉与范曾同住一座古典大楼，他对范曾说："陈省身先生是大数学家，而我只是小数学家"。范曾把此话转告陈省身，陈省身说："他太谦虚，很杰出的数学家，至于大、小嘛，嗯，大抵如此。"表现出"他有着孔子'当仁不让'的担当精神"。范曾还突出地表现了陈省身先生岁老弥坚的弘毅精神和不屈意志："在他93岁高龄之后，每天早晨四时起床，要解什么世界难题。"

  范曾重点写了陈省身晚年的三件喜事：第一件，获邵逸夫奖。陈省身有一天突然对范曾讲："范曾，我有钱了，以后请客不用你出钱，全部我来付。"原来他得了邵逸夫奖，奖金一百万美金。范曾笑说，每年用一万美金请客，就可以请客一百年，陈省身就可以活一百九十三岁了；陈省身笑说，一万美金太奢侈，人民币吧，范曾哈哈大笑："那吃它八百年，你比上古传说中活了八百岁的彭祖还高寿。"可是不久，陈省身就同杨振宁商量，把这一百万美金一元不剩地送光了。范曾不禁感叹道："所谓知识分子之'士节'，正在临财廉而取予义。大师风范，令人肃然起敬。"

  第二件事是国际小行星协会批准以"陈省身"命名一颗天外的小行星。陈省身并没有因这难得的殊荣而高兴，只是说："有趣，很有趣的事。"因为在他的心目中，最关心的不是个人的荣辱，而是祖国的数学。他以为中国是可以成为数学大国的，为此，他竭尽精力，消磨了生命的最后年月。

第三件事就是画画。在这一件事情的叙述中，作者突出地描写了他经过多年的孕育之后，灵感突然到来时的兴奋状态：内心莫名烦躁：得快快动手，刻不容缓。"我立刻要画陈省身和杨振宁这幅大肖像画。这是陈省身先生在一次偶然谈话中提起的，我答应了，叫他耐心等待。""我相信真实的情感会使这幅画精美而生动，这是一幅世界科学巨人的对话，他们的友谊是科学史上人文精神之典范：既有深邃博大、坚韧不拔的科学精神，又有温文尔雅、亲和诚信的东方风仪。"画完之后的第二天，陈省身一早就坐着轮椅从天津赶到北京范曾寓所来看画，一见到这丈二匹的大画时，"几乎是高声地说：'伟大！伟大！'接着玩笑地补充说：'我和振宁跟着这幅画不朽了！'我说：'你正说反了，我跟着描画的人不朽了！'""杨先生的兴奋不亚于陈省身先生。"

这三件事，充分表现了陈省身先生的金钱观，对数学的伟大贡献，对范曾的画的激赏及同范曾的友情。

最后，范曾以诗情画意的描绘和真挚的语言，表现了与陈省身先生的追念和深挚的情意。

这篇散文优美、深情、真诚、含蓄、凝练，置诸当代最优秀的散文之中，也是毫不逊色的。它充分显示了范曾散文语言文字的熠熠光彩和艺术魅力。这篇散文还围绕作者与陈省身先生的交往与友谊，饱含丰富的哲学内涵和人文精神，如对大师的评价，对天才的评价，对科学与艺术的关系的评价等。

散文是最富于个性的文体，这篇散文就充分地流露出范曾先生的独特个性。他的高度自尊、自信，他的博学多才，他的聪颖智慧，他的好学不倦，他的尊重友谊，他的幽默风趣，作者甚至极力描绘了自己灵感到来前后的亢奋而放纵的场景，为我们展示了艺术大师的灵感，表现了中国绘画史上难得的奇迹。

黄河浪《故乡的榕树》鉴赏

黄河浪（1941—　），原名黄世连，生于福建长乐，1975年移居香港。

写故乡的散文很多，为什么《故乡的榕树》特别动人，并获得香港首届中文文学奖冠军？首先是作者选材精当，构思精巧；更重要的原因则是感情真挚，以情取胜。

作品选取故乡的榕树立意，榕树高大挺拔，与故乡的童年生活息息相关，便于作者描写故乡的童年生活，抒写对故乡的感情，同时又有象征意义。选材可谓巧妙合宜。而构思上则以在从现在生活的香港住所前的榕树上摘下的树叶吹出的哨笛声中飞回故乡的榕树，回忆起在家乡的榕树下度过的岁月，最后又从哨音中回到香港，完成了一次感情的大回环，构思精致而完美。

但这篇散文最突出的特点还在抒情写意的真挚深刻和象征意义上。作品先从异乡情写起："住所左近的土坡上，有两棵苍老翁郁的榕树，以广阔的绿荫遮蔽着地面。""我从榕树枝上摘下一片绿叶，卷制成一支小小的哨笛，放在口边，吹出单调而淳朴的哨音。""而我的心却像一只小鸟，从哨音里展翅飞出去，飞过迷濛的烟水，苍茫的群山，停落在故乡熟悉的大榕树上。"作者那苦苦的追怀往昔的心灵的泉水一流到故乡，一下就变得那样充沛，那样甘甜了！它会同故乡的小溪，在故土上流淌，在榕树四周回旋，掀起感情的浪花，画出写意的丹青：这里有以大榕树为主体的风景画；有"我"和小伙伴们用竹竿当桨把"驼背"榕树当"船"划的人物画；有女人跪在榕树前祈祷，男人在榕树下纳凉闲谈的风情画。这些似乎有些散乱的画面，在

"我怀念……""使人留念的……""我深深怀念……"的呼号之下，获得了生命的脉络，感情的血液，强烈地表达了作者对故乡的热爱和赞美之情。在这里，情与景融为一体，景含情，情融景，情景交融，相得益彰：形象在感情的抒发中显现、闪光，感情在形象的寓意中凝聚、升华。写到这里，你会以为难乎为继了，谁知，作者陡然将笔锋一转："那样的日子不会再来了。我仿佛刚刚从一场梦中醒来……但我确实知道，这一觉已睡过了三十年，而人也已离乡千里万里外了！""故乡桥头苍老的榕树啊，也经历了多少风霜？"作者用这一连串的令人肝肠寸断的呼告、倾诉，又让感情的泉流再掀波澜，情意缠绵，低回旋绕，久久激荡我们的心灵！作者的记忆里，那山，那溪，那石桥、石碑、石狮、石板条，那男女老少，那一切的一切，都在感情的旋涡中升华、凝聚，化作一棵无比巨大的榕树，而作家也把自己的笔蘸饱了浓浓的乡愁，潮水一般，向着那棵巨大的榕树涌去："故乡亲切的榕树啊，我是在你绿荫的怀抱中长大的，如果你有知觉，会知道我在这遥远的异乡怀念着你么？如果你有思想，你会像慈母一样，思念我这漂泊天涯的游子么？"至此，作者把自己的全部感情，统统投入榕树的怀抱、母亲的怀抱！而这棵无比巨大的榕树，正是母亲的化身，母亲的象征！而这，又构成了这篇散文的又一特色：象征手法，拟人手法。作家把榕树象征母亲的形象——她是那样的伟大、顽强、亲切、崇高，虽然历尽艰辛，饱经风霜，但她仍然顽强地活着，把浓密的枝叶伸向蓝天，把对儿子的感情藏在心中。

赵丽宏《小鸟，你飞向何方》鉴赏

赵丽宏（1951—　），上海人，作家。

本文以"我"珍爱的泰戈尔《飞鸟集》在"文化大革命"中被烧毁，和对重新买回此书时在书店里遇见的小姑娘的思念为线索，表现了一代青年在"文化大革命"中的困惑和扭曲，更写出了一代青年在"文化大革命"中对文化和美好事物的追求。全文构思巧妙，线索清晰，感情充沛，语言流畅。

作者一开始就点出"我"热爱《飞鸟集》，但在"文化大革命"中《飞鸟集》却被投入了烈火之中。作者以丰富的想象写出了烧书时的痛苦、愤懑和伤感。于是，"我"决定在旧书店去再买一本。经过几次寻觅，终于意外地在旧书店里发现了《飞鸟集》，正当"我"伸手捏住《飞鸟集》时，另一只小手也捏住了《飞鸟集》！这是一个小姑娘的手！"我"还担心她不知道《飞鸟集》，可小姑娘不但了解《飞鸟集》，而且还把《飞鸟集》让给了"我"，因为她"家里还藏着一本呢！"

"我"的思念和思绪由此展开："我"渴望再见到那位小姑娘，但是，又怕再见到她时，她会像那些青年人一样变了，"变得世故，变得粗俗，就像炎夏久旱之后的秧苗，失去了水灵灵的翠绿，萎缩了，枯黄了。我怕再见到她以后，便会永远丢失那段美好的回忆。"终于，历尽了一场肃杀的寒冬，春天来了。"我"竟考上了大学，在去学校报道时，"我"带上了《飞鸟集》，我仿佛有一种预感——在这重进校门的队伍中，会遇见她。于是，我频频四顾，在人群中寻找着。"一次又一次，我似乎见到了她——她背着书包走过来了，脚步，已不似当年轻盈，却稳重了，坚定了；身上，还是那一件淡紫色的衬衫，上面开满了白色的小花；两根垂到腰间的长辫，轻轻地晃动着……"但是，"这不过是幻觉而已，我找不到她。"但是，"我"没有悲观，他坚信一切都会向美好转化："我抬起头来，幽蓝的天空，辽远而又纯净——这是春天的晴空呵！一群又一群鸟儿从远方来了，它们欢叫着，抖动着翅膀，划过透明的青天，飞呵，飞呵，飞……"

作者紧紧抓住《飞鸟集》进行构思，以《飞鸟集》被烧控诉"文化大革命"的罪恶，以买书表达对文学艺术的珍视，以买书巧遇小姑娘展开思念，写出"文化大革命"中的追求和担忧，最后以上大学带上《飞鸟集》并在校园渴望见到小姑娘，并巧妙地把《飞鸟集》幻化为飞鸟，以春天晴空中的群鸟高翔，来完成全篇的主题：不管经历了多少曲折和波澜，生活，总要向美好转化！

贾平凹《祭父》鉴赏

贾平凹（1953—　　），陕西丹凤人。著名作家。

贾平凹是新时期的著名作家，小说成就斐然，散文创作也十分出色，有散文集《月迹》《爱的踪迹》《商州散记》《商州又录》《心迹》《四十岁说》《平凹游记选》等。贾平凹的散文富于秦地风情韵味，有着鲜明的民族特色和直率天真的个性。他善于从平凡的生活中发现人生的哲理，善于从风物景色中提炼优美的情思，语言清隽朴倔，诙谐动人，富于个性色彩。

《祭父》一文，就鲜明地体现着他散文的特点。作家以深挚的情怀，惊人的坦率，真实的笔墨和精选的细节，写出了父亲质朴动人的形象。作者写他父亲从小家贫如洗，受尽屈辱，在伯父的支持下读完中学，成了贾家第一个有文化的人。他无比感激他的三位兄长，他当了教师后把三个堂兄带到身边去上课。作者写他父亲在乡村当了几十年的教师，"文化大革命"中被诬为历史反革命关进牛棚，一家人受尽折磨和屈辱。作者写出了父亲善良、慈祥而又胆小、自尊的性格，在"文化大革命"中找各式各样的纸写翻案材料，冤案昭雪后，每星期六下午都要饿着肚子带回一片烙饼或是几个小素包子，作者和弟弟便会分别拿了包子躲到一处吃得最后连手也舔了。作者写他的父亲是个普通的乡村教师，受家庭拖累，没有高官显贵的三朋四友，对儿子成为作家感到得意和自豪。他的同行和相好来向他恭贺，他就极其慷慨地请别人喝酒，身上有多少钱就掏多少钱，喝就喝个酩酊大醉。"以致后来，有人在哪里看见我发表了文章，就拿着去见父亲索酒。"而当他听说儿子的小说受到了批评，"专程赶30里到县城去翻报纸，熬煎得几晚上睡不着。第二天搭车到城里见我",要我"没事不要寻事,有了事就不要怕事。你还年轻,要汲取经验教训,路长着哩"!这些动人的描写把父亲的性格写得活灵活现。特别是描写父亲带自己和弟弟去 20 里外的收购站卖猪的情节,生动、细腻、传神,让人同情,让人心酸,让人流泪。在语言的运用上,作者善于把深厚的感情融入真挚朴实的叙述之中,显得真切感人。比如,写父亲因自己受批评带酒来慰问,两人开了戒。作者还给父亲买了茅台酒,但父亲还没喝茅台酒,就患癌症去了。作者写道:"盛殓时,我流着泪把那瓶茅台放在棺内,让父亲到另一个世界再喝吧。如今,我的文章还在不断地发表出版,我再也不能享受到那一份特殊的祝贺了。"笔触凄凉哀婉。

在《祭父》一文中,作家以真挚感人的叙述和描写,把父亲凄楚的身世和独特的性格以及他所处的时代,真切地展现在我们面前。

王蒙《春之声》鉴赏

王蒙(1934—),河北南皮人。著名作家。

20世纪70年代末至80年代初,当我国历史进入一个崭新的时期,当我国人民物质生活、精神生活都产生了飞跃的变化时,王蒙适应时代与生活的要求,在创作上大胆探索,创作出了一系列东方意识流小说。在他的启发、率领下,一批作家都不同程度地相继采用了意识流手法,进而形成了一个新的文学流派——东方意识流文学。而王蒙则是东方意识流的先锋和奠基人。

《春之声》就是其中具有代表性的一篇。这篇小说的奇特之处就在于展现了一个我们在其他作品中很少看到的人物的精神世界:在从北京到×城的闷罐子列车上,没有什么矛盾、斗争、情节,却只有"我"的心灵的观察、感受和有意识、无意识的精神活动。而这,正体现了意识流文学的特点。大量的内心独白与自由联想,打破时空界限的交叉结构,细致入微的意识和无意识的融合描写,以及意蕴丰厚的象征手法。

在《春之声》中,作者没有像一般小说那样客观地描写人物的外貌、言语、行动和人物活动的环境,而是直接用第一人称,直接表现人物的内心独白、内心活动和意识流动。

作者不是写岳之峰怎样上了闷罐子列车,而是一开始就写他上了车的感受和印象:"咣的一声,黑夜就到来了。一个昏黄的、方方的大月亮出现在对面墙上。岳之峰的心紧缩了一下,又舒张开了。车身在轻轻地颤抖。人们在轻轻地摇摆。"紧接着,作品直接深入地展示岳之峰的内心跳跃、滑动、感受和自由联想。

　　作者打破时空界限，让思绪在过去、现在、未来中自由奔驰，在中国、外国飞速驰骋。

　　在小说的结尾，作者借用施特劳斯神妙的《春之声》的旋律，来象征改革开放初期中国大地上的春天的旋律、生活的密码，赋予这篇小说以象征的意义。换一个角度，王蒙的《春之声》等几篇意识小说，对于 20 世纪 80 年代的文坛，不也是刚刚奏响的《春之声》吗？

谈歌《桥》鉴赏

谈歌（1954— ），作家，河北保定人。

这篇小小说在极短的篇幅内描写了一位老党员在山洪暴发之际、在生死考验面前，先人后己，不畏牺牲的崇高精神。

小说在紧张、危险的场面描写中展开，把死亡的威胁、把生死存亡的考验，推到了读者面前："死亡在洪水的狞笑声中逼近。人们跌跌撞撞地向那木桥拥去。"就在这个关键的时刻，作者推出了老书记："木桥前，没腿深的水里，站着他们的党支部书记，那个不久就要退休的老汉。"老汉的话，朴实无华，掷地有声，虽然沙哑，却响若洪钟："桥窄。排成一队，不要挤。党员排在后边。"有党员抗议了："党员也是人。"但老人义正词严地回答："可以退党，到我这儿报名。"

竟没人再喊，一百多人很快排成队伍，依次从老汉身边跑上木桥。水渐渐蹿上来，死亡的危险更大了。可这时竟然又出现了意外：

老汉突然劈手入队伍里拖出一个小伙子，骂道："你还是个党员吗？你最后一个走！"老汉凶得像只豹子。

小伙子狠狠地瞪了老汉一眼，站到一边。

水，爬上了老汉的胸膛，终于，只剩下他和那小伙子。这时候，小伙子竟要老人先走。老人却把小伙子推上了木桥。但是，洪水吞没了他们两人！

这两个人是什么关系？作者在最后才做了解答。

通篇写得紧凑、紧张、激烈，险象环生，波澜起伏，悬念迭起，扣人心弦。

场面描写逼真惊险，造成了紧张气氛，并以无情的洪水的咆哮肆虐衬托出老汉的指挥若定，先人后己。

"伏笔"与"照应"也安排得十分精彩。先写老汉叫共产党员排在后面，再是"突然伸手从队伍里拖出一个小伙子"，三是写只剩老汉和小伙子时，他们都把生的希望留给对方，四写小伙子被洪水吞没时老汉痛苦的反应。直到结尾，才由老太太的祭奠点明他们的父子关系。

全文可谓精心结撰，匠心独运，给读者以强烈感染。

后　记

　　我常常想：我的一生是幸福的，也是幸运的。在我人生的道路上，有那么好的爸爸妈妈，兄弟姊妹，亲属亲戚；在我学习成长的道路上，遇到了那么多优秀而卓越的老师、前辈、领导。在初中，有李备伍老师；在高中，有黎功迪老师；在川大，则有杨明照、林如稷、张默生、庞石帚、赵少咸、华忱之、赵振铎、石朴、张永言、陈志宪、王世德、周菊吾等一流的博学鸿儒。在川外工作，又有王丙申、陈孟汀、群一、李克勇等好领导。是他们把我一步步引入了深邃迷人的文学世界，一步步送入了优美壮丽的艺术殿堂。全国最著名的《文心雕龙》研究专家杨明照给我们讲授《文心雕龙》，指导我们探索文学理论的奥秘。我和张永权等诗歌爱好者入迷地读诗、写诗、讨论诗，又勤奋地读传记文学，写散文，写电影剧本；也热情地钻研文艺理论，做读书笔记，写文学评论。大学阶段的双向努力，奠定了我创作和科研的两套笔墨、两种技能、两副本领，使我能同时在文学创作与文学理论研究两个领域深耕细作，并把文学创作与理论研究很好地结合起来。

　　我的第一篇重要的批评文章是《为望星空一辩》，那是在读了《战士与诗人郭小川》以后。该书作者对郭小川的诗歌做了很好的评价，可是对《望星空》一诗却给予了不恰当的批评。我想到读大学时读到《望星空》，好兴奋，好喜欢。可是，不久，报刊上却发表了对《望星空》的批判，写批判文章的是文坛名人——光未然和肖三！我当时真是一头雾水，完全不可理解！粉碎"四人帮"了，应该对《望星空》重新评价了，可是《战士与诗人郭小川》却依然批评它宣传了虚无主义、消极悲观的思想。这怎么行呢？我立即到市图书馆去借阅了《望星空》来看，越读越觉得写得好。我是郭小川的粉丝，我必须为郭小川说话，为《望星空》翻案！我不顾批评《望星空》的都是大家、名人，写出了《为望星空一辩》。评论发表后，受到好评，《战士与诗人郭小川》的作者很快写了向郭小川致歉并重新正面评价《望星空》的文章。在这前后，我还写了《论贺敬之的诗》的学术专著。收在这个集子里的《郭小川贺敬之诗歌艺术论》就是这方面研究的一个代表。

对诗歌创作的热爱使我对中国新诗特别钟情，而且在大学时就想写一部中国新诗史，这个心愿，直到同张俊彪共同主编《大中华二十世纪文学史》时才实现——我为这部史典独立撰写了二十多万字的《中国二十世纪诗歌发展史》。现在收在集子里的《中国二十世纪诗歌创作流派演变史》就是这部《中国二十世纪诗歌发展史》的一部分。

新时期以来，我因接受四川省和重庆市委宣传部的委派撰写革命家传记，把主要精力放在了传记文学的创作和研究上。四十年来，我先后采写了《陈毅青少年时期的故事》《罗世文传》《雁翼传》《柯岩传》《梁上泉评传》和《袁隆平传》等传记作品。我在这些作品的后记中，都真挚率性地叙述了这些作品的创作历程和心得体会及其间的酸甜苦辣。我觉得这些文字真实地记录了作者的心路历程，是探索作家写作心理的重要线索和契机，故都把它汇集起来了。

在撰写革命家传记之后，我深感传记文学理论研究的不足，决定从事传记文学理论研究，一口气连续撰写了《传记文学写作论》《传记文学写作与鉴赏》《二十世纪传记文学史》三部传记理论著作。收在这个集子里的几篇传记评论，是我研究传记文学的收获的一部分。其中《应当给予传记文学独立的文学文体地位》一文是我为传记文学呼吁独立文体地位的一篇文章，我十分看重。中国传记文学有两千多年的历史，从传记文学的辉煌开篇《史记》到今天 21 世纪缤纷灿烂的成果，传记文学可以说是文学洪流中的一股巨流，可谓名家众多，佳作纷呈，为塑造民族英雄，传承民族精神，凝聚民族意志，发挥了巨大的作用。但是，在当代文坛上，传记文学却没有应有的一席之地！在几乎所有的文学史、作品选、评奖中，都没有单独的传记文学一项。我感到这是不科学的、不合理的。我决定为传记文学正名，使文学界领导和文学史家、理论家都了解并承认这个事实。为此，我不但在前面提到的我写的三部传记文学理论著作中用传记文学的历史成就和现实辉煌来阐述和表现传记文学应该是一种独立文体；而且还写了几篇文章来阐述这一观点。让我感到欣慰的是，我的努力没有白费，2016 年 8 月 13 日，中国作协召开了首届传记文学创作会，会上，成立了中国传记文学创作研究专家指导委员会，同时还成立了中国传记文学创作委员会。这标志着传记文学这个文体得到了中国作家协会的认可，正式列入了作协的领导和管理之中。

　　这部集子中还收入了我的一些文学鉴赏方面的文字。我从小喜欢读书，在五年大学期间，更在各位名师的指点下，比较系统、全面、深入地学习了古今中外的文学名著，接受了怡情悦性的艺术熏陶。在长期的教学中，我经常要结合教材同学生一起朗读、分析、欣赏古今中外的名篇精品。我从中选了我很喜爱的短篇作品的赏析，希望青年读者能够喜欢。

　　这部集子，取名《文心探秘》，意思是既探索别人创作的奥秘，也是探索自己创作的奥秘。探索到了多少，就要请读者来评说了。谢谢大家！

郭久麟

2016 年 12 月 3 日